플라나리아

플라나리아

전상국
중
단
편
소
설
전
집
9

차례

물매화 사랑 _ 7
소양강 처녀 _ 43
플라나리아 _ 81
온 생애의 한순간 _ 115
이미지로 간다 _ 139
한주당, 유권자 성향 분석 사례 _ 161
너브내 아라리 _ 239
실종 _ 295

해설 말이 꽃으로 피어날 때 권오룡 _ 356
작가의 말 _ 371
작가 연보 _ 374

물매화 사랑

산촌의 오월 한낮이 지겹도록 조용하다. 멀리 가만한 바람. 높은 산 중턱의 나뭇잎들이 희끗하니 몸을 뒤집고 있지만 이곳 남향받이 언덕에는 우거진 신록 위로 농탕치듯 내려앉은 햇살만 눈부시다. 숲이 짙어지면서 굽이 심한 덕만이 고갯길도 그 모습을 찾기 어렵고 고개 꼭대기로 치닫는 덤프트럭 소리마저 별것 아니게 멀다.
 다른 날과 별반 다르지 않은 한낮이긴 하다. 그럼에도 오늘따라 더 고요하게 여겨지는 건 아침에 꾀꼬리 한 쌍이 일으킨 소동 때문일 게다. 녀석들은 골짜기를 휘저으며 짝짓기 놀이를 했다. 이곳 가지울 언덕집에 옮겨와 산 지 이태가 됐지만 오늘 같은 광경은 처음이었다.
 신록을 배경으로 샛노란 빛깔의 꾀꼬리 두 마리가 골짜기를 휘도는 모습이라니. 암컷이 제멋대로 방향을 틀어 앞장서면 수컷이 일정한 간격으로 그 높낮이를 맞춰가며 부드러우면서도 날렵하게 날았다. 교접을 위한 전희치고는 완벽한 아름다움이었다. 어느 순간 생식샘이 열린 듯 암컷 꾀꼬리가 허공으로 빠르게 솟구쳐 올랐다간 자지러지듯 숲 깊은 데로 내리꽂혔다. 춘흥이 바로 이런 걸까. 꾀꼬리 암수 한 쌍이 사라진 가지울에 쏴하니 밀려오는 적요 속에서 나는 몸 한가운데를 쩌릿하게 관통하는, 통증 같기도 하고 나른함 같기도 한 기운을 느꼈다. 이렇듯 살면서 불현듯 마주치는 경이로움 앞에서 나는 가끔 절망 같은 한숨을 쏟아내곤 했다. 산길에서 눈에 띄는 들꽃 한 송이 앞에서도 그런 느낌은 마찬가지였다. 아름다운 것을 혼자 보는 일은 고통스러운 일이다.

그러나 엄밀히 말하면 새들의 짝짓기를 나 혼자 본 것은 아니었다. 무심이는 개집에서 아예 나오지도 않았지만 새장 속의 관조는 특유의 고개 갸웃거리기로 꾀꼬리들의 수작에 관심을 보였다. 같은 조류의 눈에 그 향연은 어찌 비춰졌을까. 꾀꼬리들이 숲으로 자취를 감춘 한참 뒤, 관조는 긴 휘파람을 불었다. 꾀꼬리 소리를 닮았지만 그것은 분명 사람이 내는 휘파람이었다. 기분이 썩 좋을 때나 내가 자기한테 오랜 시간 관심을 보이지 않을 양이면 관조는 그렇게 휘파람을 불었다. 나를 상대로 한 관조의 자기 기분 전달이다. 관조가 흉내 내는 건 남편의 휘파람이 아니다. 딸 역시 관조에게 휘파람을 기억시킨 일이 없다. 그러나 관조는 가끔 누구인지 그 정체를 알 수 없는 사람의 높고 경쾌한 휘파람으로 나를 긴장시켰다.

끄악 깍깍. 돌연 한낮의 정적이 깨어진다. 소리는 강렬할수록 관심을 끈다. 끄악! 관조는 뭔가 불안하거나 흥분할 때 이렇게 제 본래의 소리를 낸다. 관조의 움직임이 달라지고 있다. 새들의 말은 비언어적이지만 느낌과 감정을 전달하는 데는 사람의 언어보다 신빙성이 높다. 소리의 높낮음 음색 억양 따위로 의사소통을 하기 때문에 말의 거짓이 끼어들 여지가 없는 것이다.

 관조의 몸 움직임이 점점 거칠어지며 안절부절못한다. 호기심이 많은 관조의 예민한 청각에 뭔가가 감지된 모양이다. 어쩌면 청각의 예민함 그 이상의 어떤 힘이 관조를 지배하고 있는 것인지도 모른다. 그러니까 그가 지금 오고 있다는 직감 같은 것이. 길 건너편 왜갈봉 밑 조립식 전원주택에 사는 그가 처음 이곳 가지울 언덕으로 올라오던 날부터 관조의 움직임은 심상찮았다. 숲의 새들이 포식자를 감지하면서 보이는 그런 불안 상태의 소란스러움이다. 낯선 사람들이 가끔 이 언덕까지 올라오는 일도 있었지만 그토록 예민한 반응을 보인 적은 없었다.

 소리를 느끼는 감각이야 어찌 개를 따르겠는가. 그러나 남편이 키우다가 내 걱정을 하며 가지울에 가져다놓은 무심이는 다른 개들과 달랐다. 아파트에서 키우기 위해 어린 새끼 때 아예 고막을 제거했다는 무심이는 낯선 사람이 다가와도 짖을 줄 몰랐다. 무심이는 낯선 것에 대한 경계보다는 자기한테 잘해주는 사람들을 향해 꼬리만은 잘 흔들었다. 무심이가 꿈지럭꿈지럭 몸을 일으키며 기지개를 켜고 있었.

 그가 개울가로 다가오고 있는 것이 분명하다. 그가 오고 있다는 확신이 들면서 나는 개울 쪽에 눈길을 주지 않는다. 생각의 맞아떨어짐을 즐기고 있는지도 모른다. 어린 시절 마을 간 어머니가 어디쯤 오고 있는가를 어림짐작으로 맞춰가다가 드디어 문 앞의 발소리를 확인할 때와 같이. 사실 그가 내 앞에 나타나는 시간은 내가 짐작하는 것과 크게 다르지 않았다. 그는 보통 사람이 오 분이면 충분히 올 거리를 이십여 분이나 걸려서 올라왔다.

나는 오늘 그가 우리 집에 와 눈길을 보낼 들꽃들을 그의 눈이 되어 둘러본다. 산비탈 고광나무꽃 냄새가 짙다. 이때부터 내 안에 잠자던 말들이 술렁거리기 시작한다. 저건 각시괴불나무지요. 저 꽃도 냄새가 좋아요. 그가 옆에 있기라도 한 듯 말을 한다. 혼잣소리도 말은 말이다. 그렇게 속으로 혼자 하는 말이 어떤 때는 실제로 입 밖으로 나올 때도 있다. 저 각시괴불나무도 인동과지만 진짜 인동은 이거예요. 나무와 덩굴 차이지만 꽃은 이렇게 비슷하잖아요. 꽃 색깔이 노랑 하양 두 종류냐구요? 그렇지 않아요. 처음에 흰색으로 피었다가 하루가 지난 다음 날이면 이렇게 노란색으로 변하는 거예요. 그래서 인동덩굴 꽃을 금은화라고 부르기도 한대요. 이건 윤판나물, 지난해 저 뒷산에서 캐다가 심은 건데 벌써 꽃이 폈네요. 윤판나물, 각시괴불, 인동덩굴. 세계가 혼돈에서 벗어날 수 있는 것은 사물의 이름 짓기로부터 시작되었을 것이다.

집 안에서 벨이 울린다. 나는 달려가지 않는다. 관조가 전화 벨을 흉내 내고 있는 것을 안다. 여보세요. 제가 벨 소리를 내고 제가 전화를 받는다. 관조는 집 안에 혼자 남겨지는 것을 못 견뎌 한다. 내가 함께 있지 않을 때 관조는 가끔 내가 처음 듣는 소리도 곧잘 낸다. 내 관심을 끌기 위한 나름의 전략이다.

관조가 내 감정의 아주 미세한 움직임까지 읽고 있듯 나 역시 관조의 감각을 깊이 신뢰한다. 관조에 대한 믿음은 내 지각의 샘물에 비친 자아 마주보기와 다르지 않다. 안녕하세요. 관조를 통해 듣게 되는 내 목소리의 음산함이라니.

　나뿐만 아니라 우리 식구 모두 관조의 아주 작은 움직임 하나에서도 어떤 조짐을 읽으려 했다. 그것은 팔 년을 함께 살면서 관조가 우리에게 보여준 예사롭지 않은 그 직관에 대한 신뢰였다. 어쩌면 이미 감지된 일의 기미를 관조의 예민한 직감을 통해 확인하고 있었다는 것이 맞을는지도 모른다.

　관조는 일주일에 한두 번 다녀가는 남편의 자동차 소리를 다른 차 소리와 구별할 줄 알았다. 자동차가 덕만이 고개를 내려올 때부터 관조는 수선을 피웠다. 무심이의 역할을 관조가 하고 있는 것이다. 관조가 내 차 소리를 안다구? 남편은 어쩌다 내가 흘린 말을 집요하게 물고 늘어졌다. 관조가 자기를 그처럼 좋아하고 있다는 것으로 받아들였지만, 나는 다만 차 소리를 구별할 줄 아는 관조의 놀라운 청각을 말했을 뿐이다. 이처럼 남편과의 대화는 말의 실체 해석이 각각인 경우가 많았다. 엄마, 저건 내 목소리야. 중학생인 딸아이도 어쩌다 제 아빠를 따라 왔다가 자기 목소리를 기억하고 있는 관조가 신기해 팡팡 뛰었다. 사랑해요. 관조는 그 말을 가르친 사람의 목소리를 기억했다가 느닷없이 내뱉곤 했다. 같은 사람의 목소리라도 기분에 따라 억양이나 높낮이는 물론 그 음색 또한 달랐다. 사랑해요. 건성으로 내뱉는 소리가 있는가 하면 듣기에 간지러울 정도로 바이브레이션까지 띤 목소리를 냈다.

　사람들은 관조가 구사하는 말의 가면을 좋아한다. 들려오는 소리를 관조의 진실로 알기 때문이다. 네가 내 차 소리를 안다 그거지? 남편은 관조가 좋아하는 잣알을 손바닥에 올려놓고 같은 소리를 반복했다. 사랑해요. 사랑해요. 남편이 일주일에 한두 번 가지울에 와 내게 베푸는 가장 분명한 배려가 바로 관조에 대한 관심이다. 야, 관조, 사랑해요—하라니까. 그러나 관조는 잣알을 집어 먹는 일에만 열중할 뿐 남편의 말은 들은 척도 안 했다. 남편이 반복하는 '사랑해요'는 관조에게 먹이 그 이상의 의미가 아니었을 것이다. 실제로 관조가 남편 목소리를 흉내 내는 일은 극히 드물었다. 그 소리를 낸다 하더라도 극히 평범하고 단조로웠다.

관조는 지난주에도 그가 우리 집에서 떠난 한참 뒤에 덕만이 고개를 넘어오는 남편의 차 소리를 알아냈다. 어쩌면 그 무렵 몸을 재게 움직여 거실에 늘어놓은 압화 자료들을 치우는 내 행동을 보고 남편이 온다는 것을 눈치챈 것인지도 모르지만.

남편은 내가 이 언덕 집에 오면서 취미로 시작한 압화에 대해 이렇다 할 관심을 보이지 않았다. 시어머니와 함께 살게 되면서 이따금 있게 되는 집안 불화 때도 철저히 중립을 지켜왔듯 내가 하는 일에 대해서도 되도록 자기의 의견 내놓기를 피했다. 그네들은 어느 순간 폭발할는지 모르는 내 울증의 뇌관을 겁내고 있었던 것이다.

자기 노출은 대인관계를 증진시키는 데 결정적입니다. 신경정신과 담당의는 문제의 모든 요인을 내 자폐적 대인관계에서 찾으려 했다. 열려라 참깨. 네가 굳게 잠그고 있는 문을 열어야 한다. 설사 노출 방법이 서툴고 그것에 반응하는 사람들이 태도가 불량하더라도 네 속을 속속들이 드러내 보여야 한다. 네가 노출되는 만큼 사람들은 너를 좋아하게 된다는 것을 잊어서는 안 된다. 그들은 네가 열기를 기다리고 있다. 의사는 덧붙여, 때로 대인과의 의사소통에서 중요한 것은 말의 내용보다 말하는 방식일 수도 있다는 것을 강조했다. 어쩌면 의사는 자기 앞에서도 입을 다물고 있는 나를 해체시키는 일이 더 시급했는지도 모른다.

관조가 아직 살아 있느냐고 어머니가 물으시데. 남편은 지난 주에도 오랜만에 자기 어머니 얘기를 꺼냈다. 어쩌면 그네는 둘째 며느리 근황을 그런 식으로 물었는지도 모른다. 시어머니는 개든 새든 목숨 탄 것은 집에서 오래 키울 게 못 된다는, 완고한 지론을 가지고 있었다. 수명이 긴 동물은 모두 영겁이 지나쳐 귀신이나 다름없다는 것이다. 어쩌면 그것은 드세고 질긴 자기 인생의 투사 현상일지도 몰랐다. 둘째 아들이 키우던 늙은 무심이가 어느 날 불현듯 가지울 식구가 된 것도 그런 연유와 무관하지 않을 것이다. 함께 살 때 시어머니는 관조에 대해서도 거의 병적인 반응을 보였다. 저놈의 뙤놈 까마귀 새끼, 저승사자가 아마 저런 걸 게다. 그네는 관조가 중국에서 왔다는 얘기만은 귀담아들었던 모양, 욕을 할 때마다 중국까지 곁들여 욕을 했다. 물론 관조도 그네를 좋아하지 않았다. 녹음테이프 소리같이 아주 단조롭고 메마른 소리로 '사랑해요'를 연발했다. 그러나 시어머니는 관조의 사랑 타령에 약했다. 그래, 서방한테 못 받은 사랑, 니눔하구나 한번 해보자. 바나나를 쪼개 새장에 넣어주는 시어머니의 얼굴 표정이 그때처럼 곰살가워 보이기도 처음이었다.

관조는 팔 년 전 어느 날 남편이 밖에서 들고 들어온 드링크제 종이 상자 속에 들어 있었다. 영락없는 까마귀 새끼였다. 아무래두 밀항한 사람 같았어. 남편이 뜬금없이 그런 말을 했다. 구관조를 얻게 된 내력이었다. 인천 세관에 압류된 회사 물건을 찾으러 갔다가 어느 부둣가에서 만난 사람이었다고 했다. 내 눈치를 보며 허둥대는 몰골이 말이 아니었지. 이걸 주머니에서 꺼내 내밀며 나보고 사라는 거야. 중국에서 배를 탈 때 품속에 알을 품고 왔는데 오는 도중 부화했다지 뭐야. 알 두 개 중 하나만 부화했다나. 미친 놈 같아서 그냥 지나치려니까 날 막 붙들더라구. 돈은 안 줘도 좋으니 이 새를 자기 대신 잘 키워줬음 고맙겠다는 거야.

나는 그때까지도 종이 상자 속에 들어 있는 관조를 어떻게 해야 할지 몰라 난감해하고 있었다. 배에서 부화했다는 게 신기하잖아. 베란다로 나가 새장 하나를 들고 들어오며 남편이 다시 말했다. 하긴 돈을 안 주고 그냥 가져온 게 솔직히 좀 찜찜하긴 하다야.

남편이 베란다에서 들고 온 둥그런 새장 속에는 새 먹이가 그대로 흩어져 있었다. 남편은 쓰던 물건을 버리지 못했다. 신던 신발이 다 낡아 새것으로 산 뒤에도 신발장에 그대로 두었다. 남편이 들고 온 그 새장 속에는 몇 년 전 딸이 용돈을 모아 우리 결혼기념일에 맞춰 사온 잉꼬 한 쌍이 들어 있었다. 암컷이 며칠 못 가 죽었다. 수컷은 한 일 년쯤 있다가 이상한 병이 들었다. 시어머니가 새장을 떼어 바닥에 팽개친 뒤 생긴 병이었다. 하루 종일 머리를 밑으로 처박고 시계 반대 방향으로 계속해서

뱅뱅 돌았다. 먹이도 몸을 돌리는 사이에 겨우 쪼았다. 뇌신경 회로 하나가 죽어버린 게 분명했다. 나는 잉꼬를 내다 버리자는 말을 하지 않았다. 남편이 그것을 쉽게 내다 버릴 리도 없었지만 이상하게도 시어머니가 병신이 된 새를 신기해하며 들여다보는 시간이 많았기 때문이다. 무언가에 관심을 갖는다는 것은 다른 무엇에 대한 관심을 접었음을 의미한다. 어머니와 아들이 모로 뱅뱅 돌고 있는 잉꼬를 들여다보고 있는 동안 나는 그네들 시선 속에서 풀려나고 있었다.

끄악! 그가 우리 집 가까이 다가오고 있다. 그가 가지울에 나타날 때와 남편이 오고 있을 때 관조가 보이는 반응은 비슷한 것 같으면서도 확연히 달랐다. 남편의 경우 관조의 움직임은 그저 부산스럽기만 할 뿐 지금처럼 흥분하지는 않는다. 남편이 올 때 보여주는 부산스러움은 풍족한 먹이에 대한 반응일 것이다. 관조만큼은 아니지만 자기가 던져준 먹이에 대한 보상을 요구하는 남편 역시 부산스럽기는 마찬가지다. 그런 남편과 달리 그는 단 한번도 관조에게 먹이를 주지 않았다. 관조 앞에서 잠시 머물 뿐 말을 거는 일도 없었다. 안녕하세요, 사랑해요, 하고 관조가 수다를 늘어놓아도 일절 대꾸가 없이 그저 묵묵히 바라보는 게 고작이었다.

나는 애써 그가 거처하고 있는 건너편 산자락으로 눈길을 보내지 않는다. 보지 않아도 보인다. 어린 시절 도화지에 뫼 산(山) 형태로 단조롭게 그렸던 그림 그 한가운데쯤에 그의 거처인 조립식 주택이 있다. 한때 백로가 서식했다고 해서 왜갈봉인 뒷산은, 계획된 조림인 듯 산의 좌우에 군청색 잣나무 숲과 선명한 진초록 소나무 숲이 대칭으로 울울히 우거졌고, 그 경계쯤에 낙엽송림이 연초록으로 색의 대비를 이뤘다. 그리고 집 뒤쪽 산자락으로는 아카시가 우거져 있다.

절기가 빠른 탓인지 아카시가 벌써 꽃을 달기 시작했다. 며칠 뒤면 이곳까지 아카시 향이 올라오리라. 그의 거처 앞 개울가에는 꽤 큰 오동나무 한 그루가 머쓱하니 솟아 있다. 덩치 큰 나무가 잎도 나오기 전 보랏빛 꽃을 무더기로 달고 있는 모습은 뭔가 부자연스럽게 보인다. 그러나 개울가의 오동나무가 그런 대로 괜찮아 보일 때가 있다. 늦은 밤 그믐달이 나뭇가지에 걸렸을 때다. 그럴 때 오동나무는 마치 산골짜기의 정령들이 사다리를 타고 하늘로 승천하는 것처럼 신비로웠다.

그림이 그려진다. 그는 지금 오동나무 아래 개울에서 손을 씻고 있다. 물에 담갔던 손이 물속의 자갈을 주워 이리저리 들여다본다. 어쩌면 자신이 이 세상에서 마지막 바라보는 자갈이 아닌가 생각하고 있을지도 모른다. 그는 지금 생의 끝자락에 힘겹게 매달려 있다. 그에게도 아귀아귀 밥을 퍼먹고 오직 앞만 내다보며 힘차게 내닫던 그런 시간이 있었을까. 그는 지금 정지한 상태로 오동나무에 잠시 머물렀던 그믐달처럼 소멸의 시간과 마주하고 서 있다.

왜갈봉 밑의 빈집에 사람 사는 기미가 보인 것은 서너 달 전이다. 처음 그를 본 날 나는 내가 모르고 있었을 뿐 그가 오래전부터 거기 살고 있었던 것은 아닐까 싶은 생각이 들었다. 그는 그렇게 집의 일부처럼 거기에 있었다. 물론 그는 혼자가 아니었다. 늦은 밤이면 그 집으로 내려가는 승용차 헤드라이트가 산자락을 이리저리 훑었다. 그러나 승용차는 다음 날 열한시경이면 어김없이 덕만이 고개를 넘어 시내 쪽으로 사라졌다.

이런 데 사시는 거 무섭지 않으세요?

승용차 여주인이 우리 집에 나타난 것은 그가 왜갈봉 밑, 전원주택에 머물기 시작한 지 한 달쯤 지난 뒤였다. 사십대 초반으로 보이는 여자는 매우 육감적인 몸매를 하고 있었다. 그네는 우리 집 주위를 둘러보는 사이 호시탐탐 나를 탐색하는 눈치였다.

까만 앵무새도 있네. 여자는 구관조가 계속 사랑해요를 반복하자 그 앞에 잠시 머물며 혼잣소리하듯 말했다. 나는 그것이 앵무새가 아니라 구관조라는 것을 애써 밝히고 싶지 않았다. 이런 투의 내 침묵을 식구들은 못 견뎌 했다. 시에밀 무시하는 거다. 남편 역시 늘 내 침묵에 편치 않은 기미를 전해왔다. 당신은 중이나 수녀가 될 사람이 어쩌다가…… 딸의 표현은 좀 더 적극적이었다. 난 엄마가 말을 안 하고 있으면 막 무서워.

시내에서 식당을 하고 있어요.

건너편 산 밑 집에서 올라온 여자는 묻지도 않은 말을 남겼다. 밤늦게 돌아와 다음 날 오전에 사라지는 자신의 거취에 대한 해명일 것이다.

우리 그이, 여기 오래 머물진 않을 거예요. ……그이가 그냥 이런 데 혼자 있고 싶대서요.

우리 그이. 여자가 우리 집에 잠깐 머문 동안에 남긴 말이다. 그네 나름의 신고식이었으리라. 잠시 머물 뿐인 우리 그이에 대한 관심을 꺼줬으면 좋겠다는 시위도 없지 않았을 것이고. 아울러 자기네 집을 내려다보고 있는 우리집 상황에 대한 탐색도 곁든 것이겠지. 어떻든 그네가 우리 집까지 찾아옴으로써 그쪽 상황에 대한 혼돈은 거의 해결된 셈이었다.

저 친구, 환자 같던데, 뭐 하는 사람이야? 일주일에 한두 번 의무처럼 내 거처에 나타나는 남편이 어느 날 건너편 산 밑의 그를 발견한 모양이었다. 내 대답을 듣지 못한 남편이 혼잣소릴 했다. 뭔 재미로 저런 데 산다는 거냐.

사람들이 혼자 산골에 살고 있는 나에 대해서 관심을 보일 때마다 나는 모든 것을 털어놓고 싶은 충동이 든다. 이것은 의사 소통으로서의 전략이 아니고 내 생존의 확인과 같은 것이다. 내 가족들의 판결에 의하면 나는 우울증 환자다. 그네들의 권유에 의해 나는 정신과에서 상담도 여러 번 받았고 약물치료도 받았다. 병원 치료를 받으면서도 나는 달라지지 않았다. 아빠가 그러는데 엄만 실어증 환자래. 딸이 그런 말을 한 적이 있다. 대학 다닐 때 언어학 전공 교수도 강의 중에 무심코 내게 칼을 던졌다. 언어중추 장애가 아닌, 반사회적 실어증 환자도 있지. 적개심이나 분노 절망의 표현으로 말 안 하기. 자네가 그런 경우 아니야? 물론 농담으로 하는 얘기였지만 내가 받은 상처는 컸다.

당신이 원하는 게 바로 이런 생활 아니야? 먼저 여기 살던 사람도 당신처럼 야생화를 좋아했다잖아. 가지울에 내 거처를 마련해준 남편이 서둘러 다음 말을 이었다. 어머니한테 고맙다고 말씀드려. 가지울의 이 땅과 집은 시어머니의 명의로 된 것이다. 아마 모자 사이에 어떤 묵계가 이루어졌으리라. 나는 가족들로부터 떨어지고 싶지 않았다. 그러나 남편을 비롯한 다른 식구들은 분명 나와 이 정도의 거리를 원하고 있었다. 따지고 보면 나는 그네들에게 많이 부담스러운 존재임이 분명해 보였다. 나와의 관계에서 그네들은 항상 피해의 결과를 말해왔다. 특히 시어머니의 서릿발 같은 권위가 나로 인해 구겨지는 일을 가족들 모두가 힘들어했다.

시어머니는 맏아들을 먼저 저세상에 떠나보낸 뒤 둘째 아들을 휘어잡고 집안 살림을 도맡았다. 그네에게선 항상 기가 펄펄 넘쳤다. 초년과부로 가세를 이만큼 이뤄놓았다는 것을 집 안팎 사람들 모두가 인정했다. 남편의 지금 사업도 결국은 어머니가 평생 모은 재산을 축내고 있는 일이다. 큰아들이 교통사고로 죽은 일을 큰며느리 탓이라며 의절을 선언한 뒤 그쪽으로 갈 재산을 단 한 푼도 넘기지 않은 일도 예삿일은 아니었다.

그러나 나는 시어머니가 도맡아 하는 살림살이에 일절 불만이 없었다. 그 일로 해서 나는 많이 자유로웠다. 다만 견디기 어려운 일은 일방적인 의사소통 방식에 대해 그 어떤 이유로도 맞서서는 안 되는 집안의 묵계였다. 그것마저도 나는 감수할 수 있었다. 시어머니의 허점이 수시로 눈에 들어오면서였다. 밤이면 그네는 집 안팎살림에 지쳐 늘 앓는 소리를 냈다. 쇠심 같은 고집으로 매사를 주관하는 그악스러움과는 아랑곳없이 시어머니의 육신은 나날이 무너져 내리고 있었다. 어느 날 나는 그네가 이불도 덮지 않은 채 웅크려 누운, 아주 작고 초라한 몰골을 보았다. 연민은 시어머니의 일방적인 의사소통과 화해하는 내 유일한 언어였다.

내가 가족들과의 생활에서 견디기 어려운 것은 그네들이 내 방식의 말하기를 용납하지 않는다는 사실이다. 초등학교 다닐 때 내 행동발달상황 기록부에는 비교적 말이 없음, 과묵하나 자기 의사 표시는 분명히 함—이런 평가가 나와 있었다. 누군가 내게 질문을 해오지 않는 한 스스로 입을 열어 말하지 않는 것도, 꼭 필요한 경우 최소한의 어휘로 뜻을 전달하는 것도 어릴 때부터의 내 천성이었다. 그런 건 아범이 알아서 하게 놔두세요. 어머님이란 호칭마저 생략한 거두절미의 내 말에 시어머니는 뒤로 넘어갔다. 너 지금 시에미한테 훈계를 하는 게냐? 그럴 때 나는 대답하지 않는다. 그것이 훈계이든 아니든 시어머니가 받아들인 내 말의 의미는 변함이 없기 때문이다. 시어머니가 원하는, 서로의 불편한 관계를 부드럽게 풀어내는 말의 방식에 나는 서툴렀다. 남편은 내 화법을 더 못 견뎌 했다. 야, 내 말이 말 같지 않아서 대꾸도 안 하는 거냐? 남편은 자기가 한 말이 잘 먹혀들지 않는다고 생각하면서 말의 강도를 높이고 과장을 늘여갔다. 그럴 때면 그의 말을 들어야 하는 대상은 없고 그의 말만이 난무했다. 나는 그의 말을 듣지 않을뿐더러 일절 대꾸하기를 거부했다.

가치는 잘 변하지 않는 법이다. 어린 나이에 길들여진 그 절대적인 말하기의 습득은 내 안에 달팽이집을 지었다. 나는 짤막한 말속에 내가 전하고자 하는 의미를 다 담았다고 믿었다. 문제는 사람들이 내 말속에 담긴 의미를 자기들 방식으로 해석한다는 데 있다. 그것은 옳지 않은 일인데요, 라고 내가 말하는 순간 사람들은 그것의 옳고 그름을 따지지 않고 내 말을 무조건 저항으로 받아들였다. 당신은 말이 매사 공격적이라는 데 문제가 있어. 남편이 잘 쓰는 말이다. 그녀들은 항상 말의 저의

부터 따지고 든다. 말한 내용보다 말하는 방식을 더 문제 삼는다는 얘기다.

불편하면 편하게 하기. 나도 의식하지 못하는 사이에 전략으로써의 침묵과 가까워졌다. 물론 침묵은 때로 곤혹스럽다. 침묵이 발생하는 순간 그 공간을 채우기 위한 사람들의 갖가지 노력이 서로를 더 불편하게 한다. 가족들은 자신들을 불편하게 하는 내 침묵을 매우 위협적인 것으로 받아들였다. 그 위협으로부터 벗어나기 위한 그네들의 결속 속에서 나는 자연스럽게 울증 환자로 낙인이 찍힌 것이다.

일종의 염인증이지요. 의사는 내 침묵을 그렇게 결론지었다. 자학일 수도 있고요. 의사는 음침한 눈으로 나를 바라보며 다시 말했다. 하긴 침묵도 의사소통의 한 방법이긴 하지요.

그러나 가지울로 내 거처를 옮기면서 나는 비로소 잃어버린 말을 찾은 느낌이었다. 내가 찾은 말들은 내 주변 사람들이 원하는 그런 말이 아니었다. 우회와 함축의 음험함이나 수식이 없는 말이어서 혼란이 없었다. 내가 직접 보고 만지며 소리 듣는 것들은 더 이상 거짓이 아니었다.

나는 본다. 내가 보는 것이 내가 창조하는 것이다. 애기똥풀을 보았다면 그것은 분명히 내가 본 애기똥풀로 거기 존재했다. 그것은 사람들이 만들어내는 환영이나 관념이 아니라 본질로서 선택된 뒤 내 안에 들어와 어떤 의미로 자리했다. 내 앞에 존재하는 사물과 나 사이에 말이 오가는 현상이다. 나뭇잎들이 내 안에 어떤 의미를 만들기 위해 술렁거렸고 꽃들은 상징과 상징 사이의 이미지를 밝히기 위해 환하게 움직였다.

그의 출현 낌새를 알리는 관조의 소란이 있은 지 이십여 분이 지나 드디어 그가 모습을 보였다. 그는 오늘 청색 체크의 팔이 긴 남방셔츠에 미색 바지를 입고 있다. 다소 야위긴 했어도 사십대 남자의 풍채로는 그저 그만해 보인다. 굳은 얼굴 표정을 부드럽게 풀어주고 있는 것은 선하게 웃고 있는 눈이다. 그가 그렇게 하듯 나도 약간 머리를 숙여 인사한다.

사랑해요. 안녕하세요. 관조가 그를 향해 남자 목소리를 낸다. 관조는 수욕을 마치고 날개를 말리고 있는 중이라 기분이 최상이다. 언제나 그렇듯 그는 관조 앞에서 그 어떤 소리도 내지 않은 채 잠시 머문다. 무슨 때문일까, 관조는 그의 앞에서 지나치게 수다스럽다. 사람이 자기 앞에서 말하기 전에 저렇게 말을 헤프게 하는 관조를 이해할 수 없다. 사랑해요. 그러나 관조의 저 헤픈 말들을 단순히 먹이 조건반사로 보기에는 뭔가 좀 그렇다. 어쩌면 그것은 좀 더 따뜻하고 부드러운 것에 대한 간절한 바람일는지도 몰랐다.

그는 내가 일하고 있는 들꽃 밭으로 느릿느릿 걸어온다.

꽃망울이 아직 안 올라왔는가요? 그의 목소리는 가늘고 낮아서 자칫하다간 흘려버리기 십상이다. 그는 지금 물기가 많은 도랑가의 물매화 군락을 들여다보고 있다. 나는 대답하지 않는다. 그가 오기 전 그를 향해 무수히 쏟아낸 말만으로도 충분하다. 또한 그의 말을 기다리는 방법이기도 하다.

물매화…… 이름이 참 좋아요.

그는 엊그제도 같은 말을 했다. 그러나 나는 그가 매일 같은 말을 해도 그것을 먼저의 것과 같은 뜻으로 받아들인 적이 없다. 기표가 같다고 해서 기의까지 같을 순 없다. 그와 나 사이에 물매화가 말길을 튼 것일까. 도랑가에 쭈그리고 앉은 그의 헐렁한 등을 통해서도 나는 그의 말을 읽는다. 그는 물매화와 사랑을 시작했다. 자신의 생애에서 아직 단 한 번도 본 일이 없는 물매화 꽃을 그리워하고 있는 것이다. 곧은 줄기 끝에 오직 하나 달린 심장형 줄기잎에서 솟아오를 꽃망울을.

 내가 그 들꽃의 이름을 안 건 몇 년 되지 않는다. 비슷한 증세를 가진 사람들과 함께 동화구연을 공부하고 있을 때였다. 신문 한 장을 들고 생각나는 대로 이야기를 하는 시간이었다. 옛날에 가난한 집에 소녀가 살고 있었어요. 엄마가 병이 나 시내 병원에 있는데도 소녀는 동생들을 돌보느라 거기 갈 수가 없었지요. (그때 내가 들고 있던 신문지는 병원도 되고 어머니가 누워 있는 병원 침대도 되고 어머니의 하얀 얼굴도 되었다.) 학교에서 돌아오는 길이면 둑길 옆 도랑가에 주저앉아 엄마 생각을 했어요. 그때 소녀가 도랑가에서 발견한 꽃이 하나 있었지요. 긴 줄기 끝에 하트 모양의 잎 하나가 달려 있고 그 잎줄기에서 올라온 긴 꽃대 위에 다섯 장의 꽃잎이 아주 청초하고 우아했어요. 어느 날 소녀는 그 꽃을 꺾기 시작했어요. 그냥 아무 생각도 안 하고 도랑가에 피어 있는 그 꽃을 모두 꺾었어요. (나는 신문지를 가늘게 죽죽 찢어 한쪽 팔에 꽃다발처럼 가슴에 안았다.) 그 꽃 하나하나가 모두 엄마 얼굴로 보였던 거예요. 엄마, 왜 집에 안 오는 거야…… 소녀는 꽃을 가슴에 안은 채 달려가기 시작했지요. 집으로 가는 것이 아니라 삼십 리도 넘는 시내 병원까지 달려갔어요. 동네 사람을 따라 단 한 번 가본 시내 병원까지 찾아갔을 때는 캄캄한 밤이었지요. 그러나 여러 사람이 함께 있는 그 병실에는 엄마가 없었어요. 소녀는 그 병원 중환자실 앞에서 아버지를 만났지요. 아버지는 소녀가 여기까지 온 것에 놀라거나 화를 내지 않은 채 그냥 물끄러미 바라만 보았어요. 그때 소녀는 자신을 향해 아무 말도 하지 않는 아버지가 그렇게 무서울 수가 없었어요. 아버지는 소녀가 잔뜩 겁먹은 얼굴로 내민 들꽃 다발을 그냥 쓰레기통에 구겨 넣었어요. (나는 그때 가슴에 찢어 안은 신문지를 쓰레기통에 거칠게 집어넣으며 말을 마쳤다.)

그때 동화구연에 함께 참가했던 한 남자가 혹시 그 꽃 이름이 물매화가 아니냐고 물었다. 나는 모른다고 대답했다. 그 꽃의 생김이 이러저러하지 않느냐며 남자는 내가 꺾었던 꽃과 자신이 알고 있는 꽃의 모양을 일치시키기 위해 매우 열성적이었다. 내가 고개를 끄덕이자 남자가 확신에 찬 표정으로 그 들꽃 이름을 다시 말했다. 물매화군요.

물매화. 이름을 알면서 그것이 비로소 내 인생에 들어왔다. 가지울로 거처를 옮긴 그 첫해 여름에 가장 먼저 만난 들꽃도 물매화였다. 그 가을엔 겨우 여덟 송이의 물매화를 보았다. 내가 물매화를 바라보듯 물매화도 나를 바라보았다. 어린 시절 중환자실 앞에서 그냥 돌아온 뒤 다시 볼 수 없었던 어머니의 얼굴이 물매화에 겹쳤다. 내 말문이 트이기 시작한 것이다. 내가 물매화를 보면 어머니가 내 마음속에서 살아났고 물매화를 구겨 쓰레기통에 넣던 아버지의 화난 얼굴도 보였다. 꽃과 나의 교감이 정말 이루어졌던 것일까. 물매화는 다음 해에 어머니가 이 세상에서 누린 햇수인 서른여덟보다 더 많은 꽃송이를 달았다. 사실은 첫해에 씨를 받아 파종한 것이 번식 범위를 넓혀준 정확한 이유일 것이다. 어쩌면 올해에는 가지울에 매일 올라와 물매화가 피기를 기다리는 그의 나이와 내 내이를 합친 것보다 더 많은 송이의 꽃이 필는지 모른다.

왜갈봉 밑에 머무는 그가 처음 가지울에 올라와 내 앞에 모습을 드러냈을 때 나는 그에게서 내게 꽃 이름을 가르쳐준 남자의 이미지를 보았다. 나는 이제 막 싹이 나오기 시작한 물매화를 그에게 보여주었다. 그날부터 그는 물매화에 깊은 애착을 보이기 시작했다. 이상하게도 그는 내가 가꾸고 있는 다른 들꽃에는 별 관심을 보이지 않았다.

압화 소재로서도 물매화만 한 것이 드물었다. 우선 잎맥이나 꽃잎이 두터운 데 비해서 수분 함양이 적어 꽃의 원형이 말리거나 일그러지지 않을뿐더러 색채의 변조도 심하지 않았다. 특히 긴 잎자루에 붙은 단 하나의 줄기잎과 그 가지 끝에 붙은 한 송이 꽃의 배열은 그 자체가 예술이었다. 왜 하필 압화냐고, 누구도 묻지 않았지만 대답은 늘 준비되어 있었다. 어느 날 그것이 죽도록 보고 싶을 때를 위해 그 절정을 눌러 가둬두는 것이라고.

지난 이 년 동안 꽤 여러 개의 물매화 압화를 만들었다. 그러나 나는 물매화 압화나 사진을 그에게 보여주지 않았다. 그가 마음에 그리고 있는 물매화에 대한 외경심을 깨뜨리고 싶지 않았다. 어떻든 그는 물매화에 대한 내 느낌의 절제, 그 비밀을 속속들이 캐내기라도 할 듯 그 들꽃에 집착했다. 그는 꽃망울도 올라오기 전부터 물매화와 뭔가 느낌을 트고 있는지도 몰랐다. 그가 가지울에 올라와 물매화를 들여다보는 시간이 늘어갈수록 물매화 앞에 서는 내 시간은 줄었다.

　물매화, 꽃 냄새도 있습니까?

　그가 등을 돌리지 않은 채 묻는다. 물매화는 칠월 초에 꽃망울이 올라오기 시작해 거의 두 달이 넘어서야 꽃을 피우기 시작한다. 봄에 잎이 나와 여름에 꽃망울을 단 뒤 가을이 돼서야 꽃이 피는 것이다.

　아주 엷지만, 오전 한때 가루분 냄새가 나요.

　사실은 초가을 보름밤에도 물매화 꽃 냄새를 맡았다. 보름밤 달빛 아래의 물매화는 아름다움을 넘어선다. 떠도는 영혼들처럼 은하수로 너울너울 흘러가는 꽃송이들.

　나는 이날까지 자연을 가까이 하지 못하고 살았어요.

　한숨 같은 그의 음성을 들으면서 내 몸 안에 낯선 말들이 굼틀댄다. 그러나 나는 그의 말을 기다린다.

　자연이 늘 두려웠어요. 이제 와서 나무 이름 하나를 아는 일만 해도 힘들어요.

　희망 버리기가 바로 또 다른 희망 아닌가요. 그러나 나는 차마 이 말은 입 밖에 내지 않은 채 다른 말을 입안에 굴린다.

　좋은 무엇이 있어 그것을 바라볼 수 있으면 얼마나 행복한 일이겠어요. 뭔가를 바라보면서 그것에 대해 함께 얘기 나누기 말이에요. 그런데 나한테는 그런 게 없었어요. 그러다가 어느 날 깨달았어요. 내가 들꽃을 바라보는 순간 그것들이 나하고 얘기를 나누고 싶어 한다는 걸 말이에요.

　말은 어떤 실체를 밝히려는 노력일 뿐 그것을 완벽하게 보여주지는 못한다. 말을 많이 하게 되는 이유일 것이다. 사람들이 원하는 것은 말을 많이 하지 않고도 그 실체가 속속들이 보여지는 그런 관계의 만남이다. 나는 그를 만날 때 어떤 떨림을 느낀다. 그가 물매화 얘기를 하고 있을 때 나는 그의 안에 고여 있는 다른 의미의 말과도 소통한다. 덧셈의 만남. 이러한 것이 가능하다는 건 놀라운 일이다. 믿음은 자신이 살아가고 있는 세계를 보는 방식을 통해 나타난다.

나는 모처럼 그를 위해 차 한 잔을 끓인다. 흔히 이곳 사람들이 동백이라고 하는 생강나무 어린잎을 따다가 그늘에서 말린 뒤 불에 덖어 우린 것이다. 차는 생강나무 꽃처럼 향이 알싸하고 빛이 샛노랗다. 그는 내가 밖으로 내온 차에 대해 묻지 않았고 나 역시 그것을 설명하지 않는다. 사실 그는 찻잔을 입에 댔을 뿐 차를 마시지는 않았다.

그가 일어날 즈음 관조가 이상한 웃음소리를 냈다. ㅎ, ㅎㅎ. 평소 듣지 못하던 소리다. 관조는 호기심이 많아 모든 소리를 놓치지 않고 모은다. 자존심도 대단해 짖지 않는 무심이의 끙끙거리는 소리나 새소리를 잘 흉내 내지 않는다. 살아 있는 것들이 다 그렇듯 관조 역시 낯선 소리에 예민하다. 크음. 그가 찻잔을 입에 대면서 낸 소리다. 그러고 보니 그가 관조에게 말을 걸지 않는 이유를 알 것 같다.

때로, 말은 내 앞에 없고 앞으로도 없을 그 어떤 것에 대한 꿈꾸기라고 할 수 있다. 사랑해요. 내가 관조에게 말을 가르친 이유일 것이다. 없지만 어딘가 있어야 할 그런 사랑을.

시어머니의 출현을 관조는 내게 예고해주지 못했다. 나를 배

반한 때문인지 녀석은 안절부절못했다. 예견하지 못한 건 나 역시 마찬가지였다. 남편도 사전에 아무런 언급을 해주지 않았다. 다행히 그가 건너편 왜갈봉 밑 자기 거처로 돌아간 뒤 그네들이 들이닥쳤다.

사랑해요. 관조가 퉁명맞은 남자 목소리로 시어머니를 맞는다.
저놈에 까마귀 새끼 명 한번 길다.
남편의 차에서 내린 시어머니가 관조를 향해 내뱉은 말이다.
놀랄 것 없다. 네가 안 오니 어쩌냐, 이 늙은 게 올 수밖에.
시어머니는 가지울 골짜기를 휘휘 둘러본 뒤 평상에 걸터앉는다. 가지울 아랫동네에 고속도로 진입로가 생길 거라며 땅을 살 때의 그 득의가 아직도 탱탱하다.
요즘 메누리 이기는 시에미 없다고 하더라. 나라고 다르겠냐. 내가 너한테 졌다.
아닌 밤중에 홍두깨였다. 지다니? 누가 누구와 싸움을 벌였단 말인가. 나는 그네들이 물리쳐야 할 적이었다는 말인가. 내 허점을 본 것일까. 시어머니의 잽이 매섭다.
그릇하고 여잔 밖으로 내놓으면 깨진다고 했다.
시어머니는 힐끗 건너편 왜갈봉 쪽으로 눈길을 주었다가 내 몸을 아래위로 훑어본다. 남편은 마당가 수도에서 개한테 물을 끼얹고 있었다.
이제 그만 집에 들어오너라. 내가 느집 살림하기엔 너무 늙었다.
나는 머리에 두르고 있던 수건을 겨우 벗었을 뿐 금꿩의다리 꽃대에 지줏대를 세우던 그 자세 그대로였다.

아범도 그렇고 애도 에미 없이…… 그게 어디 사는 게냐.
　오늘 따라 시어머니는 사설이 없이 단도직입이다. 내가 정신을 추슬러 꿀물을 타왔지만 컵에 손도 대지 않았다.
　마침 작자도 있고 해서 이 집을 팔기로 했다. 땅이란 무시로 팔리는 게 아니다.
　시어머니를 쳐다본다. 한 달에 서너 번 마주 앉긴 했어도 막상 햇빛 속에 서 있는 이를 보니 많이 노쇠한 모습니다. 여전한 것은 탱탱한 눈의 총기다.
　어머님, 여긴 내 집이에요.
　한 번도 생각해본 적이 없는 말이 튀어나온다. 이런 투의 생뚱맞은 말이 결정적인 내 약점이다. 내가 침묵하는 이유이기도 하다.
　아니 이게 무슨 날벼락 같은 소리야, 얘, 아범아 너도 들었지?
　시어머니는 평상에서 벌떡 일어나다가 다시 털썩 주저앉는다. 개한테 비누칠을 하던 남편이 달려왔다.
　어머니, 이런 얘길 하시려고 여기 오신 거 아니잖아요.
　아니, 네놈까지……
　부들부들 떠는 시어머니의 손을 남편이 다잡아 쥐며 볼멘소리 내질렀다.
　당신 지금 제 정신이야? 어머닌 당신 혼자 여기 있는 게 안 돼서 하신 얘기라구.
　남편은 돌발 사태에 속수무책으로 허둥거린다. 시어머니의 느닷없는 비수는 늘 무방비의 내 목을 쳤다. 수없이 겪어온 혼란이다. 남편도 혼란스럽기는 나 못지않을 것이다.

남편은 개한테 비누칠을 해놓은 채 온몸에 경련을 일으키는 시어머니를 차에 태우고 사라졌다.

사랑해요. 남편 차가 떠난 뒤 관조가 내 목소리를 낸다. 내가 언제 저 녀석 앞에서 저렇게 간지러운 말을 했단 말인가. 안녕하세요. 남편이나 시어머니가 원하는 것이 바로 이런 목소리라는 것을 모르지 않는다. 휘이익! 농락하듯 관조가 짧지만 여운이 강한 휘파람을 불었다. 그래, 나는 너처럼 살 수가 없구나.

쉰다섯 그루 심은 고추가 빨갛게 익었다. 고추 첫물을 딴 이튿날부터 비가 내리기 시작했다. 한 달 넘게 꽃을 달고 있는 옥잠화와 토란의 넓은 잎에 떨어지는 빗방울 소리가 그만하게 듣기 좋다. 잎이 울울한 숲은 비에 온몸을 내맡긴 채 누에처럼 맘껏 키를 늘이면서 깊은 잠을 잤다. 그사이 칠월 중순부터 자태를 보이기 시작한 물매화 꽃망울은 꽃대를 한 뼘 높이로 세웠다.

예쁘네요.

며칠 전 물매화 꽃망울을 처음 본 그가 신음처럼 중얼거렸다. 그날 그는 다른 날보다 더 긴 시간을 물매화 앞에 머물렀다. 나는 그가 물매화와 가슴 깊은 말을 나눌 수 있도록 거실에 들어와 생강나무 잎 우린 차를 마셨다. 안녕하세요. 관조가 계속 같은 소리를 반복했다. 그가 오면 늘 그렇듯 흥분에 휩싸인 움직임이 몹시 부산스러웠다. 잠시 뒤 그가 새장 앞으로 오자 관조는 안정을 찾았다. 사랑해요. 언젠가 마을 청년이 가지울에 올라왔다가 남긴 장난스런 목소리였다. 나는 그가 돌아가는 기색을 알면서도 거실에서 나가지 않았다.

그날 이후 그는 일주일이나 가지울에 올라오지 않았다. 비가 내리기 시작한 사나흘 전부터였다. 밤이면 그 집으로 내려가는 자동차 불빛이나, 거실에 불이 켜지는 것이 여전한 걸로 보아 그가 그곳을 떠난 건 아닌 듯했다. 나는 대낮에 가끔 왜갈봉 쪽을 바라보며 그의 동향을 살피곤 했다. 그러나 그는 좀해서 모습을 보이지 않았다.

며칠 동안 많은 비가 내렸다. 가재가 많이 산다고 해서 붙여진 가지울 골짜기의 개천으로 흙탕물이 넘쳐났다. 비는 내 말의 숨통을 눌렀다. 나무와 풀과 꽃들도 입을 다물었다. 관조의 목소리도 다른 때와 달리 눅눅했다.

사람이 가장 무섭다더니 남편의 출현이 그랬다.

놀라긴, 왜, 뭐 죄 진 거라두 있어?

밤 열시에 불쑥 가지울에 나타난 남편이 한 말이다. 비가 너무 와서, 혹시나 하고…… 그러나 남편은 범람하는 개천이 무섭다며 아예 그쪽으로 다가가지도 않았다. 끄악! 남편이 새장을 흔드는 바람에 잠을 깬 관조가 외마디 소리를 냈다. 야, 늙은 까마귀 새끼야. 너 정말 드럽게 오래 산다. 남편의 직설 화법은 시어머니를 닮았다.

당신 오해하지 마.

깊은 밤에 들이닥친 것으로 보아 사태가 심상찮은 것이 분명하다. 묻지 않아도 스스로 털어놓으리라.

여기 땅을 팔자는 건 내 생각이 아니라 그거야. 당신도 알잖아, 어머니 고집.

일의 앞뒤 아귀 맞추기가 명료한 것처럼 통고의 말도 일방적이다.

나로선 달리 방법이 없었다구. 어머니 말씀은 당신이 당장 집으로 들어와야 한다는 거야. 그게 싫으면 뭐 다른 방법이 있겠어.

남편 나름의 사태 수습 방안이 제시된다.

당신이 여길 좋아하는 거 내가 다 알아. 이제 남은 방법은 어머니한테 무조건 잘못했다고 비는 수밖에 없다 그 얘기야.

무엇을 빌란 말인가. 빌지 않으면? 그네들은 오직 내 입만 바라볼 것이다. 내 속에 있지도 않은 말을 만들어 내거나 이런 경우를 위해 항상 장착돼 있는 그 어떤 말을 즐기듯 기다리고 있을 것이 분명하다.

상호작용이 아닌 자기 생각의 일방적 관철을 위해 상대의 굴복을 요구하는 말만큼 무서운 것이 또 있겠는가. 남편이 가지울에 머문 한 시간 동안 내 머릿속은 하얗게 빈 채 그 어떤 말도 떠오르지 않았다.

자승자박. 남편이 이런 문자를 내뱉으며 빗속으로 사라졌다. 사랑해요. 관조가 내 목소리를 냈다. 비 때문인가, 유난히 짙은 어둠은 방향을 한 바퀴 돌려놓은 듯 아무것도 가늠할 수 없게 만들었다. 왜갈봉 쪽이 어딘지, 그가 사는 집이 어디쯤인지조차 알 수 없었다.

상사화가 피었다. 머위 줄기 같은 굵은 꽃대 위에 연분홍이 이국적이다. 나도 여기 있어요. 상사화 옆에 하늘가재무릇도 꽃대를 쏘옥 올렸다. 지난해 가을 물매화를 보러 왔던 야사모 사람들이 몇 뿌리 두고 간 것을 심었는데 꼭 소엽풍란처럼 생긴 잎이 월동을 하더니 사월에 흔적도 없이 사라진 뒤 그 자리에서 꽃대가 솟은 것이다.

 하늘가재무릇의 꽃대를 보는 순간 내 안에 말이 다시 흘러넘치기 시작했다. 가재무릇은 상사화와 생태가 같아요. 잎이 없어진 뒤 꽃이 피고 꽃이 진 뒤에 다시 잎이 나오거든요. 잎과 꽃이 땅 위에 머무는 시간이 서로 달라 결국 둘은 영원히 만날 수 없는 거지요.

 날이 개고도 이틀쯤 지나 그가 비로소 가지울에 모습을 나타냈다. 관조도 그가 오는 것을 알아채지 못했다. 무심이가 몸을 일으키지도 않은 채 꼬리를 흔들었다. 그를 태운 자동차가 우리 마당에 들어서서야 그 차 주인을 알아봤다. 끄악 깍깍, 관조가 거칠게 우짖었다.
 여자가 먼저 운전석에서 내려 그를 부축했다. 그는 아이보리색의 헐렁한 운동복을 입고 있었다. 그가 애써 내 쪽으로 눈길을 주지 않는 것을 나는 눈치챘다.
 이 양반 고집 알아줘야 한다니까요. 여길 올라오는 조건으로 겨우 차에 태웠지 뭐예요.
 여자의 얼굴은 처음 봤을 때와 다름없이 밝았다.
 저이가 보고 싶다는 그 꽃 폈나요?
 아직…… 추석 때나 필 거예요
 거봐, 애타게 기다리면 더 안 피는 꽃도 있댔잖아.
 여자가 나한테 눈을 찡긋 맞추며 웃었다. 그의 뒤를 따라가는 여자의 걸음이 어딘가 허전허전해 보였다.
 추석까지는 아직 한 달이 남았다. 한 뼘 이상 솟아오른 줄기 끝, 꽃받침에 봉긋이 싸여 있는 엷은 녹색을 띤 물매화의 흰 꽃망울이 진주알처럼 영롱하다. 저처럼 굵은 꽃망울도 꽃으로 터지기까지는 아직 달 반 이상을 더 기다려야 한다. 기다린 긴 시간만큼 꽃이 피어 있는 시간도 길다.

이상해요. 저이가 왜 저 꽃을 그렇게 보고 싶어 하는지.

어느새 여자가 그를 도랑가에 남겨둔 채 내가 일하고 있는 고추밭에 들어서 있었다. 이럴 때를 위해 침묵이 필요하다.

그 꽃, 혹시 여기 계신 분 닮지 않았어요?

여자가 내 등 뒤에서 말한다. 나는 못 들은 척 붉은 고추 따는 일을 계속한다.

저이, 이제 그만 가야 해요.

도와달라는 목소리다. 일을 놓고 여자와 함께 도랑으로 나갔다. 그는 처음의 그 자세로 도랑가에 선 채 물매화 꽃망울을 무연히 내려다보고 있다.

저 꽃 참 앙증맞게 예쁘네요. 뭐예요?

여자가 도랑가 물매화 군락 사이에 핀 연보랏빛 꽃을 손으로 가리켜 보였다. 위로 쭉 올려 뻗은 줄기에 작은 종 모양의 꽃송이가 졸망졸망 매달렸다.

잔대꽃. 나는 입속으로만 중얼거렸다. 역시 그는 잔대꽃을 보고 있지 않았다. 얼마 전에 왔을 때도 물매화 군생지 한가운데 보기 드물게 타래난초가 피어 있었지만 그는 관심을 보이지 않았다. 그럴 때면 나는 알 수 없는 조바심으로 호흡이 빨라졌다. 그가 보려 하지 않는 것에 대해 말하고 싶은 충동이다. 타래난초를 처음 봤을 때의 충격이나, 들꽃의 이름을 처음 발상한 사람들의 안목에 대한 감동 따위를 거침없이 말하고 싶어지는 것이다. 그러나 오직 한 가지를 보기 위해 다른 모든 것을 포기한 그의 마음 속 말이 번번이 내 말문을 막았다.

그가 자동차에 오르면서 잠깐 가지울을 휘둘러보았다. 나는 그에게 다가갔다. 여자가 보고 있었지만 상관하지 않았다. 그가 먼저 손을 내밀었다. 꽃줄기처럼 메마른 손이었다. 내 손을 맞잡은 그의 손아귀에 힘이 주어지는 것을 느낄 수 있었다.

그가 차에 올랐다. 차가 가지울 언덕을 다 내려가자 관조가 긴 휘파람을 불었다.

……나는 그가 물매화 군락지인 도랑가를 떠나면서 스치듯 내게 건넨 말을 되새겼다. 그가 내게 건넨 말은 그의 눈빛을 타고 곧장 내 가슴에 와 닿았다. 무슨 연관인지 불현듯 여고 시절 코스모스 핀 들길을 걸으며 친구들이 했던 말장난이 떠올랐다. 오늘 참 코스모스 하지 않냐. 나 그 머슴애 코스모스 하는데 개도 나 코스모스 할까. 아, 인생은 코스모스 한 거야. 오늘 내가 눈으로 잡아낸 그의 말이 그랬다. 그가 내게 남긴 말은 언제고 때를 기다려 꽃으로 피어날 수도 있을 터. 때로는 따스한 바람으로 얼어붙은 내 안의 말들을 꽃피울 수도 있을는지도.

그날부터 왜갈봉에는 불이 켜지지 않았다. 자동차 불빛도 더 이상 볼 수 없었다. 누구도 가지울에 모습을 보이지 않은 채 일주일이 지나갔다. 남편은 다른 때와 달리 사업 일로 외국에 나가면서 내게 알리지 않았다. 추석이 지나 귀국할 거라는 딸의 말이다. 딸이 걸어온 전화도 단 한 번뿐이었다. 엄마한테 전화 많이 안 하는 게 엄마 병 고치는 데 좋다고 아빠가 그랬어. 아이를 통해서 내가 환자라는 것을 다시 확인했다.
 나는 어디가 아픈가. 채워지지 않을 것을 겁내 지레 비워버린 그리움의 방이 너무 넓은 것인가. 누구도 내 빈방을 들여다볼 수 없다고 나는 왜 고개를 계속 젓고 있단 말인가. 때로 나는 가면을 쓰고 싶은 충동을 받는다. 관조처럼 다양하고 촉촉한 목소리로 사람들의 환심을 사고 싶었다. 내 목소리를 버려야 하는 일이다. 사람들과의 관계는 모두 게임이다. 게임에는 전략이 필요하다. 내 본질을 감추어야 하는 일, 속이고 또 속여야 한다. 상대가 원하는 것이 무엇인가를 파악하는 일이 더 중요하다.
 그 생각만으로도 나는 지쳤다. 꿈꾸기도 전에 스스로 주저앉곤 했다. 내 모습을 감추려고 할수록 나는 사람들로부터 고립되었다. 최선의 길이 침묵일 수밖에 없었다.

 그가 돌아온 듯했다. 여자의 자동차에 실려 떠난 지 거의 열흘만에 다시 왜갈봉 집에 불빛이 보였다. 물매화 꽃망울은 아직 벌어지지 않았다. 하지만 열흘밖에 남지 않은 추석 즈음엔 개화를 볼 수 있으리란 생각이 들었다.
 그가 돌아왔지만 이상하게도 그의 모습은 보이지 않았다. 멀리서 봐도 나이가 좀 들어 보이는, 몸집이 큰 여인네가 집 안팎을 들락거릴 뿐이었다. 밤이면 그 집 승용차가 다시 왜갈봉 밑에 나타났다가 다음 날 오전에 사라지는 걸로 보아 그가 온 것은 분명해 보였다.
 몸집이 큰 여인네는 자주 낫을 들고 밖으로 나와 주변을 정리했다. 망초나 환삼덩굴 등 마당가의 잡초를 쳐내는 모습이 하나의 풍경 같았다. 여인네는 일을 하다 말고 가끔 가지울 쪽을 올려다볼 때도 있지만 발길은 하지 않았다. 그는 일어날 수조차 없어 집 안에 누워만 있는가.

왜갈봉 그의 집에는 가지울 이쪽으로 난 창이 없다. 나는 그의 집 벽에 창을 낸다. 그가 방에 누워서도 가지울을 쳐다볼 수 있게 벽 전체를 허물고 창으로 만든다. 내가 낸 창으로 그가 가지울을 본다. 그는 멀리서도 꽃줄기가 더 길어진 물매화 꽃망울을 하나하나 들여다본다. 그와 들풀 사이에 말 없는 말이 오간다. 침묵은 무작위적이 아니다. 슬쩍 한번 보는 것만으로도 말이 필요 없는 경우도 있지만 너무 절망적이라 그 어떤 말도 할 수 없을 때도 있다. 침묵의 방법으로 그가 모습을 보이지 않는다는 것을 이제야 알 것 같았다.

거기 땅이 팔린 거 알고 계시겠지만······

그동안 몇 번인가 가지울에 사람을 데리고 왔던 시내 부동산 사람이 전화를 걸어왔다. 시어머니의 전략은 치밀했다.

추석 전에 거길 내주는 걸로 계약이 됐어요. 어차피 추석엔 시내 집에 들어가 계실 거고 해서.

새벽에 꿈을 꾸었다. 무슨 말인가 다급히 해야 하는데 목소리가 나오지 않아 애를 쓰다가 잠이 깼다. 그 꿈결에 앰뷸런스 소리도 들었을 것이다. 잠을 깨 화장실에 가다가 내다본 밖의 어둠은 빈틈이라곤 없어 보였다. 철벽 같은 어둠 속에 비가 내리고 있었다. 조이듯 목이 말라 나는 물을 연거푸 들이켰다. 관조는 부리를 목깃에 묻은 채 잠에서 깨어나지 않았다.

뭔가 텅 빈 느낌. 아침 일찍 그의 집을 내려다보았다. 있어야 할 여자의 차가 보이지 않았다. 몸집이 큰 여인네도 볼 수가 없었다. 관조가 수선을 피우기 시작했다. 그가 올라오기 전에 보이던, 불안 낌새의 그 수선스러움이다. 나는 얼른 길을 내려다본다. 그의 모습은 보이지 않는다. 개울가의 오동나무 잎만이 내 눈길 속에서 흔들리고 있다. 바람도 없는데 흔들리는 나뭇잎. 그가 가지울로 올라오고 있는 것이다.

나는 아침 산책을 나선다. 그를 마중 나가는 것이라 해도 상관없다. 끄악! 등 뒤에서 관조의 불안정한 소리가 들려온다. 나는 되돌아가 새장을 벗겨 든다. 관조는 보랏빛 광택이 나는 검은 날개를 쭈욱 폈다가 접는다. 눈 밑에서 목에 걸쳐 두른 노란 띠가 오늘따라 더 곱다. 나는 관조도 함께 데려가기로 한다. 관조를 방생하는 일에 대해 벌써 며칠째 생각 중이지만 아직 작심이 서지 않았다. 새장을 들고 도랑가 물매화 군락지로 걸음을 옮긴다.

새벽비에 젖은 물매화 꽃망울이 금방 터질 듯 탱탱하다. 이러고도 열흘은 더 있어야 꽃이 핀다는 걸 안다. 애타게 기다릴 까닭이 없다. 물매화 말고도 다른 들꽃이 지천이다. 멀리 산자락에 키가 큰 마타리와 벌개미취가 후두둑 빗물을 털어내고 있다. 물이 질펀한 도랑 가득이 자주색 물봉선이, 물매화 군락 사이사이에는 홍자색의 기생여뀌와 술패랭이꽃 한 송이씩이 구색을 갖췄다. 모두 아름답지만 그가 기다린 것은 이것이 아니다.

사람은 때로 자기가 보고자 하는 대로 본다. 자신이 원하는 것에 맞도록 왜곡시키는 일. 자신이 선택한 것을 자신의 시각으로 조직하고 풀이해서 만들어낸다. 대체로 자신에게 익숙한 것을 그려낸다. 은분취 하나를 보았다고 해서 한 번도 본 적이 없는 은분취 군락을 기대하지는 않는다. 마타리와 벌개미취, 그리고 물봉선과 여뀌를 보고 있지만 나는 지금 머리 속 감광지 위에 만개한 물매화 그림을 올려놓는다.

바로 이때부터다. 눈앞에 믿을 수 없는 일이 벌어졌다. 나는 그냥 물매화 꽃망울을 보고 있었을 뿐이다. 그가 그랬듯 다른 들꽃들을 외면한 채 오직 물매화만 바라보고 있었다. ……며칠 전 그가 도랑가에서 나한테 던진 말이 잠자던 바람 요정이라도 깨운 것인가. 오! 내 안에 고인 말들이 놀라운 투과력으로 노출되면서 파장을 일으킨다.

백여 송이 물매화 꽃망울이 앞다투어 한꺼번에 꽃으로 벌어지고 있었다. 꽃망울이 모두 꽃으로 피기까지 걸린 시간은 그리 길지 않았다. 물이 충충하게 고인 도랑가 산기슭에 해맑은 우유빛 유방운 한 자락이 내려와 깔렸다. 그가 애타게 기다리던 물매화가 핀 것이다. 새벽비가 내렸을 뿐이다.

등 뒤에서 내 어깨에 올린 그의 손을 느낄 수 있다. 그와 함께 물매화를 보고 있다. 그가 물매화와 나눈 말들이 은밀하고 따스하게 내 안으로 들어온다. 눈앞의 이적, 나는 이 비현실감이 너무 벅차 그를 향해 돌아선다.

찌악!

그래, 나 혼자가 아니었구나. 나는 그때까지도 관조가 들어 있는 새장을 손에 들고 있었다.

물매화가 피어난 도랑가에 관조를 내려놓았다. 느닷없이 낯선 소리를 내지른 관조가 웬일인지 금방 안정을 찾았다. 사랑해요. 촉촉하게 젖은 목소리. 관조의 눈앞에 땅 위의 은하수 흐름 같은, 물기를 머금은 물매화 꽃들이 바람결에 하늘하늘 일렁이고 있다.

휘이오, 후이익.

관조가 휘파람을 분다. 가슴 서늘한, 어쩌면 그가 물매화를 바라보며 불었음직한 긴 휘파람을.

○2004년 『문학사상』 10월호

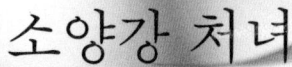

소양강 처녀

요즘 마을 사람들이 모이는 자리에선 온통 그 여자에 관한 얘기만 오갔다. 그도 그럴 것이 여자가 산에 들어간 지 한 달째 소식이 감감한 것이다. 사람들은 막국수집 술자리에서 내가 무심코 던진 말까지 물고 늘어졌다.
　그 여자 인제 안 돌아올 거라구 우 선상님이 그랬대면유?
　그냥 한번 해본 소리였어요. 무슨 근거가 있어 한 말이 아닌데 자꾸 그러시네요.
　첨 보구 뭔가 일을 낼 여자라는 걸 알았다는 얘긴 또 뭐유?
　첫인상이 좀 그랬습니다. 제가 느끼기엔 말이죠.
　사실 작년 여름 약수터 골짜기에서 그 여자를 처음 보았을 때 나는 많이 놀랐다. 빗속을 우줄우줄 내려오는 모습이 영락없는 장수하늘소였다. 테가 아래로 처진 캐주얼한 모자 끈의 너불거림도 그랬지만 두 팔을 벌려 몸의 균형을 잡는 그 모습이 딱정벌렛과가 지닌 그런 기이한 이미지로 와닿았기 때문인지 몰랐다. 장수하늘소 찾기에 혈안이 돼 있다 보니 헛보임 현상이 생겼달 수도 있을 것이다. 설령 정말 장수하늘소를 발견했다 해도 가슴이 그토록 뛰었을까. 팡팡 튀는 탄력의 몸매. 날렵했다. 허름한 남색 운동복에 작은 배낭을 지고 골짜기를 가볍게 걸어 내려오는 그 여자의 모습에서 나는 산짐승의 야성 같은 것을 보았다.

그날 밤 꿈에 나는 기어이 장수하늘소를 보았다. 나 또한 장수하늘소가 되어 하늘을 날고 있었다. 나 혼자가 아니었다. 학교에 있는 곤충도감 속 장수하늘소보다 몇 배나 큰 것이 내 앞에서 날개를 퍼덕이며 서어나무 숲을 날아다니고 있었던 것이다. 장엄했다. 딱딱한 적갈색 날개를 활짝 펼치자 앞가슴과 등판에 광택이 휘황했다. 암컷 장수하늘소였다. 상대를 따라잡기 위해 나도 긴 더듬이를 활처럼 휘며 솟구쳐 올랐다. 암컷을 놓칠 것 같은 초조감 속에서도 사정 직전의 떨림으로 온몸이 팽팽히 부풀었다. 그러나 어느 순간 내 날개는 점점 뻣뻣하게 굳어 갔고 나는 아래로 아래로 한없이 떨어져 내리기 시작했다. 그 황홀한 비상으로부터 내던져지는 낭패의 가위눌림에서 허덕이다가 잠을 깼다. 잠을 깨고 나자 내가 꿈에서 쫓아다닌 것이 장수하늘소가 아니라 산에서 본 그 여자였다는 생각이 들었다. 그 여자 생각으로 새벽잠을 설쳤다.

어느 날 나는 그 여자의 전혀 다른 변신 앞에서 허둥거렸다. 마을 정류장에서 춘천 나가는 시내버스를 기다리고 있는 그네를 본 것이다. 얼마 전 산에서 만난 그 여자가 영 아니었다. 산뜻하게 틀어 올려 머리핀으로 고정시킨 뒷머리 탓인가 갸름한 어깨선이 긴 목과 잘 어울려 보였다. 엷은 고동색 투피스 정장 차림의 맵시는 글래머 일급 여배우가 시골 아낙으로 분장한 그런 모습이었다. 사실 마을 남자들 입에서는 그 여자가 칼기 폭파범 김현희를 빼닮았다는 소리가 곧잘 흘러나오곤 했다.
 저, 시내 가는데 함께 가실까요?
 그때 내가 무슨 용기로 그녀 옆에 차를 세웠는지 모르겠다. 그 순간을 놓치면 평생 후회하게 될지도 모른다는 어떤 절박함이었을 것이다.
 그녀는 잠시 머뭇거리다가 차 뒷자리에 올라탔다. 내 호의에 대한 경계심 같은 것이 전혀 없었다. 고맙다는 의례적인 인사말도 없이 그녀는 뒷자리에 잠잠히 앉아 시종 창밖만 내다봤다.
 추곡학교 선생입니다. 허선희 어머니시죠, 삼학년 다니는? 네. 산삼을 캐셨다고요? 네. 정말 그렇게 많은 산삼을 캐셨다는 게 사실입니까? 네. 그게 장뇌일는지도 모른다는 얘기들도 있던데요. …… 추곡이 장수하늘소 서식지였다는 걸 알고 계십니까. …… 육십년대 초반까지만 해도 추전리와 여기 추곡에 장수하늘소가 나타나 곤충으론 처음으로 천연기념물로 지정이 됐다는 겁니다. ……네에. 그런데 저 아래 추전리와 추곡 일대가 수몰되는 등 서식환경이 파괴되면서 더 이상 장수하늘소가 발견되지 않는답니다. …… 그래도 혹시나 해서 추곡을 찾는 곤충학자들이 많습니다. 나는 그냥 호기심으로 장수하늘소가 서식할 만한 참나무 고목 숲에 들어가곤 하지요. …… 그날도 애들이 장수하늘소가 고로쇠나무에서 물을 빨아먹는 걸 봤다고 해서 거기 들어갔다가 뒤에 앉은 분을 뵌 겁니다. ……
 혼자 북 치고 장구 치고, 추곡에서 배후령을 넘은 뒤 소양강

다리를 건너기까지 그네와 나눈 얘기가 이 꼴이었다.

그 여자는 추곡학교 3학년 다니는 딸의 학부모이면서 학교에 단 한 번도 얼굴을 보이지 않았다. 그래서인가 선생들조차도 그네를 아무개 엄마라고 하지 않고 주로 그 여자로 불렀다.

어이, 요즘 우 선생 얼굴이 왜 그래?

지난겨울 빙어잡이로 재미를 톡톡히 봤다는 박 선장이 술잔을 건넸다.

수몰이 되면서 고립된 마을의 아이들을 실어 나르기 위한 학교 장학선 키를 잡은 적이 있대서 사람들은 지금도 그를 박 선장이라고 불렀다. 박 선장은 나보다 대여섯 위로 서울에 올라가 대학까지 다니다 중퇴한 뒤 마을에 눌러앉았다고 했다. 부모가 받은 수몰된 땅 보상금도 다 날린 뒤 소양호에서 고기잡이나 하면서 그럭저럭 살아가고 있다.

노총각 박 선장이 필리핀 처녀 제니를 아내로 들인 일은 마을의 큰 사건이었다. 그러나 결혼한 지 석 달 만에 제니가 박 선장이 관리하는 어촌계 자금 팔백만 원을 빼내 도망친 일은 더 큰 화젯거리였다고 했다. 제니가 도망친 뒤 고향을 한 일 년 동안 떠나 있던 박 선장이 몸에 깊은 칼자국 하나를 감춘 채 마을로 돌아오는 날 나도 추곡학교로 발령을 받아 오는 길이었다. 함께 추곡에서 버스를 내린 인연 때문인지 박 선장과 나는 꽤 격의 없이 지내는 사이였다.

제 얼굴에 뭐 묻었습니까?

암캐 따라가다 헛다리 짚고 하늘 쳐다보는 수캐 꼴이라 그거야.

앉으나 서나 그 여자 생각만 하면 '소양강 처녀'가 절로 흘러 나온다던 그 사람 어디 갔습니까?

사돈 남의 말하듯, 제니 얘기는 한사코 입에 올리지 않는 박 선장이 그 여자 얘기라면 선수를 치고 나왔다.

나야, 소양강에서 '소양강 처녀'나 부르구 있었지만 그 여자 산에 들어갈 때마다 우 선생이 침 겔겔 흘리며 따라 들어갔다는 거 모르는 사람 없어야.

아니 땐 굴뚝에서 연기 나겠는가. 최근 마을 사람들한테 그런 소문이 나 있었다. 실제로 학교가 끝난 후 약수골 뒷산을 헤매 다가 그네를 만난 적이 몇 번 있은 뒤 그 얘기를 마을 사람들한 테 한 것이 화근이었다.

추곡학교로 발령을 받았을 때 그 마을이 일제시대부터 장수 하늘소 서식지였다는 정도는 알고 있었다. 그러나 학교에 부임 한 지 며칠 안 된 어느 날 추곡으로 곤충채집을 나온 이종 교수 를 만난 것이 장수하늘소에 대한 관심이 깊어진 계기가 되었다. 곤충 분류가 전공인 이종 교수는 근래 딱정벌렛과 중에서도 하 늘소 연구로 이름이 나 있었다. 이종 교수는 장수하늘소가 추곡 에 다시 돌아왔다는, 그 서식 확인을 내가 해주기를 은근히 바라는 눈치였다.

수컷 큰 건 길이가 12센티가 넘는 것도 있습니다.

이종 교수는 우리나라에 서식하는 하늘소가 이백 종도 넘는 다며 그중에서 가장 덩치가 큰 것이 장수하늘소라는 것을 강조 했다. 방아깨비나 사마귀 등 대부분의 곤충은 암컷이 수컷보다 큰데 장수하늘소나 풍뎅이들은 그 반대라는 얘기도 했다.

키가 얼마예요? 지난번 시내에서 만난 여자는 몇 마디 얘기가 오간 끝에 내 신체 조건부터 확인하러 들었다. 키에 비해서 몸무게가 너무 가볍지 않느냔 충고까지 곁들였다. 꼭 열번째의 맞선이 그런 식으로 깨졌다는 얘기를 들은 동료 여선생이 말했다.

이세 만들 짝을 찾는 건데 그런 거 물어보는 거 당연한 거 아니에요?

황소 뒷걸음질하다 쥐 잡는다고, 장수하늘소를 찾을 수 있을는지 모른다는 기대로 숲을 헤매기 시작하면서 비로소 가지각색 딱정벌레들이 눈에 들어왔다. 특히 하늘소라고 이름 붙여진 곤충들은 공통적으로 우악스러운 큰 턱을 가지고 있었다. 어떤 아이는 장수풍뎅이를 장수하늘소라고 잡아오기도 했다.

허만수가 우 선생 당신을 의심한다며? 갸 지금 제정신이 아니니까 무조건 피하구 봐.

허만수는 자기 아내가 산으로 들어가 돌아오지 않은 그다음 날부터 산을 뒤지고 다녔다. 사람이 안 보이는 데서는 엉엉 울고 다닌다고 했다. 평소 금실 좋기로 이름난 집이었다. 허만수가 여자만 쳐다보고 산다는 얘기였다. 그만큼 여자가 남편한테 지극 정성이라고 했다. 남편의 옷매무새는 물론 그 용모가 도시 하이칼라들 뺨치게 깔끔한 것이 모두 그 여자의 손길이라고 했다. 여름날에도 남방셔츠는 물론 양발까지 다림질을 해 입힌다는 것이다.

지 생명의 은인인데 왜 환장 안 하겠어. 숨이 붙어 있으니 그게 사람이지, 영 꼴이 아니었다니까 그러네.

마을 사람들은 그 여자 얘기가 나올 때마다 허만수가 위장병으로 처음 추곡에 들어왔을 때 형상을 그려내곤 했다. 눈이 휑하니 십 리는 들어간 해골바가지라 약수터 민박집들도 송장 치울 일 없다며 방 내주기를 꺼렸다는 얘기다.

뭐니뭐니 해도 만수 그 사람 여자 땜에 에서 새 인생 얻은 거여.

허만수가 추곡학교에 온 것을 두 번인가 보았다. 한번은 선희가 아파 집에 연락을 하자 데리러 온 적이 있었고 또 언젠가는 담임한테 뭔가 선물을 하나 들고 왔다. 나는 허만수의 해맑은 얼굴과 깊숙이 들어박힌 그의 눈만 봐도 어떤 적대감을 가졌다. 마을에서도 두어 번 마주쳤는데 서로 알은체를 하지 않고 그냥 지나쳤다.

선희가 허만수 친딸이 아니란 얘기 우 선생도 들었지?

그게 무슨 얘깁니까?

선희 혈액형이 허만수와 다르다는 걸 추곡학교 선생들이 밝혀냈다면서 그것두 몰라?

그럼 그 집 네 살 짜린가 하는 그 남자애도 씨가 다르다는 겁니까?

그럴 수도 있지.

허만수한테 뭔 문제가 있다는 거군요.

그런데 참 이상하다는 거야. 애들한테 무관심한 건 오히려 그 여자래. 애들두 즈 엄말 그렇게 무서워한다네. 메누리에 대한 불만이 있다면 딱 그거 하나, 라고 허만수 모친이 그러더만.

동물의 왕국에 보니까 어떤 암컷은 새끼를 낳아놓고선 사라지던데요. 수컷이 혼자 남아 새끼를 키우는 거예요. 어떤 수컷은 분명 제 씨가 아닌 걸 알면서도 새끼를 돌보는 부성애를 보이더라니까요.

맞선 자리에서 키에 비해 몸무게가 적게 나간다고 면박을 주던 여자가 들려준 얘기다. 결혼을 해 한쪽의 결함으로 애를 못 낳으면 어쩔 거냐 자기 질문에 대해 그네 스스로가 내린 답이기도 했다. 그때 나는 양자를 들이던가 인공수정을 하는 일 같은 것은 결코 하지 않을 것이란 단호한 표현으로 그네를 무질렀다.

확실한 근거도 없이 왜 그런 말들을 하는 겁니까. 출생 비밀을 놓고 어른들이 재미 삼아 하는 얘기가 그 당사자인 아이들한테는 얼마나 치명적이 될 거냐 그 얘깁니다.

야, 우 선생, 뭔가 찔리는 거 있는 거 아니야? 그 뱃속에다 그 새 씨라두 심은 거야?

박 선장은 언제나 그 여자 얘기를 먼저 꺼내놓곤 어느 순간에 상대를 몰아붙이곤 했다.

오, 그러고 보니 그 집 네 살짜리 사내애, 그 애가 박 선장 아들일 수도 있다 그걸 얘기하고 싶은 겁니까 지금?

이에는 이다, 하고 냅다 받은 것인데 그 반응이 뜻밖이었다.

해저문 소양강에 황혼이 지면 외로운 갈대밭에 슬피 우는 두견새야…… 기다리다 멍든 가슴에 떠나고 안 오시면 나는 나는 어쩌나 아~ 그리워서 애만 태우는……

박 선장이 느닷없이 '소양강 처녀'를 구성지게 불러댔다. 물론 술자리의 흥이었지만 그 노래를 이절까지 부르는 것은 좀 그랬다. 속에서 치미는 뭔가를 그 노래로 눙치고 있는 게 분명해 보였다. 그러나 노래를 다 부르고 난 박 선장이 킬킬 웃으며 말했다.

제니년 피임이 철저했다구. 아직 앨 낳을 준비가 안 됐다나. 내가 거기에 속은 거야. 우라질, 애부터 만들었어야 하는 건데, 이 병신이……

대신, 그 여자한테서 씨 확실하게 받아놓구선 뭘 그래요.

무슨 억하심정일까, 나 역시 그 여자 얘기만 나오면 마음이 요동질이었다.

네 살배기 갸가 이장 보는 변동근이 빼닮았다는 얘기들도 있어야.

양지리 사는 새마을지도자 김춘섭이 닮았다는 얘기도 있던데요 뭐.

엠병할. 다아 마을 여편네들이 돌리는 입방아질이라구.

무슨?

질투라니까. 여자 생긴 것두 그렇지만 즈네들하군 뭔가 분명 다른 구석이 있는 게 아니꼽고 더러운 거야.

남자들이 침을 질질 흘리니까 그럴 수밖에요.

수컷들이야 원래 발정한 암컷 냄새를 맡으면 그럴 수밖에 없는 거야.

내가 보기에 그 여자 아주 정숙해 뵈던데.

야, 웃기지 마. 정숙한 거하고 애 배는 거하고 무슨 상관이 있냐?

그 여자 없어진 뒤에 마을 남자들이 있을 때보다 오히려 더 난리를 떠는 건 또 뭡니까.

죽은 자식 귀가 더 잘생겼다, 뭐 그런 애착이구 미련 아니겠어.

그거 말고, 거의 멸종 상태에 있는 어떤 희귀종에 대한 향수 같은 것도 있을 겁니다.

……기다리다 멍든 가슴에 떠나고 안 오시면 나는 나는 어쩌나 아~ 그래서 애만 태우는……

이미 술이 박 선장을 먹고 있는 상태였다. 제니로 해서 생긴 상처 때문일까, 아니면 박 선장 이 사람, 소식이 묘연한 뒤로 더욱 그 여자를 그리는 수컷들의 대열에 같이 올라탄 것이냐. 나 역시 취기의 몽롱한 상태에서 뭔가 구시렁거리며 빈 잔에 술을 넘치게 쏟아부었다. 자, 한잔 받으소. 그러나 술잔을 집어 든 것은 그 여자가 아닌 박 선장이었다.

여자를 다시 약수터에서 만난 것은 시내까지 차를 태워준 며칠 뒤였다. 바가지에 푼 약수로 손을 씻고 일어서던 그네가 뒤에 서 있는 나를 발견하자 먼저 말을 걸어왔다.

장수하늘소 찾으셨예요?

여자의 또 다른 변신이었다. 약수터 근처에 몇 사람이 있었지만 그런 것에 마음을 쓰지 않는 것 같았다.

아직…… 돌아오고 싶은 생각이 없는가 봅니다.

장수하늘소, 그 이름이…… 그게 소처럼 생겼예요?

한자로 천우라고 합니다. 날개를 활짝 펴 하늘을 나는 모습이 커다란 소 모양으로 보여 장수하늘소라고 직역을 한 게 아닌가 싶습니다. 원래 곤충학은 중국이나 일본이 우리보다 먼저 시작했다니까 그 이름도 아마 거기서 지어진 걸 겁니다.

추전 사시는 어떤 아저씬 그걸 큰돌다래미라고 하셨예요. 그

전에 그걸 잡아 돌 달아 올리기 놀이도 하고 그랬대요.
 아, 추전리 김씨요? 그랬을 겁니다. 서식 환경이 괜찮았던 50년대까지만 해도 흔했다니까요. 장수하늘소와는 좀 다르지만 사슴벌레나 유사한 하늘소들을 강원도 북부 지방에서는 흔히 돌다래미라 불렀답니다. 북한에서도 그 학명이 돌다래미랍니다. 거기선 나비를 낮나비, 나방은 밤나비로 구별해 부른다는 겁니다.
 통일이 돼도 각 분야의 용어 통일 문제가 간단하지 않겠어요. 그런 면에서도 통일은 쉽지 않을 겁니다.
 그게 통일의 당위성이기도 하겠죠.
 숲이 깊어지면서 활엽수 그늘이 습기를 머금고 있었다.
 큰돌다래미가 무슨 나무가 있는 데 서식한다고 하셨죠?
 바로 이런 델 겁니다. 서어나무 고목이나 신갈나무 같은 참나무류 껍질에 달라붙어 산다니까요. 워낙 희귀한 것이라 그 생태가 아직 제대로 밝혀지진 않았지만 하나 분명한 건 이런 숲이라 해도 원시림이나 이차수림 정도 고목이라야 장수하늘소가 서식할 수 있다고 들었습니다.
 멸종 위기라면 그 종자번식이나 복원을 위한 연구가 많이 됐겠어요?
 그건 잘 모르겠는데요. 워낙 희귀종이라 그 종자를 구하기도 쉽지 않을뿐더러 아직 유충 사육 기술도 별로라는 말을 들은 것 같습니다.
 말씀하시는 게 장수하늘소를 연구하시는 분 같지 않아요. 그러더라, 잘 모르겠다— 겸손이 지나치신 거 아니에요?

느닷없이 날아온 돌이었다. 맞선을 보던 여자도 그런 공격을 했다. 학교 선생님이신데 애들 앞에서도 오늘은 날이 따뜻한 것 같다, 그렇게 말씀하세요? 동료 선생들도 내가 너무 소심한 데다 생각마저 걸늙어 결혼을 못하고 있다고 비아냥거렸다.

장수하늘소를 연구하는 게 아닙니다. 그냥 그게 또 돌아오지는 않을까 하고 한번 살펴보는 것뿐인데요 뭐.

그게 연구하는 거 아니고 뭐예요?

치명적인 돌이었다. 내가 겸연쩍은 얼굴로 어물거리고 있자 그네가 화제를 돌렸다.

문제는 장수하늘소 서식 환경을 되찾기가 쉽지 않다는 거네요. 하긴 산에 들어가보면 숯가마터가 그렇게 많으니 참나무 고목이 남아났겠어요. 거기다 임도 만든다며 산을 굽이굽이 마구 파헤쳐 자연파괴가 말이 아니에요.

여자가 약수터를 지나 산속으로 오르는 내 동행을 자연스럽게 받아들였다. 처음 보았을 때 입었던 그대로의 헐렁한 운동복 차림이었다. 여자의 그런 옷차림과 짤막해 보이는 팔다리는 오히려 탄력 있는 몸매를 더욱 드러내주고 있었다. 글래머, 그 육감 좋은 여자의 몸을 바라보며 나는 움찔 몸을 떨었다.

이게…… 태모산이지요.

태모산이라고 들었는데요, 하고 튀어나가려는 말을 나는 얼른 바꿔 내보냈다.

산삼을 이 산에서 캐셨습니까.

아니요. 이 산은 아니에요.

늘 이 산으로 들어가시던데.

맞아요. 저는 산에 들어갈 때도 돌아올 때도 되도록 이 산길을 이용해요.

그럴 만한 무슨 이유라도?

여산이거든요. 어머니산이란 거예요.

산도 암산 숫산이 있습니까.

보통 음기가 센 산을 여산이라고 해요.

그럼 이 태모산이 음기가 세다는 겁니까.

제가 느끼기엔 그래요.

음기가 센 산을 통해 입산하는 어떤 이유가 있을 것 같습니다.

어머니를 통해 이 세상에 나오는 그런 이치예요.

아하, 어머니를 통해…… 결국 산신한테 산삼을 캐게 해달라고 빈다는 뜻이군요.

신초를 구하러 왔다는 걸 신고하는 거예요.

신고라…… 뭐 특별한 의식이라도 있습니까?

아까 약수터에서 손을 씻고 왔잖아요. 그런 거예요.

산 깊이 들어가서 하는 어떤 의식도 있을 거 아닙니까.

깊은 산에 들어가면 산판 하던 사람들이 치성 드리던 흔적이 많아요.

어떤 겁니까?

산신제 지내는 방법도 여러 가지겠지요. 숯 굽던 사람들이나 산판꾼들은 산신을 즐겁게 하기 위해 쇠꼬챙이를 풍구질로 시뻘겋게 달군 다음 매차나무 고목에 박아준다는 거예요. 그게 매차나무인지는 몰라도 산에 가면 고목 밑동에 쇠꼬챙이 박힌 게 더러 보여요.

나무 그늘에 골안개까지 우우 덮여들면서 산속이 음산히 어두웠다.

고목 밑둥에 뜨거운 쇠꼬챙이 박기라…… 사람들은 그렇게 자기 나름의 방식으로 자연을 읽고 있군요.

자연 섭리에 대한 경외심일 거예요.

내 앞에 계신 분도 그 의식을 따랐습니까?

흉내나 내는 정도예요.

흉내라니요. 산판하는 사람들처럼 쇠꼬챙일 가지고 가십니까?

아니요. 저는 그냥 고목에 구멍난 게 있으면 거기다 나뭇가지나 넣어줘요.

그네는 태모산 중턱쯤에서 걸음을 멈췄다. 나를 향해 돌아서더니 활짝 웃으며 이제 혼자 가겠다는 표시로 손을 가볍게 들어 보였다. 나는 돌아선 그네의 등을 향해 말했다.

함께 가면 안 되겠습니까?

그네가 뒤도 돌아보지 않은 채 대답했다.

아니요. 혼자 다니는 게 습관이 돼서요.

나는 그 자리에 머문 채 그네의 뒷모습을 바라보았다. 그러나 그네는 결코 한 번도 뒤를 돌아보지 않은 채 상수리나무 숲, 짙은 안개 속으로 사라졌다.

절실하면 꿈을 꾼다. 그 여자를 만나고 온 날 또 꿈을 꾸었다. 그네가 산신령이라고 했다. 사람의 형상도 아니고 산도 아닌 그냥 신비로운 어떤 형체가 가랑이를 한껏 벌리고 앉아 그 음부에서 물줄기를 폭포처럼 쏟아냈다. 바위에 부딪친 물줄기가 형광의 물안개로 자욱히 피어났다. 산신령이 그렇게 무수히 알을 낳는 것이라고 했다. 나는 그 물안개 같은 형광의 알 더미를 향해 날아 내리고 있었다. 황금 등판을 번쩍이는 수컷 하늘소였다. 황소처럼 포효하면서 나는 몸을 거대하게 부풀렸다. 심한 요의로 꿈을 깬 그날 새벽 꽤 오래 뒤척이다가 결국 수음을 했다.

  60년대까지만 해도 장수하늘소가 서식했다는 추전리 일대 원시림 숲은 대부분 물속에 잠겼다. 그러나 추곡리 태모산에는 아직도 수십 년 된 서어나무며 참나무가 하늘을 가려 그 일대 소나무는 모두 정상으로 쫓겨 올라갔다. 그네 말마따나 음기가 센 산이어서 그런지 습지가 많아 활엽수들이 잘 자랐다. 참나무 숯을 굽는 사람들도 워낙 산세가 험해 접근이 어려웠던 모양이다.
  티 없이 순진함. 그래서 아이들의 호기심은 놀랍다. 태양에다 플러그를 꽂는 아이들의 눈은 어른들이 보지 못하는 것을 본다. 전교생이라야 모두 38명. 아이들은 다람쥐처럼 산을 헤매면서 딱정벌레들을 찾기 시작했다. 아이들은 도감 속에 갇혀 죽어 있는 곤충들을 마을 여기저기에 살려냈다. 하루에도 수십 종의 딱정벌레들이 아이들 앞에 기를 쓰고 날아들었다.
  채집해놓은 곤충을 보기 위해 이종 교수가 추곡리에 다녀가겠다는 전화가 왔다. 잘하면 다음 해 연구 개발 주제 하나쯤 얻을 것도 같았다. 그 방면 전공 교수에 의해 어떤 곤충의 생태를 이런저런 식으로 한번 관찰해보라는 자문을 받으면 그것으로 연구는 반 이상 됐다고 봐도 좋았다. 요즘 초중고 선생들은 자기 발전을 위해 각종 연구대회며 재량활동 등 교육프로그램 개발에다 별의별 연수를 받느라 아이들 가르치는 일은 뒷전이었다.

변동근 이장이 상사병에 걸려 몸져누웠다는 소문이 마을에 파다했다.
변 이장 부인 입에서 나온 말이라는 게 맞습니까?
이장이 앓으면서 헛소리를 할 때 그 여자 이름을 계속 불러 댔다는 것이다. 학교 관리인은 변동근 이장의 초등학교 삼 년 선배였다.
동근이 마누라 얘기론 백 년 묵은 여시한테 지 남편이 홀렸다는 거지유. 동근이 어머이까지 아들이 화풍병에 걸려 죽게 됐다고 징징 울고 다닌데유.
그동안 감기 한번 안 앓던 사람이라니까 그런 소문이 돌 만도 합니다.
거, 쇠문이 아니구 사실이라니까 자꾸 그러네유. 그 예펜네가 산에 갈 때 배나들이골로 앞질러 가 기다리고 있는 걸 내가 직접 이 눈으로 봤다니까유.
변동근 이장은 마을에서 가장 건실한 농군이었다. 마을 토박이로 삼대가 한집에서 살았다. 소도 여러 마리 키웠고 시설재배도 성공해 부농 축에 드는 집이었다. 농사꾼답지 않게 허우대가 훤칠하고 성격도 서글서글해 삼십 초반에 맡은 이장 일을 십 년 넘게 하고 있었다. 마을에 아무리 어려운 일이 있어도 변 이장만 나섰다 하면 삼베 중의에 방구 나가듯 술술 잘 풀렸다. 면사무소 사람들이나 시청에서도 추곡리 변동근 이장 말이라면 믿어줄 정도로 주위의 신망이 두터웠다. 딸 둘 있는 것 중 맏이는 시내에 있는 국립대학에 장학금을 받으며 들어갔고 막내는 제 언니와 함께 시내에 나가 고등학교에 다녔다.

변 이장이 딸 둘만 낳고 만 것은 그 부인이 둘째를 낳고 자궁을 들어낸 뒤 더 이상 아이를 가질 수 없기 때문이라고 했다. 변씨 집 종손에 이대독자라 손이 끊긴다고 난리가 날 만했지만 그 부모 역시 무던한 사람들이라 일절 내색을 하지 않아 오히려 동네 사람들이 안타까워할 정도였다.

바쁜 농사철에 방구들을 지고 누워 헛소리까지 하고 있으니 상사병이란 얘기가 돌 만했다. 여자가 시내를 나갈 때면 변 이장이 하던 일 다 팽개치고 뒤따라 나가더란 얘기도 벌써부터 있었다.

내 보기두 동근이하고 그 여잔 보통 사이는 넘었지유. 여자가 츰 마을에 나타났을 때부터 이상했으니께유. 채소두 변 이장 집이서 농사지은 것만 먹는다는 얘기부터가 그렇잖아유. 동근이가 겨울 내내 목에 감구 댕기던 그 목도리두 그 예펜네가 떠다 준 거라구, 동근이 마누라가 그러더라니까유. 변 이장이 요즘 얼굴이 벌건 것두 여자가 준 산삼을 너무 먹어서 그렇다데유.

그 여자가 채취한 산삼의 대부분을 변 이장이 보증까지 서가며 팔아줬다는 소문도 있었다. 서울서 내려온 낚시꾼들이 변 이장을 찾는 이유가 바로 산삼을 사기 위한 것이라는 얘기였다. 거간 대가로 그 여자가 변 이장 부인한테 춘천옥으로 만든 패물 세트를 선물했다는 얘기도 돌았다.

신초 좋아하네. 산삼, 그거 다 거짓뿌렁이여.

약수터에서 여인숙을 하는 한씨는 그 여자가 산삼을 여러 뿌리 채취한 일에 대해 처음부터 고개를 홰홰 내저었다. 젊어 한때 심마니로 우리나라 산 구석구석 안 들어간 데가 없다는 한씨는 최근 몇 년 동안에 산삼 80여 뿌리를 캤다는 그 여자를 사기꾼으로 몰았다. 중국 연변에서 조선족이 관광객들을 상대로 산삼이라고 파는 삼 비슷한 풀을 사다가 땅에 묻어놨다가 내다 파는 것인지도 모른다고 했다. 아니면 이 근동이 수몰되기 전 깊은 산에 장뇌 심은 밭을 만나 산삼으로 속여 팔 확률이 가장 크다고도 했다.

여자가 캔 산삼이 서울 경동시장 한약방 여러 곳을 통해 진짜로 감정을 받아왔다고 해도 한씨는 고개를 내저었다. 한약방 것들과 짜고 벌이는 사기라는 것이다. 산삼과 장뇌 구별은 누구나 할 수 있지 않느냐며 변 이장이 그 여자가 캔 산삼을 들고 몇 번 찾아왔지만 그것마저 확인하기를 거절했다는 한씨다.

그 영감태기 그럴 수밖에 없었을 거여.

한씨가 허만수와 오래전부터 안 좋은 사이라는 것을 알고 있는 사람들이 하는 얘기였다. 다 죽어가는 허만수를 민박에서 내쫓은 일로 나중에 두고두고 그 여자한테 봉변을 당한 데 대한 원한이라고 했다.

저 사람, 저러다가 증말 일 내구 말겠구먼.

눈 먼 중 갈밭 헤매듯 허만수는 날이 갈수록 마음을 잡지 못하는 것 같았다. 집 나간 아내를 찾기 위해 사람을 둘이나 사 산을 뒤지는 것부터가 그랬다. 사북면 지서에 실종신고를 낸 것은 물론 자기 아내가 만났던 사람 모두를 수소문해 만나고 다녔다. 고부간에 의가 좋아 입에 굴러온 복이란 말을 달고 살던 허만수 모친도 여자가 집을 나간 일로 머리를 싸매고 누워 문밖에 나오지 않았다.

내 보기에 그 노친네 뭔가 낌새를 챈 게 분명해. 여자가 나가면서 뭔 소릴 남겼지 않나 그 얘기여.

손녀딸이 자기 아들 씨가 아니라는 마을 사람들의 소문 확인에도, 갸 알고 나 알고 하늘 알았으면 됐네, 하는 아리송한 말로 눙치던 푼수로 봐 이번 일의 사단도 허만수 모친만은 알고 있을 것이란 얘기였다.

만수가 제초제까지 사다 놨대유. 여자 못 찾으면 죽겠다는 거쥬 뭐.

열부 하나 나겠네요.

그럴 만두 허쥬. 지가 어떻게 살아났는데유.

그때 학교 다니던 애들은 지금두 선녀가 증말 하강한 줄 안다면서요?

그럴 만두 하쥬. 그때 증말 안개가 대단했어유. 배가 못 떠 대동리 애들이 핵교에두 오지 못한 걸유.

다 죽었던 허만수를 살려놓은 그 여자 얘기는 이미 추곡리의 전설이 돼 있었다.

추곡 약수는 위장병이나 빈혈 환자들이 많이 찾아왔다. 수소이온 농도가 높고 유리탄산철, 칼슘, 마그네슘의 함유량이 많기로 유명한 때문이었다. 몇 년 전만 해도 허만수 역시 그 환자들 중 하나였다. 처음에는 민박집에 방을 얻어 있었지만 몸이 점점 나빠지면서 스스로 민박집을 나가 개울가에 웅덩이를 파고 그 위에 비닐을 친 뒤에 그 속에 기거했다. 죽기를 작정하고 찾아온 곳이 약수터였는지라 죽음의 자리로 자리잡은 비닐 움막 속에 들어간 뒤에는 좀해 나오지를 않았다. 그동안 허만수를 찾아온 보호자는 한 사람도 없었다.

말 그대로 노숙자라 추곡학교 교장이 아이들 보기에 뭣하다고 철거를 요구하기도 했고 면사무소 사람들까지 나와 다른 곳으로 옮겨줄 것을 원했지만 허만수는 요지부동이었다. 마을 사람들은 날만 새면 그가 죽었는가를 확인하기 위해 그 비닐 움막 속을 기웃거렸다. 두어 시간 장대비면 내리치는 골짜기 물로 흔적도 남지 않을 개울가 움막이었다.

장마 직전 내리 사나흘을 짙게 끼던 안개 속에서 그 비닐 움막이 사라졌다. 젊은 여자 하나가 나타나 움막 위에 씌운 비닐을 걷어치웠던 것이다. 어떤 사람은 여자가 안개 자옥한 산속에서 내려오는 것을 봤다고 했다. 또 다른 사람은 춘천에서 오는 버스를 그 여자와 함께 타고 왔다고 했다. 어떻든 다 죽어가는 환자 꼬락서니와 대비가 돼 그런가 젊고 팽팽한 그 여자의 출현으로 약수터 마을은 온통 술렁거렸다. 마을에 묘한 활기가 돌기 시작한 것이다.

우선 여인숙 방 두 개를 얻은 뒤 간병을 하는 그 여자의 거동 하나하나가 주위 사람들의 눈길을 끌었다. 생긴 것과 달리 몸가짐이 조신하고 부지런했다. 현미 가루로 미음을 쑤어 때맞추어 먹이는 일도 그렇지만 산속을 들락거리며 갖가지 산나물을 뜯어다 삶아 말리는 정성스러움이 외모에서 받은 첫인상을 여지없이 깼다.

그때부터 태모산이 여자의 생활 공간이 되었다. 어떤 때는 태모산에 들어간 지 만 하루가 지나서야 돌아올 때도 있었다. 산신령한테 기도를 올리고 왔느냔 약수터 사람들 물음에 그냥 웃기만 했다. 그 여자가 산을 드나든 지 서너 달이 지나면서 기적이 일어났다. 겨릅대처럼 비쩍 마른 허만수의 몸에 살이 붙기 시작한 것이다. 핏기라곤 없이 하얗던 얼굴에도 혈색이 돌기 시작하더니 나중에는 실핏줄까지 툭툭 튀어나올 정도로 검붉어졌다.

여자가 산삼을 채취해 남편에게 먹였다는 소문이 돌기 시작한 것도 그때부터였다. 오십 년 이상 묵은 산삼 세 뿌리와 허깨나무 고목 구멍 속에 든 토종 꿀. 산삼을 먹고 까무러친 허만수가 다시 깨어난 것이 이틀 만이라고 했다. 약수터 사람들은 자기들 눈으로 기적을 확인하고서야 그 여자를 새삼스러운 눈으로 바라보기 시작했던 것이다.

건강을 되찾은 허만수가 추곡리에 눌러앉았다. 수원 살던 허만수의 노모가 오고 며칠 뒤에 그 여자가 여섯 살 된 여자아이 하나를 데려왔다.

마을 사람 누구도 그 여자의 정체에 대해 잘 알지 못했다. 처음부터 허만수와 결혼해 함께 살던 여자인지 아니면 우연히 약수터에 나타나 다 죽어가는 사람을 살려낸, 그저 지나가던 나그네였는지조차 정확히 아는 사람이 없었다. 그 여자는 물론 허만수 가족 누구도 그 문제에 대해 이렇다 할 대답을 내놓지 않았기 때문이다.

선생님, 저기유...... 돈식이가유......

반 아이 하나가 헐떡거리며 내 숙소로 달려왔다.

왜, 돈식이가 어쨌다고? 잡았대유. 뭘 잡았다고? 선생님이 얘기한 벌레를 잡았대니까유. 장수하늘소를 잡았다는 거냐? 그래유, 장수하늘소유. 어디서? 즈네 집 뒤에 있는 뽕나무에서유.

아이들 말은 그 요점에 이르기까지 한참 걸린다.

돈식이 지금 어디 있냐? 몰라유.

방귀가 잦으면 똥 싸기 쉽다고, 아이들이 잡았다고 하는 장수하늘소는 대부분 딱정벌렛과에 속하는 흔한 곤충이기 보통이었지만 그 확인을 게을리해본 적이 없었다. 아이들과 선생 사이의 신뢰 확인이기도 했다. 곤충도감을 찾아 들고 나선 것도 아이가 잡은 것이 내가 원하는 것과 다르다는 것을 확인시키기 위해서였다.

돈식이가 잡은 곤충은 그 길이가 거의 5센티나 되는 흑색 몸빛에 그 털이 약간 푸르스름한 빛을 띤 뽕나무하늘소였다.

우 선생이 장수하늘소를 찾아다닌다며?

교장은 네댓 명밖에 안 되는 교직원들의 취미생활까지 일일이 관심을 두었다. 내가 열번째로 맞선을 본 여자도 교장이 자기가 잘 아는 집 딸이라며 다그치는 바람에 만나게 된 거였다.

이 사람아, 그따위 벌레나 찾아다닐 게 아니라 평생 반려부터 찾으란 그 얘기야.

내가 볼 때 우 선생은 결혼이 그렇게 절실하지가 않아 보여요. 안 그래요?

결혼생활 안주가 자기 인생의 확실한 성공이나 되는 것처럼 입만 열면 남편이며 자식 얘기를 늘어놓는 나이 많은 땅딸보 여선생이 껴들었다. 교장이 혀를 끌끌 찼다.
 절실하지가 않아? 하아, 나이 서른일곱이면 벌써 애가 고등학교 다닐 나이여. 우 선생, 당신 집안 대 끊을 작심이라두 한 거야?
 열번째 맞선을 본 여자도 그걸 물었다. 애기는 몇이나 둘 계획이세요? 장남이면 부담이 크겠어요. 킬킬. 선생님한텐 결혼이 혈통 잇기 행사겠다.
 씨받이로 들어올 생각 없으세요? 그때 그렇게 물으려다가 그만두었다. 자칫 교장한테 당할 곤욕을 생각해서였다.

 그 여자를 뒤좇아 산을 치뛰던 그날은 산 능선의 활엽수 잎이 바람에 뒤집혀 마치 꽃처럼 하얗게 까무러치고 있었다. 그 여자를 본 마지막 날이었다.
 퍼뜩 깨닫고 보니 내가 산을 치뛰고 있었다. 마지막 수업이 끝날 무렵 그 여자가 산을 오르는 것을 보았다. 구두를 운동화로 바꿔 신었던 일까지 기억났다. 그러나 아이들에게 무슨 얘기를 하고 교실을 나왔는지는 전혀 생각나지 않았다.
 전날 밤에도 그 여자 꿈을 꾸었다. 맑고 깊은 계곡 물속이었다. 벌거벗은 여자 머리에 여왕이나 쓰는 금관이 번쩍거렸다. 금관이 거의 벗겨지는데도 여자는 아랑곳없이 물속을 유유히 헤엄쳤다. 금관이 여자에게서 벗겨지려 해서인지 아니면 여자처럼 유연하게 헤엄을 치지 못하는 내가 답답했는지, 어떻든 나는 뭔가를 안타까워하다가 잠을 깼다. 늘 그랬듯 그 여자 꿈을 깨고 나면 내 온몸이 달아 있었다.

그날 그 여자를 보기 전까지도 그랬다. 내 몸속의 피돌기가 일순간 거칠게 역류하는 것 같은 느낌. 아찔하니 머리에 아무것도 떠오르지 않았다. 매우 탁한 어떤 기운이 내 몸을 휩쓸었다. 그것은 분명 속수무책의, 힘차게 내닫는 욕정이었다.

언젠가 그 여자가 걸음을 멈춘 뒤 더 이상의 동행을 거부하던 바로 그 지점을 넘어서도 계속 걸음을 빨리했다. 그 여자를 만나리란 기대 같은 것은 아예 없었다. 그냥 주체할 수 없는 어떤 힘에 의해 산을 치오르고 있었을 뿐이다. 여자를 만나지 못하더라도 그네를 만나기 위해 어디까지 올라갔었다는 얘기라도 나중에 들려줘야 할 것 같은 절박함이었다.

선생님!

떡갈나무 숲이 끝나면서 암벽이 빙 둘러친 골짜기 막바지였다. 다래덩굴 뒤에서 녹색 계통의 잠바를 걸친 여자가 튀어나왔다. 나를 기다리고 있었구나. 열에 들뜬 나는 그렇게 생각했다.

장수하늘소라도 찾으신가 봐요?

그 여자의 높고 투명한 목소리가 용기를 주었다.

오늘도 산신령한테 산삼을 찾게 해달라고 빌었습니까?

저는 어떤 경우에도 발원하는 기도는 안 해요. 그리고 지금은 신초가 보일 때도 아니구요.

그럼 뭣하러 여기까지?

산은 아무런 목적도 없이 그냥 들어왔을 때가 더 좋은걸요.

산삼 말입니다. 정말 궁금해요. 어떻게 그것과 만나게 되는 겁니까?

그게 내 눈앞에 있으니까요.

왜 다른 사람 눈에는 그게 잘 안 띄느냐, 그겁니다.

뭔가 여러 조건이 맞았기 때문일 거예요.

이상하게 아늑한 골짜기였다. 산 능선을 뒤집던 바람이 이곳에선 전혀 느껴지지가 않았다. 나는 여자를 바라보았다. 여자가 내 눈길을 피해 뽀족하게 나온 다래순을 훑으면서 술술 이야기를 풀었다.

제가 신초를 채취한 일을 두고 말들이 참 많지요? 선생님도 궁금한 게 많으신 거 다 알아요. 사실 산삼은 신초라 채취하는 과정이 신비에 싸여 있는 게 많아요. 우선 누구한테나 그것이 보이지 않는다는 거예요. 한번은 마을 어떤 분이 저를 끝까지 따라왔댔어요. 마침 그날 신초가 보였는데, 제가 그분한테 이게 심이라고 일러주고 그 꼭대기부터 훑어 내려오다 보니까 그분이 그게 어떤 건지 안 보인다는 거예요. 몇 번 그렇게 일러줬는데도 그분은 끝까지 그걸 못 알아보았에요. 가시오갈피나무 잎과 흡사해, 그분 그 나무는 잘 알면서도 말이에요.

그 순간 나는 변동근 이장을 머리에 떠올렸다. 변 이장이 상사병을 앓는다는 소문을 들으면서 나는 그를 내내 질투하고 있었던 것이다.

산삼 캘 때 어떤 꿈을 꾸십니까?

가끔. 심마니들은 보통 송장을 지고 산을 내려간다든가 큰 무를 어디서 얻어도, 까마귀 꿈을 꿔도 좋다는 말을 들었어요. 그런데 제가 꾼 꿈 중 잊히지 않는 게 하나 있어요. 커다란 수캐 여러 마리가 코를 킁킁거리며 자꾸 나를 따라오지 뭐예요. 개를 피해 도망치다 넘어졌는데 바로 거기에 갓난애 하나가 있었어요. 정말 개꿈이지요. 그렇지만 그 꿈을 꾸고 오래 묵은 신초를 봤기 땜에 그 꿈이 지금도 이렇게 생각나는가 봐요.

그때 나는 어떤 냄새에 취해 있었다. 골짜기에 바람기가 있으면서 더 짙게 풍기는 냄새였다. 냄새의 진원을 찾아 두리번거리는 나를 보면서 여자가 웃었다.

바위말발도리예요. 꼭 매화 같지요? 그러나 저 꽃에서 나는 냄새가 아니에요.

그 여자가 바위 절벽에 다닥다닥 붙은 흰 꽃에서 더 멀리 떨어져 있는 산기슭 쪽으로 눈길을 보냈다.

산조팝꽃이예요. 저 꽃도 매화 같지요? 냄샌 저기서 나는 거예요.

영역 싸움이라도 하는 것인가, 왜자한 때까치 소리에 조용하던 숲이 술렁거렸다.

저는 다른 심마니들처럼 산에 들어가는 날을 따로 정하지도 않아요. 몸가짐을 정갈하게 한다든가 비린 음식 같은 걸 가려 먹지도 않아요. 다만 저 나름으로 기울이는 노력이 있예요.

아, 네에……

산에 나뭇잎이 다 떨어져 시야가 환하게 트인 가을에 신초가 날 만한 데를 미리 살펴두는 거예요.

산삼이 날 만한 데를 미리 알아둔다는 겁니까?

네. 나뭇잎이 무성하면 산세를 잘 알 수가 없잖아요. 신초는 성장 조건이 완벽하지 않으면 땅속에 숨어 오십여 년 동안 잠을 자요. 어느 때고 여건이 됐다고 싶으면 모습을 보이지요. 그것도 고작 삼사 년 정도. 그리곤 다시 오십 년을 땅속에 있으니 그게 어디 쉽게 눈에 띄겠어요.

와아, 오십 년을 땅속에서 잠을 잔다, 그러니까 앞에 계신 분은 산삼이 잠을 깬 바로 그 순간을 딱 맞추었다는 거 아닙니까.

여자가 소리 없이 활짝 웃었다. 분향 같은 냄새의 진원인 산조팝나무꽃이 바람에 흔들리면서 내 몸도 다시 술렁이기 시작했다.

나도 산삼 나는 델 좀 압니다. 우선 참나무가 밀집한 지역이어야 하고 반음지 반양지, 습도도 있어야 하지만 물 빠짐도 잘 되는 산비탈이 적지 아닙니까. 천연산삼, 천종, 지종, 산양산삼—산삼의 종류가 그렇다면서요? 또 산삼은 몸통이 크지 않아도 높은 지대에서 자라 오래 묵은 것이 좋다, 오래된 것일수록 몸통 색깔이 누렇다, 뭐 이 정도는 저도 압니다.

많이 아시네요. 신초를 보실 수 있는 자격이 있으세요.

사실은 약수터 한씨한테 주워들은 겁니다.

그분이 제가 캔 신초를 한 뿌리 샀다는 말씀은 못 들으셨예요?

비로소 그네가 내 눈에 눈길을 맞췄다. 한쪽 눈을 찡긋 감았다 뜨는, 그것은 분명 요염한 윙크였다.

큰돌다래밀 찾는다는 사람이 우 선상이 맞수?

사발통문처럼 발이 빠른 게 시골 소문이다. 수몰되면서 달랑 세 가구만 남은, 우리나라 법정리로선 가장 작은 마을 추전리에 사는 김씨가 학교로 전화를 걸어온 것이다. 추전리 김씨는 동료 선생들과 낚시를 가 몇 번 술자리를 함께한 적이 있었다. 김씨는 자식들을 다 대처로 출가시킨 뒤에도 아흔이 넘은 노모를 추전리에 혼자 모시고 살았다. 사람들 얘기로는 산비탈에서 발을 잘못 디뎌 호수에 빠져 죽은 부인을 못 잊어 추전리를 뜨지 않는다고 했다. 또 김씨의 효심 때문이라고 말하는 이도 있었다. 북에 남겨놓고 온 두 딸에게 조금이라도 가까이 있으려는 노모의 뜻을 저버리지 못하는 것이라고.

으르게 생기긴, 큰돌다래미가 틀림없다니까 자꾸 그러시네.

고목 고로쇠나무 우듬지 껍질에서 나무 수액을 빨아 먹고 있으니 사라지기 전에 빨리 와보란 것이다. 수업을 하다 말고 받은 전화라 경황이 없었다. 다행이 박 선장이 집에 있어 납치를 하다시피 끌고 호수로 나갔다. 나룻배 한번 띄우는데 마을사람끼리도 돈을 냈다.

왜, 어디 아파요?

박 선장은 시동이 잘 안 걸리는 모터에 오일을 먹이는 동안 내내 침울한 얼굴이었다. 모터를 단 낡은 이 나룻배가 박 선장의 유일한 생계수단이었다. 배를 쓰지 않은 걸로 미뤄 며칠 동안 고기잡이도 안 한 모양이었다. 이번에는 내가 먼저 그 여자 얘기를 입에 올렸다.

얼마 전 학교 앞 다리 공사하던 조 머시기 있잖아요.

누구 얘기야?

거 왜, 고릴라처럼 생긴 포크레인 기사 말입니다. 한자리서 소주 열 병을 해치운다는.

조선동이가 뭐 어째서?

조선동이가 그 여자하고 눈이 맞아 집을 나갔다는 얘기도 있던데요.

까마귀 날자 배 떨어진 거야.

그것두 헛소문이란 겁니까?

우 선생. 당신 그 여자에 대해 뭐 알어?

내키지 않은 일에 끌려 나와서인지 박 선장의 퉁명이 예사롭지 않다.

왜요. 그 여자 금테라도 둘렀다는 겁니까?

박 선장은 맞받는 내 말에 대꾸도 없이 선수를 추전리 쪽으로 틀고 있었다. 왠지 나는 그 여자 얘기에서 빠져나올 수가 없었다.

어떤 학부형은 그 여자가 월북했을 거라던데요. 그동안 수시로 산속에 들어간 건 잠복한 간첩들과 접선을 하기 위해서였다는 겁니다. 산삼도 북에서 간첩들이 가져다준 거라는 애깁니다.

차라리 그랬으면 좋겠다.

무슨 말입니까?

어딘가 살아만 있어라 그 얘기야.

가능하지 않은 일에 희망을 갖는다는 게 얼마나 무서운 건지 압니까.

나도 모르게 목소리가 울적해졌다. 교대 다닐 때 짝사랑하던 여자가 있었다. 어떻게 그랬을까 싶게 여자만 보면 가슴이 벌벌 떨렸다. 여자가 애인 팔에 매달려 가는 것을 보면서도 눈을 떼지 못했던 그 절망. 그때의 내겐 절망도 희망도 같은 말이었다.

박 선장은 내가 슬쩍 던진 미끼를 입질도 없이 덥석 물었다.

우 선생, 내 꿈이 뭐였는지 알아? 이 배에 그 여잘 태우는 거였어.

이 배도 배지만, 그 여자 배 위에 정말 타보긴 한 겁니까?

우 선생, 당신까지 그러면 안 되지. 그 여자 좋아하면서 왜 그래.

박 선장님, 난 그래두 '소양강 처녀'는 안 부릅니다.

노래가 아니라 그건 내 절망이다.

희망이기두 하겠지요. 도대체 그 여자, 뭐가 그렇게 좋았습니까?

우 선생은 뭐가 그렇게 좋아 산으로 치뛰었냐?

그날 산속에서의 그 여자의 눈웃음은 분명 암컷의 교태였다. 산삼 얘기가 바닥이 나자 나는 곧바로 쳐들어갔다.

내가 왜 여기 와 있는지 아십니까?

장수하늘소를 찾고 계신 거 아니예요?

맞습니다. 그럼 지금 막 제가 그것을 찾아냈다는 것도 아시는지.

그런데 수컷이 너무 작지 않아요?

……?

장수하늘손 암컷보다 수컷이 크다고 하던데요. 수컷이 작으면 사마귀처럼 암컷한테 잡아먹히잖아요.

수컷 사마귀의 존재 이유가 바로 잡아먹히기 위한 거 아닙니까. 수벌도 그렇고.

종족 보존이 전제된 거지요.

이성에 대한 사랑 욕구는 인간의 진화 중 가장 괄목할 만한 겁니다.

생산 욕구 없인 상대를 이성으로 보지 않는 사람도 있어요.

일종의 도덕적 자제입니까?

생리적 거부일 수도 있어요.

지금 내 앞에 있는 분, 홀몸이 아니군요. 맞습니까?

여자가 두어 걸음 뒤로 물러서며 환하게 웃었다.

선생님, 멸종됐다던 산양이 비무장지대에 나타났다면서요? 장수하늘소도 꼭 돌아올 거예요. 신초처럼 장수하늘소 유충도 땅속에서 오십여 년, 결코 짧은 세월이 아니에요.

희망을 주는 겁니까?

오늘 저는 산에서 선생님을 만나지 않았어요.

내가 산속에서 마지막 본 여자의 모습은 끝까지 황홀했다. 그네가 홀연히 내 앞에서 떠나자 바위말발도리도 산조팝나무도 그 향기와 함께 사라졌다. 짝을 찾아 우짖던 새소리도 멎었다.

동백꽃 피고 지는 계절이 오면 돌아와주신다고 맹세하고 떠나셨죠 이렇게 기다리다 멍든 가슴에 떠나고 안 오시면 나는 나는 어쩌나 아~ 그리워서 애만 태우는 소양강 처녀

나도 모르게 노래를 흥얼거리고 있었다. 나룻배가 산자락에 두어 집 붙어 있는 추전리로 가까이 다가가고 있었다.

배에서 내리기 전 카메라에 망원렌즈부터 장착했다. 월남전에서 무공훈장까지 받았다는 김씨가 허풍이 좀 있다는 얘기는 들었지만 수업 중인 사람에게 전화까지 걸었을 때야 뭔가 있긴

할 것이란 기대가 컸던 것이다. 김씨는 도랑에서 죽은 염소 껍질을 벗기고 있다가 집 뒤꼍 고로쇠나무 고목을 가리켜 보였다.

그게 아직 게 있을까 몰라.

나는 고로쇠나무 밑동에서 우듬지까지 긴장하여 살폈다. 하지만 아무리 보아도 뭔가 붙어 있는 거라곤 없었다. 주위의 다른 나무를 다 훑어도 역시 허탕이었다.

것두 날개 날린 벌레잖소. 거기 안 보이믄 가버린 거지 뭐. 얼마 전엔 저기 처마 밑 전등불빛을 보구 날아온 적두 있었수다.

김씨는 잡은 염소 껍질 벗기는 일에 열중해 내가 묻는 말 같은 건 아예 물 건너 불이었다.

아저씨, 정말 장수하늘소가 맞긴 맞습니까?

염소새끼가 절벽에서 떨어져 죽었담 누가 믿겠어.

동문서답, 김씨는 예리한 칼로 뽕나무에 매단 죽은 염소 껍질을 요령 있게 벗겨내고 있었다.

우리 어무이가 고기 먹을 복 하난 타구났어야. 구십 나이에 이가 멀쩡한 사람 봤어? 지난겨울에두 산돼지한테 받쳐 죽은 염솔 혼자 다 잡쉈어야. 남북통일 되는 거 보구 죽자면 잘 먹어야 한다는 거지.

아저씨, 혹시 그 장수하늘소를 잡아놓으신 거 아니에요?

허허, 천연기념물이라면서 그걸 나보고 잡으라 그 얘기유?

김씨는 염소 껍질 벗기는 칼을 연해 도랑물에 씻고 있었다.

염소고기가 노린내 나는 건 껍질을 잘못 벗겨 그래야. 털이 살에 묻으면 영락없이 냄새가 난다니까. 야, 박 선장, 뭐 하구 있어. 거기 가마솥에 불 때지 않구. 우 선상이 쐬주두 사오신가 본데, 한잔해야지.
 아저씨, 장수하늘소……
 선상님, 돌다래미라니까 자꾸 그러시네. 큰돌다래미.
 큰돌다래미가 정말 여기 있었던 겁니까?
 눈에 보이면 있구 안 보이면 읎는 거유. 난 이 눈으루 봤으니까 분명 있는 거구 우 선상은 못 봤으니까 읎는 거다, 그렇잖소.
 김씨는 염소 껍질을 다 벗긴 뒤 노련한 손놀림으로 척척 각을 쳐 살을 발라내기 시작했다.
 왜 염소 피는 안 줘요?
 가마솥에 불을 피우는 동안 내내 이상하리만치 말이 없던 박 선장이 껴들었다.
 이 사램이, 알면서두 그러네. 짐승 피는 금방 숨통이 끊어졌을 때 아님 못 먹는 거여. 그래구, 힘쓸 데두 읎는 사람이 피는 먹어서 뭣에 쓰려구 그러는 게여?
 평소 하는 푼수로 봐서는 분명 맞받아칠 상황인데도 오늘은 이상하게 입을 다무는 박 선장이다. 김씨도 그걸 눈치챈 모양이다.
 자네두 왕봉 따라가다 논바닥에 떨어진 웅봉이신가?
 이번에도 박 선장은 묵묵부답이다.
 변동근이 아즉 안 죽었어? 그놈 상사병 걸렸대서 하는 얘기여.
 박 선장이 입을 다물고 있어 내가 마을 소식을 전할 수밖에.
 허만수가 어제 시내 병원으로 실려 나갔답니다.
 목을 맸구만.
 농약을 마셨대요. 다행이 약 먹은 게 빨리 발견돼서 생명엔 지

장이 없을 거라 합니다.
 그 사램두 욕심을 버려야 해. 지 씨든 아니든 그게 뭔 상관이래. 딸 하나 있음 됐지 뭘 더 바라느냐 그거여. 막말로 애도 못 만드는 주제잖소.
 천둥이 잦더니 드디어 소나기였다. 내가 짐짓 눙치는 말로 분위기를 잡는다.
 아들도 있잖습니까, 네 살짜리.
 것두 허씨가 아니니까 하는 소리유.
 그게 무슨 얘깁니까?
 변씬지 똥씬지, 우짰든 변동근이 씨라 그거유. 보자 하니, 이장, 그놈이 지 아들 찾아올 꿍꿍이로 저래고 있는지도 몰라야.
 아니, 그 애가 이장 씨라니, 그거 무슨 근거로 하시는 말씀입니까?
 변동근이 그 작자한테 직접 들은 거니까, 사족 달지 마셔.
 개고기처럼 염소도 내장이 먼저 안주로 올랐다. 박 선장이 플라스틱 물컵에다 소주를 가득 따라 돌렸다.
 매를 소리개로 잘못 봤기 땜에 생긴 일이여. 고것이 애 씨 한 번 받고는 일절 근접을 불허했으니 그놈이 환장할 밖에. 이거 다 변동근이 그놈이 이실직고한 얘기유. 허만수 색시 읎어지자 그놈이 날 찾아와 뭘 의논했는지 아슈? 지 애 찾을 방도를 묻더라 그 얘기여. 애두 애지만 그 여자 못 보군 하루두 못 살겠다구 징징 울면서 말이제.

 그믐밤에 물안개까지 자오록 피어오르면서 돌아오는 뱃길은 온통 캄캄절벽이었다. 추곡리에서 물을 끼고 오항리로 넘어가는 신작로 근처 인가에 드문드문 켜놓은 외등 빛마저 보이지 않았다. 어쩌면 작물이 불빛 때문에 잠을 못 잔다고 마을 사람들이 아예 외등을 꺼버렸기 때문인지도 몰랐다.
 추전리와 추곡 중간쯤인 호수 한가운데서 갑자기 배의 모터 작동이 멈췄다. 박 선장이 일부러 그런 것 같았다.
 소땅 소쩍당 소땅 소쩍당.
 모터가 멈추면서 멀리 강기슭에 물 부딪는 소리 사이사이로 짝 찾는 소쩍새 울음이 구슬펐다.
 바로 예쯤에서 일을 낼라고 했다 이거야.
 박 선장이 혀 꼬부라진 소릴 했다. 내가 사 가지고 간 소주 열 병에 돌배 담근 술 한 병까지 세 사람이 바닥을 냈다. 방죽 터진 물이었다. 박 선장이 그예 입을 열었던 것이다.
 제니년 도망갔을 때 내가 살인 안 친 게 이상해야. 허긴 누굴 죽여? 차라리 내가 죽자 하구 제초젤 찾아 든 순간 그 여잘 봤다는 거 아니야. 여잘 본 순간 내 인생의 정점과 낭떠러지가 한꺼번에 보이더라 그거야. 시쳇말로 필이 온 거지. 퍼뜩 정신이 들고 보니 글쎄 내가 농약병을 든 채루 산으로 올라가구 있더라니까. 그 여자가 우리 집 앞으루 해서 산으루 올라가는 걸 봤거든. 정말 웃기는 일이지. 그날부터 여잘 좇아 산에 들어간 게 수십 번두 넘어야.
 소쩍다 소쩍다 울면 풍년이 들고 소탱 소탱 하면 흉년이라던가. 십 리를 간다는 소쩍새 소리가 이처럼 절절하게 와닿기도 처음이었다.

그 여자, 한마디루 철옹성이었지. 딴 얘기 안 하더라구. 사람 잘못 봤다는 그 말 외엔.

박 선장이 말을 끊고 한동안 뜸을 들였다.

왜, 척 보면 알잖아. 저게 괜히 한번 그래보는 거라는, 여자들 내숭 말이야. 헌데 그 여잔 그게 아니더라 그거지. 그걸 확인하게 되면서 어깨에 맥살이 푸욱 빠지는 거야. 정말 살구 싶은 생각이 추호두 없었다. 문제는 어떻게 죽느냐, 내가 맨날 그 생각이나 하구 자빠졌더라니까. 나 완전히 미쳤어야. 우 선생, 내 얘기 듣고 있는 거야?

함께 죽자, 뭐 그런 거 아닙니까?

으쓱하니 몸에 한기가 왔다. 그러나 내친김이었다.

그게 바로 여깁니까? 그런데 왜 혼자 살아 있는 겁니까?

박 선장이 다시 미끼를 물었다.

그래, 같이 죽고 싶었다. 여기쯤 와서 섹스를 하는 거야. 평생 단 한 번뿐인, 오직 섹스를 위한 섹스, 죽는 의식으로서의 섹스를 한 뒤 배를 뒤집자는 거였다. 개쌍, 우라질 년들!

아주 멀리, 어둠 어디쯤에선가 개 짖는 소리가 들렸다.

……염병, 첨부터 그 여자가 나란 놈을 알아본 거야. 내 눈에 살기를 봤다 그거지. 이 개새끼들아!

박 선장의 취기가 핑핑 살기로 바뀌면서 배 시동마저 거칠게 걸렸다. 미친 듯 지그재그로 내닫는 나룻배의 이물이 안개 자욱한 어둠을 마구잡이로 헤집고 있었다.

○2003년 『문학수첩』 여름호

플라나리아

내가 어느 날 사라져도 놀라지 말아요. 때가 되면 떠날 거니까.
 같이 살기 시작할 무렵 그녀가 했던 말이다. 딱 한 번밖에 들은 적이 없는 그 말이 불현듯 떠오를 때가 있었다. 그녀가 웃음 가득한 얼굴로 내 눈길을 오래오래 붙잡고 있을 때, 혹은 어느 순간 도전적 체위로 휘몰아쳐 내 몸이 아스라이 자지러지다 숨이 딱 멈추는 그 허공의 꼭대기에서…… 이상하다는 걸 눈치챘어야 했다. 그때가 무엇을 의미하는 말인지, 그것이 언제쯤인지 물었어야 했다.
 설마가 뒤통수를 쳤다. 사슴이 준 정보를 가벼이 흘린 나무꾼의 망연자실. 내가 뭐랬어. 애 셋을 둘 때까지 결코 날개옷을 보여서는 안 된다고 했잖냐. 오늘이 좋으면 내일도 좋다는, 내 낙관 체질의 방심에 대한 사 선생의 문책이었다.
 처음 며칠 동안 나는 그녀의 부재를 도저히 용서할 수가 없었다. 행방을 수소문하는 그 어떤 조처도 취하지 않을 만큼 괘씸하고 또 괘씸했다. 사실은 사 선생에게 그녀의 증발을 알린 일

외에 내가 할 수 있는 일이라곤 정말 아무것도 없었다. 동거 생활 3년여 동안 그네는 자신과 관련된 어떠한 인적 사실이나 연고지를 입에 올린 적이 없었다. 물론 그네가 가끔 엽기적인 발길을 했던, 집 근처의 노래방이나 허름한 여관방을 기웃거려볼 수도 있었다. 어쩌면 그런 곳은 그날 안으로 집에 돌아왔을 때의 행적일 뿐, 벌써 며칠째 돌아오지 않고 있는 이번의 부재와는 상관이 없는 장소였는지도 모른다. 오직 한 곳, 결정적으로 짚이는 곳이 있긴 했다. 하지만 나는 그쪽으로 내닫는 생각을 애써 무질렀다.

 선생님, 정배가요 거머리 새끼를 자꾸 플라나리아라고 우긴대요.
 아이들이 현미경으로 샬레를 들여다보며 옥신각신한다. 다가가 들여다보니 정배가 관리하고 있는 플라나리아 다섯 마리 중 하나는 육안으로도 거머리 새끼가 분명하다.
 플라나리아와 결혼했다는 얘기까지 들을 정도로 몇 년 동안 그것만 들여다보고 살았다. 선생이 미친 탓에 과학반 아이들은 매년 플라나리아의 생태 등을 관찰한 작품을 출품해 과학전람회에서 입상했다. 올해도 다르지 않다. '시냇물에 살던 플라나리아는 어디로 갔을까.' 8월에 있을 전람회에 출품하려고 과학반 아이들이 정해놓은 주제다. 1급수 지표생물인 플라나리아가 산업화 시대의 환경오염이나 자연 파괴로 점점 사라져가고 있다는, 뻔한 결론이었지만 아이들의 플라나리아 사랑은 대단하다.

선생님, 그거 어디로 갔을까요? 거머리 판결로 정배를 한 방 먹인 아이의 느닷없는 물음에 나는 순간 움찔한다. 아이가 그네의 증발을 알고 있을 리가 없다. 이번 출품 주제와 연관이 있어서인지 아이들은 아직도 한 달 전에 있었던 플라나리아 증발 사건을 잊지 않고 있다.

플라나리아가 증발하던 날, 그때만 해도 그네는 삼환임대아파트 103동 701호의 안주인이었다. 그날 저녁 나는 학교 실험실에서 있었던 플라나리아 증발 사건을 그네에게 들려줬다. 그네는 아이들처럼 호기심 가득한 눈으로 나를 쳐다보았다. 아―해 봐요. 혹시 그거 숙암이 먹어버린 거 아니에요? 나그네가 쉬어 가는 바위라나, 숙암은 그네가 지어준 내 아호다.
 그날 나는 실험실에서 아이들과 함께 자웅동체 동물의 무성생식에 관한 실험을 했다. 실험용 수조에 살고 있는 플라나리아를 핀셋으로 건져내 유리판 위에 옮겨놓았다. 현미경을 들이대고 10밀리 정도의 작은 크기를 절단하는 일이어서 둘러선 아이들은 모두 숨을 죽였다. 유리판 위의 두 마리 플라나리아를 예리한 면도칼로 네 도막으로 절단했다. 한 마리는 세모난 머리 쪽 두 눈 가운데에서 시작해 꼬리까지 세로로 절단했고 또 하나는 몸 한가운데, 입이 있는 부분에서 둘로 갈랐다. 세로로 절단된 것은 계란 노른자를 먹여 키운 것이라 쇠간을 먹여 키운 다른 놈의 갈색 등 쪽과는 뚜렷이 구별되었다. 이제 절단된 도막을 물이 담긴 샬레에 옮겨놓기만 하면 되었다. 바로 그 순간 사이렌이 급하게 울렸다. 그날은 학교가 민방위훈련 시범을 보이는 날이었다. 그런 날은 지방 단체장들이 모두 참관하게 돼 있어 훈련은 실제의 상황 못지않게 긴박할 수밖에 없었다. 절단한 플라나리아를 핀셋으로 샬레에 옮길 시간적 여유가 없었다. 훈련 해제경보가 울리고 대피했던 강당에서 돌아와 보니 유리판 위에 있어야 할 플라나리아가 보이지 않았다. 오그라들어 잘 보이지 않나 싶어 현미경으로 들여다봐도 절단된 플라나리아 네 도막은 어디에도 보이지 않았다. 절단된 뒤 다소 움직임이 있었겠지만 그렇게 유리판을 기어나가 어디론가 사라질 가능성은 거의 없는 일이다. 나는 아이들과 함께 실험대는 물론 시멘트 바닥까지 샅샅이 살폈다. 초여름 햇살이 운두가 낮은 빈 샬레와 실험용 유리판에 어룽거리고 있을 뿐 플라나리아 흔적은 어디에도 없었다. 아무리 물속에서 사는 생물이라곤 하지만 불과 15분 정도의 시간에 흔적도 없이 사라지다니. 아이들이 두고두고 플라나리아 사건으로 부를만했다.

 그네의 증발로 내 일상이 뒤흔들리지는 않았다. 나는 아침 8시까지 학교로 출근해 아이들을 가르치고 정해진 시간에 퇴근했다. 아파트 현관을 들어서면서 습관처럼 이 방 저 방을 기웃거리는 동안 새삼스레 그네의 부재가 확인되는 정도였다. 인근의 다른 도시에 살고 있는 계모나 이복형제들도 어쩌면 그네의 부재를 눈치채고 있었을지도 모른다. 그들은 그네가 없어지기 전에도 이삼일에 한 번씩 이런저런 일로 전화를 걸어왔다. 교대 동기면서 같은 학교에 근무하는 사 선생도 내가 전한 그네의 증발 사건에 대해 이렇다 할 반응을 보이지 않았다. 집 안에 여벌로 걸어뒀던 우산 하나가 보이지 않는 일만큼이나 그네가 가뭇없이 종적을 감췄다고 해서 그것을 문제 삼는 사람은 아무도 없었다. 실정법상으로도 그네의 부재가 내게 끼칠 그 어떤 불이익도 없었다. 외계인을 만났다는 사람은 많아도 그것의 실체를 믿는 사람은 별로 없다. 있어도 없고 없어도 있는, 그네의 존재가 그랬다.

열흘쯤 지나서야 비로소 그네의 부재가 현실로 다가왔다. 그네가 결코 돌아오지 않을 것이란 체념이 오히려 마음의 여유를 가져다주었다. 나는 새삼 집 안을 둘러보기 시작했다. 그네의 얇은 갈색 머리카락 서너 개가 눈에 띄었다. 그네는 파마기가 전혀 없는 긴 생머리를 항상 담황색 머리띠로 훑쳐 매곤 했다. 매니큐어를 칠해본 적이 없다는 얇고 투명한 그네의 손톱 조각도 보였다. 애써 그런 것들을 눈 뒤집고 찾을 것도 없었다. 그네가 이곳에 머물렀다는 더 확실한 증거물은 옷걸이에 그대로 걸려 있었으니까. 패션 감각을 드러내지 않은 채 쉽게 선택하던 수수하고 심플한 색상의 옷들이었다.

내 기억이 정확하다면 그네가 입고 있던 옷은 고스란히 남아 있었다. 그리 많지 않은 그네의 옷은 모두 나와 함께 샀던 것이라 기억이 쉬웠다. 그러다 나는 갑자기 생각을 해냈다. 처음 그네가 입고 있었던 검은색 바지와 흰색 실크 블라우스, 그리고 그 위에 걸쳐 입었던 연두색 재킷을. 옷장에 그 옷은 없었다. 그러고 보니 동거를 시작한 이래 더 이상 그 옷을 본 적이 없었다. 설사 그것을 어디엔가 감췄다 입고 나갔다 해도 왜 다른 옷들은 하나도 가져가지 않았을까. 증발. 순간 나는 그 말을 떠올렸다.

내가 굳이 증발이란 말을 고수하는 이유는 또 하나 있다. 그네가 어떤 신발을 신고 나갔는지 전혀 짐작이 가지 않는다는 점이다. 굽 높은 구두 세 켤레와 신기 편한 신발 서너 켤레, 그리고 고동색 슬리퍼 한 켤레까지도 신발장에 그대로 남아 있었다. 내가 알기로 그네의 신발은 그것이 전부였다.

그렇다면, 그네는 집을 나간 게 아니다? 집을 나간 게 아니다! 그네가 지금 내 눈에 보이지 않을 뿐이다. 나는 수상한 생각에 빠져든다. 한 달에 두어 번쯤 그네가 내게 남기곤 했던 쪽지. 두어 시간 외출하고 돌아오겠다는, 주로 그런 내용의 쪽지였다. 번번이 느닷없는 외출이었고 행선지를 알리지도 않았지만, 그네는 쪽지의 내용대로 귀가 시간만은 정확히 지켰다. 그러나 이번의 경우 그네는 쪽지를 남기지 않았다. 관행대로라면 그네는 외출하지 않았다. 그렇다면? 나는 허둥지둥 집 안을 뒤지지 시작한다. 베란다 창고와 다용도실, 방의 붙박이장과 신발장, 심지어 싱크대 안과 세탁기 속까지 다시 한번 확인한다. 두 번 세 번 그것들을 다시 열어젖힌다. 책상 서랍까지 줄줄이.

그날 나는 평소처럼 직접 열쇠로 문을 따고 들어왔던가. 정말 문이 걸려 있었던가. 집 안을 뒤지던 내 손은 어느새 머릿속을 뒤지고 있다. 기진한 나는 구경하듯 내버려둔다. 어쩌면 열려 있었는지도 모르겠다. 습관이 든 일은 특이한 사실이 없는 한, 기억 속에 잘 남아 있지 않은 법이다. 하지만 나는 되도록 그것을 기억해야만 한다. 그네가 지니고 다니던 열쇠는 그네가 집에 있을 때 걸어두던 그대로 신발장 안쪽 벽에 걸려 있다. 그녀가 사라진 며칠 뒤 나는 그것을 발견했다. 사실 그때부터 나는 줄곧 의아한 생각을 떨칠 수 없었다. 그네가 쓰는 열쇠가 그대로 집에 남아 있다는 것은 집을 나가지 않았다는 증거가 될 수도 있다. 아니지, 어쩌면 그것이 증발의 가장 의지적인 표현일 수도 있다. 다시 생각해본다. 그날 아파트 현관문이 걸려 있었던가 아니면 열려 있었던가. 그네의 열쇠가 집에 그대로 있다! 그날 문이 열려 있었다면 열쇠를 집에 둔 채 나간 게 되고, 문이 걸려 있었으면…… 그네는 집 안에 그대로 있는 것이 된다.

 어떻든 지금 그네는 내 눈에 보이지 않는다. 또한 그네가 집을 나갔다는 그 어떤 정황도 찾아내기 어렵다는 것도 사실이다. 그날 나는 학교 동료들과 술 마실 약속이 있어 차를 두고 나갔다. 그리고 그네가 보이지 않은 그다음 날, 그 차를 타고 나갔으니 내 차가 그네를 어디론가 실어 나른 것도 아니다. 그래, 그날 나는 술을 먹고 들어왔다. 술자리에서 플라나리아 증발에 대해서 얘기한 기억도 있다. 그날 실험용 유리판에 시약이 묻어 있었을 가능성에 대해서도 얘기가 나왔다. 플라나리아, 그거 음성 주광성이잖아. 그 상황에서 햇빛을 피하는 방법이 달리 뭐 있겠어. 그냥 녹아버리는 수밖에. 누군가의 그런 얘기에 나는 그렇게 믿어지지 않는 사라짐을 내가 직접 목격했던 일까지 예로 들었다. 시골 오지의 분교에 근무할 때다. 비 내리는 밤, 아스팔트 위로 기어오른 수천 마리의 개구리를 차바퀴로 깔아뭉개며 달렸다. 그 느낌이 여북했으면 그날 밤 촛불까지 켜놓고 미물들의 죽음을 애도했을까. 말끔히 비가 그친 다음 날 아침, 속죄라도 하는 기분으로 거길 가봤다. 정말 간밤에 그런 일이 있었던가. 그 길바닥엔 개구리들의 죽음을 증명할 만한 이렇다 할 아무 흔적도 없었다. 미물의 죽음이 그랬다.

거의 한 달에 한 번 이상 일어났던, 그래서 나를 곤혹스럽게 했던 그네의 좀 별난 외출은 어쩌면 증발을 위한 준비였는지도 모른다. 어쩌면 그것은 그네 몸의 달거리와 상관이 있었는지도 모르겠다. 그네가 외출할 무렵이면 그네의 눈빛이 유달리 형형하고 살갗도 다른 때와 달리 생기가 났다. 숙암은 참 예민해요. 그네 눈 밑의 푸르무레한 그늘을 보고 달거리를 맞추었을 때 그네가 한 말이다.

무엇보다 확실한 그네의 외출 징후는 그네의 몸 어느 구석에선가 새소리가 난다는 사실이었다. 처음에 나는 그 소리를 잘 알아듣지 못했다. 그 징후가 있을 때면 그네는 하루에도 수십 번씩 베란다 창문을 열었다 닫았다 안절부절못했다. 숙암은 이 소리가 안 들려요? 나를 쳐다보는 그네의 눈빛이 그렇게 절실해 보일 수가 없었다. 글쎄, 뭔 소리가 들리는 것도 같긴 한데…… 하릴없이 그네의 말에 동조하던 어느 날, 드디어 나도 그 소리를 듣게 되었던 것이다. 시찌시찌, 시찌 비이— 영락없는 산솔새 소리였다. 집 안팎의 소음이 일체 없는 시간에야 겨우 들을 수 있을 정도의 미미한 그 소리는, 곤하게 잠을 자고 있던 그네의 몸에서 가느다랗게 새어나오고 있었다. 나는 그때 그네가 하루 종일 환청에 시달리다 보니 잠결에 자신의 입을 통해 그런 소리를 내고 있다고 생각했다. 그러나 한번 그 소리를 접했던 내 귀는, 그네가 깨어 있는 한낮에도 그네의 몸에서 나는 새소리를 잡아낼 수 있었다. 소리의 진원지는 바로 그네였던 것이다.

그럴 때의 그네는 말소리도 달랐다. 고맙덥니다. 마이 먹었더요. 꼭 말을 처음 배우는 어린아이들처럼 발음이 서툴고 억양도 부자연스러웠다. 나는 그네에게 소리의 진원지를 알려줄 수도, 또 어떤 물음을 내보일 수도 없었다. 나무꾼이 날개옷을 발설했다가 선녀를 놓쳤듯 그 얘기를 하는 순간 그네가 결연히 어디론가 날아가버릴 것 같은 막연한 위구심이었다. 새소리를 찾아 집 안을 서성이는 그네의 얼굴 표정에서 뭔가 애절하고 긴박한 두려움 같은 것을 읽고 있었기 때문이다. 사실은 새소리를 확인하는 순간 내가 그네에게 느끼는 서먹한 그 낯설음을 들키고 싶지 않아서였는지도 모른다.

 이상했다. 그네의 몸에서 나던 그 소리는 그네가 자신만의 외출을 하고 돌아온 후면 한동안 들려오지 않았다. 두어 시간 남짓 걸리던 그네의 외출은 퇴근 무렵이기 일쑤였다. 나와 마주치면 직접 자신의 외출 계획을 알렸고, 내가 늦게 들어오는 날은 몇 시에 나가며 몇 시쯤 들어오겠다는 걸 반드시 쪽지로 남겼다. 어느 날 나는 용기를 냈다. 어딜 가는 건지 같이 가면 안 돼? 그네는 고개를 가볍게 저으면서 서늘하게 웃었다. 나는 더 이상 묻지 않았다. 우리가 합의한 동거 생활의 묵계 속에는 상대의 사생활에 대해 지나친 관심을 보이지 않는다는 것이 포함돼 있었으니까. 묵계 같은 것과는 아랑곳없이 나는 그네가 외출할 때마다 어쩌면 다시는 그네를 볼 수 없을 것 같은 불안감에 시달렸다. 그리고 집을 나설 때 그네가 보이던 그 서늘한 표정도 쉽게 잊히지 않았다. 하지만 나는 심상히 받아들이려고 애썼다. 그네는 늘 정확히 돌아왔고, 집을 나갈 때와는 아주 딴판인 평화로운 얼굴을 하고 있었기에.

시냇물에 살던 플라나리아는 어디로 갔는가. 아이들은 수질이 각기 다른 수조의 플라나리아를 관찰하고 있다. 솔직히 아이들은 오염 물질이 든 수조의 플라나리아가 빨리 죽기를 기다린다. 세제가 든 수조의 플라나리아 움직임이 이상해졌다며 아이들이 흥분한다. 몸이 절단된 플라나리아들은 샘물 수조 속에서 거의 같은 모습으로 잘 자라고 있다. 암수 구별이 없는 것을 뭐라고 하지? 암수동체요. 플라나리아 입은 어디 있지? 배 한가운데요. 항문은? 입이 똥구멍이래요. 어떻게 움직이지? 기는 것처럼 헤엄쳐요. 플라나리아는 몸을 어떻게 잘라놓아도 잘라놓은 도막의 수만큼 재생된다. 이런 걸 뭐라고 하지? 무성생식이요. 플라나리아는 무성생식만으로 번식하는 생물이 맞나? 아니요. 유성생식도 해요. 유성생식은 어떤 건가? 암수가 합쳐져서 새 생명을 만드는 거요.

그네는 유성생식을 완강하게 거부했다. 함께 살되 부부로서의 의무에서 자유로울 것. 즉, 아이를 낳지 않는다는 것이 우리가 합의한 동거 조건의 첫째 항목이었다. 그 속엔 아이를 낳고 싶지 않은 이유, 그 속내에 대해 알려고 하지 말 것도 포함되어 있었다. 출산 거부는 신에 대한 도전이지. 그네의 단호함에 나는 고작 이런 정도의 반응을 보였을 뿐이다.

자살을 한번 시도했던 사람은 평생 그 유혹에서 벗어나기 어렵다고 합디다. 그네의 위세척을 직접 맡아서 했던 병원 의사는 그네를 방치해서는 안 된다는 것을 그런 말로 환기시켰다. 하복부 화상이 좀 심합니다. 술을 먹고 음독한 혼수상태에서, 더구나 몸을 잔뜩 웅크린 자세로 소변을 봤기 때문에 화상이 클 수밖에 없었겠지요. 앞으로 이 부분에 대해선 모른 척하고 사시는 게 좋을 겁니다. 여자의 수치심을 건드려 좋을 게 없다는 얘기였다. 의사는 내가 그네를 전혀 모르는 여자라고 했던 말을 처음부터 무시했다.

그네를 처음 만나게 된 일의 전말을 피차 화제로 올리지 않는다는 것도 우리의 묵계였다. 그러나 연엽산 폭포 밑에서 주검으로 발견된 여자가 선생님 애인이 되었다는 이야기는 그날 체험학습에 참가했던 과학반 아이들에 의해 공공연한 비밀이 되었다. 연엽산 폭포는 말이 폭포지 계곡 막바지에 있는 그리 높지 않은 벼랑바위 위로 넘쳐흐르는 작은 물줄기였다. 아이들은 폭포가 멀리 보이는 지점에서 플라나리아를 잡느라 여념이 없었다. 나는 아이들의 해맑은 웃음소리를 뒤로하고 폭포를 향해 걸음을 옮기고 있었다. 산기슭은 뭉실뭉실 만개한 산벚꽃으로 한껏 농염했다. 새들은 짝짓기를 하느라 자지러지는 소리를 내고 있었다. 불현듯 눈에 들어온, 폭포 밑 너럭바위 모서리에 널브러져 있는 그네 역시 하나의 봄 풍경이었다. 섬뜩하니 몸에 전율이 온 것은 그네 가까이 다가갔을 때였다. 그네는 게거품을 물고 있었다. 나는 솔직히 그네의 생사 확인과는 아랑곳없이 잘 빠진 하체부터 일별했다. 찰나였지만 그건 분명 욕정이었다.

자, 지금 우린 편형동물 플라나리아가 얼마나 재생력이 강한 것인가를 확인하고 있는 거다. 너희들이 이 주일 전 면도칼로 도막 낸 플라나리아는 모두 몇 마리였나? 다섯 마리요. 그런데 지금 몇 마리로 늘어났나? 열다섯 마리도 더 돼요. 그래, 플라나리아는 잘린 수만큼 지금 저렇게 완벽한 생명체로 재생됐다. 저렇게 많이 늘어난 식구들이 죽지 않고 잘 자라기 위해서는 무엇이 필요할까? 깨끗한 물이요. 선생님, 그런데요 순철이가요 어제 샘물만 주는 수조에다 수돗물을 넣어줬대요. 좋아, 김순철, 너는 오늘부터 네가 수돗물을 넣어준 플라나리아가 어떻게 되나 그걸 관찰하는 거다. 선생님, 뭐 하나 얘기해도 돼요? 뭔데? 저번에 우리가 실험하다가 없어진 플라나리아 있잖아요. 그런데? 저는요, 그게 어떻게 된 건지 알구 있어요. ……? 새가 먹었을 거 같아요. 새? 굴뚝새요. 그전에 여기 실험실에 들어왔던 거 말이에요. 아, 굴뚝새……

이른 봄날 아이들과 함께 그 새를 보았다. 내가 아이들에게 새 이름을 말해주었다. 이 세상에 있지만 그 이름을 모르면 그것은 존재하지 않는 것과 같다. 실험실에 굴뚝새 한 마리가 날아들었다. 짧은 꼬리를 바싹 세운 모습으로 아이들이 뿌려준 과자부스러기를 쪼았다. 굴뚝새는 어디론가 사라졌다간 며칠 후 다시 나타나곤 했다. 실험실에서 바깥세상으로 통하는 출구를 찾아낸 것이 분명했다. 새 머리로 그 통로를 잊지 않고 있다는 것이 놀라웠다. 집에 돌아와 그네에게 굴뚝새 얘기를 했다. 아니요. 출구를 찾지 못했을 거예요. 그냥 어느 구석에 숨어 살고 있었을 거예요. 언제나 그네의 말은 단정적이었다. 나는 그네를 눙치고 싶었다. 내 안에 갇힌 당신처럼 말이지. 아니요. 저는 어디에도 갇히지 않아요. 그네의 말은 맞았다. 어느 날 아이들이 실험실 싱크대 밑에서 죽은 굴뚝새를 찾아냈다.

교미철이면 몸에 윤기가 흐르는 굴뚝새처럼 그네도 몸에서 새소리가 날 때면 말소리가 빨라지고 몸동작도 쟀다. 말투마저 바뀌었다. 데기랄, 옷 벗은 거 틈 봤져? 이런 우라딜. 그리고 행선지를 알리지 않는 외출.

그네의 행선지가 알려진 것은 같은 도시에 살고 있는 이복동생의 입을 통해서였다. 시내 노래방에서 그네를 보았다고 했다. 이복동생이 본 것은 노래방 외진 구석방에서 혼자 노래를 부르고 있는 그네였다. 며칠 전 노래방에 갔어? 잔뜩 뜸들인 질문에 비해 대답은 시원했다. 갔어요. 저 테이프, 모두 거기서 녹음한 거야? 그래요. 한번 들어볼까? 아니. 듣지 않는 게 좋을 거예요. 나 노래 잘 못 부르는 거 알잖아요. 자기 노래를 듣는 기분은 어때? 이상하게 내가 노랠 부르면 다 백 점이 나와요. 감정을 넣지 않고 불러야 백 점이 나온다고 하던데, 내가 원래 그렇잖아요. 백 점이 문제 아니야. 이 도시는 바닥이 좁아. 노래방에 가는 게 뭐가 나빠요? 나하고 같이 갈 수도 있잖아. 아니요. 혼자 가고 싶었어요. 청승맞잖아. 여자 혼자서…… 담엔 나도 좀 껴줘라. 아니요. 이제 노래방엔 안 갈 거예요.

유언비어는 확인하지 않는 것이 약이야. 그네가 여관을 드나든다는 소식을 물어온 사 선생의 말이었다. 동화 작가이기도 한 사 선생은 내가 그네와 동거를 시작한 일에 대해 누구보다 우호적인 입장을 보인 사람이다. 자신이 점유한 비밀의 무게를 생색하지 않는 것만 해도 내겐 고마운 일이었다. 결혼도 싫다, 애도 안 낳을 거다―그것이 외려 너한텐 잘된 일인지도 몰라.

넌 가끔 독신주의 궤변도 늘어놨잖아. 하긴 지금도 독신을 고수하고 있긴 하지만. 어떻든 비슷한 생각을 가진 사람끼리 만난다는 건 보통 인연은 아니지. 문제는 그 인연을 얼마나 아름답게 오래 지속시킬 수 있는가 하는 거지. 나무꾼이 다시 하늘에 올라가지 못한 결정적인 원인은 지상의 홀어머니였다구. 그네가 가치 있다고 생각하면 다른 것을 버릴 수 있어야 한다는 얘기였다. 타인의 관심으로부터 되도록 초연할 것. 그리고 묵계를 깨기 위한 어떤 노력도 하지 말아야 한다는 주문을 사 선생이 그네의 여관 출입 소식과 함께 내놓았다. 그러나 나는 묵계를 깰 수도 있다는 묵계를 만들고 있었다. 당신 요즘 여관에 간 적 있어? 그래요. 갔어요. 설마 혼자 간 건 아니겠지? 혼자 가면 안 돼요? 여관이 뭐 하는 덴지나 알아? 섹스를 합의한 사람들이 가는 데란 걸 얘기하고 싶은 거죠? 어떻든 거긴 불결한 장소야. 아니요. 그 반대로 생각하는 사람도 있어요. 정상적인 것은 아니지. 뭐가 정상인데? 그네의 말이 빨라졌다. 애를 만드는 거, 뿌리를 찾는 거, 남의 환심을 사는 거, 남의 약점을 찾아내는 거, 사랑한다고 말하는 거, 외롭다고 징징거리는, 그런 걸 정상이라고 말하는 거야? 결국 확인하고 싶은 건 내가 여관에 혼자 갔다는 거, 어떤 놈하고 가지 않았다는, 그걸 확인하고 싶은 거 아니야? 내 말 틀려?

나는 묵계를 깬 일을 후회했다. 그네는 남들이 자기한테 보이는 관심이 지나치다 싶으면 날카로워졌다. 높게 복받친 감정을 겨우 추스르고 나면 물먹은 솜처럼 가라앉았다. 얼굴에 핏기가 가시고 입술이 하얗게 타들며 늘어졌다. 말수가 줄고 거의 먹지도 않았다. 이상한 일이다. 우연의 일치겠지만 그럴 때면 뭔가 안 좋은 일이 주변에 일어나곤 했다. 치매로 기도원에 갇혀 사는 아버지가 기물을 파손했다는 소식이 오거나 이복동생들이 뭔가 문제를 일으키곤 했다. 가족들은 장남인 나를 포기하고 있었다. 마흔이 넘도록 결혼을 하지 않은 채 정체불명의 여자와 동거하는 일, 더구나 여자가 친인척 대소사에 얼굴 한번 내미는 일이 없다. ……그네에 대한 반감은 내 친인척들이 결속을 다지는데 한몫을 했다.

  어이, 플라 박! 요즘 인간 복제 얘기가 많이 나오데. 사 선생이 집으로 찾아왔다. 사실은 내가 그를 부른 것이다. 사 선생을 통해 집에서 들리는 새소리의 진원지를 밝혀보고 싶었는지도 모른다.
  네가 플라나리아 몸뚱이를 자르는 것두 결국은 생명 복제가 맞냐?
  물론이지. 허지만 수정란을 반으로 갈라 그 자식인 다른 생명체를 만들어내는 복제와는 달라. 플라나리아의 경우는 생명체 A가 자신의 일부를 떼어 다른 생명체 A로 분가시킬 뿐 모자 관계의 복제가 아니라는 거지.
  복제 인간에 대해선 아직 부정적인 견해가 지배적이잖냐.
  사 선생이 요즘 인간 복제 얘기를 동화로 구상하고 있다는 얘기를 들은 것 같다.
  그래, 하느님의 창조 원리에 위배된다는 거지. 즉 생명은 암수가 어울려 새로운 생명을 만들어야 하는데 복제는 암수 섹스

없이 가능하니까. 물고기들은 체외수정으로 번식을 하잖아. 그것도 암수가 어울리는 섹스의 한 방법이지.

언젠가 인간 복제에 대한 그네의 생각을 물어본 적이 있었다. 그냥 관망하는 쪽이에요. 반대한다고 인간 복제가 안 되진 않아요. 과학은 진화의 들러리잖아요. 갈 데까지 다 갈 거예요. 숙암이 연구하는 걸 어깨너머로 보면서 나도 하나 알았지요. 무성생식에서 유성생식으로의 진화 말이에요. 시간이 지나면서 먹이전쟁이 벌어지고 또 새로운 환경과 그 환경이 파괴되면서 거기에 적응할 수 있는 번식 방법이 생긴 거 아니겠어요. 그게 유성생식이겠지요. 어머니에게서 온 자식이 좀 더 다른 환경에 적응할 수 있는 번식 방법이지요. 문제는 어머니의 나쁜 유전자로 해서 그 자식마저 그 환경에 살아남기가 어렵다면 그건 도태돼야 마땅해요. 하하, 그래서 복제 양 돌리가 나오게 됐다는 얘기구먼. 난 유전공학 쪽은 잘 모르지만 아마 그런 원리일 거 같아요.

플라 박, 이왕 내친걸음, 복제 인간도 한번 만들어보라야. 우선 증발한 선녀를 복원하는 일부터 시작하는 거야.

그건 자네 같은 글쟁이들이 할 일이지.

그래. 선녀가 다시 돌아온 얘기로 써줄까?

돌아왔어.

무슨 얘기야, 아까 나한테 전화한 얘기가 바로 그거야?

사 선생이 새삼스런 눈으로 집 안을 둘러본다.

그랬다. 증발한 그네가 다시 나타났다. 아침 잠자리에서 일어나면서 나는 그 소리를 들었다. 시찌시찌, 시찌 비이— 그네의 입에서 나던 산솔새 소리가 분명했다. 거실과 베란다를 샅샅이 살펴도 새는 보이지 않았다. 그러나 새소리는 벌써 며칠 동안, 소음이 가라앉은 시간이면 일정한 사이를 두고 계속 들려왔다. 그네의 입에서 나던 그 소리보다 더 분명한 음조였다. 시찌 시찌, 비이— 새소리의 진원지를 찾아 집 안을 뒤지다 침대 밑에서 그네의 것이 분명한 올이 굵고 윤기 나는 음모 하나를 발견했다. 그네는 잠자리에 들 때 몸에 아무것도 걸치지 않았다. 잠자리에서 화장실에 다녀올 때도 거침없이 알몸이었다. 그네의 음모 한 오라기를 들고 있는 동안 산솔새 소리는 더 이상 들리지 않았다.
  선녀가 저 화초들을 다 가꿨다는 게 사실이야?
  ㅎㅎ, 그래.
  베란다에서 화분 매만지는 일이 그네의 유일한 취미였다. 그네는 꽃나무나 원예화초에서 떼어낸 가지라든가 뿌리는 되도록 버리지 않고 화분 한구석에 묻었다. 일종의 삽목인데 이상하게도 그네가 흙 속에 묻은 것들은 거의 모두가 뿌리를 내렸다. 란타나와 무화과 가지가 뿌리를 내리고 인화텐스라 불리는 불란서 봉송화의 번식 또한 빨랐다.
  그네가 증발한 뒤 집 안에서 생긴 가장 경이로운 사건은 흔적도 없이 죽었던 산야초가 다시 살아난 일이다. 3년 전 평화의 댐을 다녀오다가 국도 변의 어느 계곡에서 그네가 발견한 병아리난초였다. 작은 폭포가 내리치는 바위틈에서 그네가 그것을 손가락으로 호벼 팠다. 산삼이라도 보는 줄 알았어요. 어젯밤 꿈에 발가벗은 어린애가 날 산속으로 끌고 갔거든. 석부작으로 쓰던 돌구멍에 병아리난초를 심으면서 그네가 말했다. 그 병아리난초는 다음 해 여름 담자색꽃을 쪼르라니 피웠다. 그러나 그뿐이었다. 작년에 싹이 안 보여 파보니 방종상의, 굵은 뿌리가 완전히 삭아버린 상태였다. 그 위에다 돌양지꽃을 떠다 심었지만 그것마저 말라죽었다. 그런데 며칠 전, 그 자리에서 다시 병아리난초 새순을 본 것이다.

 야, 정말 신기하다야. 새소리가 나는 거야 네 환청이라고 하더라도 저런 돌틈에 어떻게 풀이 다시 살아날 수 있을까. 이걸 샤먼의 신기라고 봐도 되는 건가 모르겠네.

 무슨 소리야, 샤먼의 신기라니?

 무당 능력 말이야.

 뭐 무당?

 그래, 네가 더 잘 알테지만 그 여잔 무당끼가 있었어야. 입에서 새소리가 난다는 건, 죽은 어린애가 실렸기 때문이야. 그걸 태주라고 하잖아. 여자애가 실리면 명도, 북한에선 죽은 애 혼이 실린 걸 새타니라고 해. 새(鳥), 탄(乘), 이(人). 새소리가 실린 사람이라, 바로 그거야.

 언제 무속학자가 됐냐?

 내 얘기가 틀림이 없을 거다. 무당까지는 아니라 하더라도 그 여잔 내림굿을 하지 않으면 안 될 단계의 무병을 앓고 있었던 게 분명해.

 소설 쓰구 있네.

 이것도 내 느낌인데 어쩌면 그 여자…… 혹시 간질 증세는 없었냐?

 너 정말, 여기 없는 사람 얘길 그렇게 막 하기냐?

생각해봐. 결혼을 안 한다는 거 하며, 더구나 애를 결단코 낳지 않겠다는 건 또 뭐야. 유전질의 거부 현상이라고 보는 게 정확할 거야. 그때 음독을 했던 것도 그런 맥락에서 생각해볼 수도 있다 그거지. 내 말 틀려?

아무것도 안 들은 거로 하겠다.

그래야 하겠지. 천상에서 지상으로 곤두박질 치는 게 얼마나 비참한데.

그 순간 온몸으로 뭔가 와락 끼쳐들면서 어질증이 왔다. 야, 너 왜 그래? 사 선생이 나를 부축하고 있었다. 다 정 떼라고 한 소리야. 넌 집착이 너무 심해. 네 기억의 잔상으로 그 여자가 살아 있는 한 너는 불행한 거야. 얼굴 밝은 무당 못 봤다. 남의 영혼까지 몸에 담고 산다는 게 어디 쉬운 일이겠냐.

나는 철늦게 싹을 보인 병아리난초를 그늘 쪽으로 옮긴 뒤 분무기로 물을 뿌렸다. 야, 그 풀도 죽여야 해. 사 선생이 혼자 주방에 앉았다가 술잔을 들고 베란다로 나왔다. 그 여자 혼을 네 몸속에서 몰아내라니까. 네가 그 여잘 죽인 것처럼 여자와 관계된 모든 걸 죽여버려.

뭐, 내가 누굴 죽였다고?

넌 그 여자가 떠날 것을 겁냈던 거야. 그 집착이 여잘 죽인 거야.

너 정말……

……물론 기억하고 싶지 않을 거야. 어쩌면 넌 그 여잘 죽인 일을 벌써 캄캄 잊고 있는지도 모른다. 자신이 저지른 일을 기억하지 못하고 있는 사람이 얼마나 많다구.

몇 잔 마시지 않은 것 같은데 많이 취했다. 사 선생 역시 취한 걸음으로 돌아갔다. 돌아가면서도 사 선생은 고약한 말로 내 심사를 뒤틀었다. 난 말이야, 네가 오늘 그 여자 죽인 거 고백성사라도 하는 줄 알았지 뭐냐.

내가 그네를 죽였다? 죽였다 죽이고 또 죽인다 플라나리아를 가로 세로로 절단하듯 예리한 칼로 여자의 몸을 자른다 두부와 체간과 사지를 절도 있게 가른다 시찌 시찌 비이― 내 몸속의 더러운 피 다 빼줘 맑고 깨끗한 피로 다시 채워줘 내 뇌수 속의 유전인자 음흉하기 짝없는 무끼를 빼줘 작두 날 위에서 춤추는 내 에미 저 신기를 죽여줘 눈을 감아도 보이고 떠도 보이는 목매달아 죽은 저 원혼 죽여줘 시찌 시찌 비이― 물에 빠져 죽은 귀신 똥통에 빠져 죽은 애 귀신 폐병으로 죽은 애비 귀신 미국 놈한테 몸 주고 칼 문 에미 귀신 강간으로 밴 애 떼내다 죽은 처녀 귀신 게거품 물고 죽은 간질 귀신 죽이고 죽여 풍덩 우물에 넣어줘 태 버린 데도 몰라 풍덩 애비도 몰라 풍덩 에미도 몰라 풍덩 내가 너를 먹는다 플라나리아가 나를 먹는다 플라나리아 잘린 도막들이 살아난다 플라나리아가 떼 지어 수조를 기어 나온다 제라늄을 먹고 시클라멘을 먹고 병아리난초를 먹고 소철을 먹고 그네의 샌들을 먹고 구두를 먹고 머리카락을 먹고 내 양복을 먹고 내 뇌를 먹고 내 간을 파먹는다 네가 나를 죽였지 네가 나를 먹었지 수천 수만 마리 플라나리아가 내 몸 위로 기어오른다.

숙취 중의 가위눌림 때문인가. 아침에 눈을 뜨자 가슴이 답답하고 머리가 무겁다. 사 선생 말처럼 내가 정말 그네를 죽인 것은 아닐까. 연엽산 계곡에는 왜 가기 싫었을까. 그네가 증발한 뒤 나는 정말 연엽산 계곡에 한 번도 안 갔단 말인가. 시찌시찌, 시찌 비이— 또 그놈의 산솔새 소리다. 이제는 새소리의 진원지를 찾는 일도 버겁다. 새소리가 내 입에서 나지 않는다는 것을 지난밤 사 선생을 통해 확인한 것만 해도 다행이다. 허나 기분이 안 좋다. 샤워를 하고 나와도 매한가지다. 누군가 나를 보고 있다. 내가 나를 보고 있는 느낌. 아니다, 나 아닌 누군가 나를 바라보고 있다. 그네가 정말 집에 돌아온 것일까. 베란다로 나간다. 섬뜩하게 낯선, 뭔가의 기척. 분명 뭔가 살아 움직이는 것이 있다. 몸에 소름이 끼친다. 민달팽이다. 민달팽이 한 마리가 지난밤 그늘 쪽으로 옮겨놓은 병아리난초 옆에 점액을 번질거리며 붙어 있다.

나는 왜 껍질 없는 민달팽이를 본 순간 그네를 생각했을까. 민달팽이는 주로 밤에 나와 식물의 새순을 갉아먹는다. 머리에 뿔처럼 나와 있는 두 쌍의 더듬이 중 하나에는 눈이 붙어있고 다른 한 쌍의 짧은 더듬이는 후각기관이다. 그 후각 더듬이 때문인가, 민달팽이는 냄새에 예민하다. 예민했다. 입에서 새소리가 날 때의 그네는 좀 심하다 싶게 예민했다. 아파트 같은 동 어느 집에서 간장 항아리를 열어놓았는지, 어느 집에서 청국장을 띠우고 있는지도 알아냈다. 도둑이 두 층 아랫집의 현관문을 따는 소리를 감지해 신고했을 정도로 그네의 모든 감각은 예민했다. 어떤 때는 텔레비전 소리는 물론 냉장고 팬 돌아가는 소리나 선풍기 바람 소리에도 신경을 곤두세웠다. 폭풍우가 치는 날은 아예 이불을 뒤집어썼다. 초인종 소리에도 놀라고 아파트 관리소의 안내방송에도 놀랬다. 나를 여섯 살 적부터 맡아 키운 계모가 말했다. 네가 산에서 줘 왔다는 여자, 뭔가 귀기가 흘러야. 백년 묵은 여시가 둔갑을 했는지두 몰라야.

아주 드문 일이긴 하지만 그네가 농탕치는 자태를 보이는 날이 있었다. 그런 날은 잘 웃고 술도 술술 잘 먹었다. 취했다 하면 어린아이처럼 어리광도 부렸다. 옷도 먼저 벗었다. 유독 뜨거운 입술. 나는 눈을 감는다. 그네를 받아들인다. 하지만 내 입술에 와닿는 건 그네가 아니다. 이십 년 전 열세 살이었던, 한 여자아이의 입술이다. 여자아이가 나를 유혹한다. 선생님, 우리 공부하지 말고 그냥 놀아요. 집은 비어 있고 아이의 공부방 방바닥은 따뜻하다. 여자아이가 내 목에 매달린다. 내 입술을 먼저 빤 것도 여자아이다. 황홀하다. 여자아이가 내 손을 끌어다가 자기 젖가슴에 댄다. 내 다른 손 하나도 스커트 속으로 끌어간다. 여자아이가 움직임을 멈춘다. 숨소리도 죽인다. 방문이 열리고 여자아이의 엄마 얼굴이 보인다. 엄마, 나 과외선생님하고 입 맞췄다. 선생님이 애기 씨도 준댔어. 나는 소스라쳐 몸을 뺀다. 체외 사정, 습관이 나를 살리곤 했다.

섹스는 유전자를 섞는 일이지. 그네가 증발하기 전 내가 그네를 설득하던 말이다. 이제 날개옷 같은 것은 없다는 확신이었다. 난자와 정자와의 만남, 그리고 수정. 그것이 곧 새 생명의 탄생이지. 고로 섹스는 생명이다. 그네가 완강하게 버틴다. 그건 모두 쾌락 본능의 부산물에 불과해요. 하지만 중요한 건 그 본능이 인류사의 핵이라는 거지. 아니요 인류 역사는 인간의 의지예요. 아이를 낳지 않겠다는 의지? 아니요 나쁜 유전자를 종식시키는 일이에요. 생명의 탄생과 함께 죽음이 필연인 이유가 바로 그거예요. 아직도 죽고 싶은 거야? 나는 참지 못하고 소리친다. 그네가 입을 비틀며 웃는다. 아니요 다 같이 죽고 싶어요.

선생님, 그때 없어진 플라나리아는 어떻게 되었어요? 그날 민방위 훈련 경보와 함께 햇빛 속으로 사라진 플라나리아 도막들은 아직도 아이들 머릿속에 있다. 열세 살 그 여자아이가 내 몸속에 살아 있듯 그때의 플라나리아도 살아 있다. 영혼의 집, 기억의 잔상 속에. 죽었다! 현상과 본질의 혼동은 곤란하다. 과학에는 이적이 없다. 그날 플라나리아의 증발을 죽음이라고 말해야 한다.

환경이 곧 생명이다. 나는 언젠가 그네에게 생물의 진화에 대해 얘기한 적이 있었다. 그래, 유성생식을 하는 2배체 세포 생물은 생명이 유한한 것과는 달리 무성생식을 하는 1배체 세포 생물은 결코 죽지 않지. 식물은 한계 수명이 없다, 그런 얘기야. 다만 식물이 죽는 것은 수명이 다한 것이 아니라 환경 때문이지. 물이 부족하거나 갖가지 천재지변, 그리고 벌레 한 마리에 의해서도 식물은 죽을 수 있어. 수십억 년 동안 모든 생명체가 무성생식으로 번식해올 수 있었던 것은 그만큼 좋은 환경을 가졌기 때문에 가능했던 거야. 무성생식으로 번식하는 세포들은 부모와 자식은 물론 모두가 그 생김새가 같아. 좋은 놈과 나쁜 놈이 있을 수 없지. 그러나 환경이 달라지면서 그것에 적응하기 위한 새로운 번식 방법으로 두 개의 세포가 결합하여 부모와는 다른 자식을 생산해내는 일, 드디어 환경의 변화가 유성생식의 시대를 연 거야. 종족 보존을 위한 세포들의 본능이 일어서기 시작한 거지. 유성생식은 환경에 적응할 수 있는 유리한 쪽으로 자식을 생산해내는, 그야말로 획기적인 번식 방법이라구.

그네가 웃는다. 유성생식의 필요 때문에 개발된 섹스가 결국은 진화에 속도를 불어넣었다는 얘기 아니에요.

바로 그거야. 우리 관계도 진화해야 해.

진화는 전통의 일탈 혹은 역행의 의미도 있는 거예요.

아니지, 사이드에서 메인으로 들어가는 것이 진짜 진화야.

노땡큐! 난 아니에요.

자, 다음은 너희들이 플라나리아를 관찰한 결과를 적어놓은 거다. 관찰 사실이 아닌 것은 다음 중 어느 거냐? 일, 몸 색깔은 갈색이다. 이, 징그럽다. 삼, 몸을 성냥개비로 건드리면 움츠린다. 사, 눈이 두 개이고 머리는 세모 모양이다.

징그러운 것은 관념이다. 감각의 보편적 관념. 다른 수컷들처럼 나는 그네를 사랑했다. 수컷들이 좋아할 성적 매력의 외모와 투명한 이성의 조화. 한눈에 그네를 선택했다. 사랑의 양이 서로 같아야 된다는 것은 어디까지나 희망사항일 뿐, 한쪽이 주고 한쪽이 받는 것이 암수의 사랑 법칙이다. 수컷의 끊임없는 유혹의 투자를 통해 동거에까지 이르렀다. 당신이 거기 있지 않았다면 내가 이처럼 떨릴 이유가 없지. 사랑의 표현은 물리는 법이 없다. 숙명이지. 당신을 만나기 위해 이때까지 기다려왔으니까. 지금까지의 내 핸디캡을 수컷 공작의 화려한 날개처럼 펼쳤다. 내가 일곱 살 때 아버지가 어머니를 버렸어. 아버지에 대한 어머니의 유일한 복수가 당신 스스로 목숨을 끊는 거였지. 어머니의 자살에 대한 대응으로 아버지는 다른 암컷 셋을 통해 자신의 유전자를 일곱 자식에게 나눠줬지. 그리고 아버지는 그 모든 것을 잊은 채 지금 기도원에 갇혀 있다구. 자, 이 정도면 내가 아이를 갖지 않겠다는 당신의 뜻에 동의한 이유를 알 거야. 물론 그네가 알고 싶은 것은 진실이었을 것이다. 그 진실이 무엇이었을까. 열세 살 난자핵을 행해 달려간 내 정자 속의 디엔에이? 어쩌면 그네는 화려한 내 깃털 속에 감추고 있는 진드기를 보았을는지 모른다. 그래, 그네는 내 깃털 속의 진드기가 무서워 떠났을 수도 있다.

실험 기구들을 정리하는데 사 선생이 들어왔다. 어이, 플라박, 자네 다니는 대학에서 연락이 왔어. 내일 대학원생들 종강이 있다고 저녁 여섯시까지 학교로 나오라더라.

대학원 진학도 그네에게 과시할 수 있는 수컷의 날개무늬 만들기였는지도 모른다. 보호본능일까, 그네의 도움이 컸다. 복제 인간이 태어났을 경우 원래 원형이 되었던 사람과 복제 인간 간의 사고와 행동은 같을 것이다. 아니다. 같지 않을 것이다. 과학은 가치중립적 학문인가. 과학기술에 대한 낙관론과 비관론. 과학자에게 윤리적 판단이 요구되는 이유는? 생명공학에 대한 사회학적 접근 방법으로서의 이러한 가설 명제를 놓고 우리는 토론했다. 그네는 매우 적극적이었다. 어느 정도까지는 상대의 얘기를 충분히 들은 다음 자신의 주장을 비교적 우회적인 방법으로 내놓을 줄 아는 매너를 보였다. 그러나 시간이 지나면서 매우 확신에 찬 톤으로 상대를 압도했다. 외고집장이의 저돌적인 아집이 얼굴에 나타나는 것도 그때부터다. 나도 녹녹히 물러서지 않았다. 다행히 우리의 논쟁은 감정적 말싸움으로 번지지 않았다. 순간순간 그네가 보여주는 날카로운 직관과 판단의 명료함에 내가 매료당했기 때문이다. 생명 복제가 인류의 삶에 끼칠 여파. 암컷과 수컷으로의 분리와 관련된 이형배우자의 기원은 무엇인가? 자연과 인간사회에서 발견되는 흥미진진한 섹스 스토리를 안주로 해서 우리는 소주 세 병쯤을 비웠다. 간간이 우리는 상대의 눈길을 오래오래 붙잡았다. 참 예쁘다. 숙암도 그래요. 뭔가에 열중하는 모습이 좋아 보여요. 그럴 때 그네는 결코 타인이 아니었다. 당신 영혼이 지금 내 몸을 채우고 있어. 아니요. 그네가 찬물을 끼얹는다. 난 아니에요. 그네와의 토론은 생물의 영혼 유무로 이어졌다.

    생명이 곧 영혼이다. 내가 모든 자연물에 영혼이 있다고 믿는 애니미즘적 물활론자라면 그네는 영혼은 육체 밖에서 와서 인간의 의지까지를 지배할 수 있다는 원시 종교적 영혼관을 주장했다. 두 쌍의 염색체를 가진 생물 중에서 인간만이 영혼을 가지고 있다는 주장은 기독교 창조 원리와도 일치했다. 그러나 그네의 인간 영혼설은 엉뚱한 의도를 품고 있었다. 인간은 자기 안에 들어 있는 영혼을 조종하는 의지가 있을 때 비로소 영혼 소유자로서의 자유를 획득한다는 것이다. 신에 대한 도전이었다. 육체에서 자유로운 영혼이 아니라 육체의 소멸과 함께 죽는 그런 영혼의 소유자를 지향해야 한다는 주장이었다. 결국 인간 의지에 의한 죽음 예찬이라고 할 수 있었다.

　육십년대 초 제임스 맥도널과 그의 동료는 플라나리아로 재미있는 실험을 했다. 학습시킨 플라나리아를 다른 플라나리아에게 먹여서 학습된 내용이 전달되는가를 알아본 것이다. 접시에 담긴 플라나리아에게 불빛을 비춘 후 전기충격을 가하자 몸을 동그랗게 말아서 전기충격의 고통을 줄이려고 노력했다. 이렇게 불빛을 비춘 후 전기충격을 여러 번 반복하게 되면 플라나리아는 불빛만 비춰도 몸을 동그랗게 오그렸다. 파블로프의 조건반사 실험과 같은 것인데 이렇게 학습된 플라나리아를 갈아서 다른 플라나리아에게 먹였다. 학습된 플라나리아를 먹은 다른 플라나리아 역시 불빛만 비춰도 몸을 말았다. 학습된 내용이 전달된 것이다.
　뇌를 먹으면 그 사람의 지식까지 가져올 수 있을까? 곤충 외계인이 촉수로 사람의 뇌를 빨아먹는 영화가 생각났다. 그네의 증발이 내 창조성을 충동질했다. 창조성이란 그림을 귀로 듣는 것, 바퀴벌레의 말을 알아듣는 것, 그것을 훔치기 위해 투명인간이 되는 것, 그네를 재생시키는 것, 그네의 영혼 속에 내 육체를 집어넣는 것.
　……보고 싶었다. 그동안 집 안에서 찾아낸 그네의 분신들…… 머리카락과 음모와 손톱과 화장대 위에서 발견된 비듬 한 톨. 그네의 육성이 녹음된 테이프의 한 조각을 면도칼로 조각조각 잘랐다. 또 있다. 시찌시찌, 시찌 비이— 산솔새 소리를 함께 들은 그놈. 병아리난초 싹을 노리고 있는 민달팽이를 화분 밑에서 찾

아 죽인 그 한 도막까지. 그녀의 분신들을 육안으로 확인되지 않을 때까지 자르고 또 잘라 더 이상 가루일 수 없는 미세한 먼지로 만들었다.

검은 종이테이프로 가려진 수조 속에는 무성번식으로 재생된 플라나리아가 수십 마리 살고 있다. 그들은 나이가 모두 같다. 원래의 플라나리아에서 절반을 쪼개는 순간 원래의 플라나리아도 재생된 플라나리아와 같이 새로운 생명체로 탄생한다. 그들은 나이가 같을 수밖에 없다. 내가 너를 떼어낸 것도 네가 나를 떼어낸 것도 아니다. 엄마도 아니다. 자식도 아니다. '나'가 있을 뿐이다. 플라나리아 '나', 플라나리아 '나', 플라나리아 '나'…… 재생된 플라나리아 '나'들에게 며칠 동안 먹이를 주지 않았다. 먹지 못하면 죽는다. 굶주림에서 살아남은 강성의 플라나리아 '나'들이 좁쌀처럼 작게 잘라진 간 조각에 붙은 그녀의 분신들을 아귀아귀 뜯어먹기 시작한다.

형평의 원칙일까. 그녀의 증발로 내 사회성은 복원되었다. 그동안 소원했던 인간관계가 우호적으로 바뀌면서 평화가 찾아왔다. 그녀의 증발은 나와 관계된 모든 사람들의 상처받은 마음을 어루만져주었다. 한 살 아래인 이복동생은 바둑을 두자고 찾아왔고, 아버지의 세번째 여자인 계모는 내 아파트로 밑반찬을 날랐다. 그 여시 물리쳐달라고 내가 통성기도했어야. 대학원 진학으로 동료들의 눈치 보는 일이 부담스러웠다. 대학원에 휴학원을 제출하고 돌아온 날 교장은 공석인 교무 자리를 내게 선물했다. 사 선생은 속초에서 배로 떠나는 6박 7일의 중국 여행 동행을 제의해왔다.

 여름방학도 거의 끝나가고 있었다. 그네를 떠나보내는 마지막 의식만이 남았다. 혼자 그곳에 가기가 뭔가 짐짐했다. 그네의 부재증명을 위해서도 며칠 전 중국 여행에서 돌아온 사 선생이 필요했다. 사 선생은 중국 여행에 내가 동행하지 않은 것을 못내 아쉬워하면서 나를 따라나섰다.
 연엽산 계곡 입구에 차를 세우고 걸어 올라가는 도중 사 선생이 말한다.
 추억 더듬기도 일종의 바람이라더라. 살아 있음의 허영 같은 거.
 죽을 것 같아.
 사람을 죽였으니 당연히 벌을 받아야지.
 그 사람이 지금도 거기 있을까.
 다른 선녀를 물색해라. 애도 딸린 과부 선녀.
 지난해 있었던 집중 폭우 탓인가, 계곡은 그전 모습이 아니었다. 나는 너럭바위를 찾는다. 너럭바위는 폭우를 스쳐 보내고 기린초 한 무더기를 키우고 있다. 낙차가 크지 않은 작은 폭포 물줄기에 무지개라도 설 듯 여름 햇빛이 영롱하다. 폭포 옆 벼랑바위 틈에 바위떡풀이 꽃을 달았다.
 학교 실험실 수조에서 건져온 플라나리아들을 계곡물 속에 집어넣는다. 그네와의 결별 의식은 여름 햇빛만큼이나 깨끗하게 끝난다. 사 선생은 너럭바위에 걸터앉아 물에 발을 담근다.
 김밥은 역시 왕할머니집이 최고야. 사 선생이 김밥을 풀어 헤친다.
 한여름 산속에는 새소리도 없다. 나는 벼랑바위 틈에 핀, 날개를 늘어뜨린 모기 모양의 바위떡풀꽃을 망연히 쳐다본다.

 이후, 나는 그네를 만난다.
 그네를 보았다. 병가 중인 교감 대신 시교육청 회의에 다녀오던 길이었다. 나는 팔호광장 로터리에서 신호 대기 중이었다. 내 차 앞으로 그네가 지나가고 있었다. 불과 3미터 정도의 거리여서 잘못 볼 리가 없었다. 생각하고 어쩌고 할 겨를이 아니었다. 나는 로터리 코너에 차를 대고 그네가 간 방향으로 뛰었다. 뒷모습 역시 그네가 분명했다. 담황색 끈으로 묶어 틀어 올린 머리까지 그대로였다. 이봐요! 나는 그네 뒤에 바싹 따라서며 소리쳤다. 그네가 돌아보았다. 틀림없이 그네였다. 나는 그네의 걸음에 보조를 맞추며 웃었다. 가슴이 터질 것 같았다. 다소 당혹한 얼굴로 그네가 걸음걸이를 늦췄다. 대체 이게 뭐지? 말이 입 밖으로 나오지는 않았다. 다소 겁에 질린 얼굴과 나를 쳐다보는 그네의 눈길에서 나는 모든 것을 알아차렸다. 그네가 나를 모른다는 것, 그네는 내 기억의 잔상에 남은 그네일 뿐 나와 함께 살았던 그네가 아니라는 사실을.

 분명 그네인 또 다른 그네를 만난 것은 티브이 저녁 9시 뉴스 시간이었다. 번화한 도시 한가운데까지 만산홍엽의 만추가 황금빛으로 출렁이고 있다는 뉴스 앵커의 멘트와 함께 거리 풍경이 흘렀다. 황금빛 낙엽을 밟으며 거리를 걷는 행인들 사이에 그네가 있었다. 눈에 익은 미색 바바리코트를 걸친 채 머리를 약간 숙인 자세로 그네가 걷고 있었다.

그네와 똑같이 생긴 또 다른 그네를 만났다. 서울, 1호선 전철 속에서였다. 시냇물에 살던 플라나리아는 어디로 갔는가. 플라나리아 서식 환경을 주제로 한 아이들의 공동작품을 과학전람회에 제출하고 돌아오는 길이었다. 전철 객실 입구 쇠기둥에 몸을 기댄 자세로 그네는 무슨 생각엔가 골똘하고 있는 표정이었다. 짙은 눈썹이며 선이 또렷한 입술, 파마기 없는 생머리 묶음, 손잡이를 잡은 길쭉하고 투명한 손. 그네였다. 청량리에서 하차할 때까지 그네와 부딪친 눈길은 대여섯 번, 번번이 그네가 먼저 눈길을 돌렸다. 낯선 눈길에 대한 선병질적인 경계심을 애써 눙치고 있는 표정이 역력했다.

에필로그

플라나리아 '나'는 팔호광장 근처에서 한 남자가 뒤따라오는 것을 느낀다. 급히 달려오느라 헐떡이는 숨소리까지 들을 수 있다. 이봐요! 플라나리아 '나'는 남자를 돌아다본다. 작은 키에 배불뚝이, 오종종한 얼굴이다. 이쪽을 익히 알고 있다는 표정이긴 한데 그 눈길이 뭔가 의아하다. 남자에게서 절실한 게 보인다. 난 아니에요. 난 당신이 찾는 사람이 아니에요. 그렇게 말하기도 전에 남자의 눈에 절망이 비친다. 플라나리아 '나'는 2만

원을 주고 지금 들어갔던 여관 온돌방의 짧은 시간을 생각한다. 저 남자는 여자가 혼자 여관방에 발가벗고 누워 있는 그 절절한 자유를 모른다. 세상 속에 가장 가까이 노출돼 있으면서 세상에서 가장 완벽하게 격리된 그 공간의 자유를 저 남자는 모른다. 저 남자의 절망 속에는 어떤 사연이 들어 있는 것일까. 어쩌면 저 남자는 내가 여관 온돌방에서 두 시간 동안 안락하게 잠들어 있었을 그 때에 꿈속을 헤집어 놓았던 사람인지도 모른다. 플라나리아 '나'는 남자가 아직도 그 자리에 선 채 이쪽을 바라보고 있다는 것을 느낀다.

또 하나의 플라나리아 '나'는 번화한 가로수 거리에 떨어진 황금빛 은행잎을 밟으면서 방금 전에 들어갔던 노래방을 생각한다. 다음엔 좋은 분과 같이 오세요. 플라나리아 '나'는 들어갈 때 나갈 때 훑어보는 노래방 주인여자의 칙칙한 눈빛이 소름 끼친다. 녹음한 건 가지고 가세요? 플라나리아 '나'는 대답 없이 노래방을 나온다. 100점이 나오고 팡파르가 울릴 때의 기분을 네가 알기나 해. 오르가슴 같은 그 그리움을 네가 알기나 하냐구. 여자는 만추의 거리를 걸으면서 팡파르의 여운, 그 솟구치는 그리움을 죽음이라고 생각한다.

또 하나의 다른 플라나리아 '나'는 전철 객실의 쇠기둥에 몸을 기댄다. 배가 볼록 나온, 오종종한 얼굴의 키 작은 남자가 쳐다보고 있다는 걸 느낀다. 남자의 눈길이 온통 먹빛이다. 억지로 누르고 있는 숨소리와 심장 뛰는 소리가 한꺼번에 들린다. 플라나리아 '나'는 옆얼굴이 근질근질해온다. 남자는 종각역에서 청량리까지 한 번도 눈길을 떼지 않는다. 꺼져! 플라나리아 '나'는 그 남자가 청량리역에서 내리는 것을 본다. 벼엉신. 남자가 걷기를 멈추고 돌아본다. 야, 난 아니야. 네가 찾는 '나'가 아니란 말이야. 플라나리아 '나'는 방금 산부인과에서 다섯번째로 긁어버린 핏덩이가 생각난다. 개새끼, 콘돔을 빼버리다니. 낳구 보자구? 좋아, 다음엔 낳아가지고 시멘트 바닥에 패댁질쳐 죽일 거다. ㅎㅎ, 이 상태론 더 이상 임신이 힘들 거라고? 이런 오라질, 그 의사새끼, 칼을 어떻게 댄 거야. 플라나리아 '나'는 하복부의 심한 통증으로 얼굴을 찡그린다.

○ 2002년 『동서문학』 봄호

온 생애의 한순간

혼자 사는 여자를 바라보는 눈길에 대한 여자의 반응이 때로 사람들의 가슴을 서늘케 합니다. 그래서…… 당신은 혼자가 아니라 행복한가요?

그 시절, 남자는 가끔 이야기 끝머리쯤에서 여자와 눈길을 맞춘 채 침묵하곤 했습니다. …… 여자 역시 침묵의 그 행간을 말없음으로 받을 수 있었습니다. 아니오, 외롭지 않아요. 외로움은 내 생활이니까요.

당신은 거의 한 시간 동안 꼼짝도 않았지. 바위처럼 단단한 외로움, 그렇게 보였어.

남자는 여자를 처음 보았을 때 가졌던 느낌을 꽤 오랜 세월이 흐른 뒤 말했습니다. 진부한 표현이었지만 그즈음 여자도 혼자 산행을 즐기는 남자의 뒷모습에서 절벽과도 같은 막막함을 보고 있었기 때문에 뭔가를 들킨 것처럼 얼굴을 붉혔습니다. 산에서 곤충이나 새들을 몰래 숨어서 관찰하다 보면 오히려 이쪽이 더 먼저부터 관찰당하고 있었음을 확인하는 순간 덜컥 놀라게 됩니다.

그날 여자는 야산의 자작나무 줄기에서 두쌍무늬노린재 암수가 교미할 기미를 보일 때부터 삼각대 위에 카메라를 고정시킨 뒤 피사물을 쫓는 데 모든 감각을 집중시키고 있었습니다. 접사 촬영할 때면 여자는 자신이 마치 곤충이 되기라도 한 듯 몸을 조그맣게 움츠린 자세로 숨을 죽여 기다렸습니다. 그럴 때 여자의 몸은 곤충의 본능으로 차올라 터질 듯 팽팽했습니다.

남자의 관심을 끈 건 바로 그것이었습니다. 두쌍무늬노린재가 되어 있는 여자의 그 지독한 몰입. 가슴을 뻑, 소리나게 얻어맞은 것처럼 남자는 충격을 받았다고 했습니다. 그때까지 남자는 어떤 일에 지독히 몰입하는, 그 신명을 모르고 살았다는 고백이었습니다.

서로를 한눈에 알아본 여자와 남자의 만남은 예정된 운명처럼 필사적으로 진행되었습니다. 그러나 얼마 지나지 않아 여자는 남녀 만남이 가진 속성을 체득하면서 두려워지기 시작했습니다. 보고 싶다. 원래 만날수록 더 보고 싶어진다고, 두 사람은 허락된 시간의 범위를 넘어 달려가곤 했습니다. 그러나 만나서 하는 일이 무엇인가. 만지고 벗고, 쇠진할 때까지 서로의 몸에 탐닉하는 일로 대부분의 시간이 채워졌습니다. 욕망의 피돌기가 끝나면 몇 마디 의례적인 사랑 표현으로 서로의 마음 확인하기. 이러한 만남의 의식으로 정작 중요한 것들이 손바닥에서 술술 새어나간다는, 어떤 쫓김으로부터 여자는 자유롭지 못했습니다. 이게 아닌데…… 여자는 남자에게서 사랑 행위 그 이상을 원하고 있는 자신을 알게 되었습니다.

어느 날 남자는 가장 멀리 떨어져 있는 높은 산을 여자에게 가리켜 보였습니다. 여자가 입을 오— 하고 벌려 경이로운 눈을 했습니다. 이번에는 여자가 카메라의 매크로 렌즈를 통해 물결나비의 날개 무늬를 보여줬습니다. 나비가 안 보여. 처음에는 남자가 근접한 나비의 날개를 알아보지 못했습니다. 그러나 망막 바로 앞에 확대된 나비의 날개 무늬를 확인한 남자는 그 매혹적인 아름다움에 빠져 카메라 렌즈에서 눈을 떼지 않았습니다.

만남의 즐거움으로 이어지는 통로가 넓어졌습니다. 여자와 남자는 바빠졌습니다. 여자는 남자의 눈으로 새로이 펼쳐지는 높고 넓은 세상을 보기 시작하고 남자는 여자의 감각을 빌어 작은 것들의 아름다움을 황홀하게 익혀갔습니다. 함께 보고 함께 느끼면서 할 얘기가 많아졌습니다. 여자는 집에 돌아와 카메라에 잡힌 곤충들의 사진을 인화하면서 그 이름과 생태를 확인하는 일로 정신없이 바빴습니다. 남자의 일이기도 한 국토종합개발과 관련한 자원으로서의 환경 개발 문제가 슬며시 여자의 관심 속으로 들어오기도 했습니다. 남자는 여자가 그런 일에 관심을 보일 때 여자의 얼굴에서 눈을 떼지 못했습니다.

여자가 다시 남자를 매크로 렌즈 앞으로 오게 했습니다. 아주 날렵하게 생겼는데, 이거 무슨 잠자리야? 하루살이예요. 무늬하루살이. 하루살이가 이렇게 아름다울 수가 있어? 지금 날개를 말리고 있는 중이에요. 애벌레로 물속에서 일 년쯤 살다가 이제 막 허물을 벗고 나왔거든요. 으흠, 그리곤 고작 하루를 살다 죽는다…… 두어 시간밖에 못 사는 것도 있어요. 어떤 건 삼 주까지 살기도 해요. 정말 하루살이는 입이 없는 거야? 있지만 퇴화해 쓰지 못하는 거에요. 퇴화? 먹는 일은 중요하지 않으니까요. 그럼 뭐 하러 세상에 나왔어? 짝짓기 하려구요. 남자가 여자를 돌아보았습니다. 우리처럼? 아니오, 우린 짝이 아니에요. 짝이 아니면? 여자가 남자의 눈길을 피하며 그냥 웃었습니다. 남자도 따라 웃으며 카메라 렌즈를 향해 다시 몸을 웅크렸습니다. 무늬하루살이가 날아오르려는 듯 두 갈래 긴 꼬리를 살짝 들어올렸습니다.

때로 남자는 여자의 작업을 방해하지 않기 위해 두어 시간 동안 혼자서 산행을 하고 돌아오는 배려를 했습니다. 남자가 산꼭대기를 향해 휘휘 사라진 뒤 여자는 마음을 가다듬고 주변을 세심하게 살폈습니다. 몸과 마음을 이룬 체세포들이 자연의 빛과 소리에 적응하면서 비로소 미물들의 움직임이 감지되는 시간이었습니다. 혼자 있는 즐거움, 일을 하는 신명이 자연의 리듬과 어우러졌습니다. 유난히 가물었던 봄 날씨가 온갖 애벌레들에게는 축복이었음을 보여주는 횃불나방 애벌레들의 움직임을 보게 된 것도 그러한 시간이었습니다. 여자가 밟고 선 땅바닥의 낙엽 속에서 수백 마리의 애벌레들이 서로 뒤엉켜 움직이고 있었습니다. 일사불란한 미물들의 움직임은 땅이 들썩들썩 움직인다는 환시현상까지 일으켰습니다. 징그러움과는 또 다른 어떤 전율에 휩싸이면서 여자는 카메라의 접사 렌즈에서 눈을 뗐습니다. 육안으로도 그 움직임은 위대한 행위예술이었습니다.

자연 속의 모든 것은 바라보는 자세와 각도에 따라 정말 놀라울 정도로 그 모습이 다르다는 것에 여자는 놀랐습니다. 땅에 똑바로 누운 자세로 올려다보는 하늘 배경의 상수리나무 숲은 정말 신비로웠습니다. 또한 복잡성과 단순성이 뒤섞여 자아내는 자연물의 도형과 무늬는 자연이 신의 예술임을 보여주기에 모자람이 없었습니다. 산의 바위나 강가의 돌 하나하나도 인간의 눈을 즐겁게 하기 위해 고안된 도형이고 무늬만 같았습니다. 중맥이 있는 나뭇잎의 좌우대칭이 보여주는 도형미에도 여자는 취했습니다. 나뭇잎을 들여다보다가 여자는 나뭇잎 위의 또 다른 대칭 구조의 무늬를 발견하고 놀랐습니다. 부전나비의 무늬를 접사 렌즈에 잡기 위해 여자는 숨을 죽였습니다. 이슬이 마르기도 전의 아침 산에서는 나비들이 움직임을 자제하고 다소곳이 엎드린 자세로 아름다움을 반쯤 감추고 있는 것도 볼 수 있었습니다.

　남자가 산 냄새를 물씬 풍기며 깊은 산에서 돌아오면 여자는 그동안 혼자 본 것을 나누고 싶어 산새처럼 빠르게 지저귀기도 했고, 무턱대고 남자를 밀고 숲 깊숙이 들어가기도 했습니다. 접사된 3차원의 나무껍질 무늬를 남자에게 보여주며 여자는 숨을 몰아쉬었습니다. 이 나무 이름이 뭐예요? 고광나무. 암컷이 몸 밖으로 내뿜는 페로몬 냄새를 맡은 수컷 곤충처럼 남자는 서둘러댔습니다. 나무 이름은 이상해도 꽃 냄새는 참 좋아요. 여자의 목소리는 숲을 뚫고 들어오는 햇살처럼 해맑은 고음이었습니다. 당신이 더 아름다워. 남자는 탱탱하게 충전된 몸으로 여자를 고광나무 숲에 눕혔습니다.

　거친 파도가 휩쓸고 간 뒤 여자는 남자와 함께 나란히 누워 하늘 배경의 고광나무 숲을 쳐다보았습니다. 나뭇잎들이 하늘을 살살 간질이고 있었습니다. 나뭇잎이 왜 저렇게 빛나죠? 아이처럼 천진하게 여자가 물었습니다. 바람이 불기 때문이지. 남자가 대답했습니다. 여자가 다시 물었습니다. 새들은 왜 각기 다른 소리를 내는 걸까요? 이름이 다르니까. ……? 새들은 모두 자기 이름을 열심히 부르는 거야. 뻐꾹새는 뻐꾹, 딱새는 딱딱, 소쩍새는 소쩍. 그런데 꾀꼬리는 왜 꾀꼴—하지 않아요? 호이 호이 호. 남자가 고음의 휘파람으로 꾀꼬리 소리를 냈습니다.

멀리서 산봉우리만 바라보고도 그 산의 이름과 골짜기의 지형을 짚어낼 수 있는 남자를 여자는 산처럼 바라보았습니다. 어느 골짜기의 무슨 바위와 어떤 산 어디쯤 있는 천년 묵은 황장목에 대한 남자의 이야기를 여자는 귀가 아닌 감각으로 들었습니다. 산에 들어오는 순간부터 전혀 딴 느낌의 산 사람으로 변하는 남자의 모습에 여자는 전율했습니다. 산에 들어온 남자는 몸짓과 말씨까지 거칠어지고 생각도 단순해졌습니다. 그 야성이 보통 키의 빈약한 몸을 가진 남자를 거인으로 만들었습니다.

여자는 남자를 만나면서 곤충들의 접사 촬영에 더욱 열중할 수 있었습니다. 곤충이 내는 소리만 듣고도 곤충이 지금 무엇을 원하고 있는지 알았습니다. 곤충의 말을 알아들으면서 꽃의 꽃술이나 벌레의 털 한 가닥까지도, 곤충 암컷이 흘리는 분비물 냄새까지도, 어떤 때는 곤충들의 생식기관인 정교한 교미기까지 잡아내는 접사의 마력에 빠져들면서 여자는 자신이 들여다보고 있는 렌즈 속의 그 모든 것에서 자신과 남자의 호흡을 느꼈습니다.

시간이 흐르면서 여자의 행동 범위가 넓어졌습니다. 한곳에 오래 머물기보다 남자의 걸음을 따라 산을 오르면서 매크로 렌즈가 아닌 육안으로 자연을 바라보게 되었습니다. 교육으로 채워진 머리보다는 체험 중심의 본능과 달빛만 비쳐도 출렁이는 가슴을 느꼈습니다. 산 기운으로 수혈된 몸의 피돌기도 도심에서보다 한결 싱싱해졌습니다. 산에 들어오면서 남자가 산사람이 되듯 여자도 산 냄새를 맡는 순간부터 들짐승처럼 저돌적으로 내닫곤 했습니다.

산은 여자와 남자의 집이었습니다. 두 사람의 온 생애가 목말라 찾고 있는 낙원이고 해방구였습니다. 자연은 여자와 남자가 구석기시대로 가는 타임머신이기도 했습니다. 녹색 탱크이기도 한 산이 침묵으로 여자와 남자의 만남을 자연 현상으로 자연스럽게 받아들였습니다. 자연의 소리와 빛이, 오묘한 자연의 법칙이 여자와 남자의 만남에 들러리를 섰습니다. 가을은 갈잎 떨어지는 소리로, 여름은 짙은 나뭇잎 그늘로, 봄은 진달래꽃 생명의 빛으로, 겨울은 벌거벗은 나무의 겸손으로 여자와 남자의 보호색이 되어주었습니다.

산에서의 만남은 여자와 남자의 생애 한복판을 관통한 행복이었습니다. 행복이 구체적으로 구석구석 만져지는 황홀한 떨림의 시간이었습니다.

왜, 무슨 언짢은 일이라도 있어?

어느 날 여자의 눈길이 먼 데 산등성이를 향해 무연히 머물러 있는 것을 눈치챈 남자가 물었습니다.

영원한 것은 없어요.

선문답으로 반응하는 여자를 향해 남자가 서둘렀습니다.

지금 이 순간이 중요한 거야. 문제는 좋은 오늘을 내일로 만

들려는 의지가 필요하다는 거지.
 행복의 꼭대기에서 이제 내려갈 길을 찾고 있는 여자의 허망한 가슴을 눈치챈 남자가 애써 불안을 감추려 했습니다.
 사랑한다. 감성이 풍부한 남자는 자기 마음을 표현하는 일에 인색하지 않았습니다. 여자는 지금까지 단 한 번도 남자를 사랑한다거나 좋아한다는 말을 하지 않았습니다. 그런 비슷한 감정이 목구멍까지 차오르기도 했지만 여자는 그럴 때마다 차갑게 가라앉곤 했습니다. 어떤 느낌을 감당하기 어려울 때 생기는 버릇이었습니다. 말을 해버리는 순간 빛에 노출된 인화지처럼 모든 것이 사라져버릴 것 같은 두려움이었습니다.
 당신은 내 인생의 시작이고 끝이야. 여자가 최면 상태에서 차갑게 깨어나고 있다는 것을 눈치채면서 여자를 바라보는 남자의 눈이 더욱 집요해졌습니다. 한때 여자는 남자가 자신의 감정을 주체하지 못해 툭툭 던지는 말에 깊이 감동하기도 했습니다. 그러나 언제부터인가 여자는 남자의 말을 시큰둥하게 받기 시작했습니다.
 여자에게 남자가 전부였을 때 남자는 여자가 자신의 생활 틈새로 파고드는 것을 단호히 거부했습니다. 흔치 않은 일이었지만 어느 날 여자가 먼저 남자에게 만나고 싶다는 말을 했을 때였습니다. 그때 남자가 무심코 뱉은 말을 여자는 잊지 못했습니다. 안 돼. 오늘은 우리 집에 일이 있어서 말이야.
 우리라는 말이 여자의 마음을 낭떠러지 끝으로 밀고 갔습니다. 이미 남자가 정복해놓고 있는 우리와 여자와 함께 있으면서 쓰던 말인 우리가 전혀 다른 색깔이라는 걸 깨달았던 것입니다.

물론 여자는 남자가 달려온 열정의 정체를 의심하거나 깎아내리고 싶은 생각은 추호도 없었습니다. 실제로 세상의 수많은 기혼자들이 열병과 같은 사랑을 늘 꿈꾸고 있다는 것을 여자는 알고 있습니다. 사랑의 그 열망은 오히려 미혼 남녀들보다 더 순수하고 절실할 수 있을는지도 모릅니다. 기혼자들은 미혼 남녀들이 사랑에 거는, 여러 선택 조건으로부터 이미 자유롭기 때문입니다. 새로이 시작하는 불안함이나 가정이라는 안정 희구의 갈망이 이미 해소된 상태에서 시작하는 사랑이 어찌 열정적이지 않을 수 있겠는가 하는 것입니다. 남은 것이 뒷방에 가둬둔 열정을 불사르는 일밖에 더 있겠느냐고, 남자의 사랑 표현에 여자는 가끔 냉소하였던 것도 사실이었습니다.

여자는 남자의 그 열정이 진실이고 필연이라는 것을 누구보다 믿고 싶었습니다. 또한 사랑의 양이나 질에 대한 불만도 없었습니다. 그러나 어느 때부터인가 상대에 대한 책임이나 의무로부터 부담을 갖지 않는 사랑이 끝내 이르게 될 괴로움의 수렁이 보이기 시작하면서 여자는 불안해지기 시작했습니다. 잦아지는 만남의 과정에서 남자도 여자가 느끼고 있는 것과 비슷한 불안에서 헤어나지 못하고 있는 것 같았습니다.

두 사람의 시선이 자주 엇갈렸습니다. 남자가 말할 때 여자는 다른 생각에 빠져 있는 자신을 발견하곤 했습니다. 남자는 손에 쥔 일회용 컵을 꼬깃꼬깃 구기는 등 정서가 불안정함을 감추지 못했습니다. 손에 잡혀야 할 것이 확실하게 만져지지 않는 데 대한 불안이었습니다.

여자와 남자가 느끼는 불안의 출처는 각기 달랐습니다. 여자는 남자와 함께 있는 시간을 위한, 두 사람이 함께 만들어갈 어떤 붙박이 길이 필요하다는 조바심이었습니다. 산이 피안이 아니라고 느낄 때 우린 어떻게 해야 되지요? 여자의 마음을 남자가 읽고 대답했습니다. 오늘 우리가 가진 시간, 정말 충만하지 않았어? 남자가 원하는 것은 현재 상황의 지속이었습니다. 남자의 마음을 읽을 때마다 여자는 먼 데 하늘을 쳐다보았습니다. 그러할 때 남자는 만남의 잦기로 여자를 공략했습니다.

아니오, 오늘은 혼자 있고 싶어요.

좋아, 충전도 필요하니까.

뭘 위해 충전이 필요하지요?

흐흐.

여자의 불안을 결코 변심으로 받아들이지 않는다는 것을 내 보이기 위한 남자의 안간힘 하는 모습이 여자를 슬프게 했습니다. 여자가 혼자 있고 싶어 하는 것을 결코 이해하지 못하면서도 이해하는 척 능청을 부리는 남자의 모습이 그렇게 초라해 보일 수가 없었습니다. 남자는 여자의 행방이 불분명한 시간과 장소를 확인하느라 전전긍긍했습니다. 서서히 피어오르기 시작한 불신과 증오를 감추기에는 그 자제력이 열정의 불길을 감당할 수가 없었습니다. 사랑이 소유욕으로 변질되면서 산에서 함께 보고 함께 느낀 것으로 충만하게 채워진 비밀의 방들이 하나둘씩 무너져갔습니다.

더 큰 위기는 여자가 자기 일로 어느 정도 빛을 보면서 찾아왔습니다. 여자가 접사 촬영한 곤충들의 사진을 필요로 하는 사람들이 늘어갔습니다. 학교의 과학관이나 사이버 자연사 박물

관들이 여자를 바쁘게 했습니다. 특히 여자가 수년간 매크로 렌즈에 영혼을 덮씌워 찍은 희귀 곤충들의 교미 장면이나 알을 낳는 장면만을 모은 사진이 소형 도감으로 묶여 나오면서 학계에서도 그 가치를 인정하기에 이르렀습니다.

남자도 여자의 세상 나들이를 진심으로 축하했습니다. 양지에서의 만남을 책임질 수 없었던 죄의식으로부터도 어느 정도 벗어날 수 있다는 자위 같은 것이었는지도 모릅니다. 그러나 여자가 세상 속으로 걸어나가 내걸린 얼굴이 되면서부터 남자의 얼굴에 깔린 그늘만은 감추지 못했습니다. 여자가 그늘의 정체를 따져 물을 때마다 남자는 당신의 독립운동으로 내 주권이 상실됐다는 식의 농으로 받았지만 얼굴의 그늘만은 지워지지 않았습니다.

어느 날 하산 뒤의 술자리에서 남자가 술기운을 빌려 속내를 보였습니다. 결국 돈이 목적이었구먼. 처음으로 문을 여는 곤충생태박물관 관계자들과 만남을 가지는 동안 남자의 비아냥거림은 계속됐습니다. 흥, 미혼 미녀와 곤충의 사랑 이야기라. 십 년 동안 매크로 렌즈에 갇혀 사람 얼굴은 한 번도 쳐다본 적이 없다고? 남자는 여자의 과학전문지 기자와의 인터뷰 내용을 놓고 시비를 걸기도 했습니다. 삼각대가 넘어져 남생이무당벌레 교미 장면 촬영이 두 번씩이나 무산되었던 일이나 바위 위에서 수작을 벌이는 애기나나니의 교미 장면을 찍기 위한 그 긴 시간의 긴장과 환희의, 결코 흔치 않은, 오직 두 사람만이 공유했던 상황이 공개된 일을 놓고도 남자는 불만이었습니다.

그 위기의 다리에서 여자는 돌아보지 않고 그냥 자기의 길로 갈 수 있었습니다. 남자가 느끼는 몇 배의 불만을 폭포처럼 쏟아내면서 칼로 자르듯이 돌아설 수도 있었습니다. 그러나 여자는 남자와 함께 가졌던 시간과 그 공간들에 대한 미련을 떨치기가 쉽지 않았습니다. 남자는 자신이 세상에 나서기까지 손을 잡아준 유일한 사람이었습니다. 어쩌면 다시 혼자가 되는 것이 두려웠는지도 모릅니다. 어떻든 여자는 그 위기의 다리에서 뒤돌아서 남자를 쳐다보았습니다.

남자가 신발도 벗지 않은 채 철벙철벙 물을 건너왔습니다. 산속에서 그처럼 거인이던 남자가 자신 앞에 몸을 낮추는 것이 다시 여자를 슬프게 했습니다. 돌아온 거라고 생각하지 말아요. 난 언제고 떠나요. 그러나 속내를 감춘 여자의 젖은 눈이 남자를 감동시켰습니다.

남자와 여자의 새로운 만남이 다시 시작되었습니다. 산이 넉넉한 품을 벌려 여자와 남자를 맞았습니다. 인간의 죄를 결코 인간의 눈으로 보지 않는 자연은 모든 것을 허용했습니다.

남자는 다시 남자의 일에 대해, 여자도 다시 자신의 일에 대해 얘기하기 시작했습니다. 남자의 일에 대해 여자가 조언을 하면 남자는 모범 학생 같은 눈으로 여자를 쳐다보며 감동했습니다. 논란이 되고 있는 한강의 발원지를 밝혀내기 위해 밤을 새워 문헌을 뒤진 뒤 짬을 내어 현장 답사에 따라나서기도 하는 여자가 남자에겐 비로소 열리기 시작한 새로운 하늘이었습니다.

위기의 다리를 건넌 뒤 여자와 남자는 많이 성숙해졌습니다. 상대의 처지를 마음으로 읽는 눈을 가지게 된 것입니다. 여자는 남자와의 만남을 위해 자신이 얼마나 많은 것들과의 단절이 필요한가를 결코 내색하지 않았습니다. 남자 역시 짧은 만남의 시간을 만들기 위해 다른 많은 것들을 버려야 하는 고충을 얘기하지 않았습니다.

남자는 자기 느낌에 충실했습니다. 여자를 만나면서 지금까지 보아왔던 모든 것들이 새로운 의미로 다가서고 있음을 고백했습니다. 그동안 수없이 다른 사람들과 다녔던 길이나 숲도 다른 눈으로 보기 시작했다고 말했습니다. 남자는 여자가 매크로 렌즈로 눈으로 볼 수 없는 3차원의 세계를 들여다보듯 여자의 눈과 마음을 통해 자연과 새로이 만나게 된 감동을 얘기했습니다. 체질상 맞지 않던 공직 생활의 스트레스가 여자로 인해 말끔히 해결되었다는 고마움도 전했습니다. 여자도 자신의 어린 시절과 별로 많지 않은 성장기의 경험을 남자와 공유하는 일이 즐거웠다고 고백했습니다. 그리고 자신의 앞날에 남자가 서 있는 그림을 머릿속에 그려보며 즐거워했습니다.

허망! 어느 날 여자는 자신의 집 주방에서 손에 들고 있던 접시를 놓쳤습니다. 느닷없이 머릿골을 친 허망함이었습니다. 산산조각이 난 접시를 내려다보며 여자는 남자와의 만남이 충만하면 할수록 더 오지게 결별 준비를 해온 자신을 비로소 깨닫게 되었습니다. 희망이 전혀 없는 상황에서 임시 봉합된 화해의 실밥에 매달리는 자신이 견딜 수 없이 싫었습니다. 두 사람에게 필요한 것은 미련의 싹을 잘라낼 최소한의 시간이었을 뿐입니다. 그렇다고 걸레 조각처럼 더럽게 찢긴 최악의 결별이 아닌, 아주 오랜 시간이 흐른 뒤에도 아름답게 기억될 그런 헤어짐을 연출하기 위한 미적거림은 아니었습니다. 누구나 그렇게 아름다운 결별을 꿈꾸고 있지만 어차피 남녀의 마지막은 증오의 칼을 상대의 가슴에 수백 번 꽂고서도 성이 차지 않는다는 것을 여자는 알고 있었습니다.

여자가 두려운 것은 혹시라도 헤어짐 뒤에 있을 자해의 칼이었습니다. 느닷없이 가해자의 처지가 되어, 살면서 두고두고 자기 가슴에 칼을 박아야 하는 그 회한이 두려운 것이었습니다. 여자는 위기의 다리에서 좌충우돌 달려오며 걷잡을 수 없이 집착하는 남자의 열정을 너무나 생생히 읽었습니다. 그 열정이 피해자의 울분으로 폭발할 것은 너무 분명했습니다. 여자가 바라는 것은 피해도 가해도 아니었습니다. 결별의 고통을 상대에게 알리지 않는, 온전히 자신만의 것으로 갈무리할 수 있는 지혜를 여자는 원하고 있었던 것입니다.

어느 날 하산하는 길에 비를 만났습니다. 산속에서는 우산도 우비도 필요가 없습니다. 산이 속수무책으로 비를 맞듯 산속에 든 사람들은 비에 온몸을 내맡긴 채 영혼까지 잠기도록 내버려 둡니다. 자연이 온통 무채색으로 가라앉는 빗속에서 허세를 부리는 사람은 없습니다. 여자는 오랫동안 말을 잃은 채 꽤 멀리 앞서가고 있는 남자와의 거리를 좁히기 위해 걸음을 빨리했습니다. 뒤에 바짝 따라붙어도 남자는 이날따라 말을 아꼈습니다. 보세요. 여자가 남자를 불러 세웠습니다. 남자가 돌아보았습니다. 그대로 비에 젖은 한 그루 절망의 나무였습니다. 어쩌면 결별의 말을 던지기에는 가장 어울리는 시간이었는지 모릅니다.

오늘 이 산행이 마지막이었으면 좋겠어요.

남자는 이렇다 할 대꾸를 하지 않은 채 다시 몸을 돌려 걸었습니다. 따라 걸으면서 여자가 다시 말했습니다.

이제 산이 싫어졌어요.

그래도 남자는 대답하지 않았습니다. 이제 더 이상 안 된다. 제발 떠나게 도와달라고, 내 안에 아름다운 방 하나 그대로 지닌 채 살게 해달라는 절절한 소원을 덧붙이고 싶었지만 앞서서 걷는 남자의 등이 너무 절망만 같아 할 말을 그냥 빗물에 씻어 보냈습니다.

자연 속에서 두 사람만이 보낸 즐거운 시간이 끝나면 남자도 여자도 혼자가 되어 각기 자신의 집으로 돌아갔습니다. 집에 돌아와 조금 전까지 함께 보고 함께 느낀 풍경과 나눈 이야기들을 고스란히 가슴에 품은 채 생활했습니다. 다시 두 사람이 자연 속으로 돌아갈 날만 기다리면서……

산을 내려와 헤어지는 시간이면 두 사람 모두 말을 잃은 채 상대의 눈길을 피했습니다. 좋은 꿈에서 깨어나는 아쉬움처럼 허한 가슴을 들키기 싫었기 때문이었습니다. 남자는 여자가 멀어져 더 이상 보이지 않을 때까지 그 자리에 서서 배웅을 했습니다.

그날 여자는 처음으로 헤어짐의 애틋함이 복받쳐 아직도 그 자리에 서 있을 남자를 다시 보기 위해 걸음을 돌렸습니다. 남자가 아직 그 자리에 선 채 담배를 피우고 있었습니다. 여자는 담벼락에 몸을 숨긴 채 남자를 지켜보았습니다. 남자는 피던 담배를 등산화 신은 발로 꽤 오래 짓눌러 비볐습니다. 그리고 두 사람이 조금 전 올라갔던 산 쪽을 흘끔 쳐다보았습니다. 그다음 장면을 본 것이 여자에겐 못내 후회스러웠습니다. 마치 어떤 흔적이라도 지우기라도 하듯 남자가 꽤 세심하게 옷을 털고 있었기 때문이었습니다.

그렇게 흔적을 지우고 남자는 자신의 집으로 돌아갔습니다. 언제나 집으로 가는 것은 남자 혼자였습니다. 물론 남자는 집에 돌아가서도 두 사람이 가졌던 시간을 그대로 지속시키고 있다고 말했습니다. 두 사람이 체험한 자연이 너무 벅차서 자신의 가족에게도 친구에게도 직장 동료들에게도 그 즐거움을 얘기하게 된다고 했습니다. 그처럼 여자가 자신의 안에 항상 함께 있기 때문에 생활 구석구석에서 힘을 얻는다는 것이었습니다.

그러나 여자는 남자가 집으로 돌아가기 전 옷의 먼지를 털듯 자신에게 붙어 있는 남자의 체취를 훌훌 떨어버리고 싶을 때가 많습니다. 두 사람 만남의 흔적을 다른 시간 다른 장소에서 남들과 함께 나누는 데 익숙한 남자와 달리 여자는 혼자 남겨지면서 그 흔적들을 감당하기가 어렵기 때문이었습니다. 남자에게 두 사람 만남의 흔적이 추억이라면 여자에겐 그것이 외로움의 무게를 더하는 고통일 뿐이었습니다.

때로 하나를 얻기 위해 모든 것을 버려야 하듯이, 한순간을 얻기 위해 온 생애를 걸 수 있어야 한다는 것이 여자의 생각이었습니다. 하지만 남자는 어느 것도 놓으려 하지 않았습니다. 자신의 품에 있는 것을 온전히 둔 채 잠시 뒤돌아서서 색다른 것을 취한 것뿐이라는 생각이 여자의 안에 분노의 불꽃을 피웠습니다.

남자는 애초부터 여자에 대한 책임으로부터 멀리 떨어져 있다는 생각이 여자의 결심을 부추겼는지도 모르겠습니다. 남자가 애면글면 끌어안고 있는 두 사람만의 시간과 공간의 그 추억들이 이제 더 이상 자신의 자리가 아니라는 생각도 중요한 역할을 했습니다. 어쩌면 더 외롭지 않기 위해 떠남을 서둘러야 했는지도 모르겠습니다.

목을 자르듯 그렇게 선연히 떠나기 위해 여자는 분노의 힘을 빌어왔습니다. 분노는 두 사람이 함께 보고 함께 느꼈던 충만한 체험들을 남들 앞에 떠벌리고 싶은 충동을 불러일으켰습니다. 두 사람 모두 두렵기 때문에 못했던 일을 돌연히 저지르고 싶은 유혹이었습니다. 못한 것이 아니라 안 했을 뿐인 것을 지금 할 수도 있다는 오기의 다짐이었습니다.

산을 벗어나면서 남자에게 결코 있어서는 안 되는 여자, 여자에게 없는 남자를 마술처럼 사람들 앞에 실재시켜 놀라게 하고 싶었습니다. 세상을 확 뒤집어엎고 싶은 충동, 그토록 절절한 절망까지도 행복이었던 남자와의 추억을 창녀의 몸처럼 팔아버리고 싶은 충동으로 여자는 눈앞이 아득해지곤 했습니다.

남자는 그 숱한 나날 집으로 돌아가면서, 여자가 혼자 남아 두 사람의 추억을 항상 지키고 있으리라고 믿었는지도 모릅니다. 남자에게 중요한 것은 여자가 아니라 평생을 두고 건질 추억거리였는지도. 그러나 여자에겐 남자처럼 그 추억을 발산할 곳이 없었습니다. 부모 형제도 친구도 그 즐거운 체험 속에 끌어들일 수 없었습니다. 여자의 일이 세상에 알려지고 그 이름이 밖에 자그마하게나마 내걸린 뒤에도 남자와 누렸던 그 추억을 함께 나눌 출구가 없기는 매한가지였습니다. 남자와의 만남, 그 한순간을 위해 생애를 다 버릴 수 있는 각오로 모든 것을 버려야 했기 때문입니다. 남자와 함께 있는 현장이 드러났다 해도 여자는 단호히 아니오, 하고 부정해야 했습니다. 그렇게 여자에게 있어 남자는 있으면서 결코 없는 사람이어야 했습니다. 하지만 훗날 여자는 그 일을 돌이켜 달리 생각해보았습니다. 그 모든 것은, 떠나고 싶을 때 떠날 수 있는 자유를 위해서 자신이 선택한 고행이었다고.

남자는 급기야 여자의 떠남을 변심으로 몰아붙였습니다. 남자는 이때까지 한 번도 볼 수 없었던 험한 얼굴로 분연히 일어나 목에 칼이라도 들이댈 듯 분노했습니다. 그런 남자의 탁한 질투를 보면서 여자는 마음을 더욱 굳힐 수 있었습니다. 남자는 어느 순간 여자 앞에 무릎을 꿇으며 포기할 수 없다고 애소하기도 했습니다. 가치가 있는 것을 버리는 일은 자기 인생에 없다고 터무니없는 것을 단언하기도 했습니다. 또 여자에게 고양이처럼 사랑만 받았지 주인을 섬길 줄 모른다고 아이처럼 유치하게 따지기도 했습니다. 남자는 고양이의 냉철한 무정부주의 정신을 알지 못하고 있었습니다. 개와는 달리, 고양이는 주종의 관계가 아닌 평등을 원하고 있다는 것을.

우려했던 것처럼 떠남의 과정은 만신창이였습니다. 여자를 그늘 속에 그대로 잡아두기 위한 남자의 집착은 집요하고 무서웠습니다. 여자의 독립 의지가 확고부동하다는 것이 확인되는 순간 남자가 마지막 카드를 내놓았습니다.

다 버릴 거야.

뭘 버리지요?

내 손에 쥔 모든 것.

여자는 차갑게 가라앉은 눈으로 남자를 바라보았습니다.
그 모든 것으로부터 버려졌다는 생각은 안 해보셨어요?
자기만 있으면 돼.
아니오. 전 이제 거기 없는 사람이에요.
그 순간 여자를 쳐다보는 남자의 눈이 푹 꺼지면서 빛을 잃었습니다.

오월의 산은 그 기슭부터 산등성이가 온통 흰 꽃으로 뒤덮였습니다. 햇빛 좋은 날 바람이 만들어내는 자연의 조화였습니다. 나뭇잎들이 바람으로 뒤집혀 멀리서 산을 바라보면 그대로 흰 꽃 축제였습니다. 언젠가 남자는 저렇게 바람으로 뒤집힌 산을 볼 때마다 형언하기 어려운 비애로 마음이 가라앉는다고 말한 적이 있습니다.
그날도 남자는 멀리 떨어진 산을 쳐다보며 온몸으로 어떤 말을 하고 있는 것처럼 보였습니다. 죽을 것 같아.
이제 더 이상 두 사람의 산행은 없다는 여자의 말을 남자가 받아들였습니다. 산행 대신 점심이나 하면서 얘기를 나눴으면 좋겠다는 남자의 말을 여자가 받아들였습니다. 두 사람이 즐겨 먹던 검은콩 두부찌개로 점심을 간단히 끝낼 때까지 남자는 묻는 말 외에는 일체 입을 열지 않았습니다. 뭔가 입을 여는 것이 두려워 애써 자제하고 있는 것처럼 보였습니다.
여자와 남자는 점심을 마친 뒤 두 사람이 자주 가던 산이 멀리 바라보이는 지점의 카페로 자리를 옮겼습니다. 산 전체가 하얗게 뒤집히고 있는 것으로 보아 산 위로는 꽤 세찬 바람이 불고 있을 것이 분명했습니다.

사랑은 함께 앞을 바라보는 거라고 말씀하신 적이 있어요.

남자는 여자의 눈을 맞바로 쳐다보기를 힘들어하며 그냥 고개만 끄덕이었습니다.

지금까지 함께 바라보고 걸어온 일을 후회하지는 않아요. 다만 함께 바라볼 우리의 앞이 없다는 데 동의해주셨으면 고맙겠어요.

이 대목에서도 남자는 여자와 눈을 마주치지 못했습니다.

언젠가 허공에도 길이 있다고 말씀하신 거 기억하고 계실 거예요. 그 말을 잊지 않고 있었던 게 잘한 일 같아요. 이제서야 그 길을 찾았으니까요.

남자는 여자를 쳐다보는 대신 멀리 산등성이의 바람에 까무러치듯 허옇게 뒤집히는 나뭇잎들을 바라보고 있었습니다.

곤충에게도 그것들 나름의 길이 있던데요. 많이 보셨지만 짝짓기를 끝낸 수컷 곤충은 암컷에 대한 아무런 미련도 없어요. 사마귀 수컷은 짝짓기가 끝난 뒤 암컷에게 먹히는 길을 택하지요. 존재 이유가 짝짓기인 곤충이 부러울 때도 있어요.

지금 내 앞에 있는 사람, 존재 이유는?

아시다시피. 떠나는 거예요. 거창하게 말해 자유 실현이지요.

무엇을 위한?

평등.

남자가 다소 허둥거리며 여자의 눈을 찾았습니다. 두 사람은 눈을 맞춘 채 오래오래 쳐다보았습니다. 고개를 먼저 돌린 것은 남자였습니다.

그날 여자는 서둘렀습니다. 이제 겨우 유배지를 벗어나고 있는 처지에 자신을 유배지에 가둔 남자에 대해 죄책감을 갖는 부질없는 미련에서, 언제든 와락 남자를 향해 달려갈 수도 있는 대책 없는 열정으로부터도 단호히 돌아서야 했기 때문이었습니다.

허공 속의 길이 여자 앞에 떠오르고 있었습니다. 내가 가는 곳이 곧 길이다, 라고 했던 예수처럼 세상의 길은 자신이 걸어야만 비로소 펼쳐진다는 것을 터득했던 것입니다.

허공 속에 길을 놓으며 걸어나가던 여자는 문득 뒤를 돌아다보았습니다. 여자의 청춘이 유배지의 그늘 속에 무연히 고여 있는 것이 보였습니다.

뒷이야기

밖은 늦은 봄입니다. 여자가 늘 지니고 있는 봄날의 이미지 그대로 처연한 봄입니다. 오디오에선 무슨 노래인가 흘러나오고 있지만 여자는 지금 아무 소리도 듣고 있지 않습니다. 곤충과 결혼한 여인. 일간지 문화부 기자의 끈질긴 인터뷰 요청에 대한 거부 의사로 전화 코드도 뽑아놓았습니다.

여자는 지금, 바닥없이 내려가는 이 순간의 자유가 자신의 온 생애라고 생각합니다. 어제가 오늘이고 오늘이 내일인, 우물 같은 시간, 무엇인가로 가득히 채워진, 혹은 깨끗이 비워진 시간 속으로 깊숙이 몸을 내립니다.

여자는 때로 자신의 생애 한 부분을 전생처럼 떠올립니다. 지나간 세월 위로 흐르는 회상시제가 아니라 지금 눈앞에 그 생애가 아무런 갈등도 없이 평화롭게 재현되고 있는 그림입니다. 그때 묻어두고 온 욕망이 허물을 벗고 화사한 백색의 산조팝나무 꽃으로 피어나고 있습니다.

문득 여자는 열린 창으로 슬머시 넘어오는 어떤 냄새를 감지합니다. 버리고 옴으로써 지금 여기 말갛게 떠 있는 생애를 짐짓 심술궂게 흔드는 냄새가 무연히 흘러가던 여자의 마음을 한곳으로 모으고 있습니다. 냄새는 어떤 기억에 이르는 통로이기도 합니다.

여자는 비로소 냄새의 진원 속으로 조심스레 다가갑니다. 산조팝보다 옅으면서도 더 그윽한 냄새입니다. 고광나무 꽃향기입니다. 집 근처 어디에서고 고광나무를 본 적이 없지만 여자는 지금 고광나무 꽃향기를 맡고 있습니다. 한때 높은 산을 오르는 계곡 어귀에서부터 취했던 바로 그 냄새입니다.

살아 있다는 것이 번번이 이토록 짙은 어떤 냄새로부터 확인됩니다. 손끝에 길고 긴 무명천 하나 동여맨 듯 희뿌연 것이 눈앞에서 일렁입니다. 훨럭, 훨럭 이렇게 느린 춤사위로 팔을 휘두르는……

허옇게 까무러친 봄날의 하늘을 배경으로 마을 아랫길이 아지랑이로 일렁입니다. 지난 가을날 앞뒤 없이 투명하게 변해가던 노란 은행잎처럼 그렇게 여자는 지금 자신의 몸이 한없이 투명해짐을 느낍니다. 살인도 할 수 있었던 그 시절의 황홀한 방황도 함께 어우러져 투명해집니다.

지나온, 그리고 앞으로 남은 온 생애를 걸고 여자는 이 봄날 한순간, 의문을 던집니다.
그 사람 살아 있을까?

○ 2002년 『현대시』 6월호

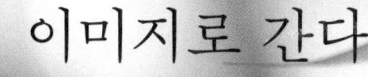
이미지로 간다

누런 먼지가 햇빛을 가로막으면서 눈앞이 온통 뿌옇다. 중국 북부의 타클라마칸 혹은 몽골 고비사막에서 일어난 거대한 모래 폭풍의 여파다. 그 흙먼지 중 강한 편서풍을 타고 수천 킬로미터를 이동해 온 작은 먼지 알갱이들이 지금 내 몸에 내려앉는다.
　얼마나 눈물겨운 여정인가. 나는 눈을 감고 입을 벌려 그네들을 영접한다. 내 입에 내려앉는 1미크론 크기의 먼지들은 주로 석영이나 장석이 주성분이지만 때로 운모나 자철석을 포함하고 있기도 하다. 구제역 바이러스나 오존 발생을 일으키는 이산화질소까지 그 모래 먼지에 묻어 내 몸속으로 잠입한다.
　'예술이 절대 정신이라는 의미는 동시에 예술이 객관 정신이라는 말로 이해해도 좋을 것이다. 객관 정신의 표현, 그것이 곧 예술이란 얘기다.'
　강의는 오후 네시에 있고 나는 지금 캠퍼스 한구석의 벤치에 앉아 있다. 눈을 감자 나는 없고 헤겔의 관념의 늪에 빠진 40대

남자가 쓸쓸한 봄 풍경으로 나타난다. 그리움이다. 눈을 감은 채 너를 기다린다.

무수한 먼지 알갱이들 속에 섞여 너는 오고 있다. 떠도는 영혼인 네가 허공으로부터 내 가까이 온 것이 느껴진다. 그러나 가끔 너는 엉뚱하다. 오늘 너는 벌린 내 입이 아닌 콧구멍을 통해 들어온다. 뛰어난 정화 기능을 가진 코털이나 코 안쪽의 점막까지도 네가 들어오는 것을 막지 못한다.

네가 내 몸속에 온 것이 미열로 감지된다. 큼큼, 밭은기침이 나거나 기관지 점막에 염증이 생겼을 때처럼 흉골에 압박이 오면서 가슴이 타는 듯하다.

네가 기관지 점막에 붙어 빠른 속도로 유전 형질을 변형하는 동안 나는 서서히 '나'를 빠져나갈 준비를 한다. 일종의 약물중독에서 오는 의식혼탁이나 섬망과 함께 오는 환시 현상이다. 그네는 지금 어디 있는가. 그네의 행방을 유추해내야 한다. 그네가 있음 직한 이국의 그럴듯한 장소 하나를 머리에 떠올리기…… 물론 떠도는 그네를 만나고 싶은, 떠도는 너의 애틋한 바람을 주문으로 외는 일도 잊어서는 안 된다. 그룸 그룸 그룸 그룸……

'나'를 빠져나간 너는 자이프르의 혼잡한 거리를 달리는 사이클 릭샤 위에 앉아 있다. 그네와 함께 있다. 소들이 사람 속에 섞여 거리를 빈둥거리고 있다. 소를 안 먹을 뿐 소는 그네들의 숭배 대상이 아니다. 그냥 소와 더불어 살 뿐이다. 인도는 어디에고 두 얼굴이 함께 있다. 성스러움과 더러움, 금욕과 쾌락, 내세와 현세, 부와 가난—부조화의 조화로 인도는 신비하다. 길이 막힌다. 네가 탄 사이클 릭샤를 위해 오토릭샤 왈라가 손을 흔들며 길을 터준다. 단네바드! 그네가 오토릭샤 왈라를 향해 힌디어로 말한다. 햇볕에 그을린 얼굴이 너를 향해 웃는다. 그 순간 너는 강렬한 성욕을 느낀다. 더러운 거리를 빠져나오자 핑크 시티의 상징, 붉은 사암으로 쌓인 거대한 성벽의 궁전이 앞을 막아선다. 너는 거오스런 토후의 걸음걸이로 그네를 안고 성곽 계단을 오른다.

그룸 그룸 그룸. 너는 하루에 세 차례나 그네와 만나기도 한다. 물론 세 번 모두 만나는 장소와 시간이 다르다. 그 바람이 절절할수록 만남의 열락은 황홀하다. 너는 만날 때마다 의식처럼 그네와 몸을 섞는다. 악수하듯 그렇게 잡았다 놓는다. 네게 섹스는 밥 먹기와 다르지 않다. 너는 되도록 열심히 먹는다. 그네도 맛있게 먹는다. 쾌락 뒤의 여진으로 다시 입맞춤. 그리고…… 결코 돌아보지 않는다.

어느 날 너는 시크 사원의 무료급식소의 긴 줄에 서 있다. 여행은 먹는 것과의 전쟁이에요. 그리고 잠자리…… 그네는 지친 듯 허스키로 말한다. 그네의 식성은 대단하다. 밀가루를 반죽해 만든 차파티를 커리에 흠뻑 찍어 아귀아귀 먹는다. 음식을 깨작거려 먹는 건 질색이야. 너는 그네의 왕성한 식성에 만족한다. 먹는 일이 끝난 뒤 너는 사원 앞 골목의 싸구려 게스트하우스에 들어간다. 나그네들이 여럿 누운 작은 방에서 너는 봉긋이 솟은 그네의 딴딴한 유방에 손을 얹는다.

짜이, 짜이, 짜이! 어느 날 너는 짜이 장사들의 목소리에 눈을 뜬다. 달리는 야간 기차 속이다. 그네가 짜이를 마시고 있다. 홍차에 우유 등을 넣고 끓인 짜이는 매우 달다. 짜이를 마실 때의 그네는 딴사람이다. 눈이 한군데 붙박여 흔들리지 않는다. 그렇다고 무엇을 보는 것도 아니다. 생각에 잠긴 표정은 더욱 아니다. 그럴 때 너는 그네보다 앞질러 느낀다. 허망하다. 허망함은 섹스의 전희, 허망의 깊이만큼 너는 깊게 탐닉한다.

네가 떠도는 그네를 만나는 일은 내 속의 또 하나 '나'인 그가 미지에게 오기 전, 내가 치르는 하나의 통과의식이다. 나에서 너로, 다시 너는 그로 분열된다. 슬픔과 사랑과 그리움으로 나를 채운 뒤 떠도는 너를 불러들여 그를 오게 하는 일. 네가 그로 분열되는 것은 사단의 측은지심으로 오욕의 날개를 접는 일이다. 여과 플라스크 장치로 그의 몸속의 불순물을 걸러내는 일이다. 그가 미지에게 오기 위해서다. 미지에게 온다. 미지에게 갔지만 간 것이 아니다. 미지를 만나지만 만난 것이 아니다. 가는 것도 만나는 것도 아니기 때문에 그는 미지에게 오는 것이다.

그는 미지에게 온다. 온다는 말이 부자연스러울 때는 학교에 가면서 간다는 말 대신 '다녀오겠습니다'라고 말하는 아이를 생각하면 된다. 여기에서 보면 거기에 가는 것이고 거기에서 보면 그가 거기로 오는 것이다. 그는 거기인 미지에게로 온다. 전생에서 현생으로, 현생에서 내생으로, 윤회생사.

해맑은 미지. 미지는 가볍습니다. 미지는 무게가 없지만 그는 미지의 중력에 의해 비틀거립니다. 49.5킬로그램, 미지가 세상과 정면으로 충돌한 무게가 기억의 그물에 걸립니다. 그러나 미지는 한동안 자신의 이동수단으로 사용하던 휠체어만큼의 무게, 31킬로그램으로 그에게 남습니다. 미지의 손상된 홍수 12개의 뼈와 12개의 신경을 싣고 창 앞에 놓여있던 휠체어는 지금 없습니다. 휠체어는 없지만 그는 31킬로그램의 미지에게 옵니다. 언제부터인가 미지는 창 쪽을 보지 않습니다. 창은 욕망이에요. 어느 날 미지가 말합니다. 창이 나한테 세상에 대한 미련을 가르쳤어요. 창을 통해 정원수의 수액 냄새를 맡았어요. 멀리 전선줄 위의 새도 창을 통해 내게로 왔어요. 창이 시간이고 희망일 때 미지가 다시 말합니다. 어둠이 두려워요. 창이 밝아지는 것은 더 무서워요. 숨을 쉬는 것도 힘들어요. 하루가 너무 길고 지루해요. 잠들 때도 눈을 뜰 때도 늘 혼자인 것이 싫어요. 내가 여기 있는데 아무도 내가 여기 있는 것을 몰라요. 미지에게 온 그는 미지의 창입니다. 미지의 창이 그를 닫습니다.

봄 '실종' 4월 10일자 한국일보 1면 헤드라인이다. 초여름으로 직행한 어제의 날씨 얘기에 올 들어 15일째 계속되고 있는 최악의 황사 현상을 곁들여 다루고 있다. 어제 중부지방의 태양은 뚜렷하게 빛을 잃어 지난밤 초저녁의 달빛처럼 황갈색이었다. 그리고 오늘 드디어 흙비가 내리고 있다.

'헤겔을 만나는 시간'의 수강생은 모두 스물일곱 명이다. 스물일곱 명 모두 헤겔을 엿먹이면서 봄비 소리에 젖고 있다. '결국 예술은 총체성이다. 왜냐하면 예술은 주관과 객관의 과정적인, 즉 변증법적인 운동의 표현 형식이기 때문이다 그리하여 예술은 사회적 생의 재생산 과정에 참여하게 되는 것이다. 헤겔은 이것을 정신의 생이라는 약간 신비적인 말로 불렀다.' 헤겔의 미학, 헤겔의 이념이 나를 짓누른다. 나는 지쳤다. 어디론가 떠나고 싶다. 교양관 301동에서 인문대 201동으로 돌아오는 잔디밭에 민들레가 비를 맞고 있다. 나도 흙비를 맞는다. 얼굴을 쳐들어 입에 빗물을 받는다. 그룸 그룸……

 인도의 북서쪽 라쟈스탄 사막이다. 오늘은 낙타 사파리의 마지막 날, 낙조가 장엄하다. 땅과 하늘이 교접을 하기 전 벌이는 전희처럼 사막은 속수무책으로 불탄다. 너는 그네와 사막 도시가 신기루처럼 멀리 바라보이는 모래 위에서 담요 한 장으로 노숙을 한다. 밤바람이 거세다. 사막도시 근처의 어느 캠프 주위에서 즉석으로 벌이는 콘서트의 샤렝기 악기 소리가 바람에 묻어 온다. 바람이 하늘의 별들을 흔들자 마술의 물탱크라 불리는 사막 한가운데의 작은 호수가 은빛 고기들의 원무로 반짝인다. 별은 바람에 의해 비로소 빛으로 존재한다. 사막에 누워 쳐다보는 별 하늘. 너는 말을 잃는다. 힌디어로 별은 '따다'다. 우리는 어느 따다에서 왔지요? 너와 눈을 맞춰 그네가 묻는다. 그네의 눈물 한 방울로 너의 영혼이 젖는다. 너는 서둘러 바지를 벗는다.

 인도 바라나시의 캔트 역사에서 그네를 만났다. 만났다는 표현은 적절하지 않다. 그네를 맞대면한 것은 나와 동행인 강형이었고 나는 그냥 멀리서 흘깃 쳐다보았을 뿐이다. 그러나 미루어 생각하면 우리는 며칠 동안 같은 장소 비슷한 시간에 함께 보고 함께 느꼈음이 분명하다. 옷깃 한번 스치기, 불가의 연으로 보면 이만한 인연도 드물 것이고 보면 나는 그네를 만났다고 해도 좋을 것이다.

바라나시에 사흘 머물렀다. 사흘이 온통 혼란스러웠다. 그러나 떠나는 아침에 나는 벌써부터 강가강을 사무치게 그리워하고 있었다. 바라나시의 좁고 더러운 모든 골목길은 강가강으로 통한다. 평생을 무연한 표정으로 살아온 이들은 마지막까지 그 불가사의한 얼굴로 그 좁은 골목길을 통해 영생에 이른다. 원색 천에 휘감긴 주검은 강가 물속에 세 번 담가진 후 이승에서 그가 누린 부만큼의 장작더미 화기에 휩싸여 사라진다. 라마아 라마아…… 죽은 자를 보내는 산 자들의 곡소리가 매캐한 연기를 타고 흐른다. 개들은 장작이 모자라 덜 탄 채 버려진 주검 찌꺼기를 찾아 가트 주변을 어정거린다. 개들과 함께 아직 살아 있는 자들은 배를 타고 강가강 물 위에 꽃과 촛불을 띄우며 영생을 빈다. 소멸이 곧 영생이고 환생임을 믿는 그들은 죽음을 묵샤(자유)라고 부른다. 묵샤, 비로소 내 영혼이 미지로부터 어느 정도 자유로워진 느낌이었다.

강형과 내가 오토릭샤로 캔트역에 도착했을 때 그네는 이미 플랫폼 벤치에 앉아 있었다. 그네가 한국에서 온 배낭 여행객이라는 것을 강형이 먼저 알아보았다. 나는 그때 기차의 진행 방향 앞쪽의 벤치에 앉아 졸고 있었다. 간밤의 과음도 그렇거니와 다시 한번 새벽 강가의 일출을 볼 욕심으로 잠을 설친 때문이다.

델리행 기차가 연착이 쑥스러운 듯 꽤 멀리서부터 기적을 울렸다.

'우와, 정말 대단한 애야.' 강형이 이제 막 마주 서서 얘기하던 한국인 배낭 여행객 얘기를 꺼냈다. '혼자서 벌써 칠 개월째 인도를 여행하고 있다는 거야.'

한 가닥 전율. 나는 감전이라도 된 듯 몸을 떨었다. 황황히 고개를 돌려 기차에 오르는 사람들 속에서 그네를 찾고 있었다.

'쟤 지금 우리와 반대 방향 네팔 가는 기차를 기다리고 있더라구.'

아득한 절망. 미지를 마지막 보내고 돌아섰을 때처럼 앞이 텅 비었다

나는 그네가 앉았던 벤치 쪽으로 다시 고개를 돌렸다.

떠나는 기차를 무심히 외면한 채 몸을 동그랗게 웅크려 앉은 그네…… 그 순간, 섬광처럼…… 내가 나를 본 것이다. 내 안의 너.

기차에 올라 다시 돌아다보았을 때 그네는 이미 거기 보이지 않았다. 허둥거리며 그네를 찾고 있는 네가 거기 있었을 뿐이다. 언제부터인가 나를 빠져나가 떠돌고 있는 너를 거기서 본 것이다.

사과꽃이 좋아요. 그가 미지에게 온 날 미지의 창으로 바라보이는 과수원에 사과꽃이 만발합니다. 사과꽃은 배꽃처럼 청승스럽지도, 복숭아꽃처럼 야단스럽지도 않아요. 있으면서 없는

듯 숨어 핀 사과꽃을 바라보면 가을 하늘 가지에 주렁주렁 매달린 사과가 보여요.

그가 미지에게 온 날 그는 사과꽃을 좋아하는 미지를 위해 사과나무 한 그루 심습니다. 구름이 바람에 흘러갑니다. 미지를 위해 심은 한 그루 사과나무 묘목이 처음으로 스물다섯 송이 꽃을 피우던 그해 미지는 터질 듯 볼이 붉은 열매로 열립니다.

그가 미지에게 온 날 천둥 벼락이 치고 흙비가 내립니다. 흙비를 맞은 사과꽃은 더 이상 사과꽃이 아닙니다.

그가 미지에게 온 어느 봄날 밤 불임의 사과나무 가지에 하얀 보름달이 걸립니다. 없는 듯 있는 바람 한 점이 사과나무 가지를 흔듭니다. 바람의 희롱을 피해 보름달이 슬쩍 구름 뒤로 숨습니다.

바라나시 캔트 역에서 그네를 보았다. 내게서 빠져나간 너를 본 것이다. 부러움이었을까, 아니면 화가 난 것일까. 네가 킬킬거리며 그네를 찾아 떠날 때마다 내 몸은 불덩이처럼 뜨거웠다. 나는 열일곱 시간 거리의 델리행 기차여행에서 내내 고열에 시달렸다. 짜이 짜이, 짜이 장사의 목소리가 혼미한 내 의식을 흔들곤 했다.

'왜 이래, 강가 가트에서 귀신이라두 붙은 거야?' 동행인 강 형은 내 고열을 내리기 위해 두 알의 해열제를 구해왔다. '그건 안 되지. 고통으로부터 해탈하라고 여기까지 데리고 왔는데 또 다른 귀신이 붙어서야.' 그룸……

너는 나를 한번 빠져나갈 때마다 거침없이 커진다. 보고 싶다, 사랑한다, 만지고 싶다, 하고 싶다…… 너는 관능적 열애의 광풍이다.

이런, 세상에! 붉은 사암의 카주라호 사원 외벽에 장식된 미투나상, 풍만한 여체와 거대한 남성 성기가 쾌락의 오케스트라를 연주하는 남녀 교합의 조각상들 앞에서 너는 팽창한다. 미투나상의 갖가지 체위로 그네를 연주한다. 육질인 너의 힘찬 포효와 홍수로 터지는 분비물과 그네의 가파른 신음소리에 놀란 사원지기들이 달려온다. 무연한 얼굴의 사원지기들은 사원 벽의 찌든 때를 벗겨내던 야자나무 솔을 힘차게 흔들어대며 너의 섹스 들러리로 어우러진다. 중세기부터 시작돼 아직도 멈추지 않는 미투나상들의 오르가슴과 수십 번 거듭되는 그네의 흐느낌이 드넓은 데칸고원의 정글에 비를 내린다.

그가 미지에게 온 날 말리화차 다향이 방 안에 가득합니다. 미지는 물을 마시지 않습니다. 찻물을 끓여 다기에 붓고 찻잎을 넣어 우린 뒤 그 냄새만 맡습니다. 감국 꽃이 반쯤 피었을 때 따서 달인 국화차 냄새를 좋아합니다. 장미차와 한라산 중턱의 작설차 또한 미지의 영혼이 원하는 냄새입니다. 미지에게 온 그도 차를 마시지 않고 다향만 취합니다. 그냥 불편해서 그래요. 절제 금욕의 에도는 표현입니다. 배설도 쾌락이고 욕망이에요. 그가 미지에게 온 날 쾌락과 욕망이 가부좌로 몸을 낮춥니다. 그윽한 향연이 한 점 바람을 만나 가슴(卍)으로 피어오릅니다.

'헤겔에 따르면 예술은 자유를 위해서 필연적이다. 이 말은 실존의 유한성·제한성 속에서는 자유를 실현할 수 없다는 거다. 따라서 자유 실현은 더욱 우월한 어떤 바탕을 필요로 한다는 것이고 그 바탕이 바로 예술이란 얘기다.'

'교수님······.'

'선생님이라고 하면 더 좋겠다.'

'선생님, 헤겔이 말하는 그 자유는 도대체 뭡니까?'

'미학에 있는 말을 그대로 인용하겠다. 자유는 정신의 최고 규정이다. 그 형식적 측면에 근거하는 자유는, 주체가 자신의 대립물 속에서 자신과 소원한 것이나 한계를 발견하기보다는 오히려 그 속에서 자신을 발견하는 데 있다. 여기서 우리가 주목할 것은 자아발견이 바로 대립을 지양한 진정한 의미의 자유라는 사실이다.'

강의를 끝내고 연구실로 돌아오자 연구실 앞에 강형이 기다리고 있었다.

'이게 지난번 내가 몽고에서 가지고 온 이끼라구.'

강형은 종이에 싼 흰 이끼 한 쪼가리와 역시 그 정도 크기의 녹색 이끼를 내 앞에 펼쳐놓았다. 훌룬보이르 몽골 초원에서 채취해 왔다는 그 이끼는 순록들의 겨울 먹이라고 했다. 그 이끼를 바라보는 순간 나는 언젠가 강형이 비디오로 보여준 시베리아 타이가-툰드라 지대의 습한 구릉의 가문비나무와 누운향나무 고목을 뒤덮은 이끼가 생각났다. 정확히 그것은 나무 껍데기나 돌 거죽에 나서 자라는 돌옷이다.

강형은 최근 조선족의 뿌리를 원시 북방 몽골리안 순록유목민들에게서 찾고 있는 학설에 깊이 빠져 있다. 한번 뜯어먹으면 이십 년이 지나야 다시 돋아난다는 순록의 겨울 먹이, 그 이끼를 찾아 동쪽으로 이동해온 북방 순록유목민들의 이동 경로에 대한 강형의 관심은 전문학자의 그것에 뒤지지 않았다. 강형은 '朝鮮'의 '朝'가 내몽골 동부에서는 '……을 향하는' 즉 순례의 뜻인 'chao'로 읽히며, '鮮'은 아시아 옛적 몽고족과 퉁구스족의 피가 섞인 '鮮卑', 혹은 이끼 '蘚'으로 해석해야 한다는 어느 전문학자의 주장에 깊이 공감하고 있었던 것이다. 강형은 자신이 창업한 조그마한 벤처업체마저 다른 사람에게 떠맡기고 까마득한 옛날 이끼를 찾아 동쪽 언덕으로 이동해온 북방 순록유목민들의 자취를 찾아 불현듯 길을 떠나곤 했다.

'이 이끼 잘 보관해두라구. 어쩌면 수만 년 전 시베리아 순록의 유전인자가 거기 있을는지도 모르니까.'

강형은 며칠 후 몽골 초원에서 발견되는 사슴 돌제단이나 사슴이 그려진 암각화를 찾아 몽골 유목민의 이동 경로를 추적하는 유적지 답사팀에 끼어 떠난다고 했다.

'심상치료소가 어떤 덴가 한번 가보겠다더니, 갔다 왔어?'

강형이 연구실을 나가면서 물었다.

'그냥 한번 해본 소리였어.'

'그래, 마음의 병은 자기 마음먹기에 달렸다더라. 좀 탁 열구 살아. 버릴 건 버리구, 잊을 건 빨리 잊는 게 좋아.'

강형을 배웅하고 나서 나는 불현듯 이끼에 물을 주자는 생각을 했다. 강형이 놓고 간 이끼는 너무 말라 손만 대도 바스러져

버릴 듯했다. 마침 국화차가 담겨 있던 작은 유리 항아리가 보였다. 나는 두 종류의 이끼를 그 유리 항아리 속에 넣고 분무기로 물을 뿌려준 다음 책장 한구석 그늘진 곳에 올려놓았다.

강형이 몽골의 차아복(순록)·차아탕(유목민) 얘기로 한참 흔들어놓고 간 연구실 허공에 낯익은 먼지 알갱이 하나가 떠돈다. 나는 입을 벌려 너를 영접한다. 인도 무굴제국의 황제들도 몽골의 피를 받았다? 2불의 입장료를 22불로 껑충 올려 놀라게 했던 어처구니없는 '마할의 왕관' 타지마할로 간다. 그룹······

타지마할. 흰 대리석의 거대한 돔, 그것은 고도 아그라의 허허벌판에 뜬 신기루였다. 말 그대로 백색의 진주 왕관은 쪽빛 하늘을 배경으로 완벽한 대칭 구조 속에 웅장미와 균제미가 조화를 이뤘다.

완공까지 22년, 2만 명의 기술자와 노역자들, 그리고 1천여 마리의 코끼리가 사역에 동원된다. 인도 라자스탄의 대리석과 미얀마의 루비, 중국의 비취, 다마스커스의 진주, 터키의 옥 등이 그들 손길에 의해 아름다움으로 환생한다. 건물이 완성된 뒤 샤 자한은 이 세상에 이보다 더한 아름다움을 남기지 않겠다며 사역에 동원된 장인들의 손가락을 모두 잘라버렸다고 하던가.

그러나 지금 네 눈에는 타지마할이 없다. 보지 못한다. 아무것도 보이지 않는다. 너는 맨발로 허둥허둥 건물 안으로 들어선다. 격자 창문을 통해 스며든 은은한 빛에 의해 벽에 박힌 꽃무늬 보석들이 빛나고 있었지만 너는 그것도 보지 못한다. 함께 보고 함께 느끼지 못하는 것은 고통이다. 그네가 없다.

본당 1층 한가운데의 화려한 석관 속에도 그네가 없다. 원래 화려함 속에는 영혼이 깃들지 않는 법. 너는 대리석 마루 밑으로 뚫린 지하방에 아무렇게나 놓인 석관을 본다. 샤 자한과 뭄타즈 마할의 유해가 들어있는 그 석관 속에도 그네는 없다.

너는 어두운 납골당을 빠져나와 건물 뒤쪽으로 돌아간다. 처음부터 끝까지 대리석을 깔아 만든 드넓은 타지마할의 뒤뜰, 대리석 난간 사이로 강이 흐르고 있다. 바닥이 거의 드러난 야무나 강물을 차고 떠오르는 검독수리 한 마리가 보인다.

네가 날고 있다. 검독수리인 너는 강을 스쳐 물고기 한 마리를 낚아챈 뒤 타지마할을 두 번 선회한 다음 유유히 야무나강 상류 쪽 언덕에 있는 아그라성을 향해 날아간다.

너는 아그라성 팔각망루에 앉아 멀리 야무나 강변의 타지마할을 바라본다.

인과응보. 자신이 그렇게 했듯 그 또한 자기 아들에 의해 죽는 날까지 성에 갇혀 살다 죽은 무굴황제 샤 자한의 눈으로 자기가 만든 사랑하는 여인의 흰 대리석 무덤을 바라본다. 종교의 나라에서 신들의 집을 짓지 않고 오직 한 여인네의 죽음을 슬퍼해 저런 엄청난 무덤을 만든 건축광 샤 자한의 여자들을 생각한다. 열네 명의 아이를 수태했던 그 여인과 또 다른 삼백예순 명의 여자들과의 섹스를 생각한다. 샤 자한의 욕망이 붉은 사암의 성벽을 걷어차며 환생한다. 너의 떠도는 영혼 속으로 샤 자한이 들어온다.

그러나 너는 팔각망루 난간에 기대앉은 채 일어서지 못한다.

대상을 잃은 욕망은 더 이상 욕망이 아니다. 무엇을 향한 그리움인가. 어떤 결핍의 외로움이었던가.
　이제 떠도는 영혼인 너는 발목에 족쇄가 채워진 채 아그라 성에 갇혀버린다. 갇히면서 너는 비로소 너의 외로움을 본다. 방황을 멈추면서 비로소 너는 그리움이다. 성곽 벽에 머리를 부딪쳐 죽은 한 마리 작은 새다. 화석으로 굳어버린 외로움의 집이다.

　그가 미지에게 온 날 미지는 한 그루 나무입니다. 이승에서의 생존이 하나의 나무이었듯 미지는 전생에서도 한 그루 나무입니다. 바람과 이슬을 먹고 가지에 붙은 눈발을 이불 삼고 식물성의 사랑을 하고 자연하게 스러지기를 꿈꿉니다. 나무는 떠돌지 않아요. 그리움도 없어요. 어디론가 떠나지 않아도 좋은 자유가 있어요. 나무는 바람의 친구예요. 나무는 바람의 외로움을 알지요.
　그가 미지에게 온 날 미지는 한 그루 사과나무입니다. 미지의 영혼이 육신을 벗어나는 시간 그는 창밖의 사과나무 한 그루를 봅니다. 사과나무는 사과를 먹지 않듯 눈물도 먹지 않습니다. 사과나무는 복숭아꽃을 피우지 않아도 됩니다. 사과나무는 161센티미터 49.5킬로의 미지가 세상과 정면으로 충돌하는 순간의 그 빛을 기억하지 않아도 됩니다. 31킬로그램의 창백한 얼굴로 창을 향해 서지 않아도 됩니다. 사과나무는 31킬로그램의 눈물을 먹지 않고도 키 자람을 합니다. 보고 싶은 고통을 은유로 말하지 않아도 됩니다. 사과나무는 영원입니다. 그러나 그가 미지에게 온 날 사과나무는 더 이상 사과나무가 아닙니다. 더 이상 사과나무가 아닌 사과나무가 가지마다 바람에 찢겨 그의 가슴에 박힙니다.

그가 미지에게 온 날 사과나무 가지에 까치 한 마리 내려앉습니다. 바람에 부러진 사과나무 가지에 흔들흔들 앉아 터질 듯 붉게 익은 열매를 추억합니다.

그가 미지에게 마지막 온 날 까치 한 마리 불임의 사과나무 마른 가지에 내려앉아 흔들리며 흔들리며 날아갈 줄 모릅니다.

그러므로, 하고 정·반에서 합으로 이어지는 어떤 말이 입에 올려지는 순간 나는 노크 소리를 들었다. 오 분 전 세시다. 문이 열리며 머리를 노랗게 물들인 여자아이가 배시시 웃으며 들어선다. 교양강의를 듣는 학부 학생이다.

'선생님, 아이들이 오늘, 날 좋다고 야외강의 하자는데요.'
'아직 입산 금지 기간이야.'
'우리가 다 알아서 할게요.'
'뭘, 어떻게?'
속으로는 다른 말을 한다. 나도 진달래가 보고 싶다.
'담배 안 피우면 되잖아요, 선생님.'
'느덜 마음이 뜨거워 진달래가 불붙으면 어쩐다냐.'
우울증 환자에게 유우머는 보약이라고 했던가.
'선생님, 저게 뭐예요?'
호기심이 많은 녀석이다. 제 역할을 해내고 의기양양 돌아서 나가려던 여학생이 어느 한 곳을 가리킨다.

놀랐다는 그 말 이상의 어떤 표현을 찾지 못하겠다. 책장 한 구석에 아무렇게나 놓아둔 국화차 유리항아리 속에서 뭔가 움직이고 있었다. 나는 섬뜩한 한기를 느꼈다.

'선생님, 저거 키우시는 거에요?'

'그래, 키우는 거다.'

'바퀴벌레를 키워요?'

'네 눈엔 그게 바퀴벌레로 보이는구나.'

'그럼 뭐예요?'

향랑자. 기름을 바른 것 같은 광택의 다갈색 옷을 입었다. 바퀴벌레는 고생대 석탄기에 나타나 지금까지 별로 진화하지 않은 채 생존하고 있는, 지구 위에서 가장 완벽한 피조물이다. 3억 년 전의 화석이 증명하듯 앞으로 수억 년을 더 버텨내리라. 진화를 필요로 하지 않는 완벽한 생존의 비결은 다섯 가지 고통을 모르고 산다는 것.

유리 항아리 속 향랑자의 실존보다 더 놀라운 것이 있었다. 훌룬보이르 몽골초원의 이끼가 살아났다. 부식 직전의 메마른 이끼의 잎파랑치가 살아난 것이다. 흰 것은 윤택의 순백색으로, 녹색은 산들산들한 연초록 이끼로 살아났다.

지금 내 눈앞에 식고(食苦) · 병고(病苦) · 주고(住苦) · 색고(色苦) · 심고(心苦)…… 다섯 가지 고통을 등에 짊어진 서른다섯 명의 아이들이 여학생 기숙사 난지원 앞의 벚꽃 길을 희희낙락 걸어간다. 오욕칠정이 무르익은 봄 속으로 걸어 들어간다.

이곳의 봄은 짧다. 남쪽에서 꽃 소식이 올라오고 이십 일쯤이

지나 꽃이 피는가 싶으면 벌써 여름이다. 그러나 오늘, 아직은 봄바람이다. 벚꽃 잎이 화르르 화르르 눈 내리듯 어지러이 떨어진다. 다섯 가지 고통들이 가벼운 탄성을 낸다.

다섯 가지 고통을 등에 진 서른다섯 명 아이들이 두엇씩 짝을 지어 캠퍼스를 병풍처럼 둘러친 동산으로 올라간다. 황홀한 연록의 산자락에 산벚꽃이 분홍 폭죽으로 터진다.

'바다로 가는 길'이란 이름의 오솔길이다. 오솔길의 양지꽃이 볕을 찾아 종종걸음친다. 소나무 숲 사이사이로 진달래꽃이 진달래빛깔로 내를 이뤄 화아 화아 소리 내며 흘러간다.

모처럼 황사 없는 맑은 하늘, 농염한 봄빛이 소나무 숲에 일렁인다. 무르익은 봄날의 그리움 하나가 오리나무의 연둣빛 새순으로 돋아난다. 오리나무 가지 위에 박새 한 마리 내려앉는다.

쯔쯔비, 쯔쯔…… 지저귀던 박새가 딱딱, 따닥딱…… 부리에 온몸을 실어 나무를 쫀다. 진동에 놀란 붓다의 제자들이 구멍에서 고개를 내민다. 찰나, 뱀신 관자재보살이 늙은 박새의 부리에 물린다. 부리에 물린 관자재보살이 묻는다. 왜 하필 나야? …… 박새의 무대답에 관자재보살이 득도한다. 아프다, 빨리 먹기나 해!

수만 송이의 진달래꽃이 화아 화아 소리 내어 웃는다.

우울증의 금불초가 묻고 황진이의 환생 동자꽃이 화답으로 수작한다.

제행무상(諸行無常)이라, 어느 것도 영원하지 않아요. 일체개고(一切皆苦), 모든 것이 고통이지요. 제법무아(諸法無我), 존재하는 어떤 것도 제 자신이 아니에요.

금불초가 구시렁구시렁 부연한다. 그래, 우리 모두 그 어떤 존재를 확실하게 소유한 적도 없고 완전히 지배하지도, 그것을 소유한 자를 소유할 수도, 그것을 지배하는 자를 지배할 수도 없는 법이지.

떠도는 영혼인 너도 말한다. 아무리 붙잡으려 애써도, 달려가 몸을 섞어도 세상 일 모두 허망해라, 그 어떤 것도 기댈 만큼 든든하지 않으며 허무하게 사라지느니.

미지에게 온 그도 말한다. 허락된 것이라고는 가사 한 벌과 바리때, 바늘, 염주 그리고 새벽마다 머리카락을 밀 삭도 한 자루. 허락된 그 모두를 버린다. 미지에 대한 갈망을 버린다. 모두를 버리고 얽매임을 풀어내자 마음에 걸림이 없고 일체의 걸림이 없음으로 마음에 두려움이 없고 마음이 비움으로 채워지면서 그리움이 들어갈 자리가 없다. 없다?

없다생겨나는것도없고없어지는것도아니며더러워지거나깨끗해지는것도아니며불어나는것도없고줄어드는것도없다······ 없다?

그러므로 '사리자(舍利子)야,
그러나 나는 서른 다섯 명의 제자들 앞에서 변증법적 결론을 포기한다. ······밝음을 그릇되게 보는/잠재적인 충동도 없으며/밝음을 밝게 보았다는 것조차 없음으로/드디어 늙음도 없고 죽음도 없으며/늙음과 죽음이 없어졌다는 생각조차 없다. 없다? 확신이 없는 결론은 죄악이다. 처음부터 결론 같은 것은 생각하지 않았다.

결코 그 고통으로부터 벗어나지 못하리라. 그러나 고통이 그 영혼을 옥죄고 있는 동안 그것은 살아 있을 것이다. 살아 있어야 한다. 야외강의를 나오면서, 그리고 강의가 끝나는 이 시간까지 나를 지배하고 있는 것은 내 연구실의 유리 항아리 속 생명, 그 영혼에 대한 미련이다.

그 영혼이 오고 있는 것이 느껴진다. 다시 살아난 몽골고원의 이끼를 찾아 이리로 오고 있는 툰드라 순록의 어지러운 발자국 소리를 듣는다. 이끼 뒤덮인 타이가-툰드라 지대의 습한 구릉에서 처음 시작한 내 심장의 박동 소리를 듣는다.

나는 서둘러 '바다로 가는 길'에서 되돌아온다. 담갈색의 완강한 뿔을 가진 툰드라 순록을 만날 일로 발이 붕붕 뜬다. 어쩌면 그 생명은 고생대 이끼에 의해 유전자 변형을 거친, 북방계 몽골리안 순록유목민의 후예로 환생한, 볼이 붉은 미지, 그네일 수도 있다.

○ 2001년 『웹진 인스위즈』 5월호

한주당,
유권자 성향 분석 사례

한정채가 남의 신상에 대해 사정없이 까발리는 경우는 단골 중 누군가 자기가 운영하고 있는 카페 페미니즘에 며칠 얼굴을 내밀지 않을 때나 어느 테이블에 화제가 빈곤해 그 술자리의 흥이 식어갈 무렵이다.
 다음은 요즘 한정채가 강냉이튀밥 주워 먹듯 씹기를 일삼고 있는 단골 다섯 사람에 대한 그 나름의 분석이다.

 닥터 박, 그 사람 완전히 사이코예요. ㅎㅎ, 킬킬. 원래 그렇잖에요. 하고많은 날 정신병자들만 상대하다 보니까 사이코가 될 수밖에 없을 거예요. ㅎㅎ, 킬킬, 내가 가끔 병원에 놀러가잖에요. 환자 진찰하는 거 보면 누가 환잔지 의산지 구별이 안 된다니까요. ㅎㅎ, 킬킬. 입원해서 치료 받을 사람은 바루 당신이구먼, 어떤 환자가 이러기까지 한다는 거예요. 닥터 박 고향이 황해도 달천인데 일곱 살 때 자기 아버지한테 손 잡혀 단 두 식구만 달랑 월남했에요. 그러니까 술만 먹으면 고향에 두고 온 어머니 생각하고 노래 부르면서 그렇게 우는 거예요. 모성결핍증이 좀 심하다 그거예요. 닥터 박 아버지도 의사였에요. 정형외과 의사로 서울에서 알아주는 사람이었는데, ㅎㅎ, 킬킬. 원숭이가 땅바닥에서 넘어져 코가 터졌에요. 수술하다가 환자 뱃속에 가위를 두 개나 집어넣고 꿰맸다 그거예요. 그 환자 팔촌 당숙이 당시 치안국장하던 안필원이하고 죽마고우였다 그거예요. 그러니 당할 재간이 있겠에요. 그 후유증이 얼마나 심했나 하면, 결국 그 일로 닥터 박 아버지가 죽은 거예요. 닥터 박이 아예 정신과로 전공을 바꾼 것도 그 일하고 무관하지 않을 거예요. 닥터 박 그렇게 술 먹고 허랑방탕해도 자기 와이프한테는 꼼짝 못해요. 내가 택시 태워 집까지 배달 간 것도 열 번이 넘는데 그럴 때마다 부인이 집 앞에서 택시비 들고 기다리고 있다가 수리 병아리 낚아채듯 끌고 들어갔어요. 그 아내가 누군고 하면 왜 장성백이라고 70년대 초 도지사하던 장성춘이 사춘동생의 딸, 장소연 여사예요. 이대에서 피아노 전공했는데 연주회도 두 번이나 했에요. 그런데, ㅎㅎ, 킬킬. 닥터 박이 딱 한 가지 부인을 이긴 게 있에요. 닥터 박이 집에 피아노를 못 놓게 한 일이에요. ㅎㅎ, 킬킬. 다 그만한 이유가 있에요. 피아노 소리만 들으면 닥터 박이 정신분열증세를 일으켜 그날부터 일주일 동안 계속 술을 퍼마셔야 정상으로 돌아온다 그거예요. 피아노를 보기만 해도 심장박동이 빨라지면서 뾰족한 쇠붙이 끝으로 유리를 긋는 그런 날카로운 소음이 머리를 파고든다는 거예요. ㅎㅎ, 킬킬. 그 증세가 여북하면 피아노 전공한 부인이 집에 피아노를 한 대 두 못 놓았겠느냐 그거예요. 그런데 참 이상한 것이 유독 자기 집에 있는 피아노만 그렇다 그거예요. 그 집 피아노가 지금 어디에 가 있는가 하면 말이에요. 장소연 여사 사촌여동생이 운영하는 파랑새유치원 창고에 처박혀 있다 그거예요. ㅎㅎ, 킬킬.

　송암 선생의 나이가 얼만지 알에요? 뭐, 예순이라구요? 노오, 그거 틀렸에요. ㅎㅎ, 킬킬. 군대 안 가려고 호적을 두 번이나 고치는데 당시 쌀 열 섬이나 와이로를 썼다 그거예요. 송암 선생 원래 나이는 일천구백삼십육년 사월 칠일 생이니까, 우리 나이로 예순넷이에요. 남면 갑부 유연진 씨 넷째 아들인데 어머니가 세컨드로, 워낙 기가 세고 돈 욕심이 많은 여자라 형제가 재산 나눠 갖고 다 날린 뒤 알거지가 됐지만 그 집만은 오히려 재산이 불었다 그거예요. ㅎㅎ, 킬킬. 사실은 송암 선생이 축재에 큰 역할을 했에요. 어릴 때 고기맛 본 사람이 고기 잘 먹는다고, 돈 생기는 일 있으면 체면 불구하고 달라붙어 따냈다 그거예요. ㅎㅎ, 킬킬. 그 양반 조각가라군 하지만, 사실은 작품 거의 모두가 석수장이들이 만든 거라고 생각하면 될 거예요. 시민공원 여신상 그것두 석수장이가 만든 거예요. 그런데 그걸 만든 석수장이가 돈 안 준다고 송암을 우리 가게에 와서 바로 저기다 패닥질을 하는 걸 내가 직접 봤에요. 좌우지간 송암 선생은 돈을 너무 밝히는 게 문제예요. 돈 밝힐 이유가 다 있었에요. 돈 쓸 일 많지요. ㅎㅎ, 킬킬. 송암, 아암 점잖구말구요. 그러니까 그 양반, ㅎㅎ, 킬킬, 일부다처주의자지요. 몰몬교 일부다처가 왜 생긴 줄 알에요. 미국 땅에서 핍박받으며 떠돌 때 남편들이 싸우다 죽으면 다른 남자가 그 식솔을 모두 떠받아 부양하는 그 책임정신이 그 밑바닥에 깔려 있었다 그거예요. ㅎㅎ, 킬킬. 송암 선생이야말로 부양할 책임이 있는 여자가 무려 넷이나 된다 그거예요. ㅎㅎ, 킬킬. 서울에 하나, 청주, 강릉에두 각각 한 사람씩 있는데 우리 집에 안 오는 때가 바로 그 순회 기간이라 그거예요. 그 양반 조각가로 돌은 잘 못 다뤄도 여자 다루는 건 일류예요. 좌우지간 그 능력은 알아줘야 한다는 거예요. ㅎㅎ, 킬킬. 그런데 부인 얘기는 그게 아니에요. 송암이 그 능력은 영 젬병이면서 돈만 뺏기고 있다는 거예요. 송암한테 그 얘기했더니 그게 작전이라는 거예요. 그렇게 집에서 능력이 없이 보여야 밖의 사업이 자유롭다는 거예요. 좌우지간 그 방면에서 내력 있는 집이에요. 송암 숙부가 유근찬 씬데, 왜 지금 도의회 의장하는 심규상 씨 매형 말이에요. 유근찬 씨 물건이 얼마나 큰지 마누라가 여섯이나 도망을 갔에요. 좌우지간 그게 너무 크고 무지무지하게 굵어 도무지 성사가 안 됐다는 거예요. 송암두 숙부 그거 큰 거는 시인했에요. 목욕탕엘 함께 갔는데 어떤 사람 하나가 송암 숙부 물건을 보더니 일어나 박수를 치더래요. 그러니까 목욕탕 안에 있던 사람 모두가 일제히 박수를 쳤다는 거 아니에요.

테너 장이 대학 정교수가 못 되구 벌써 이십 년째 강사루만 떠도는 결정적 이유가 뭔지 알에요? 그래요. 툭하면 대학교수들을 깔아뭉개는 소릴 하구 다니기 때문이에요. 자기가 그 대학에 들어가면 자기들 위치가 흔들리니까 결사적으로 반대를 한다는 거예요. 그저 직수굿이 머릴 숙이고 있으면 잘 될 걸 가지고 그냥 오만불손 안하무인이니 누가 좋아하겠에요. 서울서 오페라단 때려치우고 여기루 내려온 것두 대학교수 한번 하려고 그랬는데 그게 그래서 잘 안 된다 그거예요. 그래두 강사 자리는 여러 군데 있는가 보데요. 그건 아직 이용가치가 그만큼 있다는 걸 거예요. ㅎㅎ, 킬킬. 시향만 해두 그래요. 자기가 죽을 힘을 다해 만들어 초대 단장을 지내는가 싶더니 어느 날 밀려나구 말았에요. 음악협회두 자기가 십 년 전 만들어놓군 거기서두 쫓겨났다 그거예요. 테너 장의 부인 불만이 바로 그거예요. 자기가 부동산 장사해서 남편 기껏 밀어줘 봐야 뭔가 열심히 하는 것 같긴 한데 인복이 없는 건지 사람들한테 늘 따돌림만 당하는 꼴이니 이게 도대체 뭐냐 그거예요. 그래두 테너 장이 딸 하나는 잘 뒀에요. 미국 일리노이 주립대에서 응용미술을 전공하고 있는데 벌써 그 분야에서 두각을 나타내고 있다는 거예요. 이건 테너 장이 하는 얘기가 아니고, 강일대 공법학과 교수 하나가 재작년에 그 대학에 교환교수로 나갔다 왔는데 거기 현장에서 직접 확인하고 온 소식이에요. 어떻든 아버지보다야 백번 나을 거예요. ㅎㅎ, 킬킬. 솔직히 그 양반 테너라고 하지만 어디 그게 테너 소리예요. ㅎㅎ, 킬킬. 그 양반 처제가 하나 있는데 언니하고 의절하고 지금 미국 이민 가 살아요. 그 이유가 뭐겠어요. ㅎㅎ, 킬킬. 왜 이런 노래 있잖에요. 사랑해선 안 될 사랑을······

김영랑 교수가 시인 되구 나서 얼마나 재는지 알에요. 무슨 잡지에 신인상인가 뽑혔다고 그 작품이 실린 잡지를 오백 권 사서 다 돌리구두 모자랐에요. ㅎㅎ, 킬킬. 강의 들어갈 때는 자기 시를 프린트해 한 부씩 돌려 읽힌 후 강의를 시작한다는 거예요.

ㅎㅎ, 킬킬. 행정학과 교수가 시인이라, 이거 얼마나 대단한 일인가 그거예요. 이 명함두 시인 되구 새로 만든 건데, 봐요, 행정학 박사에다 시인이라고 딱 새겨 넣었잖에요. 문제는 김 교수가 등단한 그 시잡지가 삼류라는 데 있에요. 등단 조건으로 자기 작품이 실린 책 오백 권을 사는 거였다니까, 한 권에 팔천 원씩 오팔이 사십, 적게 잡아 사백만 원, 거기다가 알파가 있을 거구, 시인 되는 거 그렇게 쉬운 게 아니에요. 등단하구 바루 그 잡지 주간이라는 시인 아무개가 내려왔는데 이건 완전히 대왕마마 모시듯 했에요. 자, 이거 읽어보세요. 이 잡지 우리 가게에도 백 권 갖다놓고 돌리던 건데 이거 읽어본 사람들이 뭐라는 줄 알에요? 감상의 극치래요, 삽십년대식 영탄쪼 서정이라나 뭐 그러데요. 김 교수가 이 악물고 시인이 된 이유가 둘 있에요. ㅎㅎ, 킬킬. 우선 자기 이름이 김영랑이라 어릴 때부터 시인 김영랑과 이름이 같다는 소리를 들으면서 마치 자기가 시인이 된 것처럼 어깨가 으쓱거려졌다는 거예요. 김영랑이란 이름이 그만큼 부담스러웠다 그거였에요. 또 하나 이유는, ㅎㅎ, 킬킬, 뻔하지 뭐예요. 대학교수가 자기 전공이 적성에 안 맞는다는 거예요. 자기는 적성에 안 맞는다고 하지만 내가 보기엔 실력이 못 따라간다 그거예요. 대학교수 십오 년에 연구논문이 하나도 없에요. 외국 서적 하나 어물쩍 베껴놓은 거가 저서의 전부라면 알아봤지 뭐예요. 게다가 케케묵은 강의노트나 맨날 끼고 들어가니 그게 지금 아이들한테 통하겠어요. 그래서 보호색이 하나 필요했던 거예요. 시인 김영랑 교수, 이거 얼마나 웃기는 거예요. 우리나란 예술하는 교수가 그 예술로 승부를 걸기보다는 어느

대학 무슨 과 교수라는 그 라이선스를 내세워가지고 자기 예술을 평가받으려는 아주 잘못된 관행이 존재하는 나라라 그거예요. 화가면 됐지, 꼭 어느 대학 교수라는 걸 왜 코에 거느냐 그거예요. ㅎㅎ, 킬킬. 김 교수가 시인이 되구 나니까 본인보다 더 좋아한 사람이 민종희 씨예요. ㅎㅎ, 킬킬. 부인이 김 교수가 시인으로 등단하자 자기 친구들한테 전화를 걸어 뭐라고 자랑을 했는지 알에요? 박사 교수 되기두 힘들지만 박사 교수가 다시 시인 되는 건 코끼리가 바늘 구멍으로 들어가는 것보다 힘들다는 거예요. 민종희 씨가 누군고 하면 서면 사는 민구식 씨 막내딸인데 민구식 씨 하면 되는 게 없고 안 되는 게 없는, 순 후라이꾼에 옛날 자유당 시절 유도하는 경찰관이었는데 어느 날 경무대 경호원으로 불려 올라가 그 기세가 대단했던 사람이에요.

주유소 최, 그 사람…… ㅎㅎ, 킬킬. 잘 되는 년은 넘어져도 가지밭에 엎어지고 재수 없는 과부년은 봉놋방에 누워도 고자 옆에 눕는다고, 주유소 최가 바로 그 꼴이에요. 사업하는 사람이 그렇게 운이 없으면 볼장 다 본 거예요. 부동산 경기가 좋을 때 땅을 좀 싸게 사놨는데 그게 왜 하필 수변 정화지역으로 묶이느냐 말이에요. 건축 붐이 한창일 때 땅 짚고 헤엄치기인 관급공사 따내는데 숫자 하나 잘못 써넣어 폭삭했에요. 재산 다 털어 겨우 주유소 하나 차려 이제 살겠구나 했는데 이건 또 뭐야, 케케묵은 십 년 전 소송에 걸려 몇 년 끌다가 패소하는 바람에 주유소마저 깨끗이 날아갔다 그거예요. 지금 그 주유소 월급 사장으로 겨우 붙어 있는 건데 그것도 올 연말까지라는 거예요. 그런데

이 친구 여자 복 하난 완전히 타고났다 그거예요. 형평의 원칙인 가, 사업운이 없으니까 여복이라도 있어라 그건데, 여자들이 길 바닥에 떨어진 멸치대가리에 개미 몰려들듯 한단 말이에요. 어 쨌거나 항상 무슨 사업인가 벌이고 있는 사장이니까 그럴 수도 있겠지만 이 사람이 모성본능을 불러일으키는 그런 타입이라는 거예요. 여자들이 보면 다가가 어루만져주고 싶은 남자, 그렇게 고독해 보이도록 자기 연출을 한다 그거예요. 그 청승떨기에 홀 딱 반해 돈푼깨나 처박은 여자가 한둘이 아니에요. ㅎㅎ, 킬킬. 그런데 부인은 주유소 최 곁에 얼씬도 안 한다는 거예요. 정남 미가 떨어질 만도 하지요. 남편이 바람 피우는 그 현장을 직접 봤다는 거예요. 표면상 이유는 그래요. 그 현장을 보고 곁에 갈 생각이 싹 가셨다 그건데 사실은 그게 아니에요. 이건 정말 나 만 알고 있는 일급 비밀인데 부인한테 애인이 있어요. 화난 김 에 뭐 한다고 부인이 맞불을 놓은 건데 최 사장이 요즘에야 그 걸 눈치챈 모양이에요. 요는 그 남자가 누구냐 그건데 그게 한 사람이 아닐 수도 있다 그거예요. ㅎㅎ, 킬킬, 또 모르겠에요. 우리 집 단골들 중 누구일 수도 있다는 거예요. ㅎㅎ, 킬킬……

한정채의 단골들은 모두가 그의 적이기도 하다. 그의 입방아 에 한번 씹힌 사람들이 이를 갈면서 그를 적으로 삼기 때문이다. 그리하여 그는 항상 적들에 둘러싸여 있게 마련이고 누구를 선 별해 정조준할 필요가 없다. 그의 험담 대상은 럭비공이 굴러가 는 것처럼 좌충우돌이어서 안전지대가 따로 없다.

그러나 일단 그의 무차별 공격에서 벗어난 사람들은 지금껏

가지고 있던 적의를 말끔히 잊은 채 우호적인 얼굴로 그를 쳐다보게 마련이다. 그 자리에 없는 단골 하나를 도마 위에 올려놓고 그가 지금껏 감추고 산 내장 속 비밀 하나하나를 들춰내는 그 현장에 있다는 것만 해도 즐거워 죽겠기 때문이다.

그러나 요즘 한정채를 적으로 생각하고 있는 페미니즘의 단골들이 서서히 반란을 도모하기 시작했다.

시 외곽에 위치한 카페 왕건의 집에서 김영랑과 닥터 박이 만나고 있었다. 그들은 페미니즘에서 술을 마실 때와는 다른 분위기를 연출하려고 애를 쓰고 있었다.

"소양강을 이렇게 내려다보면서 술 먹는 재미도 괜찮은데."

닥터 박의 말에 김영랑이 대꾸했다.

"여기 두번째 오는데 시상이 잘 잡혀 좋아요. 소양강 연작시를 구상하고 있거든요."

"그거 잘됐네. 그리고 여긴 차 오너들을 위해 특별히 대리 운전을 하는 종업원을 따로 두고 있는 게 무엇보다 편하다 그거야."

"정말 그래요. 집까지 운전을 해주길래 택시비를 주니까 주인한테 혼난다고 끝내 안 받던데요."

"그건 아무것도 아니라구. 손님이 원하기만 하면 아주 섹시한 미시족이 대리 운전을 해준다는 거 아니야."

"그래요? 그거 괜찮은데요."

그날 그들은 매우 즐거운 담소를 나누며 시간을 보냈다. 김영랑은 요즘 새로이 시작한 자신의 인생에서 시 쓰기가 얼마나 보람 있는가를 이야기했고 닥터 박은 요즘 초등학교에서 병적 주의산만증 증세를 보이는 아이들이 늘어가고 있다는 얘기를 시작으로 잘못돼가는 가정교육의 실태를 전문가적 입장에서 분석하고 성토했다.

그러나 두 사람이 카페 왕건의 집에서 두번째 만나 술을 마시고 있는 바로 그 시간 카페 페미니즘에서는 한정채가 두 사람을 화제에 올리고 있었다.

"왕건의 집, 그거 그 마담이 직접 차린 거 아녜요. 그 마담이 어떤 여잔지 얘기 못 들었어요? 일년 삼백예순닷새 동안 하루도 남자하고 자지 않으면 안 된다는 여자예요. 하루에 세 남자하고도 잔다는 거예요. ㅎㅎ. 킬킬. 송암 선생, 고백허세요. 그 마담하고 뭔 일 있던 거 내가 다 알에요. 팔십육년 그 여자가 동면서 막국수집 할 때 자주 갔잖에요. ㅎㅎ. 킬킬. 지금 닥터 박이 송암 선생하고 구멍동서 되려고 호시탐탐 노리고 왕건의 집에 앉아 있다 그거예요. 남들 다 먹어본 떡 나도 못 먹어보랴, 그런 심정으로 지금 술을 먹고 있을 거예요. 김영랑 교수요? 두고 보세요. 며칠 후 오 소양강이여, 나의 어머니여, 나의 영혼이여, 이런 시를 프린트해가지고 와 돌릴 거니까 말예요. 이건 최근 입수한 정본데요. 김 교수한테 강의 듣는 행정학과 학생들이 제발 박사 김영랑의 시를 좀 안 읽게 해달라고 총장 홈페이지에 올렸대요. ㅎㅎ, 킬킬."

"아니, 한 사장, 지금 그 두 사람이 왕건의 집에 있다는 건 어떻게 알았어? 괜히 한번 짚어보는 거지?"

주유소 최가 적이 의심스러운 눈빛을 한정채한테 보냈다.

"ㅎㅎ, 킬킬. 넘겨짚었다구요? 내가 누구에요. 내 앞에서 뛰어봤자 벼룩이라고 했잖에요. 믿어지지 않에요? 어이, 김양, 카페 왕건의 집에 전화 걸어서 김영랑 교수하고 닥터 박 있나 확인하고 있으면 최 사장님 좀 바꿔드레요."
 카운터 김양은 고지식하게도 한정채의 말대로 왕건의 집에 전화를 걸었고 그곳에 닥터 박과 김영랑이 함께 있는 것이 확인되었다. 주유소 최가 한정채의 정보력에 경탄을 금치 못한다며 맥주 다섯 병을 다시 냈다.
 그다음 날 페미니즘에 얼굴을 내민 닥터 박과 김영랑의 표정이 꽤나 떫어 보였다. 그들은 이미 자신들이 술안주로 씹혔다는 것을 알고 있는지라 되도록 근엄한 분위기로 한정채를 압도하려고 했다. 카페 주인 한정채를 자기들 자리에 합석시키지 않기 위해 우정 늘 단골만이 앉는 중앙의 메인 테이블로 가지 않고 구석의 이인용 테이블에 자리를 잡고 앉았다.
 "ㅎㅎ, 킬킬. 야, 오늘은 이상한 향수 냄새가 나네요. 이 향수 바르는 사람은 이 도시에서 단 한 여자뿐이에요."
 한정채가 자신의 술잔을 들고 의자 하나를 곁에 끌어다 놓으며 그 특유의 너스레를 떨었다. 그는 자기 업소에서 손님들의 자리에 앉을 때 하나의 원칙을 철저히 지켰다. 남의 좌석에 끼일 때는 반드시 자기 잔에 술을 채워 들고 간다는 것이다.
 김영랑과 닥터 박은 근엄한 분위기를 아직도 풀지 않으면서 되도록 의연하게 한정채를 맞았다. 전해 들은 험담에 대한 시위치고는 매우 고전적인 대응이었다. 억울했지만 그것이 최선이라는 것을 그들은 이미 알고 있었던 것이다.
 그러나 한정채는 이런 식의 품위 지키기를 도무지 참지 못했다. 그가 ㅎㅎ, 킬킬거리며 끼어드는 순간 이제까지의 점잖은 술자리가 금새 해롱해롱 허물어지게 마련이다.

"우린 이제 주유소 최 사장을 한동안 보기 힘들 거예요. ㅎㅎ, 킬킬."

정보는 권력이다. 사람들이 그의 입을 바라보는 순간 그는 거인이 된다.

"왜 무슨 일이 생겼어요?"

"이제 일이 생길 거예요. 부인한테 남자가 있다고 내가 얘기했잖에요. 최 사장이 직접 그걸 확인하기 위해 미행을 나섰다 그거예요."

"혹시 의처증 같은 거 아닙니까?"

김영랑이 금방 말려들었다.

"부인이 그런 쪽으로 밀고 나가고 있에요. ㅎㅎ, 킬킬. 허지만 난 알에요. 그 부인이 지금 만나고 있는 사람을 알고 있다 그거예요."

"그게 누굽니까, 우리도 아는 사람이에요?"

"그거야 최 사장이 직접 밝힐 때까지 기다리는 게 좋을 거예요."

조금 뒤늦게 터너 장과 송암이 페미니즘에 나타났다. 그들은 여느 때처럼 자리를 메인 테이블로 옮겨 앉았고 화제는 여전히 주유소 최의 아내 미행 이야기로 이어졌다.

"하하, 드디어 그 집에 형평의 원칙이 적용되는구먼. 이에는 이, 당신 한 만큼 나도 할 거다, 이렇게 말이야."

"ㅎㅎ, 킬킬. 그래요. 남자가 바람을 피우는 건 그 상대가 있기 때문 아네요? 결국 여자들도 똑같이 바람을 피운다는 얘기가 되는 거예요."

"저번에 최 사장을 만났더니 갑자기 인생이 싫어졌다는 거야. 드디어 당신도 갱년기가 왔구먼 하고 농담까지 했거들랑."

정보의 생명은 신뢰도다. 주유소 최의 염세증, 송암이 내놓은 정보에 의해 한정채의 말은 신뢰도가 높아진다.

남들이 어떤 정보를 내놓을 때 한정채는 웬만해서는 자신의 의견을 끼워넣지 않는 편이다. 정보 제공자는 자신이 내놓은 정보에 대해 이미 알고 있었다는 듯 잘난 척하는 상대 앞에서는 풀던 보따리를 도로 감추기 때문이라고 했다. 그는 자신이 제공받는 정보가 가치가 있다고 생각되는 경우에도 좀처럼 자기 표현을 하지 않는다. 그럴수록 정보 제공자는 초조해지게 마련이다. 자신이 별것 아닌 정보를 내놓았다는 낭패감에서 그것을 만회하기 위한 너스레를 한마당 더 벌여놓게 마련이다.

"최 사장이 비아그라를 가지고 다니는 걸 내가 봤지. 밖에 나가 도전할 때는 그게 필요 없는데 집에서 방어전을 할 때는 영 안 된다는 거야. 그런데 그 집 아주머니가 저렇게 밖으로 나도는 걸 보면 요즘 비아그라두 별 효과가 없는 게 분명하구먼."

"ㅎㅎ, 킬킬. 그 양반 지금쯤 어느 러브호텔 앞 차 속에서 담배깨나 피워대고 있겠에요."

"모르죠. 지금 막 현장을 덮쳤는지도. 그렇게 되면 어떻게 되는 겁니까. 그거 정말 일 처리가 난감하겠는데요."

"현장 덮친 얘기 하나 할까요. ㅎㅎ, 킬킬. 이건 실화예요. 어느 집에서 부부 세 쌍이 모여 술도 마시면서 화투놀이를 하는 중인데 손님으로 온 남자 하나가 방을 나가고 얼마 있다가 주인

집 여자가 슬며시 나가서는 안 들어오더라는 거예요. 사실은 화투에 정신들이 빠져 있으니 누가 나갔는지 잘 알지도 못했을 거예요. 그런데 마누라 나간 집주인 남자가 담배를 찾으러 무심히 다른 방에 가보니 글쎄 거기가 바로 현장이더라 그거예요. 자기 마누라하고 손님으로 온 친구하고 붙어 정신없이 일을 벌이고 있었에요. 그때 마누라가 밑에 깔린 채 제 남편을 애원 어린 눈으로 쳐다보며 뭐랬는지 알에요. 여보 여보, 조금만…… 당신이 이해해줘요. ㅎㅎ, 킬킬. 최 사장 그 양반도 지금쯤 현장에서 마누라 이해하느라 힘 많이 들 거예요."

그것이 누구이든 일단 한정채의 입에 오르게 되면 속수무책이다. 상대의 사회적 신분은 말할 것도 없고 이제까지 그럭저럭 쌓아올린 그 사람의 품위가 한순간에 만신창이가 되게 마련이다.

"어이, 닥터 박!"

테너 장이 화제를 다른 쪽으로 돌렸다.

"왕건의 집인가, 그 첩집인가 하는 데가 그렇게 좋다며? 닥터 박하고 김 교수하고 누가 먼저 잡아먹힌 거야?"

그들은 오랜 술친구로서 나이 차이는 좀 있다고 해도 필요 이상의 격의는 갖추지 않았다. 한정채가 그렇게 허랑방탕한 분위기를 연출해내고 있었던 것이다.

농담인 것을 알면서도 닥터 박과 김영랑은 벌레 씹은 얼굴로 서로 마주 보았다. 그냥 심심해서 걷어찬 돌이 얻어맞은 쪽에겐 치명타가 될 수도 있기 때문이다. 문제는 테너 장의 농담을 한정채가 어떻게 처리하느냐에 달려 있었다.

"ㅎㅎ, 킬킬. 그 마담하구 잔 사람은 사흘쯤 앓아야 일어난대요. 수캐가 그렇잖아요. 힘에 부치는 상대를 만나 교밀 하고 나선 며칠 깽깽 앓는 것처럼 말이에요. ㅎㅎ, 킬킬."

닥터 박과 김영랑을 핼끔 훔쳐보는 그의 눈에 웃음이 야글거렸다. 한정채는 어느 얘기에 몰입하면 웬만해서는 그것에서 빠져나오지 않는 집요함을 보인다. 결정적인 순간 목을 무는 그런 기습의 기회를 노리고 있기 때문이다.

"그날 새벽 1시 25분에 두 양반 중 한 사람이 왕건의 집 마담과 외곽도로를 타고 러브호텔 쪽으로 달려가는 걸 본 사람이 있에요. 차 번호도 내가 다 알고 있에요. ㅎㅎ, 킬킬. 내가 궁금한 건 그보다 10분 전 원조 운전자한테 운전대를 잡힌 채 먼저 나간 사람은 왜 집에 가지 않고 다른 방향으로 사라졌느냐 그거예요."

"원조 운전자는 또 뭐여?"

받았으면 조금이라도 보태어 돌려준다. 한정채의 정보 사냥 철학이다.

"미시족 가정부가 대리 운전을 하는 거예요. 그거 뻔하잖에요. 술 먹은 남자가 젊은 여자 운전자와 드라이브를 하다 보면 그 늦은 시간에 할 게 뭐 있겠어요. 신종 아르바이트인데 왕건 마담이 처음 개발한 퇴폐영업의 한 케이스예요."

"카 섹스를 한다는 건가?"

"그거야 직접 해본 사람들한테 물어보세요."

김영랑과 닥터 박이 거의 동시에 자리에서 일어난 것도 그때였다.

반란의 시작이었다.

페미니즘의 단골이 이처럼 결연한 자세로 자리를 박차고 일어선 것은 개업 이래 처음 있는 일이었다. 그 두 사람이 사라지자 메인 테이블에 남은 송암과 테너 장은 매우 난감한 얼굴로 한정채를 쳐다보았다. 특히 테너 장은 자신이 공연히 왕건의 집 얘기를 꺼냄으로써 일이 요상하게 돌아가고 말았다는 생각으로 꽤나 점직스러웠다. 두 사람의 반란에 대한 한정채의 반응은 역시 심상찮았다.

"ㅎㅎ, 킬킬. 요즘 북한 말이 유행인데, 북한에서는 전구알을 뭐라는 줄 아세요. 알불알이에요. 긴 형광등은 긴불알, 전구가 많이 박혀 있는 샹들리에는 떼불알. 자, 그러면 형광등 초크 전등을 북한에서는 뭐라고 하겠어요?"

"허허, 그거 재밌구먼, 초크 전등이라…… 그건 뭘까."

"씨불알이에요. ㅎㅎ, 킬킬. 지금 제 기분이 씨부랄이라 그거예요."

씨부랄. 한정채가 지금 중의법을 쓰고 있다고, 그의 앞에 앉은 두 사람은 생각했다. 오늘 김영랑과 닥터 박이 자리를 박차고 일어선 그 반란을 결코 잊지 않겠다는 그런 작심으로 여겨졌던 것이다.

정보가 같은 크기 같은 속도로 교환될 때만 사람들의 관계는 우호적이다. 한정채와 마주 앉아 있으면 뭔가 그가 내놓은 정보에 값하는 그럴 만한 것을 내놓지 못하면 불안해지게 마련이다. 송암이 그 불안감을 이기지 못하고 스스로 입을 열었다.

"지난번 한 사장이 얘기한 게 맞는가 봅데다. 닥터 박이 나한테서 돈을 좀 빌려갔수다. 요즘 그 사람 뭔가 일이 잘 안 풀리는 건 분명해."

"송암 선생, 지난번 김영랑 교수와 닥터 박이 왕건의 집에 있는 걸 내가 어떻게 알았는지 아세요?"

한정채는 송암이 어렵게 발설한 정보를 짐짓 묵살해버린 채 자기 말만 한다.

"김영랑이 그 전날 나한테 거기 간다고 얘기했어요. ㅎㅎ, 킬킬. 닥터 박이 거기서 만나자고 했다는 거예요."

정보의 소스를 밝히는 것은 그것을 내놓은 사람을 배신한다는 뜻이기도 하다.

"모두들 내가 남의 약점이나 잡으려고 정보를 수집한다고 생각들 하지만 사실은 그게 아니에요. 그게 참 이상해요. 나는 가만히 있는데 사람들이 나한테 접근해서 정보를 준다 그거예요. 어찌 보면 사람들이 나를 이용하고 있는지도 모르겠에요. 좋은 뜻으로 보자면 나를 정보은행 정도로 이용한다 그거예요."

"정보은행, 야, 그거 한 사장한테 딱 맞는 말이구먼. 그래, 당신은 우리들의 영원한 정보통이라구."

"내가 참을 수 없는 건 나를 이용해먹고 비겁하게 배신하는 작자들이에요."

"한 사장, 누가 당신을 배신했다고 그래. 그건 당신 오해야."

"우리 가게에 안 오는 걸 두고 내가 그러는 거 아녜요. 문제는 그 작자들이 다른 데 모여 악의적으로 나를 씹는다 그거예요. 걸 참을 수 없다 그거예요."

한정채는 흥분할 때 잔을 들었다 놓았다 반복한다. 자신이 남의 흉을 보는 만큼 남들도 자기를 씹고 있으리란, 일종의 자기 이중성에 대한 무의식적인 부끄러움일 수도 있었다.

마누라 팬 날 장모 온다고, 김영랑과 닥터 박이 자리를 박차고 나간 그날 밤 또 한 사람의 단골이 문제를 일으켰다. 송암과 테너 장이 술자리에서 일어서기 직전이었다.

주유소 최가 한정채한테 전화를 걸어온 것이다. 전화를 받는 한정채의 얼굴이 무섭게 일그러졌다.

"그래, 의처증 환자라고 했다, 왜. 느 마누라 바람 피운다는 건 네놈 입으로 네가 한 말이잖아 이놈아. 그래, 좋아 이놈아, 네가 우리 집에 안 온다고 내가 겁낼 줄 알아. 그래, 마누라 바람 피우는 거 현장 쫓아다니느라 네놈 술 먹을 시간이나 있겠냐."

아무리 절친해도 자기 단골들한테 일체 말을 낮추지 않던 한정채로서 주유소 최의 전화에 대한 그의 반응은 놀라운 것이었다.

"이것들이 정말 나한테 이렇게 나와도 되는 거야."

한정채가 씩씩거리고 있는 가운데 송암과 테너 장은 도망치듯 페미니즘을 빠져나왔다.

공포는 사람들을 결집시킨다. 그들의 의기투합은 생각보다 쉽게 이루어졌던 것이다.

페미니즘 단골 다섯 사람이 그 아지트를 왕건의 집으로 옮긴 일이다. 누가 그렇게 하자고 꼬드겨 생긴 일이 아니었다. 처음 김영랑과 닥터 박을 만나기 위해 주유소 최가 왕건의 집을 들렀고, 페미니즘에 며칠쯤 개근하던 송암과 테너 장도 슬그머니 발길을 그곳으로 돌리고 만 것이다.

　한정채의 말을 빌자면 배신이요 단골 다섯 사람의 처지에선 자유를 위한 반란이었다. 그러나 반란은 매우 신중하게 진행되었다. 상대가 상대인지라 그 뒷감당을 생각하지 않을 수 없었던 것이다.

　그날 다섯 사람 모두가 약속 시간보다 삼십 분쯤 늦게 왕건에 모였다.

　"그냥 궁금해서 한번 와본 거라구."

　"사실은 오늘 다른 약속이 있는데 모두 모이신다고 해서 열일 제쳐놓고 온 겁니다."

　"난 하마터면 페미니즘으로 갈 뻔했잖아. 습관이 무섭긴 무섭더라구."

　처음은 누구도 오늘 모임의 성격에 대해 이렇다 할 답을 내놓지 못하고 있었다. 한동안 그냥 겉도는 얘기가 오갈 수밖에 없었다.

　술이 해결사다. 그들은 술로 만난 사람들이었다. 술이 몇 배 돌자 분위기는 대번에 달라졌다. 자연스럽게 카페 페미니즘 얘기가 나왔다. 가끔 단골 술집을 바꿔봐도 좋을 것 같다는 얘기들도 나왔다. 내 돈 내고 술 먹는데 왜 술집 주인을 그렇게 의식했는지 모르겠다고, 다소 자조적인 톤으로 말하는 사람이 나오면서 분위기는 대번에 달라졌다.

　술잔이 서너 번 거듭 돈 뒤에 누군가의 입에서 처음으로 이 집 생맥주 맛이 페미니즘보다 더 좋은 것 같다는 얘기가 나왔다. 한정채가 들었으면 눈 뒤집힐 소리였다. 한정채는 자기네 생맥주 맛이 그 어느 집보다 낫다는 자부를 가지고 있었다. 시간이 오래된 술은 아예 팔지를 않을뿐더러 자기네는 생맥주 맛을 제대로 내기 위해 술잔을 세제로 잘 닦아 완전히 멸균 처리한 뒤 냉장실에서 생맥주와 같은 온도를 유지하는 등 다른 곳에서는 도저히 하기 어려운 방법을 쓰고 있기 때문에 그 고유의 맥주 맛을 낼 수 있다는 것이다. 실제로 페미니즘의 단골들도 이 집만 한 생맥주를 먹어보지 못했다고 입을 모았다. 다섯 사람 모두 페미니즘의 생맥주 예찬론자였던 것이다.

"야, 여기 오니까 음악부터 분위기가 다르구먼. 그래, 이런 술자리엔 샹송이 어울려."

테너 장이 케케묵은 클래식 판만 틀어대는 페미니즘의 분위기를 헐뜯은 뒤 다시 덧붙였다.

"페미니즘은 실내 인테리어부터가 너무 고전적이라 답답해."

그래 그래, 모두가 맞장구를 쳤다.

낄낄. 김영랑이 한정채 식의 웃음을 웃었다.

"나 지금 기분이 이상해요. 뭔가에서 풀려난 느낌이거든요. 낄낄. 이렇게 자꾸 웃음이 나온다니까요."

"그래 나두 아까부터 그렇더라니까. 자, 그런 의미에서 우리 건배하자구. 지금부터는 내가 사는 거야."

닥터 박이 손짓으로 술집 종업원을 불렀다.

그들은 페미니즘에서 한정채가 끼어들어 완전히 판을 주도하는 그런 술자리의 분위기와 전혀 다른 자유를 만끽하고 있는 기분이었다.

술이 몇 잔씩 더 돌면서 분위기는 완전히 달라지기 시작했다.

그동안 한정채한테 씹히고 씹힌 그 울화가 한꺼번에 넘쳐 흐르는 분위기로 바뀌어갔던 것이다. 한정채 식의 비아냥거림과 험담이 거침없이 쏟아져 나왔다.

테너 장이 먼저 한정채를 성토하고 나섰다.

그래, 한 사장이 음악에 조예가 꽤 깊은 건 내 인정한다니까. 아는 체를 할 수 있는 그 정도 감각은 있다 그거지. 특히 서양음악 고전사에 대해서는 꽤 알고 있는 것도 사실이여. 서양음악사를 세 번씩이나 읽었다고 안 합디까. 필요도 없는 걸 그렇게 알고 있어야 한다는 건 일종의 현학병이랄까 편집증 같은 거여. 한 사장이 가지고 있는 그 음반, 옛날 요선동에서 낮달이란 다방을 하던 김용호, 정말 이 사람이야말로 진짜 음악에 대해 뭘 좀 아는 사람이었다구, 그 김용호한테 헐값으로 넘겨 받은 거 내가 다 알지. 지가 말하는 것처럼 하나하나를 찾아 모은 게 아니란 말이여. 아무튼 음악이면 음악, 그림이면 그림, 문학이면 문학에 대해 그처럼 아는 척을 해야 견디는 사람, 그건 말이여, 어느 한 가지도 분명하게 자기 것이라고 할 수 있는 게 없다 그거 아니겠어. 가장 자신 있다고 펑펑대는 설치미술만 해도 그렇지. 어쩌다 아이디어까지는 괜찮은데 막상 구상하고 설치하는 단계에 들어가서는 그 가치가 실현되기 어렵다 그거여. 그러니까 번번이 맡았던 공사도 퇴짜를 맞곤 했던 거여. 예술혼, 그거 뭐겠어. 끼가 있어야 하는 거여. 좋아요, 한 사장 그 사람 그런 끼도 있는 것도 사실이여. 문제는 끼의 신명이 창조정신으로 연결되어야 하는 것인데 그것이 창조보다는 모방 쪽으로 더 발전

"김 형사라고, 한 사장한테 형님 형님 하면서 가끔 얼굴을 내미는 그 사람은 도대체 누굽니까?"

"아, 시경 정보과, 그 인상 고약한 그 친구 말이구먼. 한정채 말로는 자기 이종사촌이라고 하는데 내가 보기엔 한정채가 그 끄나풀 역할을 하는 것두 같구, 좌우지간 기분 안 좋은 친구야."

"그건 내가 잘 알지. 상부상조, 서로 이용해먹는 그런 관계더라구. 태평건축 송태운이 음주운전으로 사고 냈을 때 보니까 그게 잘 드러나더군."

인맥은 금맥이다. 그들은 김 형사 말고도 기무사에 근무하는 이 아무개며 도경의 아무개가 페미니즘의 또 다른 단골들로서 한정채와 상부상조하는 심상찮은 관계에 있다는 것을 주섬주섬 맞춰내고 있었다.

"저거, 한 사장이 우리 여기 있는 거 알고 거는 전화 아닐까?"

그들은 카운터 쪽에서 전화벨이 울릴 때마다 움찔움찔 놀라곤 했다.

"좌우지간 그냥 넘어갈 사람이 아니니까 조심해야 된다구."

"김 교수하구 닥터 박, 그리구 최 사장이야 공공연히 거길 떠났지만 장 선생하구 나는 좀 켕기는 것두 사실이구먼."

"정말 그러네. 그런데 왜 하필 우리가 여기 모인 거지?"

"아니, 우리 돈 내고 우리가 술 먹는데 우리가 어디에 있건 그게 문젭니까?"

"하긴 그래, 우리가 한 사장한테 너무 과민반응을 보이고 있는 거여."

김영랑은 한정채의 여성관에 대해 비교적 구체적으로 언급했다.

물론 한 사장님은 페미니스트가 맞긴 맞아요. 모든 여자에 대해 그만큼 깍듯하게 예의를 지키는 분도 흔치 않을 거거든요. 실제로 한 사장님은 우리한테 여자들 얘기를 할 때 단 한 번도 여자를 낮춰 말한 적이 없는 것 같아요. 우리 와이프도 그 사람한테서 전화를 받으면 참 매너 좋고 친절한 분이라고 입에 침이 마르거든요. 사모님, 안녕하세요? 저 한정채예요. 지난번 공지천에서 두 분 걸어가시는 거 봤는데 정말 우아하게 잘 어울리시던데요. 사람들이 사모님만 쳐다보지 뭡니까. 아니 정말입니다. 김영랑 박사가 우리 집에 와서 사모님 자랑을 얼마나 많이 하는지 아십니까. 사모님이 김 박사한테 시를 쓰게 한 일등 공신이라는 거예요. 사모님처럼 바깥분의 시를 이해하고 좋아하는 부인들이 얼마나 되겠에요— 이런 식이니까 여자들 입이 벌어질 밖에요. 카페에 온 여자 손님들한테 어떻게 하는지 많이들 보셨잖습니까. 이건 최고급 식당 웨이터처럼 허리를 구십 도로 굽히고 정중하게 대한다 그겁니다. 여자 손님이 들어서면 우선 자리를 잡아주며 의자를 뒤로 잡아당겨 앉게 해주는 등 그 매너가 얼마나 좋으냐 그겁니다. 식당에 가면 또 어떻고요. 아주머니, 김치 참 맛있어요. 아주머니, 장사 크게 성공하시겠어요— 종업원 여자들한테는 또 어떻습니까. 누가 계산을 하든 한 사장님은 음식을 나른 방 담당 아가씨한테 꼭 팁을 주잖습니까. 그러면서 이 식당은 아가씨 때문에 잘 된다는 겁니다. 이 모든 게 우리가 보기에 간지러운 거지만 막상 예우를 받는 여자들한테는 그 이상의 페미니스트가 없을 거예요. 문제는 여자들에 대한 친절이 철저하게 위장된 자기 관리상의 사기라는 것입니다. 자기 부인을 가게에 일절 못 나오게 하는 이유도 남자들한테 꼬리를 치는 걸 도저히 볼 수 없어서 그러는 걸 거구요. 진짜 의처증 환자가 한 사장님이라는 걸 알고들 계실 필요가 있습니다. 우리하고 함께 술을 먹다가 어디론가 가끔 전화를 걸잖습니까. 그게 바로 부인이 집에 있나 없나를 확인하는 겁니다. 이건 그 부인 친구한테서 우리 집사람이 직접 들은 얘긴데 확실한 정봅니다.

조각가 송암은 한정채를 고양이에 비유했다.

한마디로 고양이 같은 사람이여. 고양이는 따로 주인이 없는 벱이지. 지가 필요할 때만 주인을 찾는다 그거여. 다시 말해 한 사장은 어느 한 사람에게 정을 주지 않는다는 얘기도 될 거구먼. 그 사람, 입에 달면 삼키고 쓰면 뱉는 사람이라 그거여. 정이 넘칠 땐 지나치고 찰 땐 또 지나치게 너무 차다 그거지. 아무튼 한 사장, 무서운 사람이여. 그 사람 입방아 무서워하는 게 어디 우리뿐인 줄 알어. 일단 그 사람과 한번 접선이 된 사람은 여기서 다른 데로 이사를 간다 해도 그 손아귀에 잡혀 있다 그렇게 생각함 틀림없을 거여. 고양이가 먹잇감 하나가 생기면 아주 나발나발 요절을 내는 것처럼 그 사람도 늘 욕구불만을 해소할 그런 상대가 필요하다 그거지. 그래도 다행인 것이, 그렇게 씹을 우리 같은 상대가 있으니 망정이지 그런 재미도 없으면 그 사람 그 머리로 뭔 일이고 크게 저지를 수도 있다니까. 하긴 한 사장 같은 친구가 정치를 하면 그거 볼만할 거구먼."

"자기는 정치 체질이라고, 여건만 주어지면 그 방면으로 뛰어들겠다고 하던데요."

"하긴 도의원인가 뭔가에 뜻을 두고 있는 거 같더구먼서두, 그거 정말 웃기는 얘기여."

"왜요, 우리나라 정치판에 딱 맞는 사람 아니에요?"

"우리나라 정치꾼 되려면 우선 자기 과시체질에 험담 실력이 있어야 하니까, 그런 면에서는 한정채가 제격이구먼."

"더구나 정보화 시대의 정보통을 자처하는 사람이 바로 한정채 아닙니까. 기껏 남의 약점이나 들춰내면서 그걸 대단한 능력처럼 생각하고 있다니까요."

"바로 그런 능력을 이용해 이 지역의 대표적 사회운동가로 행세하고 있는 거 아니겠어."

"하기야 그런 쇼맨십이 통하는 세상이니까."

"사회운동 하는 친구들도 한 사장의 그 고단수 정보력을 이용하고 있는지도 몰라요."

"그러고 보면 우리도 매한가지였을 게야."

송암은 다시 고양이를 비유로 자성론을 폈다.

"우리가 페미니즘에 뻔질나게 간 건 남의 홍보는 재미에 동참하는 즐거움도 컸다 그 말이여. 남의 얘기를 어디 가서 그렇게 많이 듣게 되겠어. 그러니까 우리 스스로 거기 가지 않고는 못 견디게 하는 뭔가가 거기 있다는 거여. 고양이가 그렇잖아.

주인을 졸랑졸랑 따라다니기보다 주인이 자기한테 오도록 만드는 거 말이여. 이를테면 그 사람은 우리가 모두 자기가 필요해서 자기 가게에 온다 그렇게 생각하고 있는 거지. 그거 장사꾼이 갖기 어려운 자존심인데 그게 없으면 우리가 그 사람하고 친구로 지내지도 않았다 그거여. 내 작품 그 사람이 가져간 것만 해도 몇 갠지 몰라. 솔직히 말해 그 사람이 달라고 해 주었다기보다 내가 먼저 가져가라고 한 경우가 더 많다니까. 그 사람한테 좋은 평가를 받고 싶은 생각이 그렇게 컸다 그거여. 나중에 알고 보니 내 작품이 모두 다른 사람한테 들어가 있더라구. 꽤 고가에 넘어갔더군. 그걸 내가 각오 안 한 것도 아니었지만 막상 그걸 확인하고 나니까 좀 이상한데. 허지만 난 그 사람의 예술에 대한 감각과 안목만은 높이 평가한다 그거여. 그림만 해도 그래, 그 사람 그림 보는 눈이 상당해요. 나 그 사람이 지산 화백 전시회 때 만든 팜프렛에 쓴 글 읽고 사람 달리 봤다니까."

닥터 박은 좀 더 분석적으로 한정채의 정신 상태를 얘기했다.

한 사장을 고양이에 비유한 송암 선생의 말씀은 정말 옳습니다. 고양잇과들은 대체로 친화력보다는 할퀴고 도망치는 성향이 강합니다. 그 성질이 괴까다롭다는 건데 좋게 말해 자존심이 강한 거고 본질로 말한다면 그 내면이 의심과 불만으로 가득 차 있다 그거지요. 뭐니 뭐니 해도 가장 고양이다운 성질은 사물에 대해 매우 분석적이라는 것이지요. 달리 말해 매사 호기심이 그만큼 많다고나 할까. 뭔가 제대로 알지 않고서는 못 견디는 성질이라 그거지요. 특히 인간관계는 사돈의 팔촌, 속속들이 다 밝혀야 속이 시원하다는 거지요. 일종의 호기심 과다라고 해도 크게 틀리지 않을 것입니다. 호기심은 뭡니까. 남의 약점을 찾아 호시탐탐 두리번거리는 거 아니겠어요. 야행성 동물들이 눈을 반짝이며 엎드려 풀을 뜯고 있는 짐승들 중에서 가장 약하고 병든 놈이 어느 것인가를 염탐하고 있는 거나 다름이 없다는 것이지요. 쥐를 노리고 있는 고양이의 그 긴장이 한 사장이 이 세상을 사는 즐거움일 수도 있다 그거지요. 그리고 고양이가 잡은 쥐를 어디 단번에 먹어치웁니까. 잡은 쥐를 이리저리 던지면서 가지고 놀잖아요. 한 사장이 우리를 그렇게 가지고 노는 거예요. 우리 약점 하나를 잡았을 때 그 친구가 느끼는 스릴은 가히 섹스의 오르가슴과 다르지 않았을 겁니다.

"하하, 우리가 고양이 앞에 쥐였다, 그거지요. 그렇다면 자, 쥐들을 위하여!"

왕건의 집에서의 쥐들의 모임은 이제 일과가 되어버렸다. 누가 다시 만나자는 말을 하지 않았는데도 이차를 돌 즈음에는 반드시 그곳에 얼굴을 내밀곤 했다. 물론 그들 중 두어 사람은 가끔 페미니즘에도 얼굴 내밀기를 잊지 않았다.
"거 정말 습관은 무섭데야. 나도 모르는 사이에 페미에 가 있더라니까."
"그래. 거길 안 들르면 뭔가 허전한 건 사실이야."
"우리 세 사람 많이 씹지요?"

김영랑은 누군가 페미니즘에 갔었다는 얘기만 들으면 전전 긍긍했다.

"그게 참 이상하더라구. 씹을 만도 한데 그건 같지가 않더라 니까."

"그 친구 일부러 그러는 거예요. 그게 우릴 의식하고 있는 증 거지요."

"아무튼 뭔가 꿍꿍이속이 있는 건 틀림없을 거야."

"그려. 우리 중 누군가 한번 크게 당할 것 같단 말씀이야."

다섯 사람은 페미니즘 아닌 다른 장소에서 만나는 횟수가 늘어갈수록 한정채의 동태에 대해 민감해졌다. 그의 손아귀에서 벗어났다고 생각되는 순간부터 따라다니는 불안이었다.

"만질수록 커지는 게 뭔지 알아?"

"남자 몸가락이지 뭡니까."

"이 사람은 그런 쪽으로만 발전해가지고…… 한정채가 그렇다는 걸세."

안주 삼아 씹기 시작한 한정채가 그를 만나지 않는 시간에 비례해 그 존재가 커지고 있다는 느낌이었던 것이다. 그들은 비로소 한정채의 정체를 객관화하기 시작했다.

자신의 말대로 한정채는 정보통이었다. 사람들이 그를 꺼려하면서도 다시 그의 곁에 모여드는 것도 정보 사냥꾼으로서의 그가 확보하고 있는 정보의 위력을 알기 때문이다. 어떤 자리에서 누군가와 인사를 나누긴 했는데 그 누군가를 잘 모를 경우, 아니면 종합소득세를 신고해야 하는데 어디 가서 누구를 만나야 좋을는지, 친인척 아무개 아들이 오토바이 절취 사건으로 구속됐을 때라든가, 허리디스크는 어느 병원에 가야하고, 한증막은 어디가 좋다는 등, 하다못해 지하실에 물이 나는데 그 방수작업을 어느 곳에 맡겨야 안전할 것인가도 한정채와 전화 한 통이면 어렵잖이 해결되었다.

그의 정보 능력은 놀라웠다. 지방신문 기자들도 기삿거리가 궁하게 되면 한정채를 찾았다. 그와 이야기를 나누다 보면 의외로 좋은 기삿거리를 얻어내게 된다는 것이다. 그는 실제로 지역사회의 갖가지 사회운동에 약방의 감초처럼 끼어 활동했다. 맑은물지키기운동본부 공동대표에다 음주문화바로세우기시민실천연합 최고위원, 내고장문화사랑모임 수석 부위원장. 그리고 최근에는 지역사회비리고발센터라는 현판을 카페 입구에다 내걸기도 했다.

한정채가 누구보다 각종 정보의 입수와 정리·가공에 빠른 것은 자신이 경영하는 가게 단골들의 분야별 전문성을 최대한으로 활용하는 데 있다. 그는 어떤 단골이든 그 부류의 사람만이 가지고 있는 함축된 경험과 인식을 몇 마디 대화 끝에 자기 것으로 하는 놀라운 능력을 가지고 있었다.

한정채가 정보통으로서의 위력을 오래 지탱하고 있는 이유 중의 하나는 자신이 얻은 정보에 대한 소스, 즉 정보원을 끝까지 밝히지 않고 철저하게 보호한다는 데 있었다. 정보원 스스로가 접근해 넘겨준 정보에 대해서는 더욱 그 출처를 밝히지 않음으로써 그것을 제공한 사람과의 신의를 지켰던 것이다.

특히 한정채는 남의 신상 파악 및 그녀들의 근황에 대한 정보

얻기와 갈무리하기는 가히 천부적이라고 할 수 있었다. 그런 쪽의 기억력이 탁월했다. 자기 업소에 오는 단골들의 생년월일까지 모두 기억하고 있었다. 그는 언젠가 다른 테이블에 앉아 있는 여섯 명의 손님들 신상명세를 좌르르 꿰고 있었다. 그걸 어떻게 다 기억하고 있느냐니까, 자기도 미치겠다고 했다. 어떤 사람을 보는 순간 이미 입력된 사항이 시시콜콜 떠올라 확인해보면 다 맞는다는 것이다.

'구슬이 서 말이라도 꿰어야 보배에요. 입수된 정보를 놓치지 않기 위해 메모를 하라는 거예요.'

그러나 실제로 한정채가 사람들과 이야기를 나누면서 메모를 하는 것을 본 사람은 없다. 물론 그는 가끔 안주머니에서 정보파일이라고 볼 수 있는 매우 두툼한 수첩을 꺼내 펼쳐 보이면서, 그 속에 모든 것이 다 들어있다고 ㅎㅎ, 킬킬거릴 때가 있다. 지금까지 자신이 얘기한 것에 대한 신빙성을 입증하기 위한 방법으로 그 정보파일을 내보이는 것이다.

한정채는 남들의 신상에 대한 것이 입력되는 그 과정이 좀 힘들다고 실토한 적이 있었다. 혹시 그것이 잘못 입력되거나 잊히면 어쩌나 하는 조바심으로 숫제 괴롭다는 얘기였다. 그 조바심에서 반복학습 습관이 생겼다고 한다. 자신이 처음으로 접한 정보는 반드시 남들한테 두 번 이상 반복해 얘기를 함으로써 입력의 정확성을 다진다는 것이다.

그런데 말하기의 특성상 같은 얘기를 반복할 때마다 듣는 상대의 반응에 따라 그 내용이 다소 각색된다는 사실이다. 그것은 상황에 따라 자기 나름의 분석과 평가가 덧붙여진다는 뜻이기도 했다. 실제로 그가 자주 하는 테너 장 얘기도 말을 할 때마다 그 색깔이 달랐다.

―ㅎㅎ, 킬킬. 테너 장이 중학교 때 음악점수가 어떤지 알아요. 수우미양가, 중에서 양이라고, 자기 입으로 그러데요. 학적부 종합란엔 음치라고 쓰여 있대는 거예요. 그 당시 음악선생이 장한테 이랬대요. 너는 다른 사람들 앞에서 절대 노래를 부르지 마라. ㅎㅎ, 킬킬. 그러면서 이런 얘길 했대요. 기적이 일어나 네가 노래를 부르는 사람이 될 경우 내 손에 장을 지져라.

―테너 장이 중학교 1학년 때 음악점수가 얼마냐 하면 백점 만점에 59점이래요. 60점이 커트라인이거든. ㅎㅎ, 킬킬. 음악선생이 네가 노랠 잘 부르면 내가 널 사위로 삼으마 그랬대요. 와신상담, 장이 가수가 된 뒤에 그 음악선생을 찾아가니까 선생님이 옛날 자기가 한 말을 기억하고 있더래요. 그러면서 시집갔다가 소박맞아 온, 장보다 세 살 연상인 자기 딸을 인사시키더래요. ㅎㅎ, 킬킬. 그렇게 해서 결혼했다는 거예요.

'나는 내 육감이나 직감을 믿는 편이에요.'

한정채는 어떤 사람과 만나는 순간 육감이 작용하고 그와 몇 마디 말을 나누면서 직감적으로 그 사람이 당면한 사태를 추측하게 된다고 했다. 그 추측의 사실 여부, 즉 어떤 정보의 확인 과정에서 육감이 맞아떨어지는 즐거움은 무엇에 비할 바가 아니라는 얘기다.

잡음정보를 중시하라. 한정채가 다른 정보 사냥꾼들과 다른 점은 남들이 무시하는 잡음정보를 귀하게 활용한다는 것이다. 당장 필요한 유익정보보다 잡음정보가 잘만 굴리면 더 유용하게 쓰일 수 있다는 나름의 계산이 있기 때문이다. 남들이 버린 쓰레기를 뒤지다 헌 구두 속에 감춰뒀던 비상금을 발견하듯, 남들이 애써 감추려고 하는 약점이 대부분 그런 쓰레기 속에서 찾아진다는 것이다.

한정채의 정보력 중 가장 빛나는 덕목은 남을 험담하는 일이다. 그의 험담은 수시로 뻗는 잽 같았다. 이슬비에 옷이 젖는다고, 일단 그의 입에 오른 사람은 끝내 걸레 조각이 되고 만다.

그의 단골들은 대개 그에게 만신창이로 씹혀 더 이상 빠져나갈 기력이 없는 사람들이거나 아직 그의 사정권에 들지 않은 상태의 우호적인 관계의 사람들이다.

한정채는 자신이 정보의 피해자라고 했다. 자신이 확보하고 있는 정보를 은밀하게 저장하고 있다가 적절하게 써먹어야 한다는 것을 알면서도 그게 생각만큼 쉽지 않다는 데 그의 고민이 있었다. 입력된 정보는 일단 누군가에게 발설을 해야 마음이 진정된다는 것이다.

자신이 알고 있는 정보를 누구에겐가 발설하지 않고는 못 견디는, 임금님 귀는 당나귀 귀의 그런 충동이었다. 그가 자기 업소 단골들에게 전화를 거는 것이 바로 그 충동을 이기지 못해서라고 했다. 정보를 참을성 있게 오래 간직하고 필요할 때만 야금야금 빼 쓰는 것이 자기 이미지 관리상 필요하다는 것을 알면서도 도저히 그렇게 참아낼 수 없는 데 문제가 있다고 했다.

'내가 이걸 알고 있는데 그 사람 프라이버시 침해에 결정적이라고 생각해 참았다고 해요. 그러면 그 다음엔 내가 알고 있는 얘기에다 더 보태 뻥을 치게 된다는 거예요. 알고 있는 그 정보가 밖으로 유출되지 않는 기간 나도 놀랄 정도로 새끼를 친다 그거예요. 그렇게 되면 그냥 처음 얘기한 것이 그 당사자에겐 더 낫다 그런 얘기가 되는 거예요.'

정보는 늘 신선하고 낯선 것이어야 하는데 그게 쉽지 않을텐데.(누군가의 물음)

'그래요. 바로 그거 때문에 내가 더 미친다 그거예요. 나만 알고 있는 어떤 얘기가 없으면 아편쟁이가 약 기운이 떨어지면서 금단현상이 오는 것처럼 수족까지 떨린다 그거예요. 그럴 때 나는 술을 먹어요. 술에 취하면 지금까지 내가 알고 있는 정보를 리바이벌하는 일이나 변조가 신명이 난다 그거예요.'

그건 정보를 준 사람에 대한 배신이라고 할 수도 있겠군. 정보가 변조되었다는 것을 알게 되면 더 이상의 정보를 주려고 하지 않을 거니까 말이야. 이 사람, 이거 입이 가벼워 안 되겠는데. 그러면서 말이야.(누군가의 물음)

'ㅎㅎ, 킬킬. 그 반대로 생각해도 좋을 거예요. 내가 입이 가볍기 때문에 나한테 정보를 준다, 즉 한정채를 통한 정보의 상승효과를 노린다 그거예요.'

사람들은 한정채를 만나는 순간 자기만이 알고 있는 어떤 사실을 털어놓고 싶은 충동에 휩싸인다. 자신이 지금 누구 흉을 보고 있고, 얼마큼 질 나쁜 험담을 늘어놓고 있는가를 가늠할 판단력이 마비되는, 최면 현상이다.

'그렇게 만드는 건 간단해요. ㅎㅎ, 킬킬. 내가 그 사람이 알고 싶어 하는 정보를 중간중간 강하게 던져주면 대개의 사람들은 정신이 없게 마련이에요. 그때부터 막 털어놓는 거예요.'

페미니즘의 단골 다섯 명이 왕건의 집에서 자주 어울리게 된지 두어 달 뒤쯤 김영랑은 한정채로부터 점심을 함께하자는 전화를 받았다.

한정채는 그날 두 가지 정보를 풀어놓았다. 닥터 박이 허위 진단서를 뗀 일로 조사를 받고 있다는 것과 주유소 최가 자기 부인의 전화 내역을 추적하는 가운데 송암 선생의 전화번호가 발신자란에 열세 번이나 찍혀 있는 것을 확인했다는 내용이었다.

닥터 박의 허위 진단서 건은 이미 오래전부터 있던 얘기를 좀 더 구체적으로 확인하는 수준이었다. 회사를 부도낸 사람이 재산을 빼돌리는 한 수단으로 정신병원에 입원하는 소동을 벌였다. 부부가 짜고 벌이는 그 사기극에 보기 좋게 말려든 닥터 박은 허위 진단서를 뗄 때 받아먹은 돈의 수십 배를 놓고 흥정을 벌이고 있는 중이지만 일이 쉽게 풀릴 것 같지 않다는 얘기였다.

송암 선생의 경우는 좀 황당한 얘기였다. 그러나 한정채는 그 어느 때보다 의기양양했다.

"이건 정말 뜻밖이에요. 나두 놀랬에요."

주유소 최가 자기 부인을 의심해 그 뒷조사를 하는 과정에 밝혀진 일이라고 했다. 자기 부인이 건 전화 수신자 명단을 어렵게 얻어내 살펴보니 주로 네 사람의 남자한테 전화를 걸었는데 그중에 송암 선생도 포함돼 있었다는 얘기다.

"ㅎㅎ. 킬킬. 전화 용건이 뭔지는 두 사람만이 아는 비밀일 거예요. 물론 송암하고 주유소 최 와이프하고 고향이 같은 강릉이니까 서로 연락을 할 수도 있지 않느냐, 그럴 거예요. 그러나 소문은 그게 아니에요. 둘이 은근히 만나는 걸 봤다는 사람이 있으니 그게 문제 아니에요."

"아무리 송암 선생이 여자 관계가 좀 그렇다고 하더라도 그건 좀 억지 같은데요. 그게 어디 될 법한 얘깁니까."

"될 법한 거면 문제가 되지도 않에요. 예측불허, 남녀 관계란 대개 그런 거예요."

"정말 믿어지지 않아요. 최 사장님 부인이 정말 바람을 핀단 얘기예요?"

"의처증, 그거 그냥 생기는 거 아네요. 다 그만한 근거가 있어서 그러는 거예요."

"한 사장님, 너무 하는 거 아닙니까. 최 사장님을 너무 씹는다 그겁니다."

이처럼 공격적이 되리라곤 김영랑 자신도 몰랐다. 동병상련, 적들의 관계로 야합하고 있는 우방으로서의 의리였을 것이다.

그러나 반격을 당할 때 한정채가 보이는 반응은 늘 뜻밖이다. 그 즉석에서 반격을 가하지 않는 것이 그의 특기다. 섣불리 맞대응을 하지 않기 때문에 오히려 말을 꺼낸 쪽에서 불안해지게 마련이다. 그런 동요가 느껴지는 순간 한정채는 착 가라앉은 낮은 목소리로 상대를 압도한다.

"김 교수, 인터넷 많이 이용해요?"

"뭐 조금…… 시간 낭비가 너무 많아서요."

"시대의 변화를 따라잡아야 해요. 뉴미디어 시대에 걸맞는 정보 전략이 있어야 살아남을 수 있는 세상이라 그거예요."
 "사장님이 컴맹은 아니란 얘기군요."
 "김 교수, 어떤 단체를 이끌어가려면 그전처럼 주먹구구식으로 안 되는 거예요. 놀라지 말에요. 내가 며칠 전 어느 사이트에 들어가 우리나라 종합일간지에 김영랑이란 이름이 얼마나 올랐는지 검색해봤다는 거 아니에요. 지난 일 년 동안 총 17건, 첨엔 놀랐에요. 야, 김영랑 교수가 그래도 뭔가 움직이고 있었구나 하구요. 그런데 자세히 보니 30년대 시인 김영랑이었다는 거 아녜요. ㅎㅎ. 킬킬. 행정학 박사 김영랑은 어느 세미나에 발제자는 못 되더라도 하다못해 토론자로 참가했다는 그런 기사 한 줄도 없었다 그거예요. 새천년 시인 김영랑도 물론 없었에요."
 하릴없이 고개 숙인 김영랑을 내려다보며 한정채가 더 낮은 목소리로 말했다.
 "그리고, 김 교수, 여기 지역 문인들하고 좀 잘 지내야 하겠데요. 이번에 내가 들은 얘기는 너무 악의적이었에요."
 "아니, 무슨 얘긴데요?"
 "김 교수, 내가 지금 그 말을 꼭 전해야 할 의무는 없에요."
 칼로 자르듯 한정채는 점심값을 계산한 뒤 종종걸음으로 사라졌다.

 단골 다섯 사람이 모두 카페 페미니즘에 얼굴을 내민 것은 며칠 후였다. 그날 한정채가 점심을 사면서 내보인 그 변덕의 속내를 어림잡은 김영랑이 사정사정해 만든 술자리였다.
 "한 사장님이 나한테 점심을 살 때야 뻔하잖습니까. 제발 돌아와달라는 겁니다. 이럴 때 못 이기는 척 한번 얼굴 내밀어주는 것도 좋을 것 같아요."

 처음은 완강하게 거부하던 주유소 최와 닥터 박도 송암과 테너 장이 쉽게 마음을 바꾸자 김영랑의 페미니즘 초대에 못 이기는 척 응했던 것이다.

 그전 같지는 않았지만 다시 돌아온 그들을 맞는 한정채의 표정도 그런대로 좋았다. 물론 김영랑이 그 전날 전화로 단골들이 돌아오고 싶어 하니 제발 좋은 얼굴로 받아달라는 간곡한 청을 넣은 덕도 없지는 않았을 것이다.

 메인 테이블에 술상이 차려지고 그들은 다소 부자연스런 가운데 술잔을 돌리고 있었다. 그러나 그 찜찜스러운 분위기를 눈치 못 챌 한정채가 아니다. 그가 거품이 넘치는 자신의 술잔을 들고 와 메인 테이블에 합석하면서 분위기는 금새 달라졌다.

 "ㅎㅎ, 킬킬. 여러분이 왕건의 집에서 나를 안주로 술 먹었다는 거 내가 다 알에요. 닥터 박이 나를 정신과 의사로서 분석했다는 거, 그리고 송암 선생은 나를 고양이에 비유했다면서요? 내가 모방의 천재라고, 장 선생님은 고맙게도 제 칭찬까지 해주셨데요. ㅎㅎ, 킬킬. 내가 남을 씹을 땐 나 역시 그 정도로 씹힌다는 거 모르지 않았에요. 하지만 몰매를 맞는 기분은 그리 좋은 게 아니었에요."

 한정채의 그 말이 한동안 침묵을 몰아왔다. 그가 한 말 모두를 시인하는 꼴이 되고 말았다. 그들은 오늘 술자리를 마련한 김영랑을 적이 의심쩍은 눈으로 쳐다봤다.

 "문제는 내가 여러분을 너무 좋아했다는 거예요. 어떤 악의가 있어서 여러분을 씹은 게 아니라는 거예요. 사람이 누구를 좋아할 때 그것을 표현하는 방법이 다 다른 것처럼 나는 내 나름으로 여러분에 대한 관심을 그렇게 나타냈을 뿐이에요. 나는 있는 그대로의 여러분을 좋아했어요. 결점이 그대로 다 드러난, 그런 상태에서만 인간 이해가 가능하다고 믿기 때문이에요."

모두 고개를 다소 주억거렸을 뿐 이렇다 할 반응을 보이지 않자 한정채가 다시 말했다.

"대부분의 사람들은 상대의 껍질을 보고 그를 판단한다 그거예요. 교수, 화가, 의사, 성악가 등 그가 뒤집어쓰고 있는 허울을 좋아할 뿐 그가 가지고 있는 정말 인간적인 어떤 고뇌나 갈등에 대해서는 관심이 없다 그거예요. 내가 사람들을 험담하듯 까발려놓는 것도 그런 내면에 다가가고 싶은 인간적 관심 때문일 거예요. 내가 김영랑 교수를 좋아하는 것은 시인이 되기 위해 온갖 노력을 기울이는 그 열정이라 그거예요. 설사 남의 작품을 표절해 시인이 됐다고 해도 그렇게까지 하기 위한 김 교수의 그 인간적 고뇌를 우리가 알아야 진정으로 그 사람을 알았다고 할 수 있는 거 아니겠어요."

이 느닷없는 발언에 그들은 드디어 올 것이 왔구나 싶어 조용히 술잔을 비워 앞에 사람에게 권한다. 김영랑이 세 사람의 잔을 받았다. 자칫하면 닥터 박이 요즘 곤욕을 치르고 있는 허위 진단서 얘기도 쏟아져 나올 판이었고 송암의 전화 건, 주유소 최의 의처증까지 공개적으로 까발려질는지 모른다는 긴장과 위기의 분위기였다.

"어이!"

그 순간 한정채가 그 특유의 손바닥 치기로 종업원을 부른다.
"여기 상 치우고, 과일 하나, 그리고 생맥주 여섯 개 새로! 이건 내가 내는 거야."

그는 가끔 이런 식으로 단골들한테 술을 샀다. 우와, 술자리 분위기는 다시 살아나게 마련이다. 그는 더 이상 함께 있는 사람들의 얘기를 입에 올리지 않았다.

다음 날 김영랑은 강의가 끝나기가 무섭게 한정채를 찾아나섰다. 그가 물골 저수지에서 낚시를 하고 있다는 것을 알아내 그리로 차를 달려간 것이다. 그는 한정채가 잡은 새끼손가락만 한 붕어 두 마리를 들여다보며 낚시 솜씨가 좋다고 말한다. 그날 저녁 그는 한정채한테 저녁을 사며 자기가 왕건의 집에 불려갈 수밖에 없었던 상황을 누누이 강조해 설명한다. 그리고 그는 왕건의 집에서 있었던 일들을 술술 불어댄다.

"역시 생맥주는 여기만 한 데가 없는 거 같더라구요. 음악만 해도 그래요. 왕건의 집엔 너무 감상적인 분위기를 연출해 카페다운 무게가 없더라니까요."

"김 교수, 테너 장이 요즘 왕건의 집 그 마담한테 빠져 있는 거 알구 있에요?"

"아, 그래요? 전 아무것두 몰랐는데요. 어쩐지⋯⋯"

"그건 그렇고 김 교수, 아무래두 조심해야 할 것 같에요."

"도대체 누가 뭐랬는데 자꾸 그러십니까?"

"김 교수 나한테 준 그 시잡지를 통해 등단했잖에요. 시사랑인가 뭔가."

"그런데요?"

"거기 실린 시가 표절 작품이라는 거예요."

"누가 그래요? 말두 안 되는 소리……"

"강일대학 십오 년 전 교지에 무슨 상을 받은 학생 작품과 똑같다고 하던데요."

"시상이 같으면 그런 오해를 받을 수도 있긴 하지요."

"오해든 뭐든 그런 얘기가 자꾸 떠돈다는 건 좋지 않은 거 같에요."

"도대체 누구한테 그런 얘길 들었습니까."

"누군지 김 교수가 알아봐야 좋을 거 없에요. 한판 붙어 싸울 수야 있겠지요. 허지만 그 다음이 문제라 그거예요. 사람들 입에 그 얘기가 오를 거구, 표절했다는 그 작품이 공개라두 되는 날엔 그거 감당하기 어려울 거 아네요."

"이거 정말 미치겠군."

"그 사람은 이미 내가 그걸 다 알고 있는 거로 생각하고 얘기하던데요. 그래 내가 털어서 먼지 안 나는 경우가 없다고, 너무 그래봐야 뭐 좋을 게 있겠느냐고, 당신 입조심하라고, 침을 한 방 놓았으니까 너무 걱정하지 말에요."

"어떻든 한 사장님, 고맙습니다."

문제는 말처럼 고맙지 않았다는 데 있다. 그에게 정보를 제공한 사람보다 그 정보를 이용해 남의 약점을 물고 늘어지는 한정채의 그 악랄함에 대해 모두 속으로 이를 갈고 있었던 것이다. 그러한 표현을 겉으로 드러내지 않기 위한 나름의 노력만 한 크기로 불만도 클 수밖에 없었다.
 똥이 무서워서 피한다냐. 유일한 위안이 그러한 자위와 체념이었다. 제까짓 게 뭔데. 그를 과대평가하고 있는 자신들의 소심증을 부끄러워하면서 그들은 아무렇지 않은 얼굴로 다시 페미니즘의 단골로 돌아갔다.
 한동안 평화가 유지되었다. 그들 스스로가 꼬리를 내린 상태로 한정채를 바라보고 있는 한 아무런 문제가 없었다.

 일이 터진 것은 며칠 뒤였다. 언제인가처럼 다시 닥터 박이 술자리를 박차고 나가버렸던 것이다. 그냥 아무 말없이 사라진 먼저와 달리 이번에는 자신이 계산할 술값마저 내지 않은 채 거연히 떠나며 한마디 던졌다.
 "내가 이놈의 데 다시 오면 성을 갈 거다!"
 이렇다 할 큰일이 있어서가 아니었다. 한정채가 낀 술자리가 언제나 그렇듯 그 자리에 없는 사람 얘기를 하며 ㅎㅎ, 킬킬거리거나 세상 돌아가는 일에 대하여 자기 나름의 분석이 장황하게 벌어지고 있었다. 그날의 화제는 요즘 한창 문제가 되고 있는 의약분업으로 인한 의료계의 폐업에 관해 한마디씩 토를 달고 있는 중이었다. 언제나 그렇듯 처음에는 남의 이야기를 듣고만 있던 한정채가 이야기의 골을 파집고 나섰던 것이다.
 "의료파행 사태, 이거 말이에요, 우선 정부의 졸속 행정에도 문제가 없는 건 아니지만 더 근본적인 건 지난 세월 의사란 것들의 권위주의적 고자세의 진료 태도와 과잉진료, 의료보험 부당청구 등 고질적 악폐에서 그 원인을 찾아야 할 거예요. 너무 해먹었다는 데 문제가 있다 그거예요. 사실 전문의들 입장에서 보면 선배란 것들이 그동안 해먹을 거 다 해먹고 막상 일이 터지니까 슬슬 눈치나 보고 있는 거 참을 수 없을 거예요."

이쯤에서도 닥터 박은 그냥 고개만 가볍게 끄덕거렸을 뿐 별 반응을 보이지 않았다. 지난번 김영랑과 함께 자리를 박차고 나간 일로 어느 정도 자숙하고 있는 셈이었다. 다른 사람들 역시 닥터 박의 처지를 생각해 한정채의 말에 별 반응을 보이지 않고 있었다. 그러나 주위의 반응에 따라 한정채의 말은 수위가 조절되곤 했다.

"문제는 의사들이 밥그릇 싸움이나 한다는, 실추된 신뢰를 어떻게 회복하느냐, 그거예요. 이제 우리 국민들은 가짜 약이라도 의사가 주면 받아먹고 약효를 보이는 플라시보 효과 가지고는 안 된다 그거예요. 정말 실력 있는 의술이 필요한 시대라 그거예요. 그리고 의료사고에서 흔히 보이는 가재는 게 편의 편들기를 떠나 솔직히 자신의 실수를 인정할 수 있는 그런 양심 있는 의사들이 나와야 한다 이거예요. 양심이 흐린 의사들이 발붙일 수 없는 사회가 될 수 있게끔 감시의 눈이 필요한 때라 그거지요."

바로 이 대목에서 닥터 박이 결연히 자리를 박차고 일어났던 것이다.

그의 그러한 결연한 퇴장이 남은 단골들에게 용기를 주었다. 평소 자신들이 하고 싶었던 일을 그가 먼저 한 데 대한 경외심 같은 것으로 그들은 닥터 박에게 위로의 전화를 걸었던 것이다.

"정말 잘하셨어요. 그 친구, 그동안 너무 기고만장했다니까요."

"우리가 뭣 땜에 그 친구 눈치를 보고 살아야 하는 거요. 건

방진 놈 같으니라구!"

"그날 그렇게 나가신 뒤에 우리도 한마디씩 했어요. 당신, 상대의 입장도 있는 건데 그렇게 함부로 할 수 있는 거냐, 우리도 할 소릴 다 했다니까요."

"그랬더니 뭐랍디까?"

"뭐 뻔하지 않습니까. 닥터 박이 양심에 찔리는 게 있어서 그렇다고, ㅎㅎ, 킬킬거리는 겁니다."

"미친놈. 이제 함께 미치지 않을 거요. 그래서 거기 안 가기로 한 거예요."

"닥터 박, 그 결단 기념으로 우리 오늘 저녁 술 한잔합시다."

"좋아요."

그렇게 해서 그들은 가끔 페미니즘이 아닌 곳에서 만나 술을 마셨다. 그런 술자리가 더욱 의기투합하게 된 결정적인 것은 지방 신문에 닥터 박 얘기가 기사로 나가면서부터였다.

그 기사는 얼마 전 한정채가 단골들한테 내놓은 정보와 일치했다. 닥터 박이 돈을 받고 허위 진단서를 뗐다는 정보에 의해 관계기관에서 내사 중이라는 기사였다.

"좌우지간 무서운 친구야."

사람들은 그 기사 출처가 한정채라는 것을 단정짓고 혀를 내둘렀다. 한정채 자신도 자기가 내놓은 정보가 얼마나 정확한지 확인되지 않았느냐며, 언론에 그 일을 흘린 것을 굳이 부인하지 않았다.

'누가 정보를 주었는가, 그건 중요한 게 아니에요. 그 일이 사실인가 아닌가 그것이 문제예요.'

어떻든 그 일이 단골들을 결속시키는 일에 결정적인 역할을 했다. 언제고 자신도 저렇게 한정채한테 당할 수 있다는 위기의식이었을 것이다.
 "나도 페미니즘에 이제 안 가기로 했소."
 그들 중 가장 연장인 송암이 테너 장한테 전화를 걸어 그런 선언을 했다.
 "주유소 최한테도 전화가 왔는데 그 사람도 이제 거기 안 나간답디다."
 "잘됐소. 나도 더 이상 망가지긴 싫수다."
 "김영랑은 어쩐답니까?"
 "그 사람 그냥 둬요. 한 사람쯤 남아 있어야 정보도 얻을 게고."
 "김 교수 그 사람, 뭔가 좀 의심스럽지 않아? 그렇지 않고서야……"
 "한 사장이 우리 이간시킬려고 그렇게 넘겨짚은 거 같아요."
 "어떻든 김 교수는 그냥 둬두고 우리끼리 만납시다. 갑자기 다 빠져나오는 것도 좀 뭣하고 하니……"
 그러나 김영랑도 며칠 뒤 따로 자리를 마련한 이들의 모임에 합석했다.
 "사실은 한 사장님이 나를 여기 내보낸 겁니다."
 "스파이로군."
 "원래 켕기는 게 많은 사람들이 자기를 피한다는 겁니다. 사람은 겉과 속이 같아야 하는데 우린 모두 겉은 번드름한데 그 내용물이 형편없다는 거죠. 한 사장은 자기가 우리의 양심 같은 것으로 생각하고 있더라구요. 현대인들은 자기 중심적이고 기만

적이어서 그 자체가 남들한테 위해를 주는데도 그걸 모르고 지내는 양심 마비증세가 있다는 거예요. 자기는 그 마비를 풀어주는 각성제 같은 역할이다, 뭐 대충 그런 얘기였어요."

"험담 중독증을 그렇게 합리화하는 수도 있구먼. 김영랑, 이건 나, 테너 장이 한 말이요."

"착각에는 각이 없다고 하더구만서두…… 자기도취의 압권이구먼. 이건, 나 송암이 한 얘기여."

"교활 그 자체라니까요. 이건 나 주유소 최가 말한 거니, 잘 전하시오."

술자리에 뒤늦게 온 닥터 박이 끼어들었다.

"그 사람, 사이코 증세의 전형이에요. 내가 상대한 어떤 환자보다 심해요. 일종의 편집증인데, 남의 약점을 공개함으로써 자기의 능력이나 양심이 건재하다는 것을 은연중 드러내는 병이지요. 김 교수, 잘 전하시오. 내가 사이코라고 한 말 말이요."

"아니, 갑자기 왜들 이러십니까. 정말 나를 염탐꾼으로 만들려는 거예요? 그렇다면 나도 한마디 할 거니 한 사장님한테 일러보십시오. 나 그 양반 하나도 겁나지 않아요. 이유는 간단해요. 그 양반이 나를 관찰하고 내 약점을 잡아낼 만한 그런 자격이 못 된다 그겁니다."

"와아, 한정채가 들으면 기가 막힐 얘기구먼. 너는 우리를 비판하고 분석할 자격도 없는 놈이다, 그러니까 네가 말한 것은 진실이 아니라 개똥이다, 그거 아닌가. 이거 분명 김영랑 시인이 얘기한 거요."

"그래요. 이 김영랑이 시를 쓰면서 상상력이 없다고 평소 그 양반이 비아냥거리는 걸 내가 알고 있는데 오늘은 제가 상상력을 좀 발휘해볼까요. 한마디로 그 양반 평가는 악의적인 데서 출발한다는 데 문제가 있다 그겁니다. 그저 어떤 사람에 대해 알고 있는 걸 우연한 기회에 이야기를 할 때, '참 당신은 이런저런 점이 독특해요'라든가 '처음엔 안 그렇게 봤는데, 참 화통해요'라고 말하면, 대개는 그 당사자들은 자신의 약점을 말해도 별로 기분 나빠하지 않고 우스개로 넘기고, 자신의 모습을 잘 관찰해준 것에 대해 한편으로는 반갑기도 하겠지요. 그건 내게 참 관심이 많았구나, 그런 거지요. 그러나 이 양반의 경우에는 그게 아니지요. 이 양반은 기를 쓰고 상대의 약점을 잡기 위해 갖은 수단을 다 쓴다 그겁니다. 나도 처음엔 한정채 씨의 관찰이 무섭더라구요. 우선 그 양반은 나에 대한 관찰이 빠른 것을 자랑이라도 하듯이, 그러니까 '자 봐라, 내가 당신을 금방 알아버렸지, 어때 꼼짝 못하겠지? 뛰어봐야 벼룩이야' 하는 식으로 의기양양한다 그겁니다. 일개 술집 주인이 제 앞가림도 못하는 처지에 남을 평가하면서 그걸 대단한 진실인 양 말한다 그겁니다. 그러면서 색안경을 끼고, 남의 단점들을 시시콜콜 모조리 입력해놓는다는 겁니다. 그리고 자기가 온통 승리하고 있는 것처럼 느끼는 거지요."

"문제는 한 사장이 지금 이런 식으로 자신이 분석당하고 있다는 걸 알고 있다는 거여. 어쩌면 그걸 즐기고 있는지도 모르지. 자기가 내놓은 정보의 파장 진단이라고나 할까."

"어떻든 한 사장은 남들이 감추고 있는 부분을 기를 쓰고 들춰내는 일에 재미를 느끼고 있는 건 틀림없어요."

"재미있겠지. 항상 노출돼 있어 누구나 다 보이는 남들의 장점보다 숨기고 있는 약점에 접근할 수 있는 특별한 관계를 확보하고 있다는, 그 자부만 해도 괜찮을 거야."

한정채가 사는 방법에 대해 중언부언 늘어놓았다 보니 그들은 비로소 그를 이해할 것 같았다. 한정채는 처음부터 감추고 어쩌고 할 것도 없이 그대로 내걸린 자신의 약점을 이용해 사람들 곁에 쉽게 접근할 수 있었을 것이란 분석도 나왔다. 어쩌면 약점을 잡힌 사람들 스스로에게도 문제가 있었을 것이란 얘기도 나왔다. 온통 열등감투성이인 그에게 자신들이 감추고 있는 어느 한 부분쯤 슬쩍 드러내보이는 일을 마치 시혜 베풀듯 해왔지 않느냔 자책론이었다.

"그 말이 맞는 거 같구먼. 우리가 그 친구를 그렇게 만드는 데 결정적 역할을 했을 수도 있다는 얘기 아닌가."

송암의 말을 테너 장이 받았다.

"요즘 우리가 이런 데서 자주 만나는 것부터가 그래. 솔직히 불안해서 만나는 거 아니냐구. 우리 급소를 잘 알고 있는 그 친구한테 결정타를 맞을 것이 두려운 거야."

테너 장이 다시 말을 이었다.

"내 얘기의 요점은 그 급소를 누가 가르쳐줬느냐 하는 거지. 우리 자신이 아닌가, 그 얘기라니까. 내가 내 약점을 얘기해주고, 그게 찜찜해 다시 다른 사람 급소까지 알려준 게 바로 우리 자신이 아닌가 그 말이여."

김영랑이 끼어들었다.

"장 선생님 말씀은 이제 좀 더 허심탄회하게 우리 자신의 얘기를 하자는 것 아닙니까. 이왕 드러난 흉, 감출 게 뭐 있느냐, 현상을 인정해야 같은 우방으로서의 결속이 다져질 수 있다, 그런 말씀으로 들리는데요."

"바로 그거라니까. 우리 좀 더 허심탄회하게 우리 얘길 하자구. 우리가 지금 드러난 흉 다시 감추려고 만나는 거 아니잖아. 동병상련으로 만나는 거면 좀 더 솔직해지자 그거지 내 말은."

결자해지라고, 화제를 이상한 방향으로 끌고 간 테너 장이 시범을 보였다.

"우선 내 얘기부터 하면 이런 거야. 한 사장 말대로 나 성격이 좀 드러워서 사람들과 잘 못 사귄 관계로 대학 강사로 이십 년 넘었어. 뭘 만들어놓고는 후배한테 뺏기는 것도 다 내 덕이 부족하기 때문이라는 것두 다 안다구. 내가 몇 년 전 스캔들이 하나 있었던 것두 사실이구, 우리 마누라가 부동산 장사해서 먹고사는 것도 다 사실이라니까. 내가 무능하니까 어쩔 수 없는 거지 뭐."

"어이 장 선생, 중학교 때만 해두 음치였다는 게 사실이여?"

송암이 테너 장에게 술을 권하면서 물었다.

"음악 점수가 별로 안 좋았다고 한 얘기가 그렇게 와전된 거예요."

"음악선생이 네가 성악가가 되면 내 손가락에 장을 지지라고 했다는 얘긴 또 뭐야?"

"그건 사실이에요. 선생님이 볼 때 싹수가 있는데 노력을 안 하니까 그런 충격요법을 썼던 거겠지요."

"허허, 좌우지간 손가락을 지지는 대신 장 선생을 사위로 삼았다, 그것도 사실은 사실이겠구먼."

"술김에 우리 마누라 만난 인연을 좀 과장하다 보니 그렇게 된 거예요. 송암 선생, 나도 좀 물어봅시다."

테너 장이 단숨에 술잔을 비운 다음 송암에게 건넸다.

"허허, 벌써 내 차롄가. 그래, 한 사장이 나를 뭐라고 씹었는지 얘기들 해보시게."

잠시 긴장이 흘렀다. 젊은이들이 모여 앉아 진실게임인가 뭔가를 벌일 때의 그런 긴장이었다. 역시 테너 장이 먼저 입을 열었다.

"송암 선생이 병역기피자라고 하던데요."

"그 얘긴 당시 상황이 어떠했는가가 중요한 것이지만 결과적으론 그렇게 될 수밖에 없었으니 사실이라고 할 수밖에."

"정실 자식이 아니라고 하는 얘긴 또 뭡니까."

"우리 어머니가 큰어머니 돌아가신 뒤 후처로 들어갔으니까 그것도 맞는 얘기지."

"송암 선생님은 정말 여러 곳에 여자를 두셨습니까?"

"한창일 때 내 입으루다 그런 풍을 좀 떨었지."

"최 사장님네 아주머니한테 걸었다는 전화 얘긴 또 뭡니까."

"야, 그거 오해가 있었던 거야. 최 사장하구 나하고 가장 가까우니까 아주머니가 나한테 뭘 좀 물어본 걸 가지구설랑…… 그 얘기 최 사장하구두 다 끝낸 거니까 더 이상 얘기들 말아요."

"한 사장님은 송암 선생이 돈을 너무 밝힌다고 하던데, 그건 어떻게 생각하십니까."

"돈 안 좋아하는 사람 봤어? 그러나 나는 부당한 방법으로 돈을 탐한 적은 없어."

"송암 선생의 조각 작품 여러 개가 다른 사람이 만든 거라는 애긴 어떻게 된 겁니까?"

"작업을 도와준 놈들이 고의적으로 퍼뜨린 얘기야."

"송암 선생이 처제와 어떻고 어떻다는 한 사장 애긴 또 뭡니까?"

이 대목에서 송암은 느닷없이 소릴 내질렀다.

"야, 느덜 정말 이러기야?"

껄덕껄덕 단숨에 술잔을 비우는 송암의 손이 심하게 떨리고 있었다.

"어이, 김 교수!"

기류의 흐름이 심상찮다고 판단한 듯 닥터 박이 김영랑을 끌여들였다.

"한 사장 얘긴 당신 등단 작품이 표절을 한 거라구 하던데, 그건 도대체 어떻게 된 거야?"

"솔직히 오해받을 약간의 문제는 있었어요."

들었던 술잔을 다시 내려놓으며 김영랑이 말을 이었다.

"제목이 우선 비슷하고 소재도 비슷했기 때문인데, 문학작품을 만드는 데는 그런 일이 비일비재해요. 같은 발상, 같은 방법을 얼마든지 생각할 수 있다는 겁니다."

"얼마 전 김 교수가 그 시 원작자를 만나 사과를 했다는 얘기는 어떻게 된 거야?"

"만나 오해를 푼 것은 사실이지만 사과까진 안 했어요."

"그 친구 얘긴, 김 교수가 시인 되기 위해 돈 좀 썼다면서?"

"내 작품 실린 책을 산 걸 두고 그러는 거예요. 제기랄."

김영랑이 잔뜩 부은 얼굴로 술잔을 다시 들어올렸다. 닥터 박이 김영랑의 술잔에 자신의 잔을 부딪치며 말했다.
"이번엔 내가 자백을 하리다. 내가 그 친구를 사이코로 보는 것처럼 그 친구도 나를 사이코라고 하는 거 알고 있어요. 그리고 그 친구 얘기가 좀 과장되긴 했어도 우리 아버지가 의료사고를 일으켰던 얘길 내 입으로 그 친구한테 해준 것도 사실이구요."
"진단서 건은 어떻게 잘 처리된 거여?"
송암이 조금 전의 일을 사과하듯 닥터 박에게 술을 권했다.
"완전히 해결된 건데…… 기자 놈이 확인도 안 하고 쓴 거예요."
"그거 다 한 사장 농간이라구."
"생각하기도 싫어요."
이쯤에서 그들은 술잔을 부지런히 돌렸다. 기대했던 것과 달리 마음이 홀가분하지 않았던 것이다. 특히 주유소 최가 자기 앞에 놓인 술잔에 손도 대지 않는 것이 확인되면서 분위기는 더 가라앉았다. 테너 장이 주유소 최 앞으로 빈잔을 내밀면서 말했다.
"최 사장, 아니, 술 안 먹구 뭐하는 거야?"
"내 얘기가 듣고들 싶은가 본데…… 다들 알면서 왜 이래요. 나 실패한 인생이라는 거."
주유소 최는 더 이상 입을 열지 않았다. 그는 끝까지 자기 앞에 받아놓은 술잔 세 개를 비우지 않고 있었다. 다른 사람들도 덩달아 입을 다물었다. 실패한 인생을 자인하는 그 앞에 한정채가 말하는 의처증이라든가 부인과의 최근 관계를 확인하는 일 같은 것은 너무 잔인하다는 생각이었던 것이다.

자기 얘기하기가 나름의 성과를 보인 면도 없지 않았다. 우선 한정채의 말이 어느 정도 맞는 얘기라는 것을 시인하고 나자 그것이 그의 입을 통해 남들한테 알려지던 때의 그 치욕감으로부터 조금 비껴선 느낌이었다. 정말 별것 아닌 것을 가지고 그렇게 상처를 입었다는 것이 조금 우습기도 했던 것이다. 어쩌면 그들은 이미 내걸린 자신들의 치부를 자기 입을 통해 확인하는 일로 면죄부를 받은 느낌이기도 했다.

"그런데 참 이상하네요. 한정채가 우릴 좀 과장되게 씹긴 했어도 그게 모두 어느 정도 근거가 있다는 게 확인됐는데도 왜 그 친구를 용서할 수 없는 건지. 나만 그런가……"

닥터 박이 가라앉은 분위기를 의식한 듯 조금 과장된 목소리로 말했다. 김영란이 곧바로 그 말을 받았다.

"나도 원장님과 같은 생각이에요. 아까두 얘기했듯이 아무리 진실이라고 해도 그것이 악의적으로 입에 올려져 상처를 받은 사람으로서는 도저히 용서가 안 되는 거지요."

"용서는 뭔 놈의 용서! 우리가 이렇게 모이는 게 용서하기 위해서야? 말두 안 되는 소리."

"그 친구의 교활한 입을 망치로 으깨놔도 시원치 않은 심정입니다."

테너 장과 주유소 최가 앞다투어 한정채를 성토하고 나섰다. 그들은 다소 고양된 분위기를 이용해 다시 술잔을 돌렸다.

"당신들은 그 친구가 밉기나 한데 난 자꾸 무서워지니 그게 더 큰일이지."

이런 송암의 말에 테너 장이 맞장구를 쳤다.

"난 말이야, 한 사장을 생각함 나란 존재가 갑자기 초라해진 다니까."

"그래요. 우리가 오늘 다시 확인하게 된 건 한 사장이 우리의 영원한 적이라는 겁니다. 우린 지금 적들의 모임을 하고 있는 거지요."

"으흠, 적들의 모임이라. 그게 쥐들의 모임이란 말보다는 좋구먼."

그들의 전열은 그렇게 갖춰지고 있었다. 페미니즘에 발을 끊은 것만 해도 그들은 승리하고 있는 기분이었던 것이다. 물론 그들은 한정채가 그대로 당하고 있지 않을 것이라는 것을 어느 정도 각오하고 있었다. 그런 생각이 그들을 더욱 굳건히 결속시키고 있었는지도 모른다.

"우린 이제 동지예요. 하나가 돼 싸워야 합니다."

우선 그들은 페미니즘에 더 이상 얼굴을 내밀지 않는다는 약속들을 다시 다지는 일부터 시작했다. 약속을 어길 경우, 벌금 백만 원을 낸다는 언약의 건배도 했다.

그러나 그들의 팽팽한 전의와는 달리 평화는 두어 달 이상 계속되었다. 페미니즘에 갔던 다른 사람들을 통해서도 적의 동태는 쉽게 감지되지 않았다. 누군가 그 사람들이 요즘 여기 왜 안 보이느냐, 발 끊은 이유가 뭐냐는 좀 짓궂은 질문에도 그는 대범하게 대답하더란 것이다.

'영원한 단골은 없에요. 더 좋은 곳이 있으면 찾아가는 거예요. 보세요. 우리 집에는 여러분이 또 단골이 됐잖아요.'

한정채는 실제로 다섯 명 단골들이 앉던 메인 테이블에 좀 더 젊은 층의 술꾼들을 앉히기 시작했던 것이다. 그 나름으로 다섯 명의 반란에 대해 지혜롭게 대처하고 있었다고 볼 수 있었다. 음악도 좀 더 밝고 가벼운 것으로 바뀌었다는 얘기도 전해졌다.

손님도 그전보다 더 많으면 많았지 적지 않다는 정보도 있었다. 그가 공동대표로 있는 있는 맑은물지키기운동본부 회원들은 물론이고 이 도시의 장년층으로 구성된 조기축구회 회원들과 북한강낚시동우회 회원들만 해도 술집 운영은 끄떡없다고 그가 호언하더란 것이다.

카페 페미니즘을 떠난 그들이 애써 주워 모은 정보라는 것이 고작 이 정도였다.

어떻든 그들은 내색은 안 했지만 좀 허탈한 것은 사실이었다. 한정채가 칼을 빼들고 일어나 망나니처럼 빙글빙글 돌면서 누군가에게 결정타를 먹일 그런 순간을 각오하며 전의를 다지고 있는 그들에게 한정채의 반응은 너무 실망스러웠던 것이다.

"아니야, 이 친구 뭔가 꿍꿍이가 있는 게 분명해."

"그래요. 어쩌면 우리가 내분을 일으켜 스스로 무너지기를 기다리고 있는지도 몰라요."

적에게 이쪽의 허술한 틈새를 보이지 않기 위해서라도 자주 만나는 것이 좋다는 쪽으로 마음이 모아졌다. 그렇게 서로 얼굴을 마주한 채 술을 마시는 일로 적의 기습에 대한 불안감을 잠시나마 잊을 수 있었는지도 모른다.

그들은 결정타를 맞지 않기 위해 주변을 정리했다. 당분간이라도 한정채에게 약점을 잡힐 일을 하지 않는 게 좋다고 생각한 것이다. 그들은 술도 점잖게 마셨다. 되도록 남의 얘기를 하지 않기 위해 노력했다. 그들은 자신들의 실수담이나 약점을 먼저 얘기하고 남의 흉보다는 칭찬하는 말을 많이 했다. 이제 그들은 누가 보아도 모범적인 술꾼이었다.

한정채 도의원 출마.
어느 날 적들에게 전해진 한정채의 도의원 출마설은 그야말로 기습이었다. 더욱 충격적인 것은 그 소식을 카페 왕건의 집 주인 유지숙이 전했다는 사실이다.
"오늘 요번협 회의에서 한 사장님이 출마하겠다고 직접 얘기하던데요."
요번협은 대외적으로는 맑은물지키기운동본부란 이름으로 등록된 이 지역 요식업자들의 친목단체였다. 요식업번영협의회 회의에 참석한 사람 42명 중 절반이 이 지역 갑구에 적을 두고 있어 그들 모두가 한정채 추천인 명단에 사인까지 했다는 것이다.
"한 사장님은 일반인 자격으로 나가기 때문에 사백 명 정도의 추천인이 필요하다는 거예요."
"무소속으로 나간다는 건가?"
"그렇대요. 정당 여러 곳에서 교섭이 왔지만 한 사장님이 다 거절했다던데요."
유지숙은 내년 봄에 있을 도의원 선거에는 이 지역이 국회의원 선거구가 하나기 때문에 두 명의 도의원을 뽑는다는 것과 현재 출마 예상자가 다섯 명이란 것까지 상세히 전했다.

한정채의 적들은 서로 얼굴만 마주보았다.

"유 마담도 그 추천인 명단에 사인한 건가?"

테너 장이 신음하듯 그렇게 물었다.

"당연히 했지요. 이런 장사도 다 힘이 있어야 하거든요."

그들은 한동안 술 마시는 일도 잊은 채 망연자실 앉아 있었다. 잠시 방심하고 있는 사이에 적에게 요새를 점령당한 기분이기도 했던 것이다. 왕건의 집 주인이 물러간 뒤 테너 장이 말했다.

"말두 안 돼, 그 인간이 어떻게 도의원이 된다는 거야?"

"그래요. 거기가 아무리 개똥쇠똥 다 모이는 데라고는 하지만 그건 정말 웃기는 일이네요."

"나간다고 다 당선되는 건 아니겠지만 좌우지간 그 친구 기고만장한 꼴 볼만하겠구먼."

"자, 사이코의 낙선을 위해 우리 건배합시다!"

주유소 최가 느닷없이 그런 제안을 했다. 이 지역의 발전을 위해서도 한정채의 도의원 출마를 막아야 한다는 것이다.

"남의 약점이나 잡기 위해 혈안이 돼 있는 비열한 인간이 어떻게 도의원이 된다는 겁니까. 무슨 일이 있어도 막아야 해요."

"원래 우리나라 정치는 저질 개그 같은 거니까 어쩌면 그 친구가 딱 맞는지도 모르지."

"내 생각엔 그 친구가 술수를 쓰고 있는 것 같아요."

"뭔 술수?"

"밑져야 본전이니까 그냥 한번 풍선을 띄워보는 거다, 그겁니다. 자신이 가지고 있는 정보를 이용해 어느 정도 기반을 굳힌 다음 결정적인 순간에 어느 후보를 밀어주는 것으로 실리를 챙

기려는 술수일 수도 있다는 거지요."
 "그럴 수도 있겠지. 하지만 그 친구, 우리가 생각하는 것보다 무서운 데가 있어."
 "정치는 돈이 있어야 해요. 지난번 대광약품 김규성인 4억을 쓰고도 떨어졌는데 한정채가 그만한 돈이 어디 있다고 나간답니까. 도의원 나가는 거 장난이 아니라니까요."
 "그러니까 후원인이니 추천인이니 하는 거 아니냐 말이여."
 "정말 그런 사람들이 있을 거 같아요? 또 모르지요. 한정채는 적이 많으니까 그 적들이 모두 후원자로 둔갑을 한다면야 모르지만."
 "하긴 그러네. 그 친구와 가장 친했다고 하는 우리가 지금 적으로 돌아선 마당에 누가 그 친구를 후원하겠어."
 적들의 모임은 어느 결에 한정채 출마 저지 분위기로 바뀌어가고 있었다. 그들은 우선 한정채가 받아야 할 사백 명 선의 추천인에 그 누구도 사인하지 않는다는 약속부터 했다. 내놓고 출마 저지 운동을 벌일 수는 없다고 하더라도 한정채가 얼마나 비열한 인간인가만은 널리 알릴 필요가 있다는 데도 뜻을 모았다.

 "김 교수, 나 한정채예요. ㅎㅎ, 킬킬. 왜 그렇게 놀라는 거예요?"
 왕건의 집에서 적들의 모임이 어느 정도 전열을 갖춰가고 있을 즈음 김영랑은 한정채로부터 전화를 받았다. 김영랑이 당황하는 것과는 달리 그는 정말 아무 일도 없었다는 듯 자신이 손에 넣은 최신 정보를 신명나게 쏟아놓기 시작했다. 주로 새 단골들에 대한 정보로서, 송달수 변호사의 여직원 추행 스캔들이며 대형 약국을 차린 김문수의 이혼 이야기, 강일대학 유분수 총장의 선거 운동 때의 비리와 화가 이금천이 벌인 주사, 극단 까만하늘 대표 이준영이 자살한 내력 등을 장바닥 방물장수 물건 늘어놓듯 펼쳐놓았다.

대부분 처음 듣는 소문이었다. 그러나 김영랑은 언제 불똥이 자기에게 튈는지 몰라 전전긍긍할 수밖에 없었다.

"한 사장님, 주유소 최가 이혼 수속 중인 거 알고 계시죠?"

늘 그러했듯 정보는 같은 양으로 주고받아야 한다는 강박에서 김영랑은 자기도 모르게 적들의 동정을 귀띔하고 있었다.

"ㅎㅎ, 킬킬. 의처증 그거 무서운 거예요."

내친김, 김영랑은 또 한 사람의 적의 근황을 전한다.

"닥터 박도 요즘 와이프하고 좀 심각한 관계인 것 같아요."

그러나 한정채의 반응은 시큰둥이다.

"송암 선생 부인이 주식투자해서 손해 많이 본 건 모르고 계시지요?"

공연히 초조해진 김영랑은 자신도 모르게 다시 덧붙인다.

"자칫하다간 살고 있는 집까지 날아가게 생겼다던데요."

"김 교수, 그건 송암이 술 안 사려고 엄살떠는 거예요. ㅎㅎ, 킬킬. 그건 그렇고 김 교수, 그때 등단 작품 표절 사건, 그거 당신 학교 홈페이지에 올랐데요. 거기뿐이 아니에요. 엠유엔아이엔, 문인협회 홈페이지에도 떴에요."

김영랑은 말문이 막힌다.

"그때 교지에 작품 쓴 사람도 시인이 됐다면세요? 그 사람이 김 교수 등단한 잡지사 찾아가 당선 취소를 잡지에 공고하라고 했다던데, ㅎㅎ, 킬킬, 어떻게 잘될 것 같에요?"

"글쓰는 연놈들, 정말 환멸이에요. 남의 모함이나 하는 저질."

"ㅎㅎ, 킬킬. 호미로 막을 걸 가래로 막게 됐에요. 저번에 내가 준 정보, 김 교수가 무시한 그 댓가예요."

이쯤에서 김영랑은 육감으로 한정채의 꿍꿍이를 짚어낸다.

"한 사장님, 도의원 출마 공식 선언했다면서요?"

"ㅎㅎ, 킬킬. 선언이나 함 뭐해요. 내가 나가는 걸 막기 위해 결사적으로 나서는 놈들이 있는 이 마당에."

"누가 출마를 막는데요?"

"ㅎㅎ, 킬킬. 김 교수, 내가 누구요. 벌써 정보가 다 들어와 있에요."

한정채가 혼자 ㅎㅎ, 킬킬거리고 있는 동안 상대는 완전히 주눅이 들게 마련이다.

"김 교수, ㅎㅎ, 킬킬. 오늘 내가 전화한 건 정말 놀라운 정보가 있어서예요."

그는 잠깐 뜸을 들인 뒤 목소리 톤을 한껏 높였다.

"이건 정말 짱이에요. 열다섯 살 된 여학생 수첩 하나가 지금 지검 소년부에 입수돼 있에요. 그 여학생이 자기와 원조교제를 한 이 도시의 남자 서른네 명의 이름을 거기 적어놓았다 그거예요. 검찰은 거기 적혀 있는 휴대전화 번호를 추적해 그 신분을 확인할 거라는 거예요. ㅎㅎ, 킬킬. 혐의가 확인될 경우 전원 구속 수사를 한다는데, ㅎㅎ, 킬킬, 거기 왕건 어르신네들, 그 수첩 명단에 안 들어있나 모르겠에요. ㅎㅎ, 킬킬."

한정채는 하나도 변하지 않고 있었던 것이다. 그가 배신자들을 응징하기 위해 칼을 갈고 있다는 것을 김영랑을 통해 확인하는 순간 한정채의 적들은 서로 얼굴만 멀뚱히 쳐다봤다.

양동작전이었다. 그즈음 한정채의 적들 다섯 명 부인이 빠른 등기 한 통씩을 받았던 것이다. 그 등기물 내용은 한정채가 직접 쓴 편지와 삼십만 원짜리 상품권이 각기 한 장씩이었다.

"참 교활한 친구라니까."
송암이 혀를 내두르며 말했다.
"우리 마누라가 이러데. 당신이 페미니즘에서 술을 얼마나 많이 마셨으면 그 집 사장이 상품권을 다 보내왔겠느냐고. 그러면서 별로 나쁜 기색은 아니더라니까. 맑은물지키기 운동에 참여해달랬다며 한 사장을 대단한 사회운동가처럼 생각하더라니까."
"우리 집사람도 편지 내용이 뭔지는 얘기 안 하고 냅다 그 친구 칭찬을 하데요. 미국 가 공부하고 있는 우리 딸 칭찬을 많이 한 모양이야."
테너 장에 이어 닥터 박도 말했다.
"그럼 우리 마누라도 그 편지 때문인가, 요즘 기세가 대단해요. 집에 피아노를 옮겨다 놓겠다고 선언하더라니까요. 이거 아무래도 뭔가 이상하잖아요?"
주유소 최가 다소 상기된 얼굴로 껴들었다.
"그러고 보니 우리 와이프도 그 편질 받은 게 분명하네요. 와이프가 어제저녁 주유소 내 숙소에 와 그동안 쌓인 빨랫감을 전부 가지고 갔더라구요."

주유소 최는 최근 부인과 별거하는 상태로 주로 자신이 나가는 주유소에 묵고 있었던 것이다. 최는 다소 겸연쩍은 얼굴로 뜻밖의 사실 하나를 실토했다.

"와이프가 이혼 문제를 좀 더 두고 생각해보자데요."

"허허. 그거 좋은 소식이구먼."

뭔가 주저거리고 있던 김영랑이 주머니에서 편지 하나를 꺼내놓았다.

"우리 집사람이 한 사장님한테서 받은 편지예요."

―저는 이 시대 죽은 서정시의 부활이 김영랑 시인을 통해 이뤄진다는 확신을 가지고 있습니다. 저는 원래 본인 앞에서는 칭찬을 못합니다. 이상하게도 남의 흉을 보면 신명이 나다가도 칭찬을 하려면 몸에 두드러기가 돋는 증세가 있습니다. 그러나 남의 약점이 잘 보이는 것만큼 좋은 면도 잘 보이는 것은 사실입니다. 특히 어떤 사람에 대한 가능성 짚어내기에서는 아마 저만한 사람도 드물 것입니다. 김 박사의 시가 요즘 들어 놀랍게 달라지고 있다는 주위 사람들의 의견을 부인한테 전하는 즐거움만은 놓치고 싶지 않았습니다.

편지의 끝부분은 김영랑이 자기 업소의 변함없는 단골이자 부족한 자신의 후원자라고 적고 있었다.

"도대체 이렇게까지 하는 이유가 뭐여?"

"자, 투항을 하는 게 어때, 이거 아닐까요?"

"투항을?"

"일격을 가하기 전에 우리한테 기회를 준다, 뭐 그런 거겠지요."

"난 오히려 그 반대루 생각하구 싶구먼. 그 친구가 백기를 들었다 그거지."

"나두 그런 거 같구먼. 우리가 자기한테 다시 돌아올 명분을 주고 있는 게야."

"명분이 아니라 미끼예요."

"낚싯밥만 따 먹는 고기도 많더구먼."

"송암 선생은 페미니즘에 다시 가고 싶으신가 본데……"

"내 돈 내고 술 먹는데 못 갈 거도 없지."

"벌금 백만 원만 내시면 됩니다."

"가면 다 같이 가야지, 어디 나 혼자 가겠다는 건가."

"우리가 다시 페미니즘에 가야 할 이유를 열 가지쯤 만들어 보시라우."

"그렇담, 가선 안 될 이유도 열 가지를 만들어야 할 게야."

부인들이 한정채의 편지를 받은 일이 화제에 오르면서 술자리의 분위기는 다른 때보다 한결 화기애애했다.

"우리가 페미에 가선 안 되는 이유 열 가지를 하나로 묶으면 한정채가 우리의 적이기 때문이다, 그거지요."

"호랑이를 잡으려면 호랑이 굴에 들어가란 말도 있어야."

송암의 그 말을 테너 장이 받았다.

"솔직히 나두 그 굴속이 그립기는 하다구요. 살쾡이 한 마리가 무서워 이렇게 작당을 한 우리가 좀 우습기도 하구……"

"그러고 보니 우리가 너무한 거 아닌가 모르겠네요."

"그렇다니까. 괜히 침소봉대해가지고설랑……"

"아니, 왜들 이렇게 허물어지는 거유?"

뒤늦게 주유소 최가 전열을 갖출 양으로 나섰지만 대세는 이미 기운 뒤였다.

"그 친구 원래 근본이 나쁜 사람은 아니여."

"자기 얘기할 게 쥐뿔두 없다 보니 남의 얘길 할 수밖에."

"많이 외로운 사람이에요."

"우리 그 친구 용서합시다. 젠장, 불우이웃 돕기도 하는데……"

"살쾡인지 고양인지, 좌우지간 그 친구한테 씹히는 것두 때론 약이 되더라구."

"하긴 어항 속에 장어를 넣으면 다른 고기들이 더 싱싱하게 오래 산다는 말두 있긴 하데요."

쥐들의 모임이 삐거덕거리기 시작했다. 다시 페미니즘의 단골로 돌아가자는 온건파와 결코 그럴 수 없다는 강경파로 나뉘어 티격태격했다. 송암과 테너 장, 그리고 김영랑은 강력하게 다시 돌아가자는 쪽이었고 닥터 박과 주유소 최는 아무리 돌아갈 명분이 주어진대도 페미니즘과는 영원히 담을 쌓겠다고 버텼다.

"바로 그 허를 찌르는 겁니다. 박 원장님과 최 사장님이 거기 다시는 돌아오지 않을 것이란 한 사장님의 생각을 한 방 먹이자 그거예요. 그러면 그 양반 꽤 감동할걸요."

김영랑은 집요하게 두 사람을 설득하고 있었다. 다시 단골로 돌아가지는 않더라도 불쑥 얼굴을 내밀어 우리가 이처럼 건재하다는 것을 보여주자는 것이다.

"이긴 자로서 당당하게 가는 겁니다."

"좋아. 못 갈 거두 없지."

닥터 박이 다소 비장한 얼굴로 김영랑의 제의를 받아들였다.

그리하여 그들은 꼬리를 당당하게 뻗쳐들고 카페 페미니즘에 다시 입성했던 것이다. 그러나 주유소 최는 다른 일이 있다는 핑계로 페미니즘 문턱에서 이탈했다.

위하여! 그들은 페미니즘에 쳐들어가기 전 소주 몇 잔으로 호기롭게 전열을 갖췄다.

그러나 그들이 페미니즘에 우르르 들어서고 있었지만 그들을 반기는 사람은 아무도 없었다. 카운터의 미스 김도 이미 다른 아가씨로 바뀌어 그들을 알아보지 못했다. 두어 군데 술좌석에서 그들을 알아보고 손짓을 해왔을 뿐 그들을 반기는 분위기는 결코 아니었다.

다행이 그들이 늘 차지하고 앉던 메인 테이블은 비어 있었다. 역시 그러면 그렇지. 그들은 늘 그렇게 했듯 메인 테이블에 둘러앉기 시작했다.

"거기 예약석인데요!"

맥주를 나르던 아르바이트 학생이 달려왔다. 그리고 보니 테이블 위에 예약석이란 삼각형 알림대가 놓여 있었다.

"이 사람아, 이거 우리 자리야."

테너 장이 크게 소리쳤다. 다른 자리에 가 있던 한정채가 이쪽으로 다가오고 있는 것이 보였기 때문이다. 그러나 한정채는 어느 정도 거리를 둔 지점에서 말했다.
"어이, 박군, 그 손님들 저쪽 빈자리로 안내해드레요. 거기는 예약석이잖아."
이쯤에서 그들은 상황 파악을 했다. 꼬리를 밑으로 감추며 쭈뼛쭈뼛 일어날 수밖에 없었다.
그들이 다른 자리를 잡고 앉아 마른안주와 생맥 네 개를 주문할 때까지도 한정채는 그들에게 오지 않았다. 그들이 좀 황당한 얼굴로 맥주잔을 들어올릴 즈음 한 떼거리의 손님들이 들어섰다.
한정채는 새로 들어선 손님들을 예약석에 앉히기 위해 우정 의자까지 일일이 뒤로 당겨놓는 등 매우 부지런히 움직였다. 페미니즘의 새 단골들임이 분명해 보였다.
최근 부장판사 자리를 떠나 이 도시로 내려와 개업한 조상태 변호사, 지난해 건축대상을 받은 유재근, 지방신문 논설위원 양부군, 요즘 칼날 같은 칼럼니스트로 이름을 날리고 있는 송베드로 신부, 송진과 진흙을 배합해 염료로 쓰고 있는 박형진 화백, 연극협회 이재신 지부장 등이었다.
한정채는 역시 거품이 넘치는 자기 생맥주 잔을 들고 그들 자리에 합석해 뭔가 열심히 떠들고 있었다. 한정채를 바라보는 새 단골들의 표정으로 보아 그들은 이제 한창 정보의 장미밭을 산책하고 있는 것이 분명했다.
"저 친구 우리한테 이럴 수가 있는 거야."
자신들의 자리를 새 단골들에게 내준 채 한쪽 구석에 밀려나

술을 마시고 있다는 사실이 도저히 용납되지 않는다는 듯 송암이 입을 열었다.

"허허, 우리가 뭔가 잘못 생각한 거 아니야?"

"그렇지 않아요. 자신의 패배를 저런 식으로나마 자인하는 한 사장님의 마지막 자존심을 우리가 이해해야 합니다."

지역 문인들이 모여앉은 술자리에 다녀온 김영랑이 기압골이 꽤나 험한 그 자리의 분위기를 의식한 듯 다시 말했다.

"우린 이긴 자로서 여기 왔다는 걸 잊어선 안 된다는 겁니다."

"하긴 김 교수 말이 맞아. 우리가 술 마시러 왔지 술집 주인을 만나러 온 건 아니잖아. 저 친구를 우리가 너무 의식하는 데 문제가 있다니까. 자, 우리 즐겁게 술 마시자구."

그러나 술자리는 끝까지 즐겁지 못했다. 그들이 술값을 계산하고 나올 때도 한정채는 메인 테이블에서 손만 높이 쳐들어 보였을 뿐 그전처럼 그들을 배웅하지 않았다.

적들의 모임이 결정적으로 와해된 것은 그 부인들에 의해서였다.

그동안 다른 곳에 처박아뒀던 피아노를 집으로 옮겨 조율까지 끝낸 뒤 닥터 박의 부인이 남편과 마주 앉았다.

"당신 맑은물지키기 운동본부에서 벌이는 물값안내기 운동에 서명했어요?"

"그런 게 다 있었어?"

"페미니즘 단골이면서 그런 것도 몰라요? 페미니즘 사장님이 그 일을 주도하고 있는데."

"그 친구 우리한텐 그런 얘기 잘 안 해."
"얘기할 대상이 안 돼서 그런 거예요."
"사실 지금 나는 거기 단골도 아니고……"
"그 얘기 잘 했어요. 김영랑 교수 부인이 그러는데 다섯 사람이 똘똘 뭉쳐 페미니즘 사장님을 상대로 싸움을 벌이고 있다던데, 도대체 왜들 그렇게 유치해요?"
"싸움은 뭔 싸움. 그냥 거기 안 나갈 뿐이지."
"김 교수 부인이 그러데요. 마치 조국을 지키기 위해 싸우는 것처럼 결사적이라고. 뭘 위해 그렇게 싸우는 거예요?"
송암의 부인도 남편을 비아냥거렸다.
"다섯 사람이 맨날 머릴 맞대고 한 사장 매장시킬 일만 의논한다면서요? 그 사람이 그렇게 무서워요?"
테너 장도 부인의 말에 오금이 저렸다.
"도대체 뭔 죄들을 그렇게 많이 졌길래 페미니즘 사장을 그렇게 피하는 거유?"
김영랑의 부인은 단도직입으로 남편이 그 쥐들의 모임에서 빠져나올 것을 종용했다.
"당신 시인으로 성공하는 게 꿈이랬잖아요. 페미니즘 사장님을 이용하는 거예요. 나한테 보낸 편지, 그거 당신이 자기 편이 되면 그렇게 유명하게 만들어주겠다는 뜻이에요. 당신이 자기한테 그만큼 필요한 존재라는 뜻두 되는 거구요."

닥터 박은 어느 날 병원으로 찾아온 시경정보과 김 형사의 방문을 받았다. 그냥 지나가는 길에 인사차 들렀다고 했다.

"페미니즘 형님이 원장님 얘길 많이 하셨거든요."

커피 한 잔을 다 마시는 동안 김 형사는 병원 일이 힘들지 않느냐는 등 그냥 의례적인 얘기 몇 마디가 고작이었다. 그러나 떠나면서 남긴 말 한마디의 여운이 만만찮았다.

"원장님, 요즘 별일 없으시죠?"

송암은 골프장에서 김 형사를 만났다. 일이 있어 왔는데 문득 송암 자동차가 눈에 띄더란 것이다.

"개 눈엔 뭐만 보인다고. 직업상 수배 중인 차 넘버를 보게 되거든요. 그래서 전 친구들한테 차 아무 데나 끌고 다니는 거 아니라고 조심을 시키죠."

테너 장의 경우도 김 형사한테 비슷한 경고를 받았다. 카페 왕건의 집까지 찾아온 김 형사는 이미 전작이 있는 듯 ㅎㅎ, 낄낄 한정채 식의 웃음부터 웃었다.

"장 선생님 차 구형 그랜저 맞지요? ㅎㅎ, 낄낄. 양수리 러브호텔 쪽에서 선생님 차 봤는데 멀리서도 금방 알아보겠던데요. 조심하셔야 되겠어요."

주유소 최도 김 형사의 방문을 받았다. 김 형사는 몇 년 전 불량 휘발유 공급 루트를 찾기 위해 며칠간 잠복 근무하던 얘기를 장황하게 늘어놓곤 돌아갔다. 김 형사가 돌아간 뒤 주유소 직원이 말했다.

"저 사람 사장님 안 계실 때도 몇 번 왔었는걸요. 그런데 형사라는 걸 오늘 첨 알았어요."

김영랑은 사회대학 교수 휴게실에서 바둑을 두다가 김 형사를 만났다.

"히야, 행정학과 박사님이 문학가시라, 한정채 형님이 그러는데 그거 대단한 거라면서요? 어떻든 소설 지으시려면 머리두 좋으셔야 하겠지요?"

"난 소설가가 아니라 시인이에요."

"아, 시인이시면 유행가 가사 같은 거 쓰시는 거 아녜요?"

"그런 것도 쓰긴 하지만 시는……"

"ㅎㅎ, 킬킬. 시 얘기하니까 생각나네요. 내가 젊어서 연애할 때 애인한테 시 하나를 써 보냈거든요. 별처럼 아름다운 사랑이여 꽃처럼 행복했던 사랑이여…… 어쩌구저쩌구 써 보냈는데 그게 나중에 유행가 가사라는 게 들통났지 뭡니까. 남의 글을 제 것처럼 베껴먹으면 그게 바로 도둑놈이라나, 그걸로 결국 땡, 종 치고 말았다니까요."

연구실까지 따라와 차를 얻어 마신 뒤 김 형사가 한 말이다.

"김 박사님이 한정채 형님한테 행정대학원인가 뭔가에 들어오라고 하셨다면서요. 논문 같은 건 박사님이 다 책임져준댔다면서 되게 재데요."

며칠 후 김영랑은 한정채와 점심을 같이했다. 물론 김영랑이 주선한 자리였다.

"한 사장님, 도의원 출마에 필요한 추천인은 몇이나 확보하신 겁니까?"

"그게 몇이면 뭔 소용이에요. 김 박사 같은 사람이 날 우습게 알고 있는데. ㅎㅎ, 킬킬. 한정채의 적들이 얼마나 많은지 내가 다 알고 있에요."

"적들이라니요. 그런 사람이 있다면 그건 한 사장님을 그만큼 의식하고 있다는 증거일 겁니다. 일종의 관심이죠."

"김 교수, 난 사실 적이 많에요. 나를 겁내는 사람들이지요. 그런데 이상한 건 그 사람들이 결정적인 순간에 내 편이 돼주더라 그거예요. 김 교수가 지금 나를 찾아온 것도 바로 그런 거라고 생각하는데, ㅎㅎ, 킬킬, 안 그래요?"

"어디 나뿐인가요. 우리가 모두 다시 페미니즘 단골로 돌아온 것만 해도 그렇잖아요."

"ㅎㅎ, 킬킬. 그런데 그날 술 먹으러 온 사람들 표정이 왜 그레요? 꼭 벌레 씹은 얼굴들을 해가지고……"

"한 사장님, 낄낄. 그날 너무하셨어요."

"배신은 믿었기 때문에 당하는 거예요. 믿지 않았으면 배신당할 이유도 없에요."

"이제 더 이상 믿지 않는단 얘깁니까?"

"믿고 안 믿고 그런 차원이 아니라, 관심을 아예 꺼버렸다 그거예요."

"그렇게 관심이 없으면서 집집이 편지를 보내신 건 또 뭡니까?"

"김 교수, 지금 내가 필요한 건 표예요, 표."

"우리보다 여자들을 더 믿는다는 얘긴가요?"

"일당백이란 말 있잖에요. ㅎㅎ, 킬킬. 실제로 기대 이상의 효과가 있었에요. 부인들이 앞장서니까 맑은물지키기 운동 열성 지지자들이 몇 배로 늘었에요. 김 교수 놀라지 말에요. 당신들 부인들이 모두 내 정보원이 됐다 그거예요. ㅎㅎ, 킬킬, 정부가 아니고, 정보원 말이에요. 참 신기했어요. 난 당신들 부인한테 당신 남편이 이렇게 훌륭한 사람이다— 그런 말만 했는데 눈치들이 빨랐어요. 부인들이 자진해서 나한테 정보를 주기 시작하는 거예요. ㅎㅎ, 킬킬. 그러나 너무 걱정들은 말아요. 난 이제 당신들 상대로 게임 같은 건 안 해요. 또 모르겠어요, 당신 부인들이 내가 놀라 자빠질 정도의 정보라도 내놓는다면 나도 어차피 그것에 상응한 것을 내놓아야 할 테니까 말이에요. ㅎㅎ, 킬킬."

뒷마무리 이야기

한정채를 적으로,

적들의 모임을 자주 갖던 다섯 사람은 더 이상 카페 페미니즘의 단골로 돌아오지 못했다. 물론 꽤 여러 번 페미니즘에 들르곤 했지만 돌아오는 발길은 번번이 개똥 밟은 기분이었다. 한정채가 노골적으로 그들을 냉대했던 것이다. 다섯 사람이 함께 가든 혼자 가든 한정채의 괄시는 여전했다. 여봐란듯 손님 한 패를 몰고 들어서도 그의 반응은 시큰둥이었다.

그런대로 페미니즘에 꽤 오래까지 발을 끊지 않은 사람은 김영랑이었다. 그날도 김영랑은 한정채의 환심을 사기 위해 너스레를 떨고 있었다. 송암과 테너 장이 원조교제 혐의로 걸려들었다가 구속 직전에 천신만고로 풀려난 얘기였다. 이미 남들 입에 씹힐 때로 씹혀 빛이 바랜 정보였지만 그 사실을 한정채한테 확인받는 수준이었다.

"낄낄. 두 양반이 모두 그 여학생을 만난 건 사실이라고 원조교제 혐의 일부를 인정했다면서요? 그러나 미성년자라는 걸 전혀 알지 못했다. 그리고 옷을 벗긴 했어두 그건 안 했다. 그렇게 끝까지 버텼기 때문에 살아날 수 있었다 그거 아닙니까. 낄낄. 송암 선생은 결코 삽입하지 않았다고 했고 장 선생도 옷은 벗었는데 삽입을 못했다. 그랬다면서요. 다행이 그 여학생도 자기가 나이를 속였다. 게다가 그걸 하지 못했기 때문에 돈도 받지 않았다고 해 정황이 두 사람한테 유리하게 됐다면서요?"

김영랑 교수는 흘깃 한정채의 눈치를 살피면서 말을 이었다.

"낄낄. 명색이 행정학 교수가 성행위의 법적 유권해석이 어디까지나 삽입 여부에 달려 있다는 걸 처음 알았다 그거 아닙니까."

그때까지도 한정채는 무표정이었다.

"한 사장님, 삽입을 안 한 거와 못 한 거는 아무래도 그 유권해석이 분명히 달라야 되지 않을까요? 낄낄."

비로소 한정채가 입을 열었다.

"김 교수, 그런 얘기 김 교수한테 전혀 안 어울례요. 더구나 시인이 그렇게 남의 험담이나 해서야 어디 되겠에요?"

그러나 김영랑은 그 면구스러운 순간을 임기응변으로 얼버무렸다.

"참, 나, 수필로 다시 등단하기로 했어요. '애처가'란 작품으로 초회 추천을 받기로 했는데 그 잡지가 곧 나올 거예요. 시도 좋긴 한데 하고 싶은 얘길 제대로 못한다는 한계가 너무 느껴

져서요. 또 진정한 문인은 장르를 초월해 넘나드는 넓이가 필요하거든요."

그러자 지금까지 근엄하던 한정채의 얼굴에 예의 그 야글거리는 웃음이 떠올랐다.

"이번에도 완료 추천까지 받으려면 돈 많이 들겠에요. ㅎㅎ, 킬킬. 저번에 김 교수가 여기 데리고 왔던 그 거간꾼 통해 수필 등단한 사람들 돈 얼마 썼는지 내가 다 알고 있에요. ㅎㅎ, 킬킬."

얼마 뒤 김영랑 교수마저 페미니즘 출입을 시나브로 끊어버리자 한정채의 적들은 완전히 전의를 잃고 뿔뿔이 흩어져버렸다. 물론 그전처럼 페미니즘이 아닌 다른 장소에서 가끔씩 얼굴을 맞대곤 했지만 한번 움츠러든 꼬리는 더 이상 일어서지 않았다.

원조교제 사건으로 완전히 의기소침해진 송암과 테너 장은 근신 중이었고, 주유소 최는 부인과의 이혼 문턱에서 돌아오긴 했어도 아직 부인과 별거 상태라 나름대로 자중하고 있었다.

닥터 박은 또 한 번 지방신문에 이름이 올랐다. 병원의 간호조무사가 환자를 다루는 과정에 갈비뼈 세 대를 부러뜨려 그 가족이 병원을 상대로 소송을 냈기 때문이다.

적들의 모임이 이처럼 와해된 속사정과는 아랑곳없이 이 도시 사람들은 그들을 부도덕한 배신자로 낙인찍었다. 그들은 이 시간도 어느 비밀 아지트에 모여 쥐새끼 같은 눈들을 반들거리며 한 사회운동가의 의로운 길을 가로막기 위한 모략을 짜고 있다는, 그 몰염치한 속물들에 대한 성토의 목소리가 높아지고 있었던 것이다. 특히 웹사이트의 게시판에는 한정채 선생을 적으로 작당한 다섯 사람들을 비방하는 네티즌들의 험악한 욕설이 난무했다.

맑은물지키기 운동본부 공동대표이며 음주문화바로세우기시민실천연합 최고위원, 내고장문화사랑 수석부위원장, 지역사회비리고발센터 소장이신, 우리 지역의 탁월한 사회운동가 한정채 선생을 도의회로!

한정채의 도의원 출마에 필요한 추천인 사백 명 모두의 이름은 곧바로 한정채후원회 발기인 명단으로 바뀌었다. 후원회 발기인들 중 한정채와 함께 강일대학 행정대학원 및 경영대학원에 적을 둔 이 지역의 저명 인사들은 별도로 '한정채와 함께 즐겁게 술 먹는 무리들'의 뜻을 다잡은 '한주당'이란 이름의 친목 모임을 만들었다.

한정채후원회 및 한주당 발기인 명단에는 김영랑을 비롯한 대학교수들도 적잖이 끼어 있었다. 자칭 적들의 모임을 만들어 자주 얼굴을 마주하던 송암·테너 장·닥터 박·주유소 최 등도 한정채후원회 및 한주당 발기에 주축을 이뤘다. 그들 다섯 명은 별도로 꽤 큰 금액의 후원금까지 마련해 전달한 것으로 알려졌다.

○ 2001년 『문예중앙』 봄호

너브내 아라리

쏘가리 최씨가 목매달아 죽은 장항리 너브내 강 언덕 그 폐가를 찾아오는 데 무려 삼 년이 걸렸다. 춘천에서 30여 킬로미터, 아무리 비포장 도로의 오지라 해도 승용차로 한 시간이면 충분한 거리를 이제야 찾아온 것이다. 물론 그동안 두 번인가 낚시도구를 챙겨들고 나섰지만 공교롭게도 두 번 모두 도중에서 되돌아올 수밖에 없는 일이 생겼다. 한 번은 장항리로 통하는 굴지리 마을의 새마을도로 포장공사로 길이 막혔고 그다음 해에는 마을 입구 군부대 유격훈련장에서 민간인 출입을 통제했기 때문이다.

장항리, 그 지형이 노루의 목처럼 생겼다 하여 노루목 또는 장항(獐項)이라 부르는 이곳은 길게 누운 홍천 땅 한 개 읍 아홉 면을 하나도 빼놓지 않고 굽이굽이 적셔 흐르다가 경기도 청평댐에서 북한강과 합류하는 장장 150킬로미터나 되는 홍천강의 하류로서 금학산 기슭을 휘도는 그 강안이 유난히 빼어난 오지 마을이다.

3년 전, 예순아홉 살 나이의 촌로가 그 장항리 자기 집 뒤꼍에서 목을 매 죽었다. 텃밭 언저리에 놓은 쥐불이 산불로 번지자 지레 겁을 먹고 목을 맸다는 것이다. 문제는 산불 이야기를 다룬 지방 신문의 이단 기사 끝에 두어 줄로 간단히 다뤄진 그 촌로의 죽음이 내 속 깊이 들어왔다는 데 있다. 사람은 죽으면서 그 영혼이 다른 사람의 속으로 들어간다는 무속적인 믿음으로나 가능한 일이 내게 일어난 것이다.

그 촌로의 죽음이 그때 나를 구원하고 있었다는 표현이 맞는지 모른다. 구원까지는 아니라고 하더라도 그것은 내가 도망쳐 숨을 수 있는 유일한 도피처였음이 분명하다. 혼자 있을 때는 물론 여러 사람 속에서도 마음이 불안정할 때 나는 항상 내 속에 들어온 그 죽음과 이야기를 나눴다.

쥐불 때문에 목숨을 버리다니, 이 세상에 사람 목숨과 맞바꿀 수 있는 그런 죄는 흔치 않은 법이오.

고의성이 전혀 없었던 그 산불로 해서 죽음까지 간 그의 처사를 그 어떤 말로도 합리화해서는 안 된다는 생각이었다. 그러나 4년 전 내가 그를 만났을 때 그러했듯 그 촌로는 한결같이 묵묵부답이다.

비겁한, 겁쟁이 늙은이 같으니라구. 그렇게 당신 혼자 죽어버린다고 문제가 다 해결되는 겁니까. 그것이 비록 결백을 주장하기 위한 것이라 해도 자살은 산 사람들에게는 죽은 이의 유죄를 증명하는 가장 확실한 단서가 된다는 거요.

나는 그런 경우의 죽음을 몇 개 알고 있었다. 공무원 생활로 뼈가 굵은 중견 공무원 한 사람이 부실 공사로 입건된 한 건설

회사의 물귀신 작전에 말려들어 구속되었다. 그 업무를 맡았던 담당자 역시 자신이 받은 뇌물을 관례대로 윗사람에게 상납했다고 말했다. 그러나 그 중견 공무원은 조사 과정에서 자신은 그 돈을 단 한 푼도 받은 것이 없다고 거세게 주장했다. 그러나 이미 신문은 아직 기소도 되지 않은 피의자 신분의 그 중견 공무원을 부실 공사가 되지 않을 수 없었던 비리의 주범쯤으로 재판 판결문보다 더 명료한 기사를 엮어냈다. 그 공무원이나 가족들에 그 기사는 사형 선고나 다르지 않았다. 사람들은 그 첫번째 기사만 기억할 뿐이다. 신문은 조사를 받는 과정이나 재판 과정을 약간 다루긴 하지만 그 공무원의 결백 주장에 대해서는 언급하지 않는다. 설사 그것이 다뤄졌다고 하더라도 그 기사는 이미 다른 큰 사건 기사에 가려져 사람들의 눈에 띄지 않는다. 그 공무원은 일심에서 그 부하 직원과 함께 유죄 판결을 받았다. 그리고 가석방되어 나온지 닷새만에 음독자살을 했다. 물론 16절지 열 장에 해당하는 글을 통해 자신의 결백을 주장하는 유서를 남겼다. 그러나 그 유서는 가족 등 극히 제한된 사람만이 읽을 수 있었을 것이다. 그 유서를 읽은 사람들마저 그의 죽음에 대해 입을 다물었다. 오히려 그 항변의 죽음으로 해서 그의 유죄는 더 분명해졌을 뿐이다. 또한 죽은 사람으로 해서 그 가정이 완전히 파괴된 그 비극적인 이야기는 신문에 단 한 줄도 나지 않았다.

결백을 주장하기 위해 죽은 또 한 사람은 어느 면사무소 직원이었다. 지방세 비리 척결을 위한 내무부 특별감사반으로부터 취득세 징수대장 정리 불실에 대한 추궁을 받던 중 잠적한 그 말단 공무원은 실종된 지 며칠 만에 어느 외진 산골짜기 높이 2.5미터 되는 소나무에 목을 맨 모습으로 발견됐다. 그 역시 매우 긴 유서를 남겼다. 그 유서에서 그는 자신이 세금 비리와는 전혀 무관하다는 것을 강조한 뒤 다만 지방세 징수율을 높이기 위해 납세자 몇 명의 납세일자를 자의로 조정했다는 사실만은 시인하고 있었다. 납세일자 조정 사실은 우체국 납세통지서와 대조해보면 진실이 밝혀질 것이라는 것이 그 말단 공무원의 주장이었다. 그 말단 공무원과 함께 근무하던 사람들은 그가 워낙 소심한 성격이라 그 높은 데서 행차한 감사반의 추궁에 심리적 압박감을 받아 죽은 것 같다고 동정론을 폈다. 그가 죽은 지 얼마 뒤 내무부 감사팀도 납세일자 조정은 확인됐지만 그 공무원에게서 세금 비리 사실은 발견되지 않았다는 것을 밝혔다. 그러나 그 혐의가 벗겨졌다고 해서 그 말단 공무원의 명예가 온전히 살아날 수는 없을 것이다. 아아, 취득세 비리 때문에 죽은 그 사람 말이지. 이처럼, 어쩌다 그 말단 공무원을 기억해내는 사람 대부분은 그가 죽음으로써 밝히려 한 그 진실, 그 과정 같은 것에는 아예 관심도 없기 때문이다.

정확히 5년 전부터 나 역시 그네들이 선택했던 그런 죽음의 유혹과 싸우고 있었다. 죽음을 침낭처럼 뒤집어쓰고 살았다는 것이 맞을 것이다. 죽음이 하나의 확실한 출구로서 나를 향해 손짓하고 있었던 것이다. 죽음과의 그 친화는 울분으로부터 왔다. 4년 전 장항리 강에서 낚시로 시간을 죽이던 그 여름의 걷잡기 힘든 살의로 해서 나는 무수히 많은 사람을 살해하는 틈틈이 가차없이 내 목숨도 끊었다. 다리까지 후들거리는 울분의 그 살의는 그러한 죽음의 문 앞에 이르러서야 사그라지곤 했다. 울분의 죽음, 그것이 가장 확실한 복수라고 생각했던 것이다.
 자신이 암 환자라는 것을 알게 된 사람이 그것을 현실로 받아들이기까지 몇 개의 단계가 있다고 하듯이 내 울분의 그다음 단계는 자괴심, 그리고 허탈이었다. 울분이 어느 정도 가시면서 나는 심한 자괴심으로 시달렸다. 그 자괴의 늪은 울분보다 더 분명한 죽음의 그림자를 담고 있었다. 엄습하는 그 부끄러움 앞에 나는 속수무책이었다. 삶에 대한 깊은 회의, 나는 더 이상 살고 싶지가 않았다. 모든 것이 허망했다. 그 덧없음으로부터 그저 조용히 사라지고 싶었을 뿐이다.

 이건 분명히 하나의 경종이라구.
 누군가 그 촌로의 죽음을 술자리의 화제로 올렸다. 세상 돌아가는 일에 대한 불만으로 가득했던 그 자리에 잘 어울리는 화제였다. 정치꾼들의 교활함과 위정자들의 사회혼란에 대한, 책임질 줄 모르는 그 뻔뻔스러움에 대한 분노가 그 촌로의 죽음을 미화시켰다. 자신의 실수로 불이 나자 그 뒷감당이 겁나 아예 죽음을 선택해버린 그 노인의 심약함이야말로 가장 선량한 인간만이 가지고 있는 올곧은 양심이 아니겠느냔 결론이었다.
 어때, 박 부장 생각은? 박 부장이 만났다는 그 노인이야말로 이 시대에 필요한 참 양심이 아니냐, 그런 말이야.
 얼마 전까지도 같은 부서에서 함께 일하던 옛 동료 하나가 내 반응을 요구했다. 그러나 나는 그 어떠한 반응도 보일 수 없었다. 그들이 나를 비웃고 있다는 생각이었다. 내 결백을 주장하기 위해 그동안 나는 얼마나 많은 동료를 싸잡아 음해해왔던가.

결코 결백하지 않았던 내가 자기합리화, 그 변명으로 일관했던 마비된 양심이 내내 부끄러웠다. 몇 년 전 구치소 생활을 할 때의 그 분노, 그 치욕감도 따지고 보면 양심이 마비되는 하나의 단계였을 뿐이다.

내가 속한 부서에서 누군가 업자로부터 돈을 받은 것은 분명했다. 누가 그 돈을 받아도 마찬가지였다. 일단 접수된 돈은 말단부터 높은 자리까지 고르게 분배되는 것이 관례였다. 늘 그러했듯 그 돈은 나한테도 돌아왔다.

그러나 일이 터지고 곧장 구속되는 과정에서 그 업자와 상대한 실무팀장이었던 내가 모든 것을 뒤집어써야 했다. 연루된 높은 사람들을 보호할 수 있는 유일한 길이라고 했다. 내가 구치소에 있는 동안 완벽한 각본이 만들어졌다. 나는 그네들이 요구하는 각본대로 내가 모든 것을 책임질 각오를 하고 있었다. 그 신의 지키기는 그 사회에서 통하는 하나의 관행이었다. 그들은 조를 짜서 나를 면회했으며 가족과 만날 때도 그 자리에 함께 있었다. 그네들은 실상 이 일을 해결하기 위해 열심히 뛰고 있는 것만은 분명했다. 그네들이 접촉하고 있다는 힘 있는 인사들의 이름이 내게 힘을 주었다. 그네들 각본에 의하면 불기소처분은 시간문제였다.

그러나 예상과 달리 업자와 함께 나는 정식으로 기소되었다. 나는 내 우방들이 선임한 변호사를 믿을 수 없었다. 변호사를 바꾸는 과정에서 그네들과 마찰이 생겼다. 이제 그들은 더 이상 나를 봐줄 수 없다는 식으로 협박했다. 그러나 새로 선임된 변호사는 내가 더 이상 빠져나갈 수 없는 늪에 던져져 있다는 것을 뒤늦게 일깨워줬다.
 나는 비장해졌다. 이것은 나 한 사람의 문제가 아니다. 비리의 구조적 모순, 그 은밀한 방을 열어 보임으로써 썩은 사회를 바로잡는 데 이바지해야 한다는 작심이 선 것이다.
 나는 양심선언으로 그들 각본을 배반했다. 그러나 죄인은 따로 있고 나는 다만 하수인에 불과하다는 식의, 결백을 밝히기 위한 내 주장은 통하지 않았다. 그들의 각본에는 내 배신까지도 고려돼 있었던 것이다. 높은 사람 그 누구도 구속되지 않았다. 오히려 내가 몸을 움직이면 움직일수록 나를 묶고 있는 가죽끈은 내 몸을 옥죄어들었을 뿐이다. 나는 결국 이제까지의 진술을 다시 번복하는 일로 손을 들고 만 것이다.
 박 부장, 그 회사 돈 많으니까 목매달아 죽은 그 노인 공적비라두 하나 세워주라구.
 그날따라 그 촌로의 죽음이 꽤 오래 술안주로 올랐다. 그러나 나는 쏘가리 최씨의 그 죽음 얘기로부터 황황히 도망쳤다. 내 말발이 서지 않는다고 생각할 때는 망설임 없이 물러서야 한다. 그 누구와도 통할 수 없다는 단절감으로부터 벗어나기 위해서도 입을 굳게 닫는 것이 좋다. 오랜 시간의 구치소 생활을 통해 터득한 지혜였다. 내가 입을 열어 억울함을 쏟아내기 시작했을 때 입을 단단히 오므려 닫으면서 나를 쳐다보던 그네들의 그 냉랭한 눈길을 나는 잊지 않고 있었던 것이다.

 "마을에 볼일 보러 가시는 게 아니면 돈 내구 가셔야 해유."
 장항리로 들어가는 굴지리 입구 다릿목에서 마을 아낙네들이 차를 막아섰다. 행락철이면 물 좋은 계곡은 어느 곳이나 비지정관광지라고 해서 마을 사람들이 지키고 서서 입장료를 받았다. 놀러 온 사람들이 버리고 가는 쓰레기를 치우는 값이라도 받아야 한다는 뜻에서 만들어진 비지정관광지는 돈을 받는 주민들이나 돈을 내는 외지 사람들이나 모두 불만이 많았다. 남들은 땡볕에서 일하느라 등이 휘는데 하루에도 수백 대의 차가 골짜기를 메우면서 우리 물 우리 마을을 똥밭으로 만들고 돌아가는데 어찌 일할 맛이 나겠느냔 주민들의 불만과는 달리 모처럼 나선 나들이 기분이 이렇다 할 편의시설도 갖춰놓지 않은 채 그 입장료만 받는 통에 잡치고 만다는 외지인들의 불만도 만만치 않았다.

　그 죽음이 내 속으로 깊숙이 들어왔음을 느끼기 시작한 것은 목매달아 죽은 그 촌로가 바로 내가 일 년 전 장항리 너브내에서 만났던 쏘가리 최씨라는 것을 알고 나서부터였다.

　생판 모르는 사람의 죽음이 다른 사람의 속으로 들어가는 예는 극히 드물 것이다. 설사 그 죽음을 직접 보았다고 하더라도 그것이 모두 그 사람 속으로 들어간다고 보기 어렵기 때문이다. 지금까지 나는 많은 죽음을 보아왔다.

　지방 빨갱이라고 불리던 아저씨 하나가 구덩이에 생매장되는 것을 여섯 살 나이에 내 눈으로 똑똑히 보았다. 그날 밤 나는 이부자리에 오줌을 쌌다. 이상한 것은 내 눈으로 직접 본 그 죽음이 오줌을 싼 그 수치감보다 한결 쉽게 지워졌다는 사실이다. 나는 지금도 그 죽음을 꿈속에서 보았거나 아예 보지도 못한 것을 내가 상상으로 만들어냈을는지 모른다는 생각을 하고 있다.

간질 증세로 늘 풀 죽어 지내던 고등학교 때의 친구 죽음도 생각난다. 내가 고등학교를 졸업하고 서울로 진학한 그해 봄 그 친구가 고향 강변에서 약을 먹고 죽었다는 소식을 들었다. 그 친구와 가장 가까운 사이가 나라는 생각에서 나는 허둥지둥 달려갔던 것이다. 그 친구는 유서에서 자기와 가장 친했다는 친구 이름 셋을 밝히며 그들에게 각각 몇 마디씩 남겼다. 그 세 사람의 이름 속에 내 이름이 없었다는 배신감으로 해서 나는 그 친구의 죽음을 오랫동안 잊을 수가 없었다.

 나는 공무원 생활을 함께 시작한 직장 동료의 등반 추락사고 현장에도 있었다. 마지막 숨을 거두면서 나를 쳐다보던 친구의 그 눈빛도 꽤 오랫동안 나를 괴롭혔다. 그 친구는 등산에 나설 때마다 등산장비 한 가지씩을 나한테 자랑하곤 했다. 그러나 나는 그 친구에게 단 한 번도 그가 지닌 등산장비가 좋다는 말을 표현한 적이 없었던 것이다. 그를 보내고 나서 가장 걸리는 것이 그것이었다.

 분신자살한 조카의 새카맣게 타 오그라붙었던 그 주검, 그리고 폐암으로 죽은 내 어머니의 그 처절한 마지막도 내 눈으로 직접 보았다.

 직접 보지는 못했지만 기억에 오래 남는 그런 죽음들도 꽤 여럿 있다. 6·25때 미군한테 겁탈당하고 소나무 고목에 목매달아 죽었다는 여자의 흰 고무신 한 짝, 중학교 시절 학교 교실에서 동사한 행려병 환자의 주검 곁에 있었다는 시집 한 권 등은 그 죽음들의 징표로서 내 기억의 그물에 오래 걸려 있는 것들이다.

 그러나 내가 직접 본 것이든 그렇지 않은 것이든 그 죽음들 중 그 어떤 것도 내 속에 들어왔다는 생각을 가져본 적이 없었다. 또한 그녀들의 죽음으로 해서 내가 그 어떤 죄의식에 사로잡혔었다는 기억도 전혀 없다. 그 죽음들은 그냥 내 기억의 그물에 걸려 있다가 내가 필요할 때 문득 모습을 드러냈을 뿐 그 어떤 경우에도 나를 구속하지 못했던 것이다.

그러나 쏘가리 최씨의 죽음은 이제까지의 그 죽음들과 뭔가 달랐다. 그 죽음이 나를 끌고 다니고 있었다. 비록 3년 세월이 흐르긴 했지만 오늘 최씨의 죽음의 자리를 찾아오는 일부터가 그랬다. 나는 지금 누구를 만나러 가는 것인가.

3년 전 나는 새로이 출발한 인생에 어느 정도 길들여지고 있는 상태였다. 나를 필요로 한 회사 측에서도 만족하고 있는 형편이었고 특히 내게 빚을 진 옛 동료들은 나를 실망시키지 않았다. 세상이 다 그렇고 그런 거 아니냐 식의 시궁창 속에서 모두 함께 썩어가고 있다는 공범의식 같은 것으로 해서 우리가 몰래 만든 그 은밀한 술자리는 그런 대로 즐거웠다. 그러나 그 즐거움에 불현듯 최씨의 죽음이 껴들었던 것이다.

강변슈퍼. 유씨네 구멍가게에 못 보던 대형 간판이 걸려 있었다.

4년 전 거의 매일 낚시를 올 때마다 들러 담배나 음료수를 사던 장항리 입구 유씨네 구멍가게가 그렇게 달라져 있었던 것이다. 집 앞 느티나무 아래 커다란 평상이 두 개나 놓일 정도로 그 터가 넓혀진데다 가게가 딸린 그 바깥채도 방이 두어 개 더 붙어 있을 정도로 달라져 있었다. 가게 문짝에 붙어 있는 민박 표식도 보였다.

 나는 오늘 유씨네 가게를 그냥 지나치기로 했다. 쏘가리 최씨의 죽음을 말이 조금 헤픈 유씨의 입을 통해 만나고 싶지 않았던 것이다. 최씨에 대한 신상 얘기는 거의 유씨 입을 통해 들은 것이지만 왠지 오늘 나는 그 죽음과 되도록 조용히 혼자 만나고 싶었다.

 쏘가리 최씨네 집은 유씨네 구멍가게에서 강을 낀 산굽이를 두 개나 돌아간 3킬로미터 거리에 있었다. 강을 낀 그 절벽 길이 차 다니기에 불편해서 그런가, 그동안 굴지리나 장항리 입구 강변이 유원지가 되면서 몰라보게 달라진 것과는 달리 그 안쪽 쏘가리 최씨네 집이 한 채 있을 뿐인 너브내 강변은 4년 전이나 달라진 게 별로 없었다.

 낚시를 올 때마다 차를 세우던 강쪽 그 공터는 물론 오래전 군부대 작전 때 도강용으로 쓰였다는 쇠줄도 아직 강 건너편까지 그대로 늘어져 있었다.

 더 놀라운 것은 쏘가리 최씨네 집이 아직 그대로 남아 있다는 사실이었다. 몹시 퇴색한 붉은빛 함석지붕의 한쪽을 가리고 있던 키가 삐쭉 큰 한 그루 노간주나무도 그대로였다. 지붕의 함석이 떨어져 내린 부분에 서까래가 앙상히 드러나지만 않았더라도 길에 차를 세우며 올려다본 최씨의 집은 사람이 살고 있다고 해도 좋을 만큼 그 외형이 멀쩡해 보였다. 그리고 그 살구나무⋯⋯

 3년 전 그 산불 기사의 주인공이 쏘가리 최씨라는 것을 확인한 순간 나는 그 집 뒤꼍의 살구나무부터 머리에 떠올렸다. 최씨보다 그 살구나무를 먼저 만났던 것이다. 그 살구나무는 내가 최씨를 만나게 된 인연의 줄 같은 것이었다.

25년 전 금학산 골짜기에서 화전을 일궈 먹고살다 화전정리로 이곳 장항리에 터 잡아 살게 되면서 집 뒤꼍에 자두·앵두나무 등과 함께 그 살구나무를 심었다고 했다. 최씨가 심은 그 살구나무는 매년 벌레도 별로 없이 살이 단단하면서도 맛이 좋은 열매를 가지가 휘도록 매달았다.

굴지리 산자락을 휘감아 내려온 장항리 앞강은 초입의 그 외진 협곡과는 달리 그곳 지명이 너브내이듯 강폭이 넓은데다 여울 밑으로 깊은 소가 있어 견지낚시 장소로는 그만이었다. 굵은 피라미는 물론이고 손바닥만 한 끄리며 누치까지 심심치 않게 올라왔다. 어떤 때는 낚시에 걸려 올라오는 피라미를 덥석 삼킨 쏘가리가 덤으로 잡히는 횡재를 보기도 했다. 추를 조금만 무겁게 달면 영락없이 꺽지가 물리곤 했다.

분명 외진 곳이면서도 가슴이 탁 트이는 너브내 강. 내가 찾던 바로 그런 장소였다.

얼레줄을 풀며 가끔씩 휘둘러보는 강안 풍경도 제법이었다. 깎아지른 남쪽의 그 절벽을 이곳 사람들은 병풍벼루 혹은 적벽이라 불렀다. 나는 그 병풍벼루를 마주한 강 언덕의 산비탈을 가끔 탐하는 눈으로 훑어보곤 했다. 물속에서 바라보는 것보다 그 산비탈 적당한 자리에서 굽어보는 병풍벼루 풍경이 괜찮을 것 같았기 때문이다. 내 눈이 머무는 바로 그 강 언덕 비탈 적당한 자리에 붉은 함석지붕의 작은 집 하나가 있었다.

어느 날 나는 강으로 내려서기 앞서 산비탈에 위치한 그 집까지 올라가보았다. 낡긴 했지만 집은 깔끔하게 다듬어져 있었다. 길에서 집으로 올라가는 돌계단의 야무진 솜씨만 봐도 집주인의 사람됨을 짐작할 수 있을 것 같았다. 그야말로 삼칸초가, 지붕의 이엉만 벗겨내고 함석을 얹은 그 집의 외양간 곁에 붙여 지은 헛간 속에는 괭이 낫 쇠스랑 넉가래 밭고무래 도리깨 갈퀴 써래 쟁기 등 재래의 농기구들이 규모 있게 걸려 있었다.

초여름 농가에 사람이 있을 턱이 없었지만 나는 의례적으로 인기척을 내며 집 뒤꼍으로 돌아가다가 그 살구나무를 보았다. 거의 끝 무렵이라 땅에 떨어진 살구도 많았지만 아직 달려 있는 것도 엄청났다. 그저 한두 개 정도 맛을 본다는 게 어쩌다 살구로 배를 채우게 됐을 정도로 그 맛이 좋았다.

금강산도 식후경이라고 살구로 배를 태우고 나서야 강 건너편 병풍벼루를 굽어보았다. 역시 생각했던 대로 멀리 겹겹의 산들을 배경으로 강을 안고 있는 절벽 풍경은 그대로 그림이었다.

남의 집에 숨어들어 살구를 따 먹은데다 경치까지 완상하고 나니 슬그머니 미안쩍은 생각이 일어 아직 뜯지 않은 담배 한 갑을 댓돌에 놓고 강으로 내려왔다.

그날따라 고기가 잘 물리지 않아 괜스레 여울을 오르락내리락하다 문득 강가를 보니 웬 촌로 하나가 강기슭에서 이쪽을 바라보고 있었다. 나는 얼레줄을 감으며 그 촌로가 서 있는 강기슭으로 나왔다.

"우리 집에 담배 놓구 간 양반이 선상님입네까?"

노인은 밭에서 일을 하다 내려온 양 구멍이 숭숭 뚫린 런닝이 온통 땀으로 젖어 있었다. 발목까지 덮은 풀빛의 낡은 농구화가 좀 이색적으로 눈에 띄었다.

"춘천 사는 박기홉니다. 제가 허락도 없이 아저씨네 살구 좀 축냈습니다. 살구가 참 맛있던데요."

그러나 노인은 별 대꾸도 없이 강바닥에 놓인, 뭔가 가득히 든 비닐봉지를 가리켰다.

"이거 가주구 가서 식구들하구 잡수시라우."

내가 그 비닐봉지를 열어보기도 전에 노인은 이미 강 언덕으로 올라가버렸다. 담배 한 갑 값치고는 괜찮은 거래였다.

그 첫 수인사가 그러했듯 두번째 만남도 물물교환 형식이 돼버렸다.

며칠 뒤 나는 그 살구를 얻어먹은 고마움의 표시로 사이다와 막걸리 두어 병을 역시 빈집 댓돌에 놓고 강으로 내려왔던 것이다. 아니나 다를까 그 사이다 값은 다시 몇 배로 불어 돌아왔다.

"이거 농약 안 쓴 거니 잡쉬보시구레."

노인이 시멘트를 담았던 종이포대에 한가득 담아 온 것은 오이였다.

"오이 농사를 지으시는가 봅니다."

"내 농사가 아닙네다. 저 아래 하우스를 하는 사람 일을 좀 거들어줬더니 갖다 먹으라구 줍데다."

"아저씨네 잡수실 걸 이렇게 다 주시면 어떡니까."

"내 혼자 입에 이걸 뭔 수루 다 먹습네까."

"식구가 많지 않으신가 보죠?"

노인은 내 물음에 대꾸하지 않은 채 종이포대를 열더니 오이 하나를 꺼내 물에 씻지도 않은 채 우적우적 씹었다. 이렇게 먹어도 좋다는 것을 우정 보여주는 것 같았다.
"말씀하시는 걸 들어보니 고향이 여긴 아니신 것 같은데요."
오이를 씹고 있어서 대답을 못하는가 싶어 다시 물었다.
"고향이 북쪽이신 거 같습니다."
"내가 이 홍천에서만 오십여 년 살았습네다."
정 붙여 사는 데가 고향이 아니냔 투의 그 퉁명스런 대답에 머쓱해질 수밖에 없었다. 내가 어롱에 걸린 낚싯바늘을 빼내느라 잠시 입을 다물자 이번에는 노인이 먼저 말을 걸어왔다.
"봐 하니 거의 매일 오시던데 낚시가 그렇게 재밌습네까."
"재미라기보다 직장에서 쫓겨나고 보니 당장 할 일도 마땅치 않고 해서요."
직장을 쫓겨났다는 말로 나는 그 첫 대면부터 내 속내를 드러내고 있었던 것이다. 사실 농사일이 바쁜 농촌 사람들 앞에 낚시도구나 둘러메고 나타나는 내 꼴이 어떻게 비칠 것인가는 생각하지 않아도 뻔했다.
공무원 생활 26년이 1년 선고 집행유예 2년으로 끝장나게 됐을 때 내가 선택할 수 있는 길은 죽음밖에 없었다. 파직되기 전까지 희생양이란 말로 나를 위로하던 분위기가 법원 판결이 나던 날로 일변했다. 내가 죄를 뒤집어썼다는 처음의 그 동정론이 하마터면 나로 인해 자신들이 크게 다칠 뻔했다는 안도의 한숨으로 바뀐 것이다. 무죄 판결을 장담하던 그 높은 사람들은 내가 구치소에 있는 동안 모두 자리를 바꿔 앉는 일로 그 연루의 줄을 끊었다. 법이 힘 있는 자들을 위해서 만들어졌다는 것도 그때 알았다. 거미줄 법. 큰 것은 결코 걸릴 염려가 없다는 뜻의 그 말이 그렇게 실감 날 수 없었다.

  물론 내가 억울하다고 하는 것은 돈 한 푼 먹지 않았다는 그런 결백을 주장하자는 것이 아니다. 썩은 물속에서 독야청청했다는 것이 아니라 다른 놈들보다는 덜 썩었다는 그런 자위로 살았는데 파직되고 나니 다른 놈들은 다 멀쩡하고 나만 죽일 놈이었다. 우선 모든 것을 나 혼자 뒤집어쓰고 있어야만 일이 쉽게 풀릴 것이라며, 끈질기게 나를 설득해온 내 동료들은 그 은공 덕인지 대부분 승진을 하거나 좋은 자리를 차지하고 있었다.

  더 견딜 수 없는 것은 아내의 냉소 가득한 눈길이었다. 아내는 내 고통의 분담보다는 부패한 공무원을 가진 아내로서의 허물어진 자존심 가누기만으로도 힘겨워하는 것 같았다. 남편에 대한 신뢰가 무너진 데 대한 허탈감으로 숫제 눈을 맞추려 하지 않았다. 아내보다 그 눈길을 맞추기 어려운 것은 자식들이었다. 자식들 앞에 얼굴 내밀기가 그렇게 힘들었다. 자기 자식들 앞에 죄인의 자격으로 서본 사람만이 그 고통을 헤아릴 수 있을 것이다.

  밥장사를 해볼 생각이에요. 아내는 나와 상의도 없이 식당을 차렸다. 아내가 남의 건물 한구석을 세내 시작한 식당은 그런대로 장사가 잘 되는 모양이었다. 그럴수록 나는 비참해졌다. 자격지심이 아니라 주변 상황이 그렇게 바뀌어갔다. 아내는 내가 식당에 나오는 것을 결코 용납하지 않았다. 남자의 기를 살리기 위해서 이를 악물고 장사를 한다는 아내의 지론은 주변 사람들을 감동시켰다. 그 감동의 정도만큼 내 기는 죽었다. 정말 치욕적인 삶이었다.

직장을 잃은 무력감에 앞서 불붙어 오르는 분노를 다스리기 어려웠다. 하늘만 쳐다봐도 눈물이 흘렀다. 그 눈물은 마르기도 전에 분노로 불붙어 올랐다. 밤 잠자리의 그 꿈속까지 나는 치를 떨었다. 처음에는 내 자신에 대한 분노였다. 뭔가 시작할 것 같았는데 막상 시작하려고 하자 자신이 안 생기는 데 대한 분노였다. 그다음에는 아내에 대한 분노였다. 아내의 생활이 못마땅해서가 아니라 자꾸 거대해지는 아내에 대한 거부감이었다. 그러나 그 무서운 분노와 치욕감으로부터 겨우겨우 빠져나왔을 때 불쑥 얼굴을 내미는 허탈감으로 하여 나는 거의 말을 잃고 있었다.

꼭 허깨비 같아요. 어느 날 아내가 그런 말로 나를 질책했다. 그 어느 때보다 몸을 꼿꼿하게 세우곤 있지만 얼이 완전히 빠져나간 허깨비로 보였던 모양이다. 일심에서 항소심까지 법정을 오가는 것만이 유일한 나들이였던 구치소 생활이 사람을 그렇게 만들었던 것이다.

아내는 나한테 낚시를 권했고 등산을 권했으며 필요하다면 해외여행까지 다녀오라고 했다. 그렇게 나는 거세되고 있었던 것이다.

처음 나는 파로호나 소양댐 상류 깊은 골짜기를 찾아 대낚을 했다. 그러나 고여 있을 뿐 움직임이 없는 물은 온갖 사념만을 불러 일으켰다. 물 위에 갖가지 허상이 어릉거렸다. 고기를 낚는 것이 아니라 나는 하루 종일 찌를 응시하며 죽음의 묘안이 걸려 올라오기만을 기다렸다. 분노를 잠재우기 위한 복수로서의 죽음, 최상의 그런 방법을 찾는 일에 머리가 뻐개질 것 같았다. 죽음이 그렇게 내 곁에 있었다. 삶에 대한 애착이 없어지는 순간 이렇게 쉽게 죽을 수 있다는 생각이 들었다.

 밤낚시를 하는 어느 날 나는 실제로 물속으로 걸어 들어갔다. 사람들이 달려들어 나를 끌어낼 때만 해도 나는 명징한 의식으로 내 죽음을 보고 있었던 것이다. 정신과 의사는 공직을 그런 식으로 떠난 데 대한 울화병이란 의례적인 진단을 했다.

 그러나 장항리 너브내 강에서 견지낚시를 시작하면서 모든 것이 조금씩 달라졌다. 물 한가운데 발을 담그고 들어서서 얼레줄을 풀었다 감는 그 움직임이 생각에 역동감을 주었다. 모든 것이 흘러가고 있었던 것이다. 흐르는 물속에 몸을 제대로 지탱하기 위해 중심을 잡다 보면 죽음은 어디론가 자취를 감추었다. 차츰 낚시가 내 생존의 가장 확실한 버팀목이 되고 있다는 것을 느낄 수 있었다.

 나는 소주 한 병과 담배를 챙겨 들고 차에서 내렸다. 최씨가 죽은 자리 혹은 그가 묻힌 무덤에 소주를 뿌리는 일로 내 속에 들어온 그 죽음을 몰아낼 심산이었다.

 텃밭은 무성한 잡초로 미루어 몇 년 동안 경작을 하지 않았다는 것을 금방 알 수 있었다. 길에서 올려다보는 것과 달리 그 집 역시 가까이 다가갈수록 폐가의 그 황폐함을 여지없이 드러냈다.

 문득 몸을 돌려 강 쪽을 내려다보았다. 그러나 내가 낚시를 하던 여울은 지난해 장마 때문인가 강 건너 쪽 하상이 많이 높아 보이는가 하면 그 물길마저 몰라보게 바뀌어 있었다. 병풍벼루 밑 그렇게 깊던 물도 사토가 많이 쌓인 탓인지 그 물빛이 예전 같지 않았다. 나는 죽은 최씨의 눈으로 병풍벼루를 바라보았지만 별다른 감회는 오지 않았다.

병풍벼루 그 뒤쪽 산기슭으로 백로 한 마리가 날고 있는 게 보였다. 내가 최씨를 만나면서 늘 느끼는 것은 그의 외로움이었다.

"혼자서 어떻게 사십니까."

어느 날 나는 강에 내려와 숫돌에 낫을 갈고 있는 최씨한테 그런 식으로 접근했다. 느닷없는 내 질문에 노인의 대답은 엉뚱했다.

"여럿이 산다구 해서 뭬가 다릅네까."

나는 하릴없이 또 상투적인 질문을 했다.

"아주머닌 언제 돌아가셨습니까?"

그러나 최씨는 대답하지 않았다. 그의 고집스러워 보이는 턱이 조금 움직이는 것을 보았다는 느낌뿐이었다.

"자제는 몇이나 두셨습니까?"

호구조사를 나온 사람이 던지는 따위의 의례적인 질문마저 그는 완전히 무시한 채 숫돌질에만 열중하고 있었다.

무색해진 것은 오히려 나였다. 그렇다고 그냥 물러서기는 더 쑥스러웠다.

"농사는 얼마나 지으십니까?"

"농사랄 것두 없수다. 혼자 뭘 먹겠다구."

"여기 땅값두 만만치 않다구 들었는데요."

"시골 땅값 올려놓는 건 서울것들입네다."

"저 텃밭만 해두 꽤 넓을 텐데요."

"비탈밭이라 넓어봤잡네다."

잣나무가 울울히 들어선 뒷산을 등진 남향받이 그 비탈 한가운데 노인의 함석집이 오뚝 자리 잡고 있었다. 다시 봐도 좋은 자리였다.

"아저씨네 집은 전망이 좋아 서울 사람들이 탐을 많이 내겠는데요."

"살다가 예서 죽는 게 내 소원입네다."

뜻밖에도 그는 처음으로 자기 속내를 드러내는 말을 했다. 시골 노인들이 살면서 받는 가장 큰 정신적 스트레스는 언젠가는 그 정든 땅을 떠나 낯선 도시로 나가게 되는지 모른다는 그 불안감이란 말을 들은 적이 있었다. 자식들의 봉양을 받으며 사는 도시 생활이 선망의 대상은 될망정 그것이 현실로 나타나는 일에 대해서는 모두 두려움을 갖고 있다는 것이다.

"여기서 돌아가시고 싶다는 생각, 자제분들도 이해하실 것 같은데요."

좀 풀려간다 싶던 대화가 이 대목에서 다시 끊어졌다. 그는 내 말을 아예 못 들은 것으로 하고 몸을 일으켰던 것이다.

만나서 별 얘기를 나눈 것은 없었지만 최씨는 내가 낚시를 갈 때마다 내 앞에 모습을 나타냈다. 나중에는 내 차가 자기 집 앞 강언덕에 나타날 즈음이면 지렁이가 든 비닐봉지를 들고 내려오곤 했다. 내가 낚시집에서 사가지고 오는 그런 양식 지렁이에 댈 것이 아니라며 질퍽한 두엄자리를 뒤져 최씨가 손수 잡아 오는 지렁이였다. 어떤 때는 여울 속 돌을 뒤져 견지낚시에 좋은 강도래 유충을 낚싯밥으로 내놓기도 했다. 그때부터 낚싯밥은 아예 최씨가 대는 것이 묵계처럼 돼 있었다. 처음은 그것이 꽤나 부담스러웠지만 그는 내가 그 고마움의 표시로 내미는 그 어떤 사례도 단호히 거절했다. 그는 내가 잡은 고기를 놓고 가겠다고 해도 자기는 원래 민물고기를 먹지 않는다며 손을 홰홰 내저었다.

그처럼 내가 잡은 고기에 관심이 없던 최씨가 어느 날 내 허리에 매달린 어롱을 유심히 들여다보면서 말했다.

"쏘가릴 두 마리나 잡으셨구먼."

"쏘가린 매운탕감으로 최고지만 그 회 맛 또한 그만이지요."

시골 출장을 가 황쏘가리 회라도 먹어야 대접을 제대로 받았다고 생각하던 시절이 있었다.

"쏘가린 뼈가 무섭습네다. 지금이야 병원두 많구 해서 그런 일이 없겠지만서두 나 어렸을 적만 해두 그 뼈가 목에 걸려 고생고생하다 죽은 사람두 봤습네다."

최씨가 내 어롱에 든 쏘가리를 달라고 한 것은 그 다음이었다. 그때까지도 어롱 속을 들여다보고 있던 최씨가 쏘가리 하나를 꺼내 들며 말했던 것이다.

"선상님, 쏘가린 날 주시구레."

나는 최씨로부터 처음 듣는 뜻밖의 청이라 아주 기꺼이 어롱 속에 있는 또 한 마리 쏘가리까지 찾아 건넸다. 그러자 최씨는 곧바로 그 쏘가리 두 마리를 무심한 손길로 물속에 집어 던졌다.

"너무 어린 걸 잡으셨어."

내가 좀 머쓱해 있자 최씨가 다시 덧붙였다.
"쏘가리가 옛날처럼 크질 못합네다. 워낙 귀하기두 하지만 서두……"

무슨 사연이 있음 직한 자신의 그 방생에 대해서 최씨가 한 말은 고작 그것이었다. 그 뒤로 나는 낚시에 걸린 쏘가리는 단 한 마리도 어롱에 넣지 않고 살려주었다. 너무 어린것을 잡았다는 너브내 강 주인 최씨의 말이 내내 마음에 걸렸던 것이다.

최씨의 그 괴이쩍은 쏘가리 방생의 사연은 얼마 뒤 병풍벼루 밑 깊은 소로 덤벙낚시를 나온 장항리 입구 가겟집 주인 유씨한테 들을 수 있었다. 내가 최씨의 신상 이야기를 듣기 시작한 것도 아마 그때부터였을 것이다.

저기 바탈집에 혼자 사는 양반 별명이 쏘가리 최씨래유.

유씨는 이따금 내가 돌아가는 길에 잡은 고기 모두를 자기네 가게에 놓고 가자 오랜 친구처럼 나를 살갑게 대했다.

저 양반, 전생에 쏘가리와 무슨 웬수가 지지 않구서야……

한때 굴지리, 장항리, 소매곡리, 팔봉리 등 홍천강 하류의 쏘가리는 모두 최씨가 잡아 씨가 말랐다는 얘기였다. 최씨는 쇠를 불에 달군 뒤 두드려 자기가 직접 만든 작살만 썼다고 한다. 그는 단 한 번도 물속에서 빈 작살을 들고 나온 적이 없다고 했다. 쏘가리가 잡히지 않는 한 십 분이고 한 시간이고 그 모습을 볼 수 없었다고, 자신이 직접 본 것이기 때문에 결코 과장이 아니라는 것을 강조하는 유씨였다.

최씨는 쏘가리를 잡더라도 자신의 손바닥 크기에 못 미치는 것은 아예 작살을 겨누지 않는다고 했다. 게다가 작살에 찍혀

나온 쏘가리를 보면 백발백중 아가미쪽 급소가 찔려 있더라고 했다. 더구나 최씨는 자신이 잡은 쏘가리를 자기 집으로 들여가는 일이 없을뿐더러 그렇다고 돈을 받고 그것을 파는 일이 결코 없었다는 것이다. 그러다 보니 그가 작살을 들고 강으로 내려갈 때면 쏘가리를 공으로 얻으려는 사람들이 항상 그 옆에 몇 명은 따라붙었다고 한다.

저 양반 정말 쏘가리 말구는 다른 고긴 아무것두 안 잡았다니까유.

최씨는 쏘가리 잡는 그 솜씨로 큰 메기 하나 찍어내라는 사람들의 말을 단 한 번도 들어준 적이 없다고 했다. 그는 사람들이 아무리 부추겨도 쏘가리 외에 다른 물고기는 일체 작살질을 하지 않았다는 것이다.

더 우스운 건, 저 양반 자긴 그렇게 쏘가리 씨가 마르게 잡았으면서두 남들이 이 강에서 고기 잡아가는 건 영 못마땅해한다니까유. 사람들이 고길 잡고 있으면 뭔 까탈을 잡아서라두 쫓아내구 말드라니까유. 아, 같은 동네 사는 나하구두 그런 일루다 티격태격했다면 알쪼가 아닙니까유.

특히 최씨는 투망이나 배터리로 고기를 잡는 사람들을 보면 그 즉시로 신고를 해버리기 때문에 어쩌다 한번 투망을 들고 강가로 나왔던 이웃 사람들과도 여러 번 부딪쳐 싸웠다는 것이다.

저 양반 다행히두 낚시질하는 건 별루 참견을 안 하는가 보데유.

유씨는 덤벙낚시에 미끼를 달아 힘껏 집어던진 다음 나를 의식한 것인 듯 그런 말을 했다.

내친김이다 싶었던지 그날 유씨는 최씨의 이런저런 신상 얘기를 더 풀어놓았지만 모처럼 굵은 고기가 올라오는 재미에 나는 그 얘기를 그냥 건성으로 듣고 있었을 뿐이다.

장항리 너브내 강에서 낚시질로 시간을 죽인 그해 초여름부터 초가을까지 나는 그런 대로 다시 살아나고 있었다. 옛 강태공의 그것처럼 나도 뭔가를 기다리고 있었던가. 어떻든 생각보다 빨리 기회가 왔다. 그것은 낚시질과의 결별이기도 했다.

공직에서 쫓겨난 뒤 꼭 일 년 만에 일자리가 생긴 것이다. 내가 그 일자리를 찾아나선 것이 아니고 그쪽 사람들이 나를 원했다. 명색은 관리부장. 그 건설회사의 이 지역 현장 책임자였던 것이다. 나는 그 자리가 어떤 자리임을 잘 알았다. 공직에 있을 때 내가 상대한 사람들이 바로 그런 자리의 로비 담당자들이었다. 업자와 업자끼리의 담합과 그 담합의 비리를 알고 있으면서도 그것을 눈감아줄 수 있는 그런 요직의 공무원과의 접촉, 현직에 있을 때의 그 노하우와 인맥을 최대한으로 이용하는 딱 한 번 봐주기 유도가 내 임무였다. 그동안의 내 희생을 담보로 해서 그네들이 나를 위해 쓸 수 있는 그 유일한 카드를 최대한 활용해야 하는 그런 자리였다.

죽음, 그 밑바닥까지 내려가본 사람만이 할 수 있는 그런 작심으로 나는 그 자리를 받아들였던 것이다.

더 이상 낚시를 나오지 않게 된 그 마지막 날 최씨는 텃밭에서 가뭄으로 두번째 씨를 뿌렸다던 늦옥수수 섶을 베어내고 있었다. 그 밭에 김장 배추를 심는다고 했다.

"아저씨, 그동안 고마웠습니다."

그동안 낚싯밥을 대주는 등 늘 한결같은 표정으로 맞아준 것도 고맙지만 왠지 나는 장항리 그 너브내 강 주인이 최씨인 것처럼 생각되었던 것이다. 이제 직장이 생겨 낚시를 더 못 오겠다고 하자 최씨는 그제야 내 쪽을 돌아보며 말했다.

"거, 멀쩡한 양반이 허구헌 날 낚시나 하구 있어서야 되겠습네까."

"얘기 들으니까 아저씨두 옛날엔 고기깨나 잡으셨다던데. 아저씨 별명이 쏘가리 최라면서 뭘 그러십니까."

최씨는 늘 그러하듯 내 말에 쉽게 대꾸하지 않았다. 그러나 그때 나는 최씨의 얼굴에서 처음으로 엷은 웃음 같은 것을 보았다. 나는 이때다 싶어 유씨한테 들은 그 부인 얘기를 꺼냈다.

"돌아가신 아주머니도 쏘가리가 인연이 돼 만났다는 얘길 들었습니다만……"

그러나 최씨는 아예 내 말을 못 들은 양 베어낸 옥수수 섶을 들고 집 뒤꼍으로 돌아갔다.

이건 나두 다른 사람들한테 들은 얘기라 사실 여분 잘 몰라두……

그날 유씨가 술 한잔 걸친 상태에서 들려준, 최씨와 그 부인과의 만남 얘기는 이렇다.

그날 젊은 최씨가 쏘가리를 잡으러 내려간 곳은 소매곡리 강변이었다. 그는 사람 발길이 전혀 닿지 않는 외진 강변 어느 오두막집에서 어린 남매가 딸린 과수댁을 우연히 보게 된다. 그 과수댁은 얼굴이 누렇게 뜬데다 배에 복수까지 차 거의 죽어가는 상태였다. 제대로 거둬 먹이지 못한 두 아이도 눈이 퀭하니 몸을 제대로 움직이지 못하는 상태였다. 떼송장이 나기 직전이었다. 최씨는 그 강변 오두막집에 십여 일이나 머물며 잡은 쏘가리를 맑은 물에 고아 먹이는 등 그 세 식구를 극진히 돌본다. 십여 일 만에 과수댁의 부기가 거짓말처럼 빠졌다. 최씨는 자신이 살려낸 그 세 식구를 뒤로하고 혼자 화전을 일궈 먹고사는 금학산 골짜기로 돌아온다.

두 사람이 다시 만난 것은 일 년쯤 뒤였다. 그 젊은 과수댁이 자기 생명의 은인을 찾아 남매를 데리고 물어물어 금학산 골짜기까지 찾아들었던 것이다. 두 사람은 그런 인연으로 만나 부부가 됐다. 그것이 최씨로선 난생 처음 갖게 된 가정이었던 것이다.

쏘가리 최씨가 반공포로 출신이라는 것도 유씨 입을 통해서 알게 됐다. 무슨 큰 비밀이라도 되는 듯 주위까지 두리번거리며 그 얘기를 들려주었다.

벌써 세번째로 장항리 이장 일을 맡아서 본다는 50대 초반의 가겟집 유씨는 자기가 어려서 잘 모르는 부분은 동네 어른들한테 들어뒀던 것이라며 최씨의 과거를 더듬어냈다.

최씨는 19살에 인민군으로 끌려나왔다가 낙동강 전투에서 포로가 된다. 거제도 포로수용소에서 반공포로로 풀려나자 그는 곧바로 강원도로 올라온다. 강원도가 조용히 숨어 살기는 그만이라는 말을 들었기 때문이다. 그는 주로 강원도 영서지방을 여기저기 떠돌며 남의 집 일꾼으로 연명한다. 홍천군 북방면 장항리 금학산 기슭에 정착해 화전을 일구기 시작한 것이 60년대 초였다. 그 시절만 해도 그런 신분은 당국의 리스트에 올라 있었던지 산속에 숨어 사는 최씨를 경찰 등 여러 기관에서 수시로 찾아오곤 했다. 그러나 최씨는 그런 사람들 만나기를 병적으로 꺼려 아예 산속으로 숨어버리는 등 비협조적이었다. 그런저런 일로 사상까지 의심받아 기관에 잡혀가 고초를 당한 적도 몇 번 있었다는 것이다.

그 양반 화나게 하는 방법이 딱 하나 있지유. 반공포로 얘기만 꺼냈다 하면 영락없다니까유.

특히 유씨는 쏘가리 최씨의 고집을 이야기하며 머리를 흔들었다.

최씨, 그 양반 고집 하나는 알아줘야 한다니까유. 남의 말은 콩으루 메줄 쑨대두 절대루 믿질 않아유. 쇠귀신이지유, 쇠귀신. 내가 이장을 하면서 지금까지 그 양반 땜에 애를 먹은 걸 생각함…… 어이구 그놈에 고집.

부인이 죽은 지 십 년이 넘었지만 이때까지 혼자 살고 있는 것도 그 고집 때문이라고 했다. 도대체 다른 사람과 오순도순 어울릴 줄 모르니까 그렇게 외톨이로 혼자 살 수밖에 없지 않느냔 것이다.

흔치 않은 반공포로 출신으로 이 땅에 혼자 남아 어렵게 살다 보니 어느 결에 그런 고집이 생기지 않았겠냐고, 내 나름의 해설을 달자 유씨는 고개를 절레절레 내저었다.

사람이 생겨먹길 워낙 독하다니까유. 입때까지 누구한테 뭘 빌려달라, 뭐 도와달라 손 한번 내밀어본 적이 없다는 거 이 근동 사람이 다 아는 일이지유.

어느 날 나는 우정 최씨를 찾아 그 집까지 올라갔다. 최씨의 신상 얘기 중 그가 반공포로였다는 사실을 그의 입을 통해 직접 확인하고 싶은 충동이었다. 그는 봉당에 앉아 담배를 피우고 있었다.

"아저씨가 반공포로셨다면서요?"

어쩌다 보니 따지는 투의 화두가 돼버렸다. 그러나 유씨의 말처럼 최씨가 그 얘기에 화를 내지 않은 것만 해도 다행이었다. 그는 그저 묵묵히 담배만 피우고 있었다.

"53년에 휴전협정이 된 걸로 알고 있습니다만 반공포로 석방은 그전이었겠지요?"

무슨 심사였을까 나는 최씨의 신상 문제에 필요 이상 매달리고 있었다. 그러나 그 두번째 물음에도 최씨는 이렇다 할 반응을 보이지 않았다.

"그때 석방된 반공포로가 2만 명이 훨씬 넘었다면서요? 제가 궁금한 건 그 사람들이 그렇게 모두 반공정신이 투철했는가 하는 겁니다."

나는 언젠가 거제도 포로수용소 폭동 사건을 다룬 글을 읽은 기억이 있어 그 문제에 조금 관심이 있었던 것이다. 자신의 의지와 무관하게 어느 길인가가 선택되지 않을 수 없는 그런 비극, 누가 뭐라고 하든 그네들은 이데올로기의 피해자들이었다.

이번에도 무반응인가 싶었는데 뜻밖에도 최씨가 피우던 담배를 비벼 끄며 몸을 일으켰다.

"반공이고 왼공이고 그거 다 지나간 얘깁네다."

"그때 남쪽을 선택하신 걸 후회하신 적이 없으셨는지요?"
"선택이요. 뭘 선택했다는 겁네까?"
"포로 교환 때 북쪽으로 가셨으면 지금 여기 이렇게 계셨겠습니까."
기다렸지만 그는 좀처럼 입을 열지 않았다.
"그때 어느 쪽에 서야 하느냐, 그 선택이 정말 어려웠을 거 같은데요."
"선택은 뭔 놈의 선택…… 그게 밖에서 생각하는 것처럼 그렇게 간단하지가 않았습네다."
그 속뜻이 분명치 않은 말로 얼버무린 뒤 그는 더 이상 입을 열지 않았다. 그 화제로 해서 그의 마음이 언짢아진 것은 아닌가 싶어 나는 얼른 화제를 바꿨다.
"아주머니께서 돌아가신 지도 오래되셨다면서요."
"물에 빠져 죽었다는 얘긴 누가 안 합데까?"
뜻밖이었다. 덤벙낚시를 왔던 유씨가 그날 그런 얘기를 한 것도 같았지만 나는 시치밀 뗐다.
"처음 듣는 얘깁니다. 아니 어쩌다……"
"저길 건너다 빠져 죽었습네다."
쏘가리 최씨는 병풍벼루 위쪽 내가 낚시를 하던 너브내 여울 쪽을 턱으로 가리켜 보였다. 그뿐이었다. 그는 그 말을 끝으로 낮을 찾아들고 힁하니 집 뒤쪽으로 돌아가버렸던 것이다.
그날 너브내에서 돌아오는 길에 나는 장항리 유씨한테서 최씨의 죽은 부인 얘기를 조금 자세히 들을 수 있었다.
그러나 그 얘기에 앞서 나는 최씨가 그처럼 대답을 피하던 그의 자식 얘기를 유씨한테 물어보았다.
부인이 데리고 들어왔다는 그 남매는 지금 어디 살고 있습니까?
의붓아들만 지금 서울에 살구 있지유.
딸도 있었다면서요?
벌써 죽었지유.
저번 날 그 얘기도 유씨한테 언뜻 들은 것도 같았다.
그 의붓아드님하군 사이가 좋습니까?
사이가 좋기는커녕, 아주 의절을 하구 사는가 보데유.
뭐 그럴 만한 까닭이 있는 모양이지요?
그게 다 욕심 때문이지유. 우리가 볼 땐 둘 다 똑같아유. 그 땅 살 때 즈 어머이 돈 칠만 원 들어갔다구 그 땅을 몽땅 팔아가겠다구 불량을 떠는 그 아들이나, 의붓자식두 자식인데 그렇게 의절까지 해가면서 그 땅에 묻히겠다구 고집을 부리는 그 양반이나 다를 게 하나두 없다구유.
그 의붓아들 말고 최씨 앞으론 자식이 또 없었나요?
왜 없어유. 함께 산 지 몇 년 뒤에 아들 하날 얻었는데 그 애 두 네 살 땐가 즈 어머이 죽을 때 같이 죽었지유.
아니, 어쩌다가 모자가 그렇게……?
모자만 죽은 게 아니지유. 그다음 핸가 데리고 들어온 그 딸내미두 즈 어머이가 저승에서 불러갔다니께유.
유씨는 물놀이 온 사람들한테 가게 물건을 파는 틈틈이 최씨네 얘기를 이어갔다.
그 양반이 작살질을 일절 그만둔 것두 그렇게 식구를 셋씩이나 물에서 잃구나서부터라구 그러데유.

요는 자신이 그렇게 숱하게 작살로 찍어 올린 그 쏘가리들이 한을 품지 않고서야 어찌 그런 일이 일어날 수 있겠느냔 얘기였다.

그게 어떻게 된 얘긴고 하면······

쏘가리로 맺어진 인연이 10년쯤 뒤 너브내 강에서 비극으로 끝난 그 얘기를 시작하기 위해 유씨는 꽤나 뜸을 들이고 있었다. 이처럼 변죽만 울리던 유씨 얘기는 그나마 몰려오는 단체 손님으로 영 끊어지고 말았다. 군부대 유격훈련장이 민간인 출입 통제가 해제되면서 유원지가 된 유씨네 식당 겸 구멍가게는 민물매운탕은 물론 염소탕에 토종닭·오리숯불구이까지 토속음식 차림이 다양해 그것을 먹으러 오는 인근 도시 사람들로 늘 성황이었다.

나는 그 정도에서 하릴없이 몸을 일으켜야 했다. 강변에서 잠깐 스친 한 촌로의 신상 얘기를 기다려가면서까지 더 들어야 할 이유가 전혀 없었기 때문이다.

잣나무가 울울한 집 뒷산은 육안으로 3년 전 산불 흔적을 찾기는 힘들었다. 쥐불을 놓았다는 그 텃밭은 망초와 댑싸리 묵은 줄기 속으로 더 엄청난 잡초들이 키자람을 시작하고 있었다.

나는 쏘가리 최씨가 목을 맨 만한 나무부터 찾았다. 대개의 경우 목을 맨 나무는 그 밑둥부터 잘라버리게 마련이라 그것을 찾기는 쉬울 것이다. 그러나 최씨가 살던 집 뒤꼍의 그 어느 나무도 잘린 흔적은 찾을 수 없었다.

역시 그 살구나무였다. 소주병 십여 개가 널려 있는 그 살구나무 밑에 최씨가 목을 맸을 것으로 짐작되는 밧줄 하나가 널브러져 있었다. 3년이 지난 이 시간까지 자잘한 굵기로 꼬아 기름을 먹인 그 밧줄은 아직도 밧줄 특유의 그 검질긴 질감을 잃지 않고 있었다.

나는 가지고 올라온 소주병을 따 그 살구나무 밑동 주변에 휘휘 뿌렸다.

쥐불이 산불로 번져가는 급박한 상황과 그 불을 끄려고 허둥대던 최씨의 모습이 잠깐 떠올랐다. 그러나 그가 밧줄을 찾아 들고 살구나무 아래에 서 있는 장면이 떠오르면서 나는 몸서리를 쳤다. 그의 죽음을 처음으로 실감하는 순간이었다.

너브내 여울에서 견지낚시질로 울화를 삭이던 그 여름이 지난 다음 해 봄 나는 쏘가리 최씨의 죽음과 만났다. 그 지방신문 기사를 읽는 순간부터 나는 조바심이 나기 시작했다. 되도록 빨리 그 현장에 가보고 싶은 충동이었다. 어쩌면 그것은 일 년 전 그 여름 내가 시도하던 그 울분의 죽음을 최씨에게 투입한, 자기 동일시 현상이었다고 할 수도 있다. 최씨를 통해 나는 내 죽음과 만나고 있었던 것이다. 그러나 당장 그 현장에 달려가보고 싶다는 생각 그 안쪽에는 비로소 그 습한 어둠 속 죽음의 유혹에서 벗어났다는 안도감 같은 것도 아주 없지 않았다. 그것은 내 울화의 폭발이 가져왔을 그 엄청난 여파가 무엇인가에 의해 막아졌다는 안도, 그리고 내 속에 억눌려 갇혔던 영혼 하나가 어둠을 뚫고 어디론가 훨훨 날아가버리는 그런 홀가분함이었다.

쏘가리 최씨의 죽음 소식을 듣기 전까지 나는 잘나가고 있었다. 회사와 나는 아주 잘 어울리는 짝꿍처럼 죽이 척척 맞고 있었던 것이다. 나는 오랜 세월 동안 공직에서 익힌 그 용의주도함으로 열심히 뛰었다. 적어도 내가 하는 일, 내가 새로이 주관하기 시작한 내 인생이 나를 쫓아낸 그쪽 그네들의 것에 비할 바가 아니라는 것을 확인시키고 싶어 안달이 났던 것이다. 울분의 죽음보다 더 확실한 복수야말로 내가 당당히 떨쳐 일어나는 일이었다. 생각보다 적응도 빨라 내가 할 일에 대한 요령이 생기면서 일은 순풍에 돛을 단 기세로 잘 풀렸다. 부임 당시의 그 꺼림하던 내 위치도 분명해졌다. 옛 동료들이 전화위복이란 말로 나를 격려했다. 그래 그들이 있었다. 그 모든 것이 내가 떨쳐난 그 관청의 동료들 덕이라고 해도 좋았다. 그때까지만 해도 그들은 막강한 내 우방이었던 것이다.

우리가 당신을 버렸을 것 같아? 천만의 말씀이지.

한 건을 처리해준 뒤 그네들이 내게 보인 그 호기의 얼굴에는 몇 년 전 구치소로 나를 면회 오던 때의 그 비굴함 같은 것은 그림자도 찾을 수 없었다.

그러나 시간이 지나면서 상황이 달라지기 시작했다. 나한테 문제가 생긴 것이다. 그것은 정말 아무것도 아닌 일에서 발단이 됐다. 분명 어떤 조짐처럼 일어난 그날 갈비집에서의 일을 나는 잊을 수가 없었다.

옛 동료들과 저녁을 먹는 자리였다. 양구에서 제가 직접 구해 온 암소갈빕니다. 식당 주인은 우리 일행 중 누군가의 비위를 맞추기 위해서인 듯 자신이 직접 갈비를 들고 들어왔다. 식당 주인의 그 말 때문인지 갈비는 맛이 괜찮았다. 누군가 나한테 술잔을 권했고 내가 그 술잔을 받아드는 순간 내 앞니에 이상이 왔다. 그냥 살코기를 씹고 있었을 뿐인데 앞니에 무엇인가 딱딱한 것이 부딪쳤다. 이빨 끝이 부러졌다는 느낌만은 생생했다. 그러나 별다른 통증도 없었던 터라 나는 좁쌀 크기만 한 그 잇조각을 그냥 슬그머니 뱉어냈을 뿐이다. 아무도 내 이빨 끝이 떨어져 나간 것을 알지 못했다. 그러나 나는 더 이상 음식에 손을 대지 못했다. 받아놓은 술잔도 그대로였다. 자신이 불치병 환자라는 사실을 처음 알게 된 순간의 기분이 그런 것일까. 신체의 극히 일부가 떨어져 나갔다는 사실이 이처럼 사람을 황당하게 만들 수 있다는 것이 믿어지지 않았다. 아무 말도 하고 싶지 않았다. 누군가 말을 시켜 입을 열었지만 입에서 그냥 바람만 쏴쏴 새 나갈 뿐 발음이 제대로 되지 않았다.

 갑자기 손에 맥살이 풀리는 그런 증세였다. 이빨이 부러진 뒤 그 어떤 일에도 신명이 나지 않았다. 마치 아편중독자의 몸에서 그 약효가 사라졌을 때처럼 온몸의 기력이 다한 그런 무력증이었다. 가장 큰 문제는 일에 대한 집중력이 생기지 않는다는 사실이다. 누구와 만나 어느 한 가지 얘기를 단 오 분 이상 끌어가지 못했다. 박 부장님, 지금 무슨 생각을 하고 있는 겁니까. 누군가 일깨워줘 제정신으로 돌아오긴 하지만 간질병 환자가 자신의 발작을 기억하고 있지 못하듯 나 역시 내가 그동안 무슨 생각을 하고 있었는지 전혀 짐작되는 것이 없었다.

 그 무력감 뒤에 불안이 따랐다. 약물중독자의 금단증상에서 손이 떨리듯 마음이 갈피를 잃으면서 초조해지기 시작했다. 내가 지금 무엇을 하고 있단 말인가. 문득 내려다보면 늪에 빠져

허덕이고 있는 내가 보였다. 부정과 비리의 늪에 내가 빠져 있었다. 그처럼 결백을 주장하던 구치소에서의 그 울분의 항변이 그대로 부정과 비리를 합리화하기 위한 발악이었다는 사실에 생각이 미치면서 얼굴이 홧홧 달아올랐다. 내가 업자들의 농간에 말려 끝내는 부패공무원으로 낙인이 찍히기까지 단 한 번도 느껴보지 못한 자성의 채찍이었다.

공교롭게도 내 앞니가 부러진 며칠 뒤 최씨의 죽음 소식을 들었다. 그러나 내 무력증과 그 불안증세를 굳이 쏘가리 최씨의 죽음과 결부시키고 싶은 생각은 없다. 물론 그처럼 마음이 허해진 상태라 쏘가리 최씨의 죽음이 내 속으로 쉽게 비집고 들어올 수 있었는지 모른다는 생각은 든다. 잃어버렸던 양심의 되돌아옴처럼 최씨의 죽음이 그렇게 내 속 깊이 들어온 것일 수도.

부정과 비리의 법칙은 그 순환관계가 명료하다. 어느 공무원이 업자의 청 하나를 마지못해 인간적으로 들어준다. 소액의 촌지가 인간적으로 주머니 속에 들어온다. 세상이 다 그런 거야. 술 한잔 걸친 공무원의 그 호기야말로 인간적이다. 뇌물이 아니면 결코 사업을 할 수 없다고, 울분의 이를 갈던 업자로선 그 작은 돈이 그 수백 수천 배에 달하는 황금 알을 낳는다는 사실에 크게 감동한다. 양심의 실종으로 얻어진 그 감동에 비례해 수백 수천의 피해자가 생긴다. 그리고 그 수백 수천의 피해자는 일구월심 이를 갈며 오로지 가해의 날만을 기다린다.

한때 내 양심의 실종으로 인해 피해를 본 사람들이 이제는 가해자가 되어 밤이고 낮이고 나를 따라다녔다. 그들이 보이지 않으면 오히려 마음이 더 불안했다. 일이 손에 잡히지 않았다. 당신은 잘못 살았어. 그들이 내 귓속에 속삭였다. 그래, 잘못 살고 있다는 회한이 내 속에서 수시로 얼굴을 내밀었다. 나한테 보은의 기회를 딱 한 번 베푼 적이 있는 옛 동료의 얼굴에서 연민을 보았을 때처럼 나는 비참한 심정이었다.

팔 걷어붙이고 열심히 사는 아내의 눈이 더 무서웠다. 타락한 공무원의 말로를 바라보는 아내의 눈 속에도 경멸과 동정이 뒤섞여 나타났다. 자식들도 이제 더 이상 나를 가장으로 바라보지 않았다.

모든 것이 허망했다. 한번은 회사 실무자 두엇을 데리고 관공서 사람들과 은근히 추진해온 일의 마무리를 하는 술자리였다. 건배를 하고 막 술잔을 입으로 가져가려는 참이었다. 느닷없이 내 눈앞에 쏘가리 최씨의 목매달아 죽은 얼굴이 나타났다. 나는 술잔을 입에 대지 않은 채 그대로 상에 내려놓았다. 부러진 앞니에 통증이 왔다. 박 부장님, 왜 그러십니까. 어디 편찮으세요? 그 뜻밖의 치통으로 해서 내가 땀을 흘리고 있었던 모양이다. 사람들이 모두 내 입을 쳐다보고 있었다. 나는 그냥 입속으로 뭔가 중얼거렸을 뿐이다. 음식이 나왔지만 며칠 전 이빨이 부러졌을 때처럼 나는 그 음식에 손 하나 대지 못했다. 먹으면 그대로 토할 것만 같이 속까지 울렁거렸다. 누구와도 말을 나누기 싫었다.

사표를 내는 거다. 나는 장항리 너브내의 최씨 죽음을 만나러 가기 직전 그런 결단을 내렸다. 더 썩기 전에 그 늪에서 나와야 되겠다는 생각이었다. 두려움 때문이라고 말하는 게 더 솔직할 것이다. 나는 더 이상 사람들을 만날 수가 없었다.

쏘가리 최씨의 주검은 산불을 다 끈 뒤에야 발견되었으리라. 그는 그 과수댁과 함께 살기 위해 자신이 직접 지은 그 집에서 스스로 목에 밧줄을 걸었다. 무엇이 그 순간적인 결단을 가능케 했을까. 정말 자기가 놓은 쥐불 때문이었을까. 그렇게 불이 무서웠단 말인가. 아니면 불에 타는 그 산이 그처럼 안타까웠단 말인가. 물론 자신의 실수로 난 그 산불에 대한 벌이 두려웠을 것은 당연하다. 그날의 급박한 상황이 그 두려움을 가중시켰을 것이란 사람들의 생각은 틀리지 않을 것이다. 봄가뭄, 그 건조한 일기에 산불이 잦자 당국에서는 주민들한테 쥐불을 놓지 말라는 것을 반상회를 통해 여러 번 경고했을 것이다. 높은 사람 목이 걸린 그 산불 현장에 달려온 관청 사람들이 어떤 놈이 불을 놓았느냐고 호통을 쳤을 수도 있다. 소방차가 달려오고 어쩌면 그 오지까지 진화용 헬리콥터가 동원됐는지도 모른다. 더 무서운 것은 바쁜 농사일을 팽개치고 삽이며 괭이를 들고 달려온 인근 마을 사람들이었을 것이다. 더구나 몇 해 전 옆 동네 서면에서 산불을 끄던 마을 사람 일곱 명이 불타 죽은 사건도 최씨의 결단과 무관하지 않았으리라.

최씨는 정말 그래서 죽었을까.

나는 새삼스런 눈으로 최씨가 살던 집을 둘러보았다. 이제 그것은 말 그대로 폐가였다. 사람이 살지 않는 빈집은 걷잡을 새 없이 망가지게 마련이다. 주춧돌 밑으로 쥐구멍이 뚫리면서 시나브로 기둥이 내려앉고 벌레집이 돼버린 그 벽에서는 쉼 없이 흙이 빠져 내려 집 전체가 납작하게 주저앉고 말 것이다.

최씨의 집은 시골집이 다 그렇듯 일자에 방이 두 개 나란히 붙어 있었다. 문지방을 넘어서면 툇마루 대신 넙적한 돌이 두 개 놓여 있었다. 부엌 옆쪽으로는 소가 겨우 거동할 정도의 우사가 하나 붙어 있었다.

방 벽에는 최씨가 입던 옷가지가 두어 개 걸려 있었다. 바깥 봉당 쪽 벽에도 낡은 잠바 하나가 3년 세월을 그대로 걸려 있었다. 댓돌 밑 돌계단에는 최씨 부부의 것으로 보이는 같은 모양의 베개 두 개가 메밀 껍질을 수북히 쏟아낸 채 뒹굴어 있었다.

빈집을 둘러보던 나는 마당 한구석 무성한 잡초 속에서 신발한 켤레를 발견했다. 눈에 익었다. 최씨는 항상 풀색의 그 낡은 작업화를 신고 있었던 것이다. 그 신발은 거의 해어져 원래의 모습을 찾기 어려울 정도로 찌들어진 채로 강 쪽을 향하고 있었다. 이상했다. 강을 향해 최씨가 걸어 나가고 있는 그런 걸음걸이 모양으로 신발이 놓여 있었던 것이다. 그는 죽어서 강으로 갔단 말인가.

나는 문득 집 뒤쪽 산과 경계를 이룬 밭언덕을 살펴보았다. 먼저 있던 나지막한 두 개의 무덤이 그대로 있을 뿐 어디에고 최씨의 것이라고 생각되는 그런 무덤은 보이지 않았다.

나는 그때까지 들고 있던 소주병을 살구나무 밑에 던져놓은 뒤 처음으로 담배 한 대를 피워 물었다. 문득 최씨한테 건네려던 담배는 이 무슨 넉살이냐 싶어 그냥 봉당에 던져버리고 말았다.

그렇게 최씨의 집 주변을 서성이고 있을 때였다. 최씨네 텃밭 그 아래쪽 신작로에서 오토바이 소리가 났다.

"누구신가 했더니만…… 아이구, 사장님, 이거 정말 오래간만이네유?"

 장항리 입구 가겟집 유씨가 내 승용차 옆에 오토바이를 세운 다음 최씨 집을 향해 올라오고 있었다. 얼굴이 불그데데한 것이 낮술을 한 모양이었다.

 "그동안 하두 안 보이시길래 이 양반이 어디 미국에라두 가 사시는가 했구먼유."

 유씨는 내가 권한 담배를 피워 물며 너스레를 떨었다.

 "누가 최씨네 집을 둘러보고 있다잖아유. 그래서 이렇게 왔더니만……"

 "여기 둘러보면 안 됩니까?"

 "안 될 거야 없지만 지가 이 동네 이장 일을 보다 보니……"

 유씨는 조금 뜸을 들인 다음 흘금 내 눈치를 살폈다.

 "혹시 이 집을 살 사람이 왔나 해서 올라와본 거예유."

 "이 집, 아직 안 팔렸습니까?"

 "그게 잘 안 팔리네유. 딸린 땅이 너무 커서 그런가."

 "땅이 얼마나 되는데요?"

 "이게 두 필진데, 합쳐서 정확히 이천칠백오십이 평이지유. 대만 해두 백이십 평이나 되는 걸유."

 "혹시 이 땅 주인이 이장님 아닙니까?"

 "내 그렇게 생각허실 줄 알았지유. 사실은 죽은 이 양반 아들이 저번 서울서 내려오더니만 지가 택시 운전을 해 먹구사느라 자주 못 온다구 글쎄 이걸 나한테 팔아달라지 뭡니까유."

 "왜 이 흉가를 헐어버리지 않구 삼 년씩이나 그대루 뒤두는 겁니까?"

"어디 집뿐인가유. 목을 맨 저 나무도 그대루 있잖아유. 이러니 밤에라두 여길 지나치려면 괜히 으스스하데유."

"집을 헐어내지 못하는 무슨 이유라두 있는 겁니까?"

"시골에선 아무리 폐가라 해두 그게 서 있는 거구 없는 게 다르다니까유. 요는 집이 서 있어야 대지 값을 제대루 받을 수 있는데다 집값까지 받아낼 수 있다 그거지유."

듣고 보니 그럴 수도 있겠다 싶었다. 그러나 유씨는 뭔가 다른 얘기를 하고 싶은 눈치였다.

"사실은 이걸 헐어버리지 못하는 덴 좀 믿거나 말거나 한 그런 우스운 사연이 하나 있긴 하지유."

"그게 뭡니까?"

"그게 다 미신이라 나두 믿진 않지만서두…… 문제는 그 아들이 그 일루 된통 겁을 먹고 아예 이 근처에 얼씬두 안 하는데 누가 나서서 저걸 헐자 말자 한답니까유."

"뭔 일이 있었구먼요."

"허긴 그 아들한텐 그게 아주 큰 일이었겠지유."

최씨의 그 의붓아들이 두 번씩이나 교통사고를 낸 얘기였다. 최씨가 죽고 얼마 지나지 않아 그 아들이 상속받은 그 땅문서를 새로 만들어 들고 장항리에 나타났다. 그때 아들과 함께 온 서울 사람 하나가 이장 유씨를 증인으로 그 땅 매매계약서를 썼다. 계약금을 받은 그 아들이 희희낙락 술까지 산 것까지는 좋았다고 한다.

"그게 뭔 심산지, 술을 먹다 말구 그 아들이 이리루 치뛰데유. 여기 와서 한다는 짓이 저 방문짝을 모조리 떼내 박살을 냈다 그겁니다유."
 듣고 보니 정말 그 폐가에 문짝이 하나도 남아 있지 않았다.
 "거참. 우연치구는 이상두 하지유. 며칠 뒤 서울서 그 아들이 교통사고를 냈다는 겁니다. 일이 우습게 되려니까 그때 매매된 땅마저 해약이 되구 말더라 그겁니다유."
 그 사고 때문이었는지 최씨 아들은 그 뒤로 거의 일 년 동안 모습을 드러내지 않았다는 얘기다.
 최씨 아들이 다시 마을에 나타난 것은 일 년쯤 지나서였다. 이번에는 춘천 시내 부동산중개소에다 땅을 내놓았으니 그 뒷일을 이장이 모두 알아서 처리해달라는 부탁을 하더란 것이다.
 "그 아들, 술을 먹다 말고 또 여기로 올라왔겠구먼요."
 내가 이렇게 농으로 껴들자 유씨는 정색을 했다.
 "웬걸유. 그날은 술두 거의 안 먹데유. 처음 나타났을 때만 해두 이 집을 당장 불지르구 가겠다구 큰소릴 치더니 아예 올라가지두 않구 가버리데유. 헌데 문제는……"
 최씨 아들이 또 차 사고를 낸 건 이곳에 다녀간 바로 그 다음 날이라고 했다. 먼저 사고로 정지됐던 운전면허가 풀린 지 한 달도 안 돼 다시 사고를 낸 것이다. 두번째는 사람이 죽는 인명사고에다 그 자신도 중상을 입은 상태에서 구속까지 됐다는 것이다.
 "사고가 나구서 얼마 있다가 나한테 연락이 왔데유. 서울 병원까지 가 만났더니 땅을 헐값에라두 얼릉 처분해달라는 거예유. 땅 팔리면 그 당장 팔봉 무당 불러다가 굿을 벌리겠다구 하데유. 그 얘길 듣구 있다가 내가 그랬지유. 이 사람아, 굿을 할 거면 땅 팔리기 전에 하는 걸세. 그랬더니 뭔가 켕기는 게 있는지 잠자쿠 듣구만 있데유."

그러나 땅을 사겠다는 작자가 쉬 나타나지 않는다는 얘기다. 최씨가 살아 있을 때만 해두 그 땅값 부르는 대로 줄 테니 사달라고 뻔질나게 드나들던 서울 사람들도 일체 발길을 끊고 그만이란 것이다. 어쩌다 작자가 나타나 막상 계약 단계에 들어갔다가도 무슨 통속인지 도장을 도로 챙겨들고 일어서더란 얘기다.

"거, 소문이란 참 무서운 거데유. 최씨 목매 죽은 건 근래 일이라 그렇다손쳐두 아, 십몇 년 전 최씨네 그 아주머이하구 네살배기 애기가 저 너브내 강에 빠져 죽은 일까지 훤히 알구들 있는 덴 정말 환장하겠데유."

"참 몇 년 전 그 얘기 듣다 말았지만, 그거 도대체 어떻게 된 겁니까?"

나는 4년 전 유씨가 자기네 가겟방에서 시작하려던 그 얘기를 어슴푸레 기억해냈던 것이다.

"아이구, 이거 내가 시내 나가 낮술을 한잔했더니 이상하게 말이 많네유."

유씨는 함부로 발설해서는 안 될 말을 술김에 털어놓고 있다는 뜻의 얘기를 장황하게 늘어놓았다. 근래 장항리 일대에선 최씨네 애기를 함부로 하지 못한다는 것이다. 그런 음산한 얘기가 마을에 떠돌아서 좋을 거 하나도 없다는 생각에서 이장 일을 보는 자신이 그 일에 앞장서고 있다는 얘기다. 6·25전쟁 때 장항리 너브내 강에서 중공군 대대 병력이 몰사한 그 귀신들 때문에 이 일대 강에서 익사 사고가 많다는 소문만으로도 외지인들한테 마을 인상이 안 좋다는 것이다. 더구나 마을 입구 군부대 유격장으로 해서 그동안 마을이 고립됐던 것만 해도 억울한데 그런 흉사 얘기가 마을 발전에 무슨 도움이 되겠느냐, 열변이었다.

그런저런 소문으로 이곳 땅값도 안 좋은데다 당장 거래마저 끊기고 있어 그런 말 단속까지 했다는, 다소 속셈이 엿보이는 협박조 얘기 끝에 유씨는 최씨 부인과 함께 물에 빠져 죽은 그네 살배기 아들 얘기를 풀어냈다.

최씨가 금학산 골짜기에서 화전을 일궈 먹고살다 장항리 너브내로 내려와 정착을 한 것은 70년대 초 화전민 정리 때였다고 한다. 최씨는 아이 둘 달린 그 과수댁과 궁합이 잘 맞는지 밭에 일 나갈 때도 늘 붙어 다닐 정도로 금슬이 좋았다는 것이다. 주인이 나타나지 않는 강 건너 묵밭을 일구기 위해 내외가 강을 건너갈 때면 그 부인이 늘 최씨 등에 업혀 있곤 했다는 것이다. 의붓남매에 대한 사랑도 남달라서 그 어려운 살림에도 의붓아들을 초등학교 때부터 춘천에 내보내 공부를 시켰다고 한다. 어릴 때부터 좀 모자라는 의붓딸을 위해서도 최씨는 시내 나갔다 들어올 때마다 옷 한 가지씩을 직접 사다 입혔다는 것이다.

더구나 두 사람이 만난 지 칠 년 만인가 그 부인이 최씨 아들을 낳아주자 그 부부애는 남들이 시샘할 정도로 끔찍했다. 남들한테는 매사 유난히 고집을 세우고 퉁명스레 곁을 주지 않던 사람이 그 부인과 그렇게 잘 어울려 사는 게 마을 사람들로서는 신기할 수밖에 없었다.

그러나 어렵게 얻은 그 아들이 네 살이 되던 해 여름이었다.

"그 고집퉁이가 내외 정분만은 참 유난스럽다 싶더니만 결국은……"

장마 뒤끝이라 물이 많이 줄긴 했어도 여울목 물살은 꽤나 세찼다. 특히 장마에 굴러내린 돌이 강바닥에 제대로 자리 잡지 못해 그런 돌을 밟았다가는 넘어지기 쉬웠다. 특히 날 험한 돌 너설에 발이라도 채이면 그대로 주저앉을 수밖에 없었다.

그날 최씨 부부는 그동안 장마로 돌보지 못한 강 건너편 참깨밭의 김을 매고 돌아오는 중이었다. 최씨는 늦게 얻은 네 살배기 그 아들을 어디에 가든 데리고 다니곤 했다. 그때도 최씨는 네 살배기 아들을 건너갈 때처럼 등에 업은 채 여울목으로 들어섰다.

최씨가 일부러 걸음을 빨리한 듯 그 부인은 아이를 등에 업은 남편이 강 중간쯤 이르렀을 때야 물에 들어서고 있었다. 힐끔 뒤를 돌아본 최씨는 걸음을 더 빨리했다. 건너갈 때 그랬던 것처럼 아이를 강기슭에 내려놓은 뒤 부지런히 되돌아가 부인을 부축하기 위해서였을 것이다.

"지금은 이미 죽은 이지만, 그때 절골 살던 조씨네 아주머이가 쏘가리 최씨네 식구들이 여울에서 그 변을 당하는 걸 이 위에서 내려다봤다는 겁니다유. 그렇게 누가 봤으니까 망정이지, 그 쇠고집이 즈 마누라하구 애가 어찌어찌해 죽었다는 걸 누구한테 얘기할 위인이 아니지유."

유씨는 그날의 정황을 실감 나게 하기 위해 이미 죽은 사람의 눈까지 동원하고 있었다. 해 넘어갈 무렵이라 강물에 어린 저녁 노을이 대단했다는 것이다.

아이를 등에 업은 쏘가리 최씨가 이쪽 강기슭에 거의 이르렀을 무렵이었다.

건너편 강기슭에서 얼마 들어오지 않은 여울에서 여자가 물살에 몸을 가누느라 발을 떼는 게 위태위태해 보였다. 그러나 작은 몸집에 비해 꽤 당차다 싶던 여자의 물속 걸음걸이가 어느 순간 흐트러지는가 싶더니 그대로 주저앉고 말았다. 물살에 벗겨진 신발을 집으려 했던가, 아니면 발이 돌에 채여 그대로 넘어졌는지도 몰랐다. 여울 물살에 휩쓸린 최씨 부인은 더 이상 일어서지 못했다.

때맞춰 최씨가 부인 쪽을 돌아보았다. 그 순간 최씨는 아이를 업은 채 그대로 떠내려가는 부인 쪽으로 철벙철벙 물속을 달려가고 있었다. 그러나 그 판단이 틀렸다는 것을 깨달은 듯 그는 얼마 가지 않아 다시 몸을 이쪽 강기슭으로 돌렸다.

최씨는 강기슭에 아이를 내려놓기가 무섭게 덮치듯 다시 물속으로 뛰어들었다.

강폭이 워낙 넓어서인가, 최씨가 그렇게 급히 달려갔어도 그때는 이미 부인이 병풍벼루 밑 깊은 물속에 잠긴 뒤였다. 세찬 여울물에 휩쓸려 내려오는 동안 혼절을 한 것인가. 그 부인은 물 위에 더 이상 모습을 보이지 않았다.

쏘가리 최씨의 자맥질이 시작됐다. 그러나 물속에 잠수해 들어갔다 솟구쳐 오를 때마다 그는 번번이 허탕이었다. 그는 숨을 제대로 가누지도 못한 채 그대로 다시 자맥질쳐 물속으로 들어가곤 했다.

다시 한번 잠수해 들어가던 최씨가 곧바로 몸을 솟구치며 강기슭을 쳐다봤다. 아이가 없었다. 강기슭은 물론 여울 어디에도 아이는 보이지 않았다.

"절골 그 아주머이두 하두 경황이 없어 그 애가 물속으로 들어가는 걸 보지 못했대유. 애는 즈 아버이 어머이가 절 버리구 죽는 줄 알구 기겁을 해 물속으루 뛰어들었겠지유 뭐."

물론 그날 쏘가리 최씨는 자기 손으로 그 부인과 아들의 시신을 모두 건져 올렸다고 한다. 그리고 제대로 된 처치는 못되었겠지만 최씨는 그 두 주검을 번갈아 타고 앉아 거의 두 시간 넘게 인공호흡 비슷한 것을 했다. 하도 입을 세차게 빨아대 죽은 사람의 그 입술이 모두 퍼렇게 피멍이 들었다는 것이다.

"그 현장에서 그걸 직접 눈으루 본 사람이 있는데두 나중에 별소리가 다 들리데유. 아직 살아 있는 부인을 건져 올리는 중에 애가 물속으로 뛰어드니까 최씨가 그 부인을 그냥 물속에 던져버리구 애한테루 달려갔다는 거지유. 어떤 사람은 애가 첨부터 즈 아버일 뒤따라 물속으로 뛰어들었는데두 애는 내버려둔 채 여잘 건지는 일에만 정신이 팔려 있었기 땜에 애가 죽게 됐다구, 꼭 지 눈으루 직접 본 것처럼 얘길 하더라니까유."

사람이 그런 경황에서 어떤 선택을 위해 순간적으로 내릴 수 있는 결단이란 오직 동물적 본능에 의한 것일 수밖에 없을 것이다. 문제는 그 뒤 산 사람으로서의 그 일에 대한 책무와 그에 따른 회한, 그 죄의식이 결코 가벼울 수 없다는 사실이다.

부인과 아들을 잃은 뒤 더 이상 쏘가리를 잡지 않았다는 등의 가시적 변화 하나를 통해서도 최씨의 고뇌는 충분히 짐작된다. 그는 부인과 아들의 죽음을 결코 숙명적인 것으로 받아들이지 않았을 것이다. 왜 하필 그날 강을 건너야만 했단 말인가. 좀 더 신중히 얕은 쪽 여울을 찾아 들어섰을 수도 있었지 않았던가. 얼마 되지도 않은 그 밭매기에 왜 두 사람씩이나 데리고 그 강을 건넜단 말인가. 그때 곧바로 애를 이쪽 강기슭에 내려놓기만 했어도 시간이 그렇게 지체되지 않았을 것이 아닌가.

그가 할 수 있는 유일한 자학의 그 고행은 회한의 장항리 그 강을 내려다보고 사는 일이었는지도 모른다.

그러고 보니 4년 전 나는 너브내 저 여울에서 고기를 잡은 것이 아니라 쏘가리 최씨의 가슴에 묻힌 죽음들을 건져 올리고 있었던 셈이다. 그렇다면 내가 잡은 고기들은…… 인연이란 참 묘한 것이어서 나 역시 너브내 그 강 언덕에서 목을 맨 최씨의 죽음으로부터 결코 자유로울 수 없었던 것이다.

"가운이 한번 삐끗하면 단박에 네 기둥이 내려앉는다는 말이 정말 맞긴 하데유. 뭔 얘긴고 하니 최씨 의붓딸이 얼마 안 있어 또 죽었다 그거지유."

낮술이 알싸하니 오르기 시작한 장항리 가겟집 유씨는 상대가 자기 얘기에 흠뻑 취해 있는 게 신이 나는 것 같았다. 그 의붓딸마저 죽었다는 이 얘기도 언젠가 그가 변죽을 올린 적이 있었다. 그러나 나는 유씨의 흥을 죽이고 싶지 않았다.

"또 누가 죽었다고요?"

"그 의붓딸두 결국 또 물에 빠져 죽더라니까유."

유씨는 강 건너편 깎아지른 절벽 병풍벼루를 가리켜 보였다.

"즈 어머이 죽구 그다음 해 여름인가 저 벼랑에서 물로 뛰어내렸다니까유."

"자살을 했군요."

"원래 어릴 때부터 반편이 비슷이 늘 얼 나간 얼굴을 하구 있긴 했지만 즈 어머일 닮아 인물 하난 좋았지유. 문젠 그 처녀애가 그렇게 죽고 나자 또 일이 벌어진 거지유. 그냥 죽은 즈 어머이가 보고 싶어 물에 뛰어든 게 아니라는 거였지유. 툭하면 건너편 병풍바위 위에서 울고 앉았더니 결국은 즈 어머이가 데려가구 말았다구 우린 모두 그렇게만 알구 있었지유. 그런데 며칠 있다가 일이 아주 요상하게 돼 돌아가더라니까유."

"뭔 일이 또 생겼습니까?"

"그 의붓아들이 즈 아버일 경찰서에다 고발한 겁니다유. 최씨가 그 의붓딸을 범했기 때문에 지 여동생이 그렇게 죽었다는 거였지유."

열예닐곱 살 된 그 의붓딸이 죽은 일로 최씨가 당한 고초가 꽤 컸던 모양이다. 그 일로 읍내 경찰서에 끌려가 여러 번 조사도 받은 모양이지만 최씨는 그 문제에 대해 일절 입을 열지 않았다고 한다. 그 묵비권으로 해서 그는 상당히 불리한 상황까지 갔었다는 얘기였다.

아들이 아버지를 고발한 사건이라 경찰에서도 꽤 신중히 조사를 했고, 결국 그 사건은 무혐의로 처리되고 말았다. 그런 눈치에다 분명 배까지 불러 있었다는 그 정황만으로 고발을 한 아들의 말이 설득력을 갖지 못했던 것이다. 게다가 이미 매장한 사체까지 파내 부검을 한 결과 임신한 사실이 없다는 것이 밝혀졌다고 한다.

"여북했으면 부모 자식 간에 의절까지 했겠습니까유."

중학교를 겨우 졸업한 뒤 더 이상 공부는 싫다며 서울 등지로 떠돌던 그 의붓아들이 방위병 제대를 한 뒤 잠깐 집에 머물고 있을 때 그 일이 생겼다는 것이다.
"사장님은 어떻게 생각허세유? 최씨가 정말 그 의붓딸을 그랬을까유?"
술기운의 유씨는 그 일을 호사가의 그 기분으로 즐기고 있는 것 같았다. 나는 어느새 최씨의 확실한 우방으로 마음을 굳히고 있었다.
"결국은 이 땅 때문에 두 사람 사이가 그렇게 벌어지게 된 거 아닙니까. 죽은 그 처녀 앞에서도 늘 이 땅 문제를 놓고 부자가 심하게 싸웠겠지요. 그럴 때마다 별의별 소리가 다 나왔겠지요. 이제 보니 둘이 수상쩍다고, 그렇지 않고서야 땅을 이처럼 못 팔게 고집을 부릴 수 없다고, 그렇게 아들이 아버질 협박했는지도 모르는 일이지요."
"아하, 그러니까 그 처녀가 그 얘길 듣구 억울해서 그렇게 죽었을 거다, 그런 말씀이십니까유?"
"그럴 수도 있다는 거지요. 부자 간에 그렇게 앙숙으로 싸우는 것이 지겨웠을 수도 있고."
내 얘기에 별로 관심이 없는지 유씨는 나한테 몇 시나 됐느냐고 시간을 물었다. 워낙 깊은 골짜기라 오후 다섯시인데도 남향인 최씨네 산비탈로는 벌써 저녁 그늘이 들고 있었다.
"아이구, 이거 시간이 벌써 이렇게 됐나. 사장님, 이제 내려가시지유. 조금 있으면 목맨 귀신, 물에 빠져 죽은 귀신들이 모두 이리루들 몰려올 텐데유."

그렇게 넉살을 떨며 신작로 쪽으로 몸을 돌리는 유씨를 향해 내가 말했다.

"이장님, 최씨가 정말 저 나무에 목을 맸습니까?"

나는 그때 심사가 조금 뒤틀려 있었는지도 모른다.

"초상집 가 밤새 아이구 하구선 아침에 누가 죽었느냐구 묻는 격이네유. 아, 정말 목을 맸으니까 죽었지유. 이 양반이 어딜 갔나, 불 끄구 내려오다가 좀 이상한 생각이 들길래 우정 여기까지 왔다가 저 나무에 매달린 걸 내가 첨으루 봤다니까 그러네유."

그때 생각이 나서인 듯 유씨는 고개를 절레절레 내저었다.

"이장님, 최씨가 왜 목을 맸을까요?"

유씨는 말도 안 되는 것을 물어본다는 듯 내 얼굴을 한참이나 뻔히 쳐다봤다.

"그런 경황이라면 나라두 죽구 싶었을걸유. 산불 타는 걸 보셨는지 모르지만 정말 겁나는 게 산불이야유."

"산불 낸 게 겁나 죽는다…… 최씨가 그렇게 심약한 사람이었습니까. 이장님이 여태까지 말씀하시던 그 쇠고집쟁이 최씨가 말입니다."

지금 무슨 소릴 하고 있느냐, 유씨는 내 의중이 궁금한 양 잠시 머뭇거리더니 조금 열쩍은 웃음을 보였다.

"허긴 듣구 보니 그렇기두 하네유. 허지만 그때 상황을 잘 모르구서 하시는 말씀이지 누구나 그런 경황이면……"

"산불을 낸 사람이 다 그렇게 죽진 않았을 거 아닙니까?"

최씨는 아직도 내 의중이 집히지 않는지 그냥 흐흐 웃는 것으로 대꾸를 대신했다. 나는 최씨를 따라 내려가던 발걸음을 멈췄다. 그 죽음의 자리를 이대로 떠나기엔 뭔가 아쉬움 같은 게 남았기 때문이다. 유씨가 나를 돌아보았다.

"지금 같이 안 내려가실 거에유?"

나는 그 대답으로 손을 가볍게 흔들어 보였다. 뭔가 생각이 하나 떠오른 듯 유씨가 집 뒤꼍을 쳐다보며 말했다.

"최씨가 그렇게 맘이 독허지만두 않았던가 봐유. 누가 보니까 죽은 그 의붓딸을 저기 즈 어머이 곁에 묻어주면서 최씨가 울더래유. 그 딸 땜에 그렇게 수모를 당하구서두 부검까지 한 그 시신을 다시 찾아다 묻을 땐 쿵쿵 소리까지 내면서 울더라니까유."

나도 궁금한 것이 하나 있었다.

"그렇게 사이가 나빴다면 그 아들하곤 죽기 전까지 거의 만나지 못했겠네요."

"아니지유. 그 뒤루두 뻔찔나게 드나들었다니까유. 언젠가 최씨가 소 살리려고 집에 뫄놨던 돈두 그 아들이 가져갔다던데유. 최씬 아들이 그놈에 땅뙈기 팔아가겠다구 난리를 칠 때나 내 눈에 흙 들어가기 전엔 어림없다며 땅문설 박박 찢어 아들한테 내던질 정도루 화를 내군 했지만 여느 땐 아들이 와 있든 말든 일체 간섭을 안 하구 살았다니까유."

"그 아들 앞에서 땅문서를 찢어버렸다는 겁니까?"

"좌우지간 지독한 양반이었지유. 아, 평생에 도장 하나 없이 살았다면 알쪼 아닙니까유. 이장 생활 5년에 최태식이 도장 한 번 못 받아본 사람이 바로 저 아닙니까유."

그 얘기를 끝으로 유씨는 부지런히 신작로로 내려갔다. 어느

새 그는 길가에 세워둔 오토바이에 올라앉아 시동을 건 뒤 그 방향을 돌리고 있었다. 내가 큰 소리로 그를 불러 세웠다.

"이장님, 최씨 그 양반 묘는 어디다 썼습니까?"

"뭐라구유?"

유씨가 오토바이 시동을 껐다.

"최씨 무덤이 어디 있는지 몰라서 그럽니다."

유씨는 손부터 내저었다.

"무덤 같은 건 없어유. 죽은 그 다음 날루 아들이 춘천 내다가 화장을 한 건 분명한데 재두 어디다 뿌렸는지 아는 사람이 하나두 없다니까유."

다시 시동을 건 유씨는 오토바이를 발로 조금씩 움직여 나가며 큰 소리로 다시 말했다.

"저 위에 있는 즈 어머이랑 즈 동생 무덤두……"

오토바이 엔진 소리가 커 더 이상 무슨 말인지 들을 수 없었다. 유씨의 오토바이는 굉음을 내지르며 장항리 너브내 강둑길을 달려나갔다. 죽은 최씨가 그 오토바이 뒷자리에 납짝 달라붙어 있었다.

문득 강 쪽으로 눈길을 돌리던 나는 아 하는 탄성을 내질렀다. 너브내 강에 그렇게 많이 나왔으면서도 이런 장관은 처음이었다.

강 여울이 붉게 타고 있었다. 조금 전까지만 해도 강물 위에 하얗게 부서져 내리던 그 햇빛 잔치가 어떻게 저처럼 붉은빛으로 타오를 수 있단 말인가. 너브내 강을 물들인 그 붉은빛의 호

름은 차라리 끔찍하다는 표현이 맞을 것 같았다.

 강이 하늘을 끌어안고 쏟아내는 그 장엄한 핏빛 여울을 내려다보면서 나는 속에서 콕 하고 치미는 울음 한끝을 모질게 삼켜버렸다.

 그리고 강물 흐르는 소리. 보이는 것이 너무 강했기 때문이었을까. 나는 이날 처음으로 너브내 강 여울 소리를 들었다.

 강여울 소리를 듣는 순간 풀쑥 웃음이 나왔다. 아니 내가 웃은 게 아니었다. 내 속에서 누군가 웃고 있는 소리였다. ㅎ, ㅎㅎ. 어쩌면 그것은 최씨가 살던 그 폐가 어딘가에서 나는 소리였는지도 모른다.

 ㅎ ㅎ. 이번에는 내가 웃었다. 그래, 당신은 죽지 않았어. 산불을 낸 두려움 따위로 시시하게 목숨을 버릴 그런 위인이 아니지. 당신은 그동안 기다리고 있었던 거야. 어느 때 어떻게 죽어야 다른 사람 속에 되도록 오래오래 머물 수 있는가, 그걸 호시탐탐 기다리고 있었던 거지. 살아생전 다른 사람들 곁에 갈 수 없었던 그 절절한 외로움, 그 울분만큼 죽어서 오래오래 다른 사람들 속에 살아 있고 싶었던 거라구.

 너브내 강여울 소리는 점점 그 높낮이와 리듬을 갖춘 어떤 소리의 흐름으로 들려왔다. 애절한 아라리의 그 음조는 강여울의 그 핏빛 노을을 다독이면서 병풍벼루 위로 너울너울 날아가고 있었다.

 그래요. 당신이 벌인 싸움은 끝나지 않았군요. 반공포로로 남쪽에 남을 수밖에 없었던 그 외로운 싸움을 당신은 죽으면서 다시 시작한 거요. 큰 쏘가리만 찾아 작살로 찍던 그 집착의 세월도, 모든 것을 다 잃고서도 끝내 붙잡고 놓지 않은 그 땅에 대한 집착도 모두 당신이 선택할 수밖에 없었던 당신의 삶이었던 것처럼 당신은 죽으면서 다시 싸움을 시작한 거요. 저 폐가가 사라지지 않고 있는 이상, 저 밭과 산, 그리고 너브내 강이 저처럼 도도히 흐르고 있는 한 당신이 시작한 싸움은 아직도 끝나지 않았소.

붉게 타오르면서 흐르는 그 아라리 가락의 강여울을 내려다보며 나는 그런 생각을 하고 있었다.

나는 내 속에 들어온 최씨의 죽음을 그대로 두기로 한다. 그가 내 속에 살아 있으면서 벌일 그 싸움에 대한 기대 때문이다. 그가 내 우방으로 나를 도와주리란 확신이었다. 밧줄을 스스로 목에 건 최씨의 그런 결단으로 사람들 속에 남고 싶었다. 늪 속에 빠진 나를 내려다보며 자학하는 그런 열패의 삶이 아니라 그 늪에서 떨쳐 일어서는 당당한 모습을 사람들한테 보이고 싶은 것이다.

여울 소리가 사라졌다. 오토바이 소리였다. 조금 전 사라진 유씨의 오토바이가 다시 나타난 것이다. 죽은 최씨도 아직 그 오토바이 뒷자리에 그대로 달라붙어 있었다. 오토바이 시동을 끄고도 유씨는 우정 큰 소리로 말했다.

"내려가실 때 즈 집에 꼭 들러주시라구유. 집에서 오늘 특별히 콩물국수를 한단 얘길 깜빡했지 뭡니까유."

그리고 그는 다시 한마디를 덧붙였다.

"사장님, 이만한 땅 이 근동에서 찾기 어렵습니다유. 향두 좋구…… 그저 눈 딱 감고 사놓으세유. 제가 누굽니까. 제가 다 알아서 해드릴 거니 그저 마음 결정만 하시라구유."
 한 발을 땅에 끌면서 오토바이 방향을 돌리고 있는 유씨를 향해 나는 손을 힘껏 흔들어 보였다.

○ 1997년 『21세기문학』 가을호

실종

무슨 겨울이 이러냐고, 눈도 추위도 실종된 요즘 날씨를 두고 사람들은 시비조로 구시렁거렸다. 사방이 물과 산으로 둘러싸인 이 도시의 겨울은 기온이 높을수록 안개가 많았다. 정오가 넘어서야 겨우 해를 보는 날이 많은 이곳 사람들은 그 안개로 해서 농작물 재배에 피해가 클 뿐만 아니라 기관지나 신경통 등 건강에도 안 좋다는 것을 일상의 이야깃거리로 삼곤 했다. 특히 요즘 며칠은 안개 짙기가 심해 도시 전체가 꿈속처럼 몽롱한 가운데 사람들의 거동마저 활기를 잃은 듯 흐느적거리고 있었다.
　방학으로 집에 들어앉은 시간이 많은 내 요즘 하루가 그렇게 하리타분했다. 머리에 안개라도 낀 듯 혼미한 의식 저쪽에서 뭔가 수상쩍은 불안이 머리를 들곤 했다. 안개가 많이 낀 날은 잠도 깊이 들기 어려웠다. 잠에서 깨어나도 뭔가 마뜩잖이 머리가 무거웠다. 그럴 때면 어김없이 어머니의 목소리가 이명처럼 집 안에 울리고 있었다.
　"주환이 놈은 어제 몇 시에 들어왔다더냐?"

"전화 안 걸어봤어요."

"왜 안 걸었어?"

"어머님, 주환인 이제 대학생이에요."

아내의 목소리가 벌써 볼강스럽다.

"대학생이니까 더욱 걱정이 된다는 게야. 서울이 어떤 덴지 몰라서 그러냐."

이것도 안개 탓일까, 요즘 어머니의 오새없는 말참견이 부썩 메꿎었다. 시시콜콜 간섭이고 당신이 궁금한 것은 무슨 수를 쓰더라도 암니옴니 캐내고 만다. 나설 자리가 아닌 말은 들어도 못 들은 척 넘겨야 하는 법인데 사사건건 끼어드는 통에 어머니가 있는 자리에서는 누구와도 얘기 나누기가 겁났다.

"오늘 일요일인데, 아범 어디 간다냐?"

"동창회가 있대나 봐요."

"중학교 동창횐가?"

"고등학교 동창회래요."

"고동학교면…… 아범이 삼십칠회가 맞쟈?"

"……"

이쯤에서 고부간의 대화는 일단 끊어진다. 이제 아내는 어머니의 어떤 물음에도 대꾸하지 않을 것이다. 어머니 또한 당신의 이야기에 더 이상 반응을 보이지 않는 며느리에 대해서 고까워하는 기색도 아니다. 다른 말벗을 찾는 일이 더 급하기 때문이다.

"아범, 나 좀 보자."

매고 나갈 넥타이를 고르고 있는데 어머니가 안방 문을 열고 들어선다. 어머니는 늘 이렇게 당당하다. 평생을 그렇게 살았다. 아내도 어머니의 이 당당함 앞에는 속수무책이다. 어쩌면 남들 눈에 고부간의 갈등이 전혀 없는 것으로 보여지는 것도 이따금 어머니가 보이는 이 거침없는 단호함 때문이랄 수도 있었다.
"아범 오늘 고동학교 동창회에 간다며?"
"그래요, 어머니. 삼십칠회 정기 동창회예요. 한시에 궁전뷔페에서 만나요."
지레 어머니의 물음을 차단해버리기 위한 화법이다. 그러나 어머니의 표정이 여느 때와 다르다는 느낌이다.
"오늘은 병하, 갸 소식두 듣겠구나."
어머니의 입에 느닷없이 오른 병하로 해서 나는 망연해진다. 아하, 병하는 아직 어머니의 기억 속에 살아 있었구나. 그러나 어머니의 병하에 대한 기억은 새삼스러운 것도 아니다. 내 주변 사람의 행방에 대한 어머니의 그 집요한 반응이 바로 병하의 실종으로부터 시작되었던 것이다.
해방둥이 동갑으로 중·고등학교 함께 다닌 이병하가 가뭇없이 종적을 감춘 것은 대학교 2학년 가을이었다. 1965년 그 가을, 대학가는 많이 시끄러웠다. 봄부터 시작된 한일회담에 대한 반대 데모가 가을에 접어들면서 더욱 격화되었던 것이다. 국회에서 야당이 불참한 가운데 한일협정이 비준되자 만여 명의 학생들이 비준무효화 데모를 벌였다. 급기야는 무장군인이 고대에 난입했고 서울지구에 위수령이 발동되는 것과 때를 같이해 고대·연대에 무기휴업령이 내려진 것이다. 서울대 상대생들이

군화 화형식을 가진 것도 그 무렵이다.

까마귀 날자 배 떨어진 격이었다. 병하가 종적을 감춘 것이 바로 그런 혼란스러운 시국을 배경으로 하고 있었기 때문이다. 물론 그때 고대생이었던 병하가 데모 대열에 안 끼었을 까닭이 없다. 당시 젊은이들이 공유했던 군사정권에 대한 그 적대감과 울분을 내 자취방에서 토로하던 기억도 생생하다. 그는 자신의 하숙집보다는 이문동 내 자취방에서 자는 것을 좋아했다. 어머니가 병하를 남다르게 기억하는 것도 당신 자식이 아르바이트를 해 어렵게 지내고 있는 자취방에서 쌀을 축낸다는 불만에서 비롯된 일인지도 모른다. 병하가 행방불명되었다는 내 말에 어머니가 맨 먼저 보인 반응도 그런 것이었다. 그 녀석이 니 밥 뺏어 먹는 게 이제 부끄러웠던 모양이구나. 처음 그렇게 시큰둥히 시작된 병하의 실종에 대한 어머니의 관심은 날이 갈수록 그 상태가 심상찮았다. 그것은 병하의 가족들이나 그 친구인 내가 갖는 관심을 넘어선, 거의 병적 집착이었다. 비록 그것이 지속적인 것은 아니었다고 해도 어머니의 병하 실종에 대한 집착 증세는 30년 넘게 계속되어온 셈이다. 병하 어머니가 죽으면서 남은 그 가족들까지도 이제 더 이상 병하 생존에 대한 희망을 포기해버린 뒤에도 어머니는 병하가 어딘가 살아 있을 수도 있다는 사실을 우리에게 불쑥 일깨워주곤 했던 것이다.

"갸 소식 알려구 오늘 동창들이 모이는 게냐?"

"아니에요. 오늘은 일 년에 한 번씩 그냥 만나는 날이에요."

"그냥 만나다니 도대체 그게 뭔 소리야. 갸가 아직 안 돌아왔다면서 친구들이 그럴 수가 있는 게냐?"

34년이 지난 지금도 어머니는 우리 주변에서 일어나는 모든 일을 병하의 실종과 관련짓고 있었다. 병하가 실종된 그다음 해 한독당 내란음모 사건이 발생했을 때 어머니는 병하가 거기 관계되지 않았나 잘 알아보라고 채근하기를 잊지 않았다. 다시 그 다음 해 중앙정보부가 동베를린 거점 북한의 대남공작단 사건을 발표했을 때도 신문에 난 그 명단을 나 몰래 감춰놓고 몇 번씩 확인하는 기색이었다. 어머니의 병하에 대한 그 집요한 관심은 1968년 1월 21일 무장공비 31명이 서울에 침입한 사건을 계기로 일단 사그러들었다. 그들 사살된 공비들의 주검 속에 병하가 끼어 있기라도 하듯 그 안쓰러움을 구시렁거리는가 하면 심지어는 생포된 김신조가 병하일 수도 있지 않느냐 얘기에 내가 더 이상 참아내지 못했기 때문이다. 훌쩍 집을 나갔던 내가 사흘 만에 돌아오자 어머니가 자식 앞에 무릎을 꿇었다. 다시는 병하 얘기를 꺼내지 않겠다는 다짐이었다.
　병하가 사라질 무렵의 나라 상황이 그랬다. 병하와 가까웠다는 이유 하나로 나는 그 실종 사건의 혐의자가 되었다. 가족으로부터 실종신고를 접수한 경찰은 처음부터 병하의 실종을 수배 중인 범죄자가 잠적한 것으로 단정하고 수사에 나섰던 것이다. 나는 하릴없이 병하의 잠적을 조종한 그 배후거나 은닉 행위를 한 피의자의 신분으로 조사를 받아야 했다. 병하와 한 달 동안 주고받은 말을 기억해 써낸 수백 장의 같은 내용에서 토씨 하나가 틀려도 트집을 잡아 물고 늘어지던 그들이었다. 그들은 내 아버지의 부재에 대해서도 관심이 많았다. 아버지가 어떤 사람이었느냐, 언제 어떻게 사망했느냐. 깐족이는 그들의 질문은 매우 치욕적이며 집요했다. 하도 억울해 어느 대목에서 입을 다물기라도 하면 얼굴로 주먹부터 날아왔다. 병하가 만약 살아서 내 앞에 나타난다면 내가 당한 수모의 몇 배로 갚아주리라 이를 악물어 작심한 것도 그때였다.

그 며칠간의 곤욕은 그래도 나은 편이었다. 3대 독자의 행방을 알아내기 위한 그 가족들의 절실한 추적으로부터 나는 결코 자유로울 수 없었기 때문이다. 경찰이 그러했듯 병하 가족들도 나만은 병하의 행방을 알고 있으리란 확신이 문제였다. 병하의 가족들은 내 얼굴 표정 하나에서도 뭔가 단서를 찾으려 부심했다. 내 일기장과 편지는 낱낱이 까발려졌다. 병하의 눈이 되고 병하의 발이 되어 그가 갔을 만한 곳은 어디든 찾아다녀야 했다. 병하가 만났던 모든 사람들을 만나야 했고 그가 연루되었던 모든 일을 기억해내 그것을 그네들과 함께 분석하고 종합해야 했다.

처음 얼마 동안 어머니는 아들의 친구 생존을 확인하는 일에 매우 협조적이었다. 홀몸으로 외아들을 키워온 어머니로서 당연히 생길 수밖에 없는 불안이 그런 열성적 관심으로 드러났는지 모른다. 어떻든 어머니는 병하가 살아 있을 만한 장소를 어림짐작으로 일러주곤 했다. 깊은 산 암자라든가 우리나라 남해의 작은 섬들 이름까지 어머니의 입을 통해 들을 수 있었다. 일본으로 밀항해 거기서 북쪽으로 간 사람도 없지 않다는 얘길 나한테만 귓속말을 한 것도 어머니였다. 그 행방을 알 수 없는 사람의 생사를 맞춰내는 족집게 점쟁이가 어디에 있다는 어머니의 말에 병하네 가족들은 물에 빠진 사람 지푸라기라도 잡는 심정으로 그곳으로 달려간 적도 한두 번이 아니었다. 실제로 어머니가 말한 그 점쟁이를 그곳에서 만나기도 했지만 그런 이름의 점쟁이가 15년 전쯤 거기 산 적이 있었다는 것을 확인한 사실만 해도 놀라운 일이었다. 결혼하기 전 산부인과 병원의 간호사로 있으면서 익힌 산파술로 우리 집 생계를 꾸려오던 어머니는 조산사답게 남의 어려운 일에 팔 걷고 나서기를 좋아했다.

"아범, 차 두고 나가거라. 아까 라지오에서 그러는데 오늘 밤두 안개가 많이 낄 거라는구나."

아침에 집을 나갈 때면 어김없이 어머니의 기상 예보가 전해진다. 이 기상 예보를 위해 어머니는 당신 방의 라디오를 새벽부터 틀어놓고 있는 것이다.

"아범, 술 많이 먹지 마라. 공인가 꿩인가 하는 그 교장 선생 꼴 될까 겁나서 하는 얘기야."

그랬다. 어머니는 요즘 공만수 교장의 실종 사건에 집착하고 있었다. 오늘 병하 얘기만 해도 공 교장의 실종 사건에 매달려 있던 중 어느 순간 불현듯이 그 생각이 떠올랐을 것이 분명하다. 현관에서 구두를 신는 중에도 어머니의 말은 계속된다.

"그 교장 선생두 옛날 학교 동창들 만나 술 먹다가 그렇게 됐다더라."

"알았어요, 어머니. 술 많이 안 먹을 거니 걱정하지 마세요."

아내는 내가 이렇게 어머니와 주고받는 얘기가 길어질수록 한심하다는 눈길을 보내오곤 했다. 내가 가끔 호소하는 두통 증세의 원인이 바로 어머니 때문이란 것이다. 더구나 때와 장소를 가리지 않는 어머니의 말추렴 현상이 점점 고약해지는 것도 내가 그 한심한 얘기에 일일이 대꾸를 하기 때문이라고 했다. 아직 그런 상태까지 가지 않았음에도 불구하고 아내는 언제부터인가 어머니의 근래 상황을 치매 현상으로 간주하고 있었다. 특히 어머니가 과거와 현재의 일을 구분하지 못하는 일이 자주 일어나자 그 증세의 심각성을 들고 나왔다. 병하에 대한 기억만 해도 어머니에겐 34년 전의 일이 아닌, 바로 엊그제 일어난 일로 생각하고 있음이 분명했다. 늘 그런 것은 아니지만 어머니에겐 이따금 세월의 흐름이 정지된 듯, 오늘의 어느 한 순간이 과거의 일처럼 여겨진다거나 아니면 과거의 어느 순간이 오늘 일어난 일처럼 뒤섞여 나타나는 증세를 보였다. 죽은 지 이미 오래된 사람이 어머니의 기억 속에서는 아직 생존해 있는가 하면 그 반대로 지금 살아 있는 사람이 이미 죽은 것으로 입력돼 있기가 예사였다.

"안녕하세요, 할머니!"

아파트 계단을 걸어 내려가던 나는 11층 계단에 납작 엎드려 있는 계단할머니를 만났다. 할머니의 몸자세로 보아 위층으로 이동 중임이 분명했다. 아파트 높은 층에 살면서 오직 계단만을 이용하는 사람은 그 할머니 하나뿐일 것이다. 아파트 중앙통로 1004호에 사는 그 할머니는 옥상을 통해 아파트 중앙은 물론 좌우 통로를 어디나 자유롭게 드나드는 것 같았다. 그 할머니에게 아파트는 결코 벗어날 수 없는 미로였던 것이다. 어쩌면 하나같이 똑같은 구멍을 용하게도 잘 찾아 들어가는 아파트 사람들이 그 할머니로서는 매우 신기하게 보일는지도 모른다. 그 할머니는 자신이 살고 있는 집의 구멍을 전혀 찾지 못했다. 어쩌면 그 할머니는 자기 집 현관문을 따고 나오는 그 순간부터 실종 상태에 놓여진다고 보는 것이 좋을 것이다.
"우리 아들 집이 어디지유?"
사람 기척을 느낀 할머니는 잡고 있는 계단의 난간동자에서 손을 풀지 않은 채 나를 올려다본다. 우리 집이 아닌, 아들 집을 찾고 있는 할머니의 얼굴 표정이 매우 재미있다. 입을 옹다문 할머니의 얼굴에는 시골길에서 문득 마주친 낯선 사람에 대한 경계심 같은 것이 역력하게 나타나 보이기 때문이다.
"할머니, 여긴 할머니네 집이 있는 통로가 아니에요."
"우리 죽은 영감이 자꾸 밖에서 불러유. 나와보면 얼루 갔는지 읎어유."
늘 이런 식으로 동문서답하는 계단할머니를 그냥 내버려둔 채 계단을 내려온다. 나는 이렇게 늘 같은 자세로 복도에 엎드려 있는 계단할머니를 만날 때마다 어떤 석연찮은 실망으로 마음이 허하다. 계단을 천천히 걸어 내려오며 나는 그 실망의 정체를 더듬어낸다. 막연한 것이기는 하지만 나는 그 할머니로 해서 벌어질 수도 있는 어떤 예기치 않은 사건을 기다리고 있었는지도 모른다는 생각이다. 4년 전 계단할머니네가 이 아파트로 처음 이사 왔을 때 이따금 벌어지던 작은 소동 같은 것. 이를테면 1004호 할머니를 보신 분은 경비실로 연락 바란다는, 한밤중의 그 거친 실내 스피커 소리로 해서 나는 늘 긴장되곤 했던 것이다. 1층이 가까워지고 있었다. 12층부터 1층까지 계단을 통해 내려오는 동안 내가 만난 사람은 그 계단할머니 한 사람뿐이었다.

오늘도 나는 습관처럼 경비실에 들러 계단할머니가 중앙통로에 있다는 것을 알린다. 그러나 오래전 지방 공무원이었다는 전력의 나이 많은 경비는 계단할머니의 소재를 알리는 내 말을 시큰둥히 받는다.

"그냥 내버려두지유 뭐. 가족들두 다 알구 있을 건데유 뭐."

먼저 있던 경비도 계단할머니를 집에 데려다주는 문제로 그 가족한테 욕을 먹었다며 아예 그 소재에 관심을 두지 않았다. 계단 오르내리는 것이 그 할머니의 유일한 낙이라는 자신의 관찰 소견까지 가지고 있던 경비였다.

계단할머니의 소재에 대해 가족이 무심하듯 나 역시 병하를 너무 많이 잊고 살았다는 생각이다. 나는 아파트 상가 앞에서 택시를 기다리며 새삼스레 병하 생각을 한다. 그는 정말 이 세상에 없는가. 내가 이렇게 살아 있음으로 해서 그를 생각하고 있듯 그 역시 어디선가 우리를 생각하고 있는 것은 아닐는지. 우리가 병하의 행방을 찾기 위해서 그렇게 많은 노력과 시간을 소비한 끝에 얻어낸 결론은 그것이 영구 미제의 완벽한 부재라는 사실 확인이었을 뿐이다.

병하는 좀 별난 구석이 많은 애였다. 야, 모기는 왜 소리를 내면서 접근하는 거지? 하루살이는 정말 입이 없을까. 이런 식의 궁금증을 풀기 위해 혼자 끙끙거리거나, 신이란 절대적으로 인간에게 무관심한 존재— 현재에 머무르지 말 것, 죽음은 경험을 거부하는 세계, 절대로 죽어볼 수 없다— 등등의 경구들을 즐겨 낙서하곤 했다. 그 낙서 중 내 관심을 끈 것은, 좋은 아버지란 없다—라는 단정적 어귀였다. 병하의 아버지는 우리가 태어나 자란 작은 도시에서 공무원으로 일하고 있었다. 성실 근면한 사람으로 주위 사람들에게 호감을 주는 그런 분이었다. 병하 역시 자기 아버지를 나쁘게 말한 적이 없었던 것으로 기억된다. 어쩌면 아버지 얘기를 하지 않았는지도 모른다. 이놈이 죽을 놈은 결코 아니다. 병하를 찾아다니는 과정에서 그 아버지가 늘 입버릇처럼 하던 말이 그것이었다. 그것은 단순히 최악의 상황을 생각하지 않으려는 그런 자위성 말이 아닌 것으로 들렸다. 뭔가 아버지만이 감지하고 있는 어떤 확신 같은 것이 그 말 속에 들어 있다는 느낌이었다.

어머니도 처음부터 우리 집에 없었던 아버지의 생사에 대한 당신의 확신을 나한테 말한 적이 단 한 번 있었다. 전쟁이 끝났다고 하는 그해 봄이었다. 내 옷의 이를 멸살시키기 위해 디디티를 뿌리던 어머니가 발가벗은 채 이불 속에 누워 버둥거리고 있는 나를 와락 끌어안으며 한 말이었다.

느 아버진 죽은 게 아니야. 어딘가 살아 있다. 느 아버지가 언젠가 돌아온다고 그렇게 믿고 살아야 해.

내가 일곱 살 때였다. 나는 그때 내 몸을 끌어안고 격렬하게 몸을 떨며 울음을 삼키던 어머니를 생생히 기억하고 있다. 그러나 어머니는 그 이후로 단 한 번도 아버지의 생사에 대해 말한 적이 없었다. 생사 문제는커녕 아버지란 존재에 대해서 단 한마디 언급도 하지 않았다. 어쩌면 당신이 그 말을 나한테 했다는 그 사실조차 잊고 있었는지 모른다. 나 또한 왠지 그 사실을 확인해서는 안 될 것 같은 어떤 두려움으로 해서 그 말을 한 번도 입 밖에 낸 적이 없었다.

매년 정초 첫번째 일요일에 열리는 정기동창회는 모두 94명이 참석했다. 날씨가 좋아 서울 사는 동창들이 많이 왔다고 했다. 고향에 내려와 변호사 개업을 한 박 회장이 참석한 회원들에 대한 고마움을 얘기했다. 졸업생 480명 중 이 자리에 오고 싶어도 결코 올 수 없는, 유명을 달리한 회원이 20여 명이 된다는 얘기도 나왔다. 더 안타까운 것은 비록 어딘가에 살고 있긴 하지만 살면서 영원히 그 얼굴을 보지 못할 사람도 적지 않을 것이란 얘기에 모두 고개를 주억거렸다. 분명히 존재하지만 다시 그 얼굴이나 목소리를 들을 수 없을 때 우리에게 그 인생은 없는 것이나 다름없다는 얘기에 공감이 간 것이다. 박 회장은 우리가 이렇게 살면서 서로의 존재를 확인할 수 있는 이런 모임이 몇 번이나 더 가능할 것인가, 라는 맺음말로 오늘 모임의 의미를 부여하고 있었다.

의례적인 식순이 끝나면서 새로 제작된 회원수첩이 배부됐다. 죽은 동창이 20여 명이나 된다는 회장의 말을 확인하기 위해 수첩의 비고란에 기록된 '사망'을 세는 친구들도 있었다. 나는 수첩에서 이병하를 찾았다. 이병하란 이름 석 자만 있을 뿐 주소도 없었고 비고란도 비어 있었다. 그는 아직 살아 있는 사람이었다. 그의 부재를 실종이나 사망으로 확인할 만큼 그 존재에 대해 무관심했다는 뜻이기도 하다. 실상 그가 실종됐다는 것을 아는 사람은 동창들 중 극히 일부에 불과할 것이다.

"어이, 김영섭!"

다른 테이블에 있던 권준대가 주로 학교 선생들끼리 모여 있는 우리 자리로 다가오고 있었다. 그는 오 년 전 별을 단 현역 소장이었다. 그가 별을 달았을 때 우리 고향 읍내 곳곳에는 그가 장군이 되었다는 것을 경축하는 현수막이 여러 개 내걸렸다. 그가 별을 단 다음 해 정초 고등학교 동창회 정기총회는 처음부터 끝까지 그를 위한 자리였다. 그날 교단에 있는 동창들이 고등학교 때 은사 한 분을 모시기로 했다. 그 은사는 아직 평교사로 교단을 지키고 있었다. 장군 축하 행사로 그 은사는 아직 동창들 앞에 소개되지도 않고 있었다. 그때 우리의 은사가 앉아 있는 자리로 권 장군이 다가와 우리들 앞에 손을 내밀어 차례로 악수 세례를 내리고 있었다. 우리 테이블이 모두 학교 선생들임을 확인한 권 장군은 한 사람 한 사람 손을 잡으며 어느 학교에 있느냐고 건성으로 물었다. 마침내 장군은 우리의 은사 앞에 섰다. 야, 넌 어느 학교에 있냐? 그러면서 그는 은사의 어깨를 윗사람이 아랫것을 격려하는 그런 식으로 탁 쳤다. 짜식, 허리가 뭐 벌써 이렇게 굽었어. 그 행동이 어찌나 당당하고 위엄이 있었던지 우리는 그분이 은사라는 것을 미처 일깨워줄 엄두도 내지 못했다. 은사가 몸을 엉거주춤 일으키며, 나 춘주고등학교에 있어, 했을 때 장군은 이미 다른 자리로 옮겨 가는 중이었다.

"김영섭, 너 아직두 교감 안 됐냐?"

학생들의 핸드폰 한 통화로 여지없이 유린되는 교권의 실종에 대해, 나라에서 퇴출당할 날을 계산하기에 바쁜 교원 정년 단축에 대해 자조와 울분의 술잔을 돌리던 우리들이었지만 이상하게도 이날만은 양복 정장 차림의 권 장군이 별것 아닌 존재로 보였다.

"권준대, 너 아직두 군대에 있냐?"

우리들 중 누군가 그동안 메스껍던 기분을 이런 식으로 드러낼 정도였다. 장군 역시 오 년 전의 그 거오스럼과는 전혀 딴판이었다.

"이병하, 걔 아직두 소식 없는 거냐, 영섭이 너하구 친했던 애 말이야."

병하의 존재를 기억하고 있는 그 한 사람이 바로 내 눈앞에 있었다. 권준대 역시 병하와 같은 초·중·고를 함께 다녔던 것이다.

"벌써 34년 전 일이야."

나는 짐짓 병하의 얘기를 일축하는 척하면서 그가 증발된 세월을 상기시켰다.

"호랑이 담배 피우던 시절 얘기들을 하구 있구먼. 병하, 갸 죽었어야. 아까 회장두 그랬잖어. 우리가 살면서 서루 소식 모르면 그게 죽은 거나 다름없는 거라구."

지난해 교감이 된 김성태의 말을 권준대가 자르고 나섰다.

"병하, 그놈 좀 엉뚱하지 않았냐?"

권준대는 병하를 제대로 기억하고 있었다. 병하는 엉뚱했다. 그가 살아 있을 가능성도, 그가 자신의 증발을 완벽하게 마무리한 것도 엉뚱한 놈이기 때문에 가능했을 것이다. 증발의 단서도, 그 이유도, 그가 아직 이 세상 어딘가에 살아 있을 가능성도 그 엉뚱함에서 찾아야 했다. 나와 함께 교지 편집위원이었던 병하는 교사와 졸업생들을 대상으로 받은 설문지에서 그 이름을 모두 바꿔치기함으로써 책이 나온 뒤 난리가 났다. 더 큰 문제는 책 뒷면에 반드시 넣어야 하는 '우리의 맹서' 중 세번째 '우리는 백두산 영봉에 태극기 날리고 남북통일을 완수하자'에서 남북의 활자를 바꾸어 북남으로 만들어놓음으로써 큰 소동이 벌어지기도 했던 것이다. 재밌잖아. 자신이 저지른 일에 대한 병하의 이유가 바로 그 말 한마디였다.

―좀 더 뜨겁게 살고 싶다.

병하가 증발되면서 남긴 단 한 줄의 문장이었다. 그가 가끔 만나던 여자 친구에게 띄운 관제엽서에 적힌 문장 전문이 그랬다. 그 엽서에 찍힌 소인 날짜가 그가 시골집에서 서울로 올라오던 바로 그날과 일치했다. 그것이 그의 증발과 관련된 유일한 단서였다. 당시 젊은이들이 흔히 썼던 그 관용구가 자신의 증발을 예고한 것이라고는 볼 수 없었지만 그 엽서가 병하의 부모에겐 유일한 희망이었던 것은 분명하다. 살고 싶다. 좀 더 뜨겁게 살고 싶다고 말한 녀석이 죽었을 리가 없다는, 그런 희망이었다.

"그건 그렇구. 화천 대봉학교 공만수 교장은 도대체 어떻게 된 거냐?"

병하 얘기 끝에 누군가 공만수 교장의 실종 사건을 환기시켰다. 이 도시에서 실종된 지 두 달이 가까워오는 공 교장에 대한 실종 미스터리는 요즘 시중의 화제였다.

"어떻게 되긴 뭐가 어떻게 돼. 죽었지. 그날루 바루 죽은 거야."

"3백 명이나 동원해서 찾았는데두 시체를 못 찾았잖아."

"호수 속에라두 빠졌어봐, 쉽게 찾아질 일이 아니지."

"문제는 왜 죽었는가 하는 거야. 펀치기냐 교통사고냐, 아니면 그냥 술 먹구 발 헛디뎌 물에 빠져 죽은 건지 그게 궁금하다 그거야."
 "꼭 죽었다구만 단정할 수 없지. 뭔가 피치 못할 이유가 있어 어딘가 잠적해 있을 가능성두 있다는 거지."
 "그것도 그렇지만 정말 궁금한 건 판문점 초소에서 죽은 김 중위의 사인이라구. 자살이냐 타살이냐, 난 그거 생각함 미치 겠더라구."
 "김 중위가 죽었다는 사실 하나만은 분명하잖아. 타살 여부는 이제 조살 하구 있으니 가려질 거구."
 "문제는 그 조사를 믿을 수 있느냐 그거야. 타살이라고 해야 만 모두 고개를 끄덕일걸. 언론이 그렇게 만들어놨잖아."
 "다시 언론이 자살이라구 하면 자살이 되는 거야."
 "여론 정치가 바루 그런 거 아니야. 다수의 의견, 그 다수를 누가 어떤 방향으로 만드느냐 그게 문제지. 인공 때 하던 인민 재판이 바루 그런 거 아니겠어."
 "그래, 요즘 세상은 뭐가 정원지, 뭐가 진실인지 헛갈리더라 구."
 "분명한 거 한 가지는 교육 개혁이 교육 포기를 확실하게 만 들었다는 거 아니겠어."
 요즘 선생들은 모여 앉으면 정년 단축과 교육 개혁의 빠른 변화에 적응하지 못하는 자신들의 불안을 비아냥거림의 자조로 합리화하고 있었다.
 고등학교 동창회에 참석한 학교 선생들끼리의 만남은 자리를 옮겨서 이어졌다. 미술선생 유학재가 부인과 함께 부업으로 차린 그림 교실 뒷방에서 섰다판을 벌인 것이다. 화투판에서 돈

땄다는 놈은 없지만 먹은 놈에게서 떼어놓는 돈만은 판 벌인 시간에 비례해 어김없이 쌓여갔다. 돈 잃은 놈도 떼어놓은 그 돈으로 술 먹는 재미만은 놓치지 않는다. 그 돈으로 남부시장 지하 만수식당에서 동태찌개로 술자리를 벌였다.

한때 김성태의 학부형이기도 했던 만수식당 여자는 걱실걱실하니 친근감 표시가 유달랐다. 친누이가 오래비한테 하듯 코맹맹이 소리로 어리광 떨기도 그렇거니와 꽤 오랜만에 찾아온 단골의 경우는 손을 잡고 놓을 줄을 모른다.

"아이고, 난 우리 교감선생두 실종된 줄 알았지 뭐예요, 정말 너무하셨어."

"누구 또 실종된 사람 있다는 거유?"

"우리 식당 간판 봄 생각날 텐데 왜 그래요. 공만수 교장 얘기라니까."

"어어, 정말 그러네, 만수식당, 아줌마 혹시 그 교장 애인 아니우?"

"애인까지야 아니지만 그 교장선생 우리 식당에 두어 번 왔던 건 사실이에요. 참 즘잖은 양반이던데."

"그 즘잖은 양반이 혹시 그날 여기서 술을 먹은 거 아니야?"

"우리 집에서 먹었음 그렇게 실종되지두 않았을 거예요."

"하긴, 저렇게 아직 손을 잡고 있었을 거니 실종될 리가 없지."

"손이 아니라 몸가락을 잡고 놓지 않았겠지. 안 그래, 아줌마?"

"아니 도대체 그게 어떻게 된 거예요? 정말 귀신 곡할 노릇이라니까요. 난 공 교장 실종 얘기만 나오면 궁금해서 미치겠다니까요."

만수식당 여자는 잡고 있던 김성태의 손을 그제야 놓기는 했지만 자리에서 좀체 일어설 줄 몰랐다.

"하긴 아는 사람이 그렇게 증발해버리면 꽤 궁금할 수밖에 없을 거야."

"그러니 그 가족은 어떻겠어. 억장이 무너질 노릇이지."

"나두 궁금해 미치겠구먼. 그 양반 혹시 저 다락방에 숨겨놓고 있는 거 아니우?"

"아줌마, 혹시 그 양반 실종으로 경찰이 여기까지 오진 않았어요?"

"저 선생님, 이상하다. 경찰이 왜 우리 식당엘 와요?"

"안 왔다면 경찰두 문제가 많구먼, 공만수를 만수식당에 와 찾지 않구 어디서 찾는다는 게야."

정말 요상한 날이다. 이거 혹시 다 짜고서 나를 골탕 먹이는 것은 아닌가 모르겠다. 몰래카메라 연출이 그러하듯. 그렇지 않고서야 어찌 아침부터 밤늦은 시간까지 온통 실종 얘기로 채워질 수 있단 말인가. 나의 실종 알레르기 현상은 쉽게 고쳐지지가 않았다. 신문이나 티브이 뉴스에 실종이란 말만 나와도 후두골 안쪽으로 쿡쿡 찌르는 것 같은 기분 나쁜 통증이 왔다. 정말 한심한 일은 그런 통증에 시달리면서도 실종과 관련된 기사들을 빼놓지 않고 읽는 것은 물론 그것을 오려놓아야 직성이 풀린다는 것이다.

34년 전 대학생 이병하의 실종은 당시 신문에 단 한 줄도 난 적이 없지만 최근에 있었던 화천 모초등학교 공 교장(63세)의 실종 사건은 지방신문의 기사로 크게 다뤄지고 있었다.

은둔인가, 살해 유기인가? 공만수 교장이 실종된 지 9일째 되던 날 이 지역 신문은 의문에 휩싸이고 있는 이 사건을 다음과 같은 박스 기사로 다뤘다. ★**당일행적** 11월 28일 오후 2시 춘천시 퇴계동 자택으로 퇴근한 공 교장은 이날 약 3시간 동안 집에 있다가 초등학교 동창회 모임을 위해 오후 5시쯤 집을 나서 석사동 D갈비집으로 향했다. 갈비집에서 동창회 모임을 끝낸 공 교장은 다시 동창생 이 모 씨 등 2명과 퇴계동 자신의 집 근처 M주점으로 자리를 옮겨 술을 마셨고 오후 8시 30분쯤 신발도 제대로 신지 못할 정도로 취해 주점 주인 최 모 씨의 도움으로 집을 20여 미터 남겨둔 골목 커브길까지 부축을 받았다. 그러나 공 교장은 곧바로 집으로 가지 않고 3백여 미터 떨어진 코렉스마트쪽으로 걸어간 후 인근 과일가게 앞 도로에서 엄 모 씨가 운전한 택시에 승차, 밤 8시 50분쯤 근화동 철교 밑 시외버스터미널에서 내려 근화아파트 쪽으로 향했다. 이어 공 교장은 1시간이 지난 밤 10시쯤 근화동 G포장마차에서 친구로 보이는 남자 2명과 여자 1명 등 3명의 다른 일행과 함께 1시간가량 곰장어 안주에 소주 이홉 1병을 나눠 마시고 다시 시외버스터미널 쪽으로 걸어갔다. ★**수사상황** 경찰은 사건 접수 직후 공 교장이 많이 취해 있었다는 점으로 미뤄 이를 노린 강도 사건이나 방향감각 상실로 길거리에 쓰러져 있을 가능성이 높다고 판단, 수사형사와 도경찰청 소속 기동대원 1백50여 명을 투입, 이틀 동안 퇴계동 신축아파트 공사현장과 스므숲 야산 등 남춘천 일대와 공지천, 석사천, 근화아파트 주변에 대한 대대적인 수색 작업을 벌였으나 끝내 공 교장 발견에는 실패했다. 또 공 교장이 당일 시외버스터미널로 향했다는 목격자의 제보에 따라 시외버스나 또 다른 택시에 승차, 춘천을 빠져나갔을 것이라는 추정 아래 친구와 친척 등 타 지역 연고지에 대해서도 탐문수사를 벌였으나 마찬가지로 별다른 성과를 거두지 못했다. ★**경찰추정** 경찰은 실종 당일 마지막으로 포장마차에서 공 교장과 함께 술을 마셨다는 일행의 신원을 밝히는 데 수사력을 모으는 한편 공 교장의 자의적인 은둔과 자살 가능성, 또 강도 사건으로 인한 살해 유기 등 3가지 가능성에 초점을 맞추고 있다. 경찰은 그러나 취객을 상대로 한 강도 사건 대부분이 속칭 퍽치기 등 금품만 노린다는 점에서 공 교장을 상대로 한 강도 사건 가능성은 미약하다고 보고 있다. 결국 공 교장은 원한관계나 금품 갈취에 의한 납치 살해가 아닌 이상 생존 확률이 크다.(『강원도민일보』, 1998. 12. 7)

공 교장의 실종 25일째 신문 속보는 **목격자 제보 끊겨 수사 장기화**가 될 전망을 다루고 있었다.

    수사 전담반을 편성, 공 교장의 행방을 쫓고 있는 경찰은 이 사건에 대한 지역사회의 관심도를 의식한 듯 22일 이례적으로 헬기까지 동원 춘천 인근 호수 및 야산에 대한 수색 작업을 벌였으나 뚜렷한 단서를 찾지 못했다. 경찰은 당일 시외버스터미널 부근 포장마차에서 술을 마셨다는 제보 등도 신빙성이 없는 것으로 밝혀진 이후 인근 불량배들에 의한 퍽치기 범행 여부 등에 초점을 맞춰 저인망식 탐문수사를 벌였으나 단서를 전혀 찾지 못하고 있다. 경찰의 추정대로 익사했거나 산간지역에서 숨졌을 경우 겨울철이라는 특수성 때문에 수색작업이 어려운데다 시민들의 추가 제보 가능성도 거의 없

어 수사가 장기화되거나 미제 사건이 될 것으로 보인다. 한편 지난
해 6월 16일 홍천종합병원에서 종합진단을 받고 난 뒤 귀가 도중 실
종된 전홍천군 동면 모 초등학교 최병진(당시 50세) 교사의 경우도
전단 1천 매를 배포하고 경찰이 공개 수사에 나선 지 1년 6개월이
지나도록 행적이 전혀 파악되지 않고 있어 가족들의 애를 태우고 있
다.(『강원일보』, 1998. 12. 23)

실종 기사 스크랩은 내 오랜 습관이었다. 그 습관이 나를 끌
고 다녔다. 실종 사건 기사를 하나라도 오려두지 못했을 때는 전
전긍긍 뭔가 개운치 않은 기분으로 잠자리도 뒤숭숭했다. 1980
년 5·18 광주항쟁에 대한 85년 6월 7일 국방부 발표 '광주사태
전모' 기사를 스크랩하던 중이었다. 병하, 갸 이름이 거기 있는
가 살펴봐라. 영판 무당 같은 손짓을 하며 어머니가 다시 병하
의 생사에 대한 집착을 보였다. 그러나 그때 나는 이미 사망자
191명(민간인 164, 군인 23, 경찰 4명)의 명단과 2천6백여 명의
부상자 명단을 훑고 있었다. 그것이야말로 습관이었다. 광주항
쟁으로 인한 사망자 수는 당국과 유가족 또는 사회단체들이 각
각 다른 통계를 내놓았다. 그럴 때마다 나는 그 차이가 나는 숫
자를 실종으로 간주하곤 했다. 어머니 또한 나와 비슷한 생각
을 하고 있는 것 같았다. 국방부 발표의 그 사상자 명단에 병하
가 없다는 것을 확인한 뒤에도 어머니는 고개를 갸우뚱했다. 이
렇게 죽고 다친 사람만 있고 행방불명된 사람은 하나두 없다더
냐? 그러고 보니 어느 신문에도 그 사건으로 인한 실종자가 몇
명이라는 통계는 나와 있지 않았다. 그럴 수밖에 없는 것이 그

무렵을 전후해 없어진 사람들을 신고받은 대로 실종 운운 했다가는 문제가 간단하지 않기 때문일 것이다. 그러나 어머니는 어디 매장된 채 아직 찾지 못한 시신도 있을 것이고 그때의 충격으로 정신이상자가 돼 떠도는 가족 없는 부랑자도 있을 것이 아니냐며, 그 사건으로 인한 실종 가능성에 대한 미련을 버리지 않았다. 내놓고 동의하진 않았지만 나 역시 어머니와 같은 생각을 가지고 있었다.

 1991년 3월 26일. 대구에서 다섯 명의 아이들이 개구리를 잡으러 간다며 집을 나간 채 돌아오지 않은 그 실종을 다룬 신문 기사도 나는 모두 오려두었다. 개구리 소년 실종 사건이 세상에 다시 충격적으로 전해진 것은 95년 1월 11일이었다. '**대구 성서 개구리 소년 실종 사건은 실종된 김종식 군의 아버지가 어린이 5명을 차례로 살해해 암매장했다**'는 한국과학기술원 인공지능분야 연구원 김기원 씨의 가상 시나리오가 발표되었기 때문이다. 그때까지의 언론보도 내용과 자신이 직접 탐문조사한 내용을 토대로 만들었다는 그 가상 시나리오의 진위를 밝히기 위해 경찰은 김종식 군의 집안 구석구석을 파헤치는 소동을 피웠다. 결국 그 연구원은 다음 해 9월 대구지법으로부터 명예훼손죄로 벌금 50만 원을 선고받았다. 실종된 김종식(9세) 김영규(11세) 우철원(13세) 조호연(12세) 박찬인(10세) 등 다섯 명의 소년 얘기를 다시 다룬 95년 8월 2일 신문은 '**개구리 소년 5명 지금의 모습은······**'이란 표제 아래 실종된 지 4년 뒤인 지금의 소년들 얼굴을 컴퓨터 그래픽으로 제작한 수배 전단 4만 장을 전국에 배포했다는 내용을 다루고 있었다. 경찰은 당시 초등학생들이었던 소년들이 지금 중·고생 나이로 성장했을 것이라며, 살아 있다면 노동이나 구두닦이 껌팔이 등을 하고 있을 것으로 보고 제보를 기다리고 있다고 했다. 보상금 4천2백만 원. 그로부터 다시 4년이 지난 99년 1월 지금까지 개구리 소년들의 스무 살 먹은 얼굴은 더 이상 컴퓨터 그래픽으로 제작되지 않고 있었다.

 실종 알레르기 현상은 그 일에 온통 정신을 쏟아붓다 보면 저절로 사라지곤 했다. 내가 실종자들에 대해 갖는 관심은 어머니의 그것과 크게 다르지 않았다. 그냥 단순한 궁금증이 아니라 그 일의 전말을 속속들이 파헤쳐 까발리고 싶은 충동이었다. 그러한 충동은 곧바로 상상의 날개를 달았다. 상상은 기억을 재료로 한다. 병하 실종에 대한 갖가지 기억이 그 상상의 근원이었다. 어쩌면 호적 등본을 뗄 때마다 확인하곤 했던 아버지의 부재에 대한 의문점이 그 상상의 근원이었는지도 모른다. 어머니가 그렇게 믿고 있듯 아버지의 생존 가능성을 나 자신도 믿고 싶었다는 얘기가 될 수 있다. 어떻든 나는 그것이 어떤 형태의 실종이든 그네들이 살아 있을 것을 전제로 가상 시나리오를 상상해내곤 했다. 내가 바라는 것은 실종의 희망이었다. 내 실종 알레르기는 실종된 사람들이 죽었을 확률이 큰 쪽으로 상상이 펼쳐질 때 견디기 어려운 두통이 온다는 것이었다. 그네들이 죽는 정황이 너무 생생히 머릿속에 그려지는 순간 나는 머리통이 터질 것만 같았다. 1979년 프랑스 파리에서 실종된 김형욱 전 중앙정보부장(실종 당시 54세)의 경우 나는 그가 어느 지하실에 끌려가 처참하게 살해되는 장면으로 해서 며칠 동안 심한 두통과 악몽에 시달렸다. 나는 개구리 소년들이 살해되는 그 정황이 머리에 그려질 것이 두려워 그들이 생존해 있을 개연성 찾기에 부심했다. 다섯 명이나 되는 그들이 누군가에게 납치되었을 가능성은 거의 없다. 특히 불치병 환자가 필요한 장기를 얻기 위해 소년들을 차례로 살해했을 가능성에 대해서도 나는 머리를 흔들었다. 당시 정황이나 대구가 내륙 도시라는 지리적 조건으로 보아 그 개연성은 적지만 개구리 소년들의 실종을 희망적으로 볼 수 있는 가상 시나리오의 하나는 그들이 북한에 끌려갔을는지 모른다는 것이다. 우리 시대의 실종자 생존에 대한 마지막 희망이 북한이란 사실은 얼마나 아이러니컬한 일인가. 더 큰 희망이 있었다. 내가 개구리 소년들의 생존을 가장 희망적으로 상상해 낸 것은 그들이 외계인들에 의해 납치됐을 가능성이었다. 나는 그 소년들이 실종되던 당시의 모습 그대로 2011년 어느 날 아침 다시 우리들 곁으로 돌아오는 그런 상상을 하며 잠들곤 했다.

술이 서너 병 비워질 때까지도 공 교장의 실종 얘기는 계속되고 있었다.
"공 교장이 실종될 때만 해두 교원 정년이 60세로 굳어질 가능성이 클 때였다구. 그러니 예순셋이나 된 공 교장으로선……"
"그 충격으루 자살했을 거다, 그런 얘긴가?"
"자살까지는 몰라두 그런 흥분이 술을 엉망으루 마시게 할 수는 있었겠다, 그거지."
"결국 나라가 유능한 교장 한 사람을 퇴출시켰다 그거로구먼."
"퇴출이구 방출이구, 교육 개혁 이거 제대루 되는 거야?"
"자알 되고 있지. 초등학교 나이 많은 선생들 도매금으로 매도하는 일 하난 끝내줬지."
"삼십 년 교육 경력 노하우가 경력 일 년 신참의 컴퓨터 쓰는 능력보다 절대 못하다는, 이따위 발상의 정년 단축, 이렇게 실종된 교육 정신으로 뭔 놈의 교육 개혁이 되냐 그거야."
"야, 이제 그만 열 올려. 술맛 떨어진다. 공 교장 실종 얘기 하다 삼천포로 빠지는 건 또 뭐야."
"그러게 말이야요. 공 교장 그 양반 얘긴 왜 실종시켰대요? 나 궁금해 미치겠다니까, 얘기들 해봐요, 그 양반 죽었나 살았나."
만수식당 여자가 졸아든 동태찌개 냄비에 국물을 더 부으며 우리 얘기에 다시 껴들었다.
"아까 초저녁 어떤 손님이 이런 얘길 하더라구요. 공 교장이 그냥 술 친 기분에 어디 가서 두어 밤 자는 동안에 실종 신고가 됐을 수도 있다는 거지요. 자다 일어나 보니 자기 찾느라 헬리콥터까지 뜨고 경찰 수백 명이 산이고 물이고 다 뒤져대지 않나, 이렇게 세상이 떠들썩한데 나 여기 살아 있다구, 어떻게 나타날 수 있느냐 그거지요."
"어허, 그거 얘기 되네. 공 교장 못 돌아올 사정 있다, 그거 아닌가."
"문제는 어디, 누구한테 가 그렇게 폭 잘 수 있을까 하는 거지."
"야, 나두 그런 데가 있다면 오늘 당장이라두 실종되구 싶다."
실제로 그런 실종병에 걸린 선생이 하나 있었다. 내가 동해안 어느 고등학교에 있을 때 만난 영어과 박 선생은 평소 스탠더드란 별명으로 불릴 정도로 성품이 곧고 매사 정확한 사람이었다. 그러나 술만 취했다 하면 문제가 생겼다. 술 취한 박 선생을 분명히 집까지 데려다준 그다음 날이면 학교에 나오지 않았다. 술에 취해 잠자던 사람이 아침에 일어나보면 간곳없다는 박 선생 부인의 얘기였다. 그렇게 종적을 감춘 박 선생이 자기 발로 돌아온 경우는 한 번도 없었다. 박 선생을 찾아내는 데 빠르게는 하루, 어떤 때는 나흘 정도나 실종 상태여서 가족들을 비롯한 주위 사람들이 애를 먹었다. 하루 만에 그 행방을 찾을 수 있었던 곳은 바닷가 바위틈이나 무슨 일로인가 짓다가 중단된 아파트 건설 현장의 컨테이너 속 등이었다. 잠적 기간이 이삼 일 이상일 때면 학교 서무과 직원이 그 가족과 함께 설악산 대청봉이나 황병산 주봉 등 주로 산 정상에서 박 선생을 떠메고 돌아왔다. 실종된 지 사흘 만에 발견된 경우에도 박 선생은 거의 아무것도 먹지 않아 완전히 탈진한 상태였다. 박 선생 본인은 왜 자기가 그곳에 가 있었는지 전혀 알지 못한다고 했다. 술 취한 상태에서의 무의식적 잠적은 있을 수 있지만 술이 다 깬 상태에서도 돌아올 생각을 하지 않은 것에 대한 사람들의 추궁에 대해 박 선생은 자기도 왜 그랬는지 모른다는 말만 되풀이했다. 결국 박 선생은 그런 일이 잦아지면서 교직을 떠날 수밖에 없었고 그로부터 얼마 뒤 실종된 지 석 달 만에 설악산 어느 계곡에서 시체로 발견되었다.

"김영섭, 너 오늘 돈 딴 놈이 왜 이래?"

김성태가 내 앞으로 술잔을 내밀었다.

"너 뭐 우리한테 기분 나쁜 거라두 있는 거 아냐? 뚜하니 말두 안 하구."

김성태한테 받은 잔을 비우기도 전에 다른 친구 하나가 다시

잔을 건네왔다.

"어이, 역사 선생, 우리나라 역사책에 나온 실종 사건은 뭐가 있냐?"

나는 문득 방학하기 얼마 전 2학년 국사 시간에 다뤘던 6·25 전쟁 인명 피해 통계 중 실종자 수가 생각났으나 그것을 여기에서 얘기할 흥은 일지 않았다.

이상하게도 나는 오늘 후두골을 쿡쿡 찌르는 실종 알레르기로부터 벗어나 있었다. 그러나 나는 온몸이 나른하게 가라앉는 것 같은 무중력 상태에서의 혼미한 정신을 추스리고 있기에도 버거운 시간을 보내고 있었다.

실종이 하루 종일 나를 끌고 다니고 있었다. 실종, 사람의 소재나 행방, 생사 여부를 알 수 없게 된 상태를 이르는 말이다. 싸움터나 선박이 침몰한 바다 같은 위난의 현상에서의 실종은 사망이란 말과 그리 다를 게 없다. 여름철 야영을 하다 급류에 실종된 경우, 또는 건국 이래 최대의 참사라는 1995년 6월의 삼풍백화점 붕괴 사고 때의 그것도 그 죽음 확인의 증거가 나타날 때까지의 잠정적 상황이 실종이지 생존의 가능성과는 거의 무관한 것이라고 할 수 있었다. 그러나 삼풍 참사의 경우 사고 발생 후 석 달이 지난 9월 29일 공식 집계된 희생자 수는 사망이 501명인데 이들 사망자 중에는 인정사망으로 처리된 실종자가 64명이 포함돼 있었다. 그리고 인정사망으로 처리된 사람들 중 34명은 아직도 그 신원이 확인되지 않은 상태라는 것이다. **실종자 법적처리 어떻게 되나.** 삼풍 붕괴 참사 현장에서의 시신 발굴 작업이 거의 마무리되어갈 무렵 신문들은 그때까지 시신을 찾지 못한 실종자들의 법적 처리 문제를 집중적으로 다루고 있었다. 민법에서는 실종자의 생사가 5년간 분명치 않을 경우 가족 등 이해관계인 또는 검사의 청구에 따라 가정법원이 6개월간 공시최고를 한 후 실종자를 사망한 것으로 간주하는 '실종선고' 제도를 두고 있다. 그러나 전쟁·선박 침몰·항공기 추락 등 재난에 의한 실종(특별실종)은 1년만 지나면 실종선고할 수 있도록 특례 규정을 두고 있다. 실종선고와 달리 호적법상의 '인정사망'은 1년씩 기다릴 필요 없이 유가족들이 호주 승계나 상속 등 실종자와 관련된 일체의 법률 행위를 할 수 있는 제도다. 이 제도는 수난이나 화재 등 사망 확률이 높은 사고에서 사체가 발견되지 않은 경우 이를 조사한 기관이 사망 장소의 시·읍·면장에게 사망 통고를 하면 재판 절차 없이 호적상 사망한 것으로 인정하게 된다는 것이다.

실종보다는 사망이 살아 있는 사람들에게 남겨지는 문제가 한결 가벼울 수도 있다. 그러나 그 생사를 장기간 확인할 길이 없어, 영구 미제로 남을 가능성이 큰 실종의 경우 그것은 그를 기다리는 사람들에게는 하나의 희망이며 동시에 참담한 고통을 요구한다. 개구리 소년들의 증발이 그렇고, 납치 유괴로 실종된 어린이들의 그 생사 불명은 기다림이라는 고문을 통해 산 사람들의 기억 속에 죽을 때까지 살아 있게 마련이다. 그래도 전쟁 중의 실종 소식은 그 가족들에게 희망적이다. 고지를 지키다 부대원 모두가 전사했다는 전투에서 실종됐다는 소식은 적군에게 포로가 되었을 가능성 등 생존에 대한 기대를 산 사람들에게 가져다줄 수 있기 때문이다. **국군포로 생존 30여 명 명단 확보**. 1998

년 10월 11일자 신문은 한국전쟁 당시 북한에 끌려간 국군포로 중 생존자 30여 명의 명단이 확보돼 그 진위 여부를 조사 중이라는 군 당국의 발표를 싣고 있다.

군 당국은 10일 북한을 탈출해 제3국에서 체류하다 지난달 30일 억류 생활 45년 만에 귀환한 장무환(72) 씨로부터 북한 내 생존 국군포로 30여 명의 명단을 확보했다고 밝혔다. 장씨는 국군포로 70여 명과 함께 평북과 함북 등지에서 일했으며 이중 40여 명은 숨졌으나 나머지 30여 명은 열악한 환경과 식량난 속에 어렵게 살고 있다고 진술한 것으로 알려졌다. 군 당국은 장씨가 밝힌 생존 국군포로의 이름과 주소, 가족 관계 등이 지난해 12월 탈북한 양순용(72)씨의 진술보다 구체적이고 신뢰성도 높아 한국전쟁 전사자 및 실종자 명단과 대조하는 등 정밀 확인 작업 중이다. 군 당국은 장씨가 밝힌 30여 명이 실존 인물로 확인될 경우 유엔 인권위원회 및 국제적십자사와 인권단체의 협조를 얻어 국내 송환을 적극 추진하는 한편 향후 남북회담에서도 인도적인 차원에서 송환을 촉구하는 방안을 검토 중이다.

"와아, 안개 한번 대단하구먼."
술자리를 끝내고 밖으로 나오자 기다렸다는 듯 짙은 안개가 앞을 막았다.
"야, 이런 안개 속에 숨은 신창원두 그 가족 입장에서 보면 실종일 거 아니야. 생사를 확인할 길이 없으니까 말이야."
택시를 잡아타기 위해 안개 깔린 길거리에 나서서도 실종 애기는 이어지고 있었다.
 "그래, 이근안 경감두 그런 경우다. 김근태 씨 고문 혐의로 기소되자 도망간 사람 말이야. 그거 물론 공소 시효 기간을 노린 도피성 잠적이긴 하겠지만 자살했을 가능성도 있고, 좌우지간 생사가 분명하지 않은 이상 실종이라구 볼 수두 있지."
 병하가 의도적으로 잠적했다는 근거는 아무것도 없었다. 여자 친구에게 보낸 '더 뜨겁게 살고 싶다'란 글이 적힌 엽서는 어떤 의지의 암시라기보다 자신의 감정 상태를 상대에게 인상 깊게 전하기 위한 즉흥적 표현에 불과했다는 생각이다. 그러나 나는 병하의 실종 소식을 듣는 순간 그가 의도적으로 우리 곁을 떠났다는 느낌에 휩싸였다. 나는 서둘러 그가 평소 하던 말이나 편지 등의 기록을 통해 그의 실종이 의도적이라는 단서를 찾기 위해 부심했다. 그러나 그 실종이 어떤 의도를 내포하고 있을 만한 그 어떤 조짐도 찾아지지 않았다. 오히려 그것이 의도적이 아니라는 단서만 새록새록 집혀 올라왔다. 병하는 학교에 무기휴업령이 내려진 며칠 뒤 나를 찾아와 고향에 내려가 영양 보충을 좀 하고 올라와 좀 달리는 영어 공부를 본격적으로 해보겠다는 말을 했다. 실제로 그는 고향에 내려가 닭도 한 마리 잡아달래서 먹었다는 것을 뒤에 그의 부모들을 통해서 알게 되었다. 서울 오는 버스를 탈 때도 그의 어머니가 만들어준 쇠고기 넣고 볶은 고추장이며 하숙집 밥은 늘 헙헙한 법이라며 간식으로 싸준 황밤과 대추 등을 하나도 마다하지 않고 가지고 올라왔다는 사실도 확인할 수 있었다. 이런 사실은 그 실종이 결코 의도적인 죽음과는 거리가 멀다는 것을 철저히 믿고 있는 그의 부모들에게는 매우 희망적인 사항이었다.
 병하가 서울 마장동 시외버스터미널에서 내린 사실도 그 버스에 함께 탔던 두 명의 고향 사람들로부터 확인되었다. 오후 5시경 마장동 시외버스터미널까지가 병하의 실재를 증명할 수 있는 마지막 공간이요 그 시간일 뿐 그 이후 병하의 실종과 관련된 그 어떤 제보나 상황도 없었다.
 그의 완벽한 그 부재는 내게 심한 배신감을 안겨주었다. 사실은 배신감을 느낄 그런 겨를도 없었다는 것이 옳은 얘기일 것이다. 그의 실종 사건 혐의자로 조사를 받던 그 며칠간의 수모는 차라리 나았다. 스물한 살 젊은 나이에 시립병원 등 행려병자 수용시설이나 부랑자들의 주검이 보관된 영안실에서 험하게 문드러진 시신 얼굴도 수없이 많이 봤다. 전국의 웬만한 사찰도 다 돌아보았다. 병하의 행방 탐문에 도움이 될 만한 사람을 만나본 것만 해도 수백 명에 이를 것이다. 병하의 휴학도 한계가 있었고 입영통지서가 나올 때마다 연기원을 내기 위한 갖가지 구실을 찾아야 했던 그 버거운 시간들은 생각만 해도 머리가 아팠다. 실종신고까지 해놓고도 부재자의 생사 불명 상태가 일정 기간 계속되면 상속 등 재산적 신분적 법률 관계를 확정시키기 위해 필요한 실종선고를 법원을 통해 받아내야 하는데 그 과정을 거부한 부모 때문에 내가 병무청을 드나든 것만도 여러 번이었다.
 병하 가족이 나서서 할 일을 내가 도맡아 한 셈이다. 나는 병하의 부재와 연결되는 유일한 안테나였던 것이다. 처음에는 가장 가까운 친구의 실종에 대해 무관심할 수 없다는 의무감으로 솔선해서 뛰었다. 게다가 아들이 실종되자 그 충격으로 쓰러진 병하 어머니의 그 간절한 소원을 무시할 수 없었던 것이다. 당시 지방 공무원이던 병하 아버지 또한 3대 독자인 아들의 행방을 찾기 위해 백방으로 뛰어다니긴 했지만 거의 내가 그 앞장을 설 수밖에 없는 형편이었다. 우리 어머니 또한 내가 병하를 찾기 위해 학교에 휴학원을 내도록 종용했을 정도로 그 일에 열성이었다.

불효막심한 놈. 어머니는 처음부터 마지막까지 일관되게 병하의 실종을 고의적 잠적으로 단정하고 나섰다. 갸가 지금 역적 모일 하구 있는 게여. 어머니가 남의 자식인 병하에 대해 그렇게 생각할 아무런 근거도 없었다. 병하가 대학에 들어가면서 바로 정부의 굴욕 외교를 반대하는 데모 대열에 끼었던 사실조차 알 수 없었던 어머니가 어떻게 그런 생각을 하게 됐는지 그 당시만 해도 전혀 헤아릴 길이 없었다. 찾아봐라, 어딘가 살아 있을 게다. 뭔가 이유 있어 그렇게 숨어다니는 놈은 그렇게 쉬 죽지 않는 법이여. 어쩌면 옛날이나 지금이나 신문은 한 면도 빼지 않고 모두 읽는 어머니로서 병하의 실종을 혼란스러운 시국과 관련지어 생각할 수도 있는 일이긴 했다. 어떻든 어머니는 내 친구 병하의 실종을 생존 가능성이 없는 그런 상황으로는 전혀 생각하고 있지 않는 것만은 분명했다.

병하 어머니에게 해서는 안 될 그 말을 별 깊은 생각 없이 던졌던 것도 내 어머니의 병하의 실종에 대한 변함없는 그 확신 때문이었는지도 모른다. 해서는 결코 안 되는 그 말을 하게 된 데는 병하 어머니의 책임도 없지 않다. 어쩌면 전적으로 병하 어머니의 책임이랄 수도 있었다. 병하 어머니의 그 확신은 어디에서 비롯된 것이었을까. 내가 당신 자식의 행방을 알고 있을 것이란 그 맹목적인 믿음에 대해 나는 질릴 만큼 질려 있었다.

내 이렇게 무릎 꿇고 빌겠다. 우리 병하, 지금 어딨지?

3대 독자의 행방을 확인하기 위한 병하 어머니의 그 간절하고 집요한 다그침을 무슨 말로 형용할 수 있을까. 겨울방학으로 고향에 내려가 있는 어느 날 새벽녘에 병하 어머니가 우리 집으로 찾아왔다. 아무렇게 걸친 옷차림에다 맨발에 산발만 봐도 병하 어머니가 제정신이 아닌 상태에서 찾아왔다는 것을 대번 알 수 있었다. 영섭아, 넌 우리 병하가 어디 있는지 알고 있지, 제발 애기해줘. 어머니가 마당으로 달려나가 그녀를 집 안으로 부축해 들였다. 두 여자가 서로 부둥켜안고 울기 시작했다. 더 절절한 울음소리를 낸 것은 우리 어머니였다.

저런 몹쓸 것. 어머니는 텔레비전에 사선을 넘어 귀순해 온 북한 사람만 나오면 매우 마뜩잖은 안색으로 구시렁거렸다. 사람이 저래서는 안 되지, 다 제 사정이야 있겠지만 어찌 가족을 버리구 온다는 게냐. 어머니는 그것이 아무리 큰 명분을 가지고 있다고 해도 가족을 저버리는 행위만은 용서할 수 없었던 것이다.

아버지가 우리 가족을 버렸다고, 어머니는 아버지의 죽음 그 자체를 배신이라고 생각하면서 살았을 것이다. 어쩌면 6·25 때 월북한 외삼촌과 아버지를 동일시하고 있었는지도 모른다. 어머니에게 있어 아버지나 외삼촌은 모두 가족을 저버린, 몹쓸 사람들이었을 것이다.

큰아버지가 아버지의 유골을 들고 돌아왔다고 한다. 6·25가 터진 그해 봄 아버지가 군 복무 중인 최전방 부대에서 연락이 왔던 것이다. 누런 마분지 속에 든 아버지의 유골을 어머니 앞에 내놓으면서 큰아버지가 어머니에게 한 말은 이렇게 뼛가루라도 거둬 온 것을 다행으로 알라는 것이었다. 어머니와 큰아버지 사이가 별로 좋지 않은 것도 그때부터였는지 모른다. 나는 그때 아버지의 죽음을 알지 못했다. 다만 다섯 살이었던 내 기억에 잡히는 한 가지는 전쟁이 터지기 직전 우리 집의 분위기가 뭔가 심상찮았다는 것밖에는 없다. 그 일의 내막을 알게 된 것은 큰아버지가 세상을 뜬 얼마 뒤 큰어머니와 어머니가 화해 분위기 속에 나누던 지난 세월 회포 풀기를 통해서였다. 국군이었던 아버지의 유해가 왜 국군 묘지에 안장될 수 없었는지도 그때 알게 되었던 것이다.

전쟁이 터지기 직전 최전방에서 서너 명의 군인이 부대를 이탈했다. 그것이 월북을 위한 이탈이었는지 아니면 단순 탈영이었는지 그 사실은 확인할 방법이 없었다. 큰아버지가 그 부대에 갔을 때는 이미 종이에 싸인 두 사람의 유골과 군복 세 벌만이 함께 놓여 있었다. 시신이 물속에서 알몸으로 수거되었다는 설명만 있었지 그것이 어떻게 유가족 확인도 없이 화장되었는지는 밝히지 않았다. 유골 두 개를 놓고 세 집의 유족이 망연자실 서로 얼굴만 쳐다보고 있었다. 한 사람의 시신은 찾지 못했다고 했다. 시신을 직접 확인하지 못한 두 유족들은 부대에서 하는 대로 우두망찰 유골을 인수받지 않을 수 없었다. 사망자나 실종자 모두 군사재판을 받는 중이라고 했다. 거기서 있었던 일은 국가 군사 기밀에 해당하는 아주 중요한 사건이기 때문에 무슨 일이 있어도 밖에 유출되면 안 된다는 서약서에 손도장도 찍었다.

그 경위를 가리고 어쩌고 할 겨를도 없었고, 또 그런 것이 용납되던 세월도 아니었다. 어머니가 확인하고 싶어 한 것은 그것이 정말 아버지의 유골인가 하는 것이고, 다른 하나는 그 세 사람이 정말 월북을 시도한 것이었는가 하는 그 진상을 알고 싶다는 것이었다. 그 일이 집안에 미칠 여파를 생각해 쉬쉬하는 큰아버지와 달리 어머니는 그 진상을 위해 팔 걷어붙이고 나섰다는 얘기였다. 또한 어머니의 하나밖에 없는 동생인 외삼촌이 그 일에 앞장섰다고 한다. 그러나 그 일로부터 한 달도 채 안 돼 전쟁이 터졌다. 그 전쟁 중에 외삼촌이 실종됐다. 외삼촌이 자진해서 월북했다는 소문이 마을 사람들 입에서 입으로 전해지면서 외갓댁은 장맛물에 토담 무너지듯 허물어져 내렸다는 것이다.

난 서방님이 안 죽었다고 생각하는 동서 마음 다 이해하네.

큰어머니가 어머니의 손을 잡아 쥐며 다시 말했다.

어디 그뿐인가. 난 사장노인 몰래 우시던 모습 볼 때 정말 마음 아팠다네. 소리 죽여 우는 외할머니의 그 울음이 어머니의 서릿발 같은 한과 오기를 죽였는지도 모른다. 그렇게 입 악물고 살던 어머니가 어느 날 자신의 감정을 주체하지 못한 순간이 있었다. 니 아버지가 살아 있다. 는 말을 절규처럼 외치던 그 단 한 번의 일을 나는 결코 잊지 않고 있었다. 그러나 전쟁이 끝났을 때 어머니는 더 이상 아버지 얘기를 꺼내지 않았다. 정말 단 한 번도 아버지 얘기를 자식인 내 앞에서 발설한 적이 없었다.

택시를 내리면서 시계를 보니 밤 11시 20분이었다. 이곳 아파트 단지에도 안개가 대단했다. 취기도 거둘 겸 안개 속을 천천히 걸었다. 이 도시의 겨울 밤 안개는 냉기류의 흐름을 실감케 한다. 바람이 없는데도 안개의 입자들이 한 방향으로 빠르게 움직이는 것이 가로등 불빛을 통해 감지된다. 짙은 안개 속을 걷노라면 나 하나만 있고 세상이 온통 실종된 것 같은 느낌에 휩싸인다. 오늘 밤 이 짙은 안개가 어쩐지 수상쩍기만 하다.

아파트 현관을 통해 계단을 오를 때도 안개가 우우 내 뒤를 따르고 있었다. 어쩌면 안개는 오늘 밤 내 잠자리 속까지 따라 들어와 병하 부재의 그 가슴 막막함으로, 아들의 행방에 대한 내 귀띔에 눈을 허옇게 뒤집어쓰던 병하 어머니의 그 절망으로 나를 가위눌리게 할 것만 같다.

나는 내 뒤를 따라붙는 안개를 떨쳐버리기라도 하듯 계단을 조금 빨리 오른다. 엘리베이터를 타지 않고 계단을 이용하는 것은 오랜 습관이다. 버튼 하나로 나를 무력화시킨 채 위로 아래로 실어 나르는 그 통 속 이동이 싫었다. 12층까지 엘리베이터로 24초, 계단을 이용하면 3, 4분 걸린다. 계단을 오르고 내리는 그 3, 4분은 온전히 덤으로 주어지는 나만의 시간이다. 나는 되도록 야금야금 그 시간을 즐긴다.

"아니, 이 할머니가⋯⋯?"

나는 순간적으로 내 눈과 기억을 의심한다. 내 뒤를 따라 들어온 안개가 마녀로 현현되기라도 한 것일까. 오늘 오전 아파트 11층에서 만난 1004호 할머니를 이 늦은 밤 이 계단에서 다시 만나다니. 분명 5층인데 아침에 만났던 11층의 그 상황과 다른 것이 전혀 없었다. 계단할머니는 위로 올라가는 자세였고 나는 바로 아래 계단참에서 할머니를 쳐다보고 서 있었다. 아침과 다른 것이 있다면 내가 계단참에 올라서자 복도의 감지등이 밝혀졌다는 것뿐이다.
"할머니, 지금이 몇 신데 여기 계시는 겁니까?"
1004호 할머니가 계단참에 서 있는 나를 힐끔 돌아다보았다. 계단의 단골손님인 이 할머니는 거의 구십 도로 굽은 허리로 아파트 계단을 기어서 오르내린다. 하루 종일 아파트 계단에서 산다고 해도 틀리지 않을 만큼 그 할머니의 계단 오르내림은 더디고 집요하다. 1004호 할머니는 당신이 오르내려야 할 중앙 통로보다는 좌우 통로의 계단에서 더 많이 발견된다. 어쩌면 그 할머니는 세 개의 통로를 자유롭게 드나들 수 있는 그 옥상을 당신의 집으로 생각하고 있는지도 모른다. 실제로 가을철이면 그 할머니가 옥상에서 남들 고추 말리는 일 등을 하루 내내 거들어주고 있는 모습을 언제나 볼 수 있다. 옥상이 위험하지 않느냐고, 그 할머니의 옥상 출입을 걱정하는 사람도 없지 않았다. 그러나 옥상 난간을 통해 아래를 결코 내려다볼 수 없는 그 할머니의 작은 키, 그 굽은 허리를 본 사람들은 비로소 자신이 쓸데없는 걱정을 했다는 생각을 하게 된다고 했다.
"우리 아들네 집이 어디지유?"
술김이라 그런가, 이날따라 나는 할머니 옆에 조금 머물고 싶어진다.
"아드님 이름을 말씀해보세요."
"몰라유."
이 할머니는 늘 이렇다. 자기가 살고 있는 집이 몇 층인지 몇 호인지, 함께 살고 있는 가족에 대해서도 도통 아는 것이 없다.

그러나 그 할머니가 기억하는 몇 가지는 신뢰할 만하다. 내가 그 할머니를 처음 만났을 때 당황했던 것도 바로 그것 때문이었다.

할머니, 집이 어디세요?

북방멘 구밀리 왜둔지유. 츠음 시집을 오니까 기와집이 많데유.

할머니, 옛날 사시던 데 말구 이 아파트 몇 층 몇 호에 사시느냐구요?

글그미 저름박골이 원래 우리 집이라니까유. 펀뜰에 살던 천씨네 딸이 호래이한테 물려 죽은 그 화장터 있는 데서 모텡이 하나 돌가가면 바루 거기예유. 얼금백이 할머이네 뒷집이 바루 우리 집이라니까유.

할머니, 집 전화번호 알고 계세요?

큰딸이 서울 살았는데 사우 먼저 죽으니까 지두 얼매 못 가 따라 죽데유. 암이래유, 암. 큰딸넨 즌화두 있었어유. 구륙구에 사칠팔구. 즌화 걸구 싶어두 돈 많이 나온대서 며느리 없을 때만 몰래 걸었지유. 구륙구에 사칠팔군데 지금은 딸이 읎어서 즌화 안 받아유.

할머니, 여기 사시는 집 전화번호두 아셔야 해요.

츠음 시집을 오니까, 신랑이 유성기를 틀어주데유. 신기했지유 뭐. 그 쬐꼬만 기계 어디서 그런 이쁜 소리가 나오는지유.

할머니, 지금 연세가 어떻게 되셨어요?

열여덟에 시집이라구 와서 그다음 해 첫딸을 나았지유. 갸가 큰물 나던 그해 암으루 죽었대니까유. 죽은 지 십 년두 더 돼유.

1004호 할머니는 자신의 나이는커녕 이름도 몰랐다. 과거 기억은 놀랄 정도로 정확하지만 현재의 상황에 대해서는 모든 것이 지워진 상태다. 기억되는 그 과거는 어떠한 것이고 지금 눈앞의 현실이 캄캄 실종되는 이유는 무엇일까.
"할머니, 제가 집에 모셔다드릴게요."
나는 1004호 할머니를 부축해 계단을 다시 내려오며 병하 어머니가 지금 살아 있다면 계단할머니 나이쯤 됐을 것이란 생각을 한다. 3대 독자 병하를 서른다섯에 낳았다고 했다. 병하가 실종됐을 때 그 어머니는 유난히 쇠잔하고 늙어 보였다. 아들이 다니던 대학교에 한 번 더 가보는 것이 소원이라고 해서 안암동 골목을 함께 가다가 벽을 짚고 숨을 몰아쉬던 게 하도 안타까워 내 등을 들이댄 적이 있었다. 병하 어머니는 아들의 친구 등에 순순히 업힌 채 말했다. 학교에 우리 병하가 있었음 얼매나 좋을까.
"할머니, 저한테 업히세요."
나는 1004호 할머니 앞에 등을 들이댔다. 그러나 할머니는 질겁을 한다.
"아이구, 망측해라. 남의 남정네가 왜 날 업구 간대유?"
계단할머니를 부축해 옆 통로 1004호까지 올라가는데 꽤 많은 시간이 걸렸다. 엘리베이터를 타자고 슬쩍 말해보았다 그러나 할머니는 고개를 절레절레 흔들었다. 누군가 그 할머니를 엘리베이터에 강제로 태운 적도 있었다고 한다. 그러나 문이 닫히기도 전에 그 할머니가 간질 증세와 비슷하게 몸을 뒤트는 바람에 어쩔 수 없이 엘리베이터를 다시 세웠다고 한다. 그 며느리가 시어머니를 엘리베이터에 끌고 들어간 적도 몇 번 있었는데 그럴 적마다 오줌을 질펀히 싼 채 널브러지더란 얘기도 있었다. 계단할머니는 엘리베이터뿐 아니라 자동차도 타지 않는다고 했다. 어쩌다 자동차에 강제로 밀어 넣기가 무섭게 멀미 증세를 보이면서 위아래로 쏟아놓는다는 것이다. 그 할머니가 1층 계단에서 현관 쪽으로 나가 통로를 단 한 번도 벗어나지 않는 이유가 자동차 타기를 겁내기 때문이란 말이 그래서 나왔는지도 모른다.

계단할머니는 몸은 매우 굼뜨지만 계단 기어오르는 일이 그렇게 힘들어 보이지는 않았다. 주저앉아 쉬는 일도 없이 그저 한결같은 그 움직임으로 난간동자 하나를 잡아가며 계단을 오르고 있었다.

"할머니, 이렇게 밤늦게까지 밖에 나와 계시면 아드님이 걱정하잖아요."

"죽은 우리 영감은 육손인데두 손기술이 그렇게 좋았지유. 동네 망가진 시계며 기곈 모두 우리 영감 손 안 가군 못 고쳤으니께유."

꽤 오랜 시간이 걸려 중앙통로 1004호 앞에 이르렀다.

"할머니 사시는 데가 여깁니다. 이걸 보세요. 여기 일공공사라고 이렇게 쓰여 있잖습니까."

그러나 어느새 계단할머니는 10층과 11층 사이의 계단참에 가 있었다.

"우리 죽은 영감이 저 꼭대기서 기다린댔어유."

나는 1004호 초인종 벨을 누른 다음 계단참으로 달려 올라가 계단할머니를 덥석 안고 내려왔다. 짐작했던 대로 할머니의 몸은 뼈만 앙상하니 거뿐했다. 1004호 구멍으로 안 들어갈 작정인

듯 몸을 빼는 계단할머니를 막아서면서 다시 벨을 눌러놓고 두어 걸음 물러선 순간이었다. 안에서 문 따는 소리가 들리는 것과 동시에 문이 열리며 계단할머니의 몸이 그 안으로 끌려 들어갔다. 너무 순간적인 일이어서 나는 그 할머니를 잽싸게 끌어들인 손 하나만을 겨우 본 느낌이었다. 다시 안에서 문 잠그는 소리와 함께 거두절미 여자의 볼멘소리가 새어나왔다.
"미쳐, 나 정말 미치겠다니까."
아파트 사람들이 1004호 할머니를 옥상이나 계단에서 보고도 모른 척 지나치는 이유를 알 만했다. 1004호집 부부는 소양호 어느 골짜기서 횟집을 한다고 했다. 아침에 나가 밤늦은 시간에야 돌아온다는 것이다. 식당 영업을 안 하는 날에는 아이들이 대학 다니는 서울 집에 올라가 1004호에는 할머니 혼자 있기가 예사라고 했다. 4년 전 1004호 집이 이사 왔을 때는 가끔 아파트 경비실에서 그 할머니를 찾는 방송이 나오곤 했다. 그러나 얼마 뒤 그 방송이 들리지 않는 이유를 알아냈다. 그 할머니의 실종은 거의 매일 계속되고 있었지만 그 실종 공간이 302동 계단이나 옥상에 한정되었기 때문이다. 계단할머니는 지금까지 단 한 번도 302동을 벗어난 적이 없다는 것을 자주 바뀌는 경비실 사람들도 다 알고 있었다.
어머니는 계단할머니를 싫어했다. 아내와 내가 각기 한 번씩 두 번이나 그 할머니를 집에 들인 적이 있었다. 1004호에 사람이 없다는 것이 인터폰으로 확인되었을 때 우리 통로 계단에 주저앉은 그 할머니를 데리고 들어왔던 것이다.
너나없이 늙으면 그저 죽어야 돼. 꽤나 직심스레 그 할머니와 애기를 나누려 노력하던 어머니가 얼마 지나지 않아 손을 홰홰 내저었다. 자기 자식 이름도 제 나이도 모르는 할망구면 이제 죽을 때가 다 됐다는 것이다. 늙어도 제 앞가림은 하고 살아야지 자식들 고생을 덜 시키는 것인데 저 정도면 빨리 죽어야 한다는 얘기였다. 당신이야말로 자기 앞가림만은 제대로 하고 있다는 자위일 것이다. 실제로 어머니는 집안 살림살이를 거의 다 도맡아 했다. 젊을 때의 그 바지런에다 음식 솜씨도 달라진 게 없었다. 아내가 슈퍼에 갈 일이라도 생긴 기색이면 그 심부름을 굳이 자청하고 나섰다. 붓글씨 공부를 시작한 아내를 위해 문방구에 가 종이를 사 오기도 하고 어떤 때는 미리 먹을 갈아놓기도 했다. 계속 생기는 궁금증을 풀어줄 상대만 있으면 그 상대의 마음에 들기 위해 그처럼 자기 앞가림에 빈틈이 없는 어머니였다.

그러나 아내는 어머니의 그 집요한 말참견만큼 그 바지런에 대해서도 숨 막혀 했다. 아내는 밖으로 많이 나돌았다. 도서관에서 하는 독서 회원에다 여성회관의 수예, 꽃꽂이, 글짓기 교실까지 거쳐 지금은 서예 기초반에 다니고 있다. 기회가 주어질 때면 여자들끼리 하는 놀이 화투판에도 서슴없이 달려가곤 했다. 물론 아내는 자신의 그러한 취미 생활이 뒤늦게나마 자기 찾기, 자기 발전으로서의 의미가 있다는 것을 터득한 것 같았다. 어쩌면 그것은 어머니와 얼굴 마주 대하고 앉는 그 시간을 피하기 위한 하나의 구실 찾기라고 해도 좋을 것이다.

계단할머니가 1004호 구멍으로 빨려들어간 뒤 나는 그 중앙 통로를 다시 내려오는 대신 15층을 향한 계단으로 천천히 걸어 올라갔다. 옥상에서 우리 집이 있는 좌측 통로를 이용해 내려오는 것이 한결 쉬웠기 때문이다.
　옥상으로 통하는 문을 여는 순간 나는 아, 하는 탄성을 내질렀다. 아무것도 없었다. 자주 올라와 눈에 익었던 옥상 옥탑이며 환기통은 물론 난간 등 아파트 구조물이라고 볼 수 있는 그 어떤 것도 가뭇없이 안개 속에 묻혀버렸던 것이다. 안개의 나라 저 높은 어딘가에 내가 그처럼 쳐다보기를 즐기던 별들이 빛나고 있었다는 것을 생각하기도 어려웠다. 멀리 휘황하던 도심의 불빛은 물론 상가 쪽 가로등마저 흔적 없이 삼켜버린 안개가 우욱우욱 거대한 숨쉬기를 하고 있었다. 실종된 모든 사물들이 그 안개 속에서 소화되는 소리였다. 공기 속을 자유로이 흘러 떠도는 미세한 물방울들의 세계 속에서 나는 비로소 존재하는 느낌이었다. 내가 도망쳐 당도하고 싶던 세계가 바로 이런 것이었다. 나는 늘 모든 것으로부터 떠나 이렇게 혼자 있고 싶었다. 병하가 그렇게 우리들 곁에서 사라졌을 때 내가 느꼈던 배신감도 그에게 선수를 빼앗겼다는, 바로 그런 기분과 통하는 것이었는지도 모른다.
　나는 항상 가벼이 어디론가 흔적도 없이 증발되는 것을 꿈꾸었다. 내가 어디론가 가뭇없이 사라졌다는 소식이 남의 일처럼 귀에 들려오는 그런 꿈이었다. 오랜 세월 나를 사로잡았던 그동안의 갖가지 실종 미스터리가 내가 꿈꾸는 실종의 시나리오 만들기에 도움을 주었다. 완벽한 실종에 성공한 날 아침은 몸이 가볍고 기분이 썩 좋았다. 정말 안 좋은 것이긴 하지만 나는 내 실종의 완벽한 성공을 꿈꾸듯 주위 사람들이 어디론가 사라졌다는 소식을 기다리고 있었다. 계단할머니를 만날 때마다 살짝 스치는 그 실망감도 바로 그런 기다림과 무관하지 않을 것이다. 실종증후군의 또 하나 증세는 내가 실종된 사람들의 행방이 밝혀지지 않기를 내심으로 바라고 있다는 사실이다. 실종자의 행방이 그 시신 찾아내기 등으로 밝혀진 날은 심한 두통에다 하루내내 일이 손에 잡히지 않는 불안 증세를 보였다.

실종 꿈꾸기, 이게 어찌 나 하나만의 증세일까. 나는 이처럼 미쳐가고 있는 나 자신을 애서 위무한다. 바쁘게 돌아가는 세상 탓이다. 바쁜 세상, 타인과의 관계가 복잡해질수록 사람들은 뭔가 전전긍긍 자기 내면이 허하게 비어들고 있음을 느낀다. 왕따를 당하는 아이들이 그러하듯 소외를 경험하는 그 강도에 따라 현실로부터 도망치고 싶은 욕구가 클 것이다. 정상적인 아이들도 언젠가 집을 떠날 것을 꿈꾸고 있다. 오직 학교로 통하는 길만 뚫려 있는 그 숨 막히는 집으로부터 도망치고 싶은 것이다.

80년 이후 40만 명 「증발」……"실종王國" 낙인. 수사 중인 사건 개구리 소년 등 2건뿐(『한국일보』, 1994. 9. 20) 1994년 경찰청의 국감 답변 자료를 바탕으로 작성된 이 신문기사는 연간 가출신고가 평균 3만2천2백 건. 1990년 이후 4년간 경찰에 신고된 가출 인구는 모두 13만1천69명인데 이중 38.5%인 5만7백96명은 가족과의 연락이 두절된 채 그 소재가 확인되지 않고 있으며 '가정불화 등으로 인한 단순 가출'로 형식적인 수배만 돼 있는 상태라는 것을 밝히고 있다. 1980년 이후 1994년 9월까지의 숫자를 다 합치면 40만 명을 넘는 사람들의 행적이 묘연한, 이른바 '인간증발현상'은 해가 갈수록 더 심해지고 있는데 대부분 '뭔가 말 못할 사정' 때문에 자의에 의해 종적을 감춘 것으로 보이지만 이들 실종자 중 적어도 연간 2%선인 5백~6백여 명은 범죄 피해자로 인명을 희생당하거나 사실상 범죄의 늪에 방치돼 있다는 것이다. 이 신문기사는 '1991년 3월 28일 경주 고적답사 중 실종된 일본인 여성 관광객 오마사 유미 씨(당시 27세)가 현재까지 생사도 확인되지 않는 가운데 일본 기자들이 경주에 몰려와 취재 경쟁을 벌였다는 것과 이로 인해 국제적으로 한국은 '실종왕국'으로 낙인찍혀버렸다는 내용도 덧붙이고 있었다. 바다 또한 실종의 블랙홀이다. 해마다 조난 사고로 실종되는, 인정사망의 경우도 많지만 배를 타고 나간 뒤 선상반란 등 누군가에 의해 살해돼 바다에 던져짐으로써 영구 미제의 실종으로 남는 사람도 적지 않다는 기록도 어디에선가 본 기억이 있다. 바다보다 더 무서운 블랙홀이 있다. 한꺼번에 수십만 명을 집어삼키는 회리바람.

자, 다시 한번 요약해보겠다. 1950년 6월 25일 시작된 동족상잔의 한국전쟁은 1953년 7월 23일 휴전이 되기까지 만 3년 1개월 동안 전 국토를 폐허로 만들었을 뿐만 아니라 엄청난 인명 피해를 가져왔다.

지난 2학기 나는 국사 시간에 1980, 1981년에 태어난 고등학교 학생들을 상대로 한국 현대사회의 전개 중 6·25전쟁을 수업하고 있었다.

인명 손실 중 군인의 경우 전사 국군 22만9천 명, 유엔군 3만8천 명, 북한군 52만 명, 중공군 90만 명, 부상이 국군 71만7천 명, 유엔군 11만5천 명, 북한군 40만6천 명이나 된다. 너희들, 이거 적을 필요가 없다. 이 숫자 통계는 지금까지 어떤 시험에도 출제된 적이 없기 때문이다. 다음은 이 전쟁을 통해 얼마나 많은 사람들이 그 생사가 밝혀지지 않고 있는지 알면 놀랄 것이다. 전쟁으로 인해 실종된 국군은 4만3천 명, 유엔군 5백 명인데 북한군 실종 인원은 아직까지 밝혀진 바 없다.

아이들의 얼굴에서 나는 놀라는 표정을 읽지 못했다. 그들은 그 어떤 통계의 숫자와도 자신이 무관하다고 생각하고 있기 때문이다.

자, 다음은 민간인의 경우인데 우리 남한 지역에서만 사망 24만5천 명, 부상 23만 명, 실종 33만 명이나 된다. 역시 북한 쪽 민간인의 피해 상황은 밝혀진 것이 없다.

아이들은 죽거나 증발된 옛날 사람들에 대해서는 관심이 없다. 몇 명의 아이들이 몸을 엎드린 채 귀에 리시버를 꽂고 있는 것이 보였지만 나는 상관하지 않고 내 얘기를 계속했다.

전쟁은 가정을 파괴한다. 즉 가족 중 누군가 죽고 그리고 산 사람들도 서로 헤어지게 되기 때문이다. 그리하여 30만 명의 전쟁 미망인이 생긴 것이고, 33만 명의 전쟁 불구자, 10만 명의 전쟁 고아, 1백만 명의 결핵 환자가 발생했다는 통계도 나와 있다. 이뿐이 아니다. 지금 너희들 나이의 청소년 44만 명이 이른바 의용군에 끌려갔고 북한 지역에 진주했던 유엔군이 중공군의 참전으로 인하여 다시 남한 지역으로 후퇴할 때 1백만 이상의 북한 주민들이 정든 고향과 가족 친척들을 버리고 나왔던 것이다. 남북 분단으로 인한 민족의 이동, 다시 말해 가족이 뿔뿔이 흩어지는 비극은 해방되던 1945년부터 시작된 것인데 그 숫자는 5백만 명에 이르는 것이다. 북쪽에서 남쪽으로 넘어온 사람이 5백만 명이라면 남쪽에서 북쪽으로 넘어간 사람도 상당수 있을 것이지만 이것은 역시 그 숫자를 알 길이 없는 것이다. 남쪽으로 이동된 5백만 명의 숫자가 그들과 관계된 가족까지 합쳐 이른바 1천만 이산가족의 비극을 낳게 됐다는 얘기다. 이 세상 어딘가에 살아 있다고 믿고 싶은 사람들, 분명 살아 있지만 만날 수 없는 사람들, 어쩌면 죽는 날까지 그렇게 보고 싶은 그 얼굴을 다시는 볼 수 없는, 이것이 바로 이산가족의 비극이란 것이다.

수업이 끝났음을 알리는 벨이 길게 울고 있었다.

지금 저 벨이 울리는 이 시간도 이 땅의 많은 어머니들은 그 남편과 자식이 이 세상 어딘가에 살아 있을 것이란 희망을 포기하지 않은 채 애면글면 살고 있다는 사실을 다 함께 생각하면서 수업을 마치기로 하자. 이상, 수업 끝.

나는 두번째의 담배 꽁초를 안개 속에 던졌다. 안개의 숨소리가 조금 가라앉았다는 느낌이었다. 그러나 안개를 이루는 미세한 물방울 입자들은 쉼 없이 어떤 움직임을 만들어내고 있었다. 그 움직임에 의해 내 몸이 공중으로 부웅 떠오르는 것만 같았다. 옥상 난간을 짚고 아래를 내려다볼 때 생기는 그 아찔한 순간 유혹이 안개의 움직임을 통해 전율처럼 전해져왔다.

추위가 실종된 겨울이라곤 하지만 아파트 옥상의 냉기는 만만치가 않았다. 나는 서둘러 좌측 통로로 통하는 문을 찾아 안개를 헤치고 나갔다. 어머니가 기다리고 있을 것이다. 어머니와 함께 있는 시간을 못 견뎌 하는 것은 아내뿐이 아니었다. 그 표현을 한 적은 없지만 아내도 내가 항상 집에 늦게 들어오는 이유를 알고 있을 것이 분명했다.

나는 늘 어머니와의 만남이 버거웠다. 어릴 때부터 그랬다. 차라리 다른 어머니들처럼 자식에 대한 사랑 표시를 노골적으로 해주었어도 나는 덜 부담스러웠을 것이다. 어머니는 자식 사랑을 내색하지 않는 것이 배운 여자로서의 미덕이라고 생각하고 있었는지 모른다. 어쩌면 그것은 당신이 사랑하는 사람과 있을는지 모르는 최악의 결별에 지레 대비한 정 끊기였다는 생각도 없지 않았다. 어머니의 그 냉정은 젊어 지아비를 잃고 혼자 살아온 여자로서의 자기 자제력이라고도 할 수 있는 것이었다. 그러나 어머니의 냉정한 자제력이 무너지기 시작한 것은 내 친구 병하가 사라졌을 때부터였다. 병하 실종에 대한 어머니의 집요한 관심이야말로 나를 잃을 수도 있다는 두려움의 간접적 표현이라는 것을 내가 모르지 않았다. 병하의 증발은 다름 아닌 당신 남편의 실종이었으며 당신의 하나밖에 없는 친정 남동생의 실종이었던 것이다.

내가 철들었을 때 우리 집에는 아예 아버지란 존재가 없었다. 어머니가 아버지 얘기를 일절 입에 올리지 않았기 때문이다. 큰집 식구들도 아버지 얘기를 하지 않았다. 큰아버지가 돌아가신 뒤 큰어머니와 어머니가 손 마주 잡고 몰래 나누던 아버지의 죽음 그 미스터리를 끝으로 더 이상 누구도 우리 아버지 얘기를 꺼내지 않았던 것이다. 아예 없는 존재이기 때문에 남들이 생각하는 것처럼 아버지가 없음으로 해서 기죽거나 불편했던 기억은 별로 없었다. 문제는 애써 아버지의 존재가 부정되고 있다는 느낌의, 어머니가 연출하고 있는 우리 집의 그 분위기가 나를 숨 막히게 했을 뿐이다.

옥상 좌측 통로 입구에서 나는 다시 담배를 피워 물었다. 뻐끔 담배를 피우는 내가 이날따라 폐부 깊숙이 연기를 집어넣는다. 그 담배 연기로 해서 내 몸이 공기 속에서 수증기로 분해되고 다시 미세한 물방울로 바뀌어 지표 위를 짙게 흐르는 이 겨울 밤의 안개로 증발되는 느낌이었다.

나는 언제부터인가 어머니가 나를 위해 아버지란 존재를 감추고 있음을 알게 되었다. 외할머니가 외삼촌의 월북을 당신 목숨을 바쳐 감춰왔듯 어머니 또한 아버지란 존재를 그 그림자로도 허용하지 않았던 것이다. 그것은 아버지가 월북을 기도하다 죽었다는 그 천형 같은 죄증보다는 차라리 아버지의 부재 쪽이 자식의 장래를 위해 이로울 것이란 어머니의 자식 사랑이었을 것이다. 이 땅의 어머니들이 그렇게 당신의 가슴에 묻은 지아비와 그 자식이 얼마나 많을 것인가. 6·25전쟁 때 북으로 끌려간 국군 포로에 대한 정부의 대책이 그동안 전무했다는 것도 질책받을 일이지만 그렇게 된 데는 그 가족들의 무관심 또한 책임이 없다고 못할 것이다. 그 무관심은 자기 가족이 자의로 북쪽 땅에 남았음으로 해서 받게 될 불이익을 겁낸 최선의 방법이 바로 무관심일 수밖에 없었을 것이란 변호는 얼마든지 가능하다. 북쪽 땅에 들어가 살아 있다는 소식보다 차라리 남쪽 땅에서 강도 짓을 하다 총에 맞아 죽는 일이 그 가족에게는 한결 견디기 쉽다는, 지난 세월, 그 반공 콤플렉스야말로 이 땅의 어머니들이 뒤집어쓰고 산 천형의 올가미였던 것이다.

지금처럼 햇볕론이 정부의 대북정책 슬로건이 된 이 시점에서는 북쪽에 그 가족이 살아 있다는 것은 하나의 희망일 수 있다. 그러나 나는 60년대에 그런 희망을 섣불리 발설함으로써 이 땅의 어머니 하나를 혼절케 했다. 나는 그렇게 병하 어머니를 죽였던 것이다.

"오늘, 병하 갸 소식은 들었냐?"

어머니가 집 안의 어둠을 밝히며 현관으로 달려나왔다. 역시 어머니는 나를 기다리고 있었던 것이다. 어쩌면 아버지와 외삼촌 소식을 기다리고 있었다는 말이 맞을 수도 있다. 드문 일이긴 하지만 근래 어머니는 아주 내놓고 아버지가 살아 있을는지 모른다는 말을 입에 올렸다. 국군 포로로 북에 남아 있다가 얼마 전 탈출해 귀환한 양순용·장무환 씨 등이 텔레비전 화면에 나오면서부터 어머니의 태도에 변화가 생긴 것이다. 그것은 수십 년 세월을 지아비의 존재를 당신의 가슴에만 묻은 채 끈질기게 버텨온 사람만이 느낄 수 있는 하나의 희망, 그 기대일 것이다.

"공 교장인가 꿩 교장인가 없어진 애긴 어멈이 연속극 보기 땜에 듣지 못했다야."

이제부터 어머니는 하루 종일 집에 있었던 이야기를 시시콜콜 일러바칠 것이다.

"어머니, 이리 좀 앉아봐요."

나는 옷도 벗지 않은 채 소파에 털썩 주저앉았다. 안개 속, 옥상에서는 전혀 느끼지 못하던 취기가 집에 들어서면서 확 올랐다. 불현듯 오늘 밤 모든 것을 분명히 해두고 싶다는 생각이 치밀었다. 치매 증세가 나타날 때면 그 가족이 그것을 무관심하게 지나치지 말고 차근차근 따져 어느 것이 옳은 것인가를 친절히 고쳐주는 것이 중증 예방으로 좋다는 얘기가 생각난 것이다. 아내의 생각도 횡설수설하는 어머니의 말을 그냥 건성으로 들어 넘기니까 아이들이 어리광부리듯 그 증세가 더 심해질 수밖에 없지 않느냔 것이었다.

"어머니, 아버지가 어딘가 살아 계실 거 같아요?"

어머니가 멍한 표정으로 나를 쳐다봤다. 생뚱같이 뛰어나온 내 물음의 뜻이 전혀 잡히지 않는 그런 표정이었다. 병하 어머니도 당신 아들의 행방을 귀띔하는 내 말에 저런 얼굴로 나를 쳐다봤던 것이다.

"이젠 내놓고 얘기해도 괜찮은 세상이에요. 어머니, 아버지 돌아가신 게 도대체 왜 안 믿어지는 겁니까?"

큰아버지가 안고 온 유골이 아버지의 것이 아니란, 어머니의 그 확신은 어디에 근거한 것일까. 나는 그것이 늘 알고 싶었다. 그러나 아버지가 죽지 않고 살아 있을 것이란 얘기를 당신 입으로 말하기를 거부하는 이상 그 얘기를 따져볼 구실이 없었다. 다만 호적등본이 필요해 그것을 뗄 때마다 아버지의 사망 사실을 확인하는 것이 고작이었다. '6·25사변으로 멸실되었기에 서기 1953년 8월 23일 재제'되었다는 호적등본에는 아버지가 '1943년 9월 20일 이효실과 혼인신고'된 사실과 '1950년 11월 25일 횡성군 공근면 중하리 345번지에서 사망, 부(婦) 동년 12월 24일 신고'되었다는 것이 분명히 기록으로 남아 있었다. 호적 기록은 아버지의 사망일자가 큰아버지나 어머니가 말하는 전쟁 터지기 한 달 전과 달리 11월로 되어 있고 사망 장소도 우리 고향

집 주소로 돼 있었다. 그러나 전쟁으로 멸실돼 다시 만든 호적 등본에서 그런 정도의 착오는 얼마든지 가능할 것이란 생각이었다. 어떻든 아버지의 사망은 법적으로 아무런 잘못이 없었다.

당신 속을 들킨 어머니는 좀해 입을 열지 않았다. 입을 열기는커녕 눈을 내리깔고 다소곳이 앉은 어머니의 자세가 그렇게 단단하게 보일 수가 없었다. 큰아버지가 아버지 유골을 들고 와 그 전말을 얘기했을 때 바로 저런 자세였으리란 생각이 들었다.

"어머니 생각엔 아버지가 그때 안 돌아가신 거지요?"

"당신, 아닌 밤중에 홍두깨라고 지금 어머님한테 뭔 얘길 하고 있는 거예요?"

잠자리에 들었던 아내가 정색을 하고 어머니 곁에 서 있었다.

"어머니한테 세상이 달라졌다는 걸 얘기하고 싶은 거야. 늘 건넛산을 가리키는 식의 어머니 얘기에 나도 이제 지쳤다고."

단단하게 굳어 보이던 어머니의 자세가 언제 그랬느냔 듯 풀어지기 시작했다.

"어멈, 테레비 좀 보자. 열두시 뉴스 나올 때 다 됐다야."

어머니는 그렇게 능청을 떨고 있었다. 그러나 남편의 심상찮은 기색을 눈치챈 아내는 어머니의 청을 쉽게 들어줄 기색이 아니었다.

"공 교장 실종 사건 때문에 그러시죠. 아까 뉴스에 다 나왔어요."

"난 못 봤다. 그래, 어디 살아 있다던?"

"새 제보자가 나왔대요. 버스터미널서 아홉시 반 서울 가는 막차를 탄 어떤 아주머니가 그 교장 옆에 탔다가 술 냄새가 하도 심해서 다른 자리로 옮겼대요."

"그럼 공 교장이 그날 서울로 갔다는 거냐?"

"그거야 모르는 일이죠. 가평에서 내렸는지 또 다른 어디서 내렸는지."

한 달도 넘은 지금 새 제보자라니. 나도 격앙되었던 감정을 가라앉히며 아내가 연출하는 고부간의 대화에 다소 퉁명스레 껴들었다.

"그 여자, 자기 옆에 탔던 사람이 공 교장이란 걸 어떻게 알았다는 거야?"

"입원한 가족 때문에 그동안 서울 가 있다 요새 내려와 그 실종 소식을 들었대나 봐요."

제보자의 말을 모두 사실로 받아들이기는 어려울 것이다. 시외버스터미널까지 공 교장을 태우고 갔다는 택시 기사의 말이나 근화동 골목 포장마차에서 공 교장이 다른 두 사람과 함께 술을 더 마셨다는 제보도 믿을 수가 없다는 것이 경찰의 입장이다. 그러나 일단 공 교장이 서울 가는 시외버스를 탔다는 제보자의 말을 그대로 믿는다면 그 실종 사건은 더욱 복잡한 미궁으로 빠져가고 있음이 분명하다. 대한민국 서울은 출구가 없는 혼란의 미로가 아니던가. 모두가 바쁘고 타인에 대해 무관심하고, 밖에 나와 있는 사람 모두가 도망 다니고 있는 상태이며, 어딘가 돌아가고 싶어도 그 방향 감각을 잃어버린 사람들이 아비규환을 이루는, 그런 서울로 향했다는 것은 과연 무엇을 뜻하는가.

"어머니, 내가 아주 어렸을 때 나한테 하신 말씀 생각 안 나요?"

나는 서둘러 다시 이야기의 가닥을 잡아간다. 뭔가 오늘 밤 분명히 해두고 싶은 것이 있기 때문이다. 그동안 감춰왔던 내 가슴 속 비밀의 암 세포를 파괴하고 싶은 충동이었다.
"어머닌 어린 나한테 아버지가 분명히 살아 있다고, 그 아버지가 언제고 반드시 돌아올 거라고 얘기했지요. 비록 딱 한 번 한 얘기지만 나는 살면서 어머니의 그 말을 한 번도 잊어본 적이 없어요."
잊을 수가 없었다. 어머니가 말한 아버지의 생존에 대한 희망이라기보다 아버지의 존재 자체를 부정하기 위한 참담한 노력이었다고 말하는 것이 옳을 것이다. 어쩌면 그 단 한 번의 발언 이후 그 문제를 더 이상 입 밖에 내지 않는 어머니의 그 마음 헤아리기에 쏟아부은 그 암울했던 기억을 잊지 못하고 있었는지 몰랐다.
"느 아버지가 살아 있다군 안 했다. 느 큰아버지가 들고 온 유골이 아버지 껀지 그게 믿을 수 없다구, 그 얘긴 했을 거다."
어머니는 생각보다 쉽게 내 얘기에 반응을 보였다.
"그래, 알아보니까 아버지가 돌아가시지 않았던가요? 그래서 그렇게 오랜 세월 아버지를 가슴속에 몰래 감추고 사셨구먼요."
"그 유골이 느 아버지가 아니라는 걸 확인할 길이 없었다."
확인할 수는 없었지만 당신은 그 유골이 아버지의 것이 아닐 것이라는 확신을 가지고 살았다는 얘기가 된다. 나는 어머니가 아버지의 죽음을 부정하는 그 근거를 당시 어머니의 처지가 되어 생각해봤던 것을 얘기하기로 한다.
"어머닌 아버지가 돌아가셨다는 걸 도저히 믿을 수가 없었던 거지요. 우선 큰아버지 말부터 믿지 않았던 겁니다. 겁이 유난히 많았던 큰아버지가 집안을 위해 사실을 감추고 있다고 생각한 거지요. 그리고 군대에서 있었다는 그 사건 자체를 믿을 수가 없었을 거예요."

내 얘길 듣는 어머니의 표정이 다시 단단하게 굳어지고 있었다.

"어머닌 외삼촌이 전쟁 때 북쪽으로 넘어가자 아버지까지 월북한 것으로 믿기 시작한 거지요. 아버지가 죽었다는 사실보다는 어딘가 살아 있을 거란 생각이 어머니한텐 위안이 될 수 있었을 테니까요. 그리고 어머니는 지금 이 시간까지 아버지와 외삼촌이 살아 돌아올 날만을 기다리며 살고 있는 거 아닙니까."

나는 다만 사실을 얘기하고 싶었다. 그 사실 확인을 통해 지금까지 수십 년 동안 당신이 스스로 파고 들어앉아 고통을 인내해온 그 구덩이로부터 어머니를 해방시키고 싶었을 뿐이다. 물론 그것은 모든 과거 기억으로부터 도망치고 싶은 내 자신을 위한 하나의 전략일 수도 있었다.

어머니의 굳어진 표정과는 아랑곳없이 나는 계속했다. 내친김이었다.

"어머니, 왜 아버지 얘기를 내놓고 못하는 겁니까? 아버지가 그때 북쪽으로 헤엄쳐 건너갈 수도 있었으니까 니가 좀 아버지 생사를 알아봐라, 왜 그렇게 얘기를 못하셨느냐, 그겁니다."

어머니가 그런 부탁을 하지 않았어도 나는 그동안 아버지의 생존 여부에 대해 알아볼 만큼 알아봤다. 그러나 어머니가 그러했듯 나는 아무것도 확인할 수 없었다. 심지어는 아버지가 그때 군인이었다는 사실조차 확인할 어떤 기록도 찾아내지 못했다.

"내 친구 병하가 없어진 뒤 어머니가 나한테 어쨌는지 알아요? 죽지 않았으니 찾아보라고, 어서 찾아보라고, 그렇게 일일이 옆에서 채근할 때마다 나는 미칠 것 같았다구요. 병하를 찾아보란 그 말이 나한테는 아버지를 찾지 않고 뭐 하느냐, 그런 말로 들렸다 그겁니다."

그때 나도 어머니처럼 아버지가 이 세상 어딘가에 살아 있다고 믿고 싶었다.

"어머니, 나도 어머니처럼 무서웠다구요. 아버지가 북쪽에 살아 있을는지 모른다는 그 사실이 그렇게 무서웠다, 그겁니다. 군대 생활을 할 때도, 교사 채용시험에 합격한 뒤 신원조회를 할 때도, 교사 생활을 하는 지금까지도 아버지의 그 일이 밝혀질 것 같은 불안으로 떨고 있었다 그겁니다."

정말 긴 불안의 세월이었다. 나중에는 아버지의 월북 기도를 그냥 사망으로 처리해준 그 어떤 사람들이 그렇게 고마울 수가 없다는 생각도 많이 했다. 그러나 다행히도 나는 어머니처럼 그 자식 세대까지를 걱정하는 시대에 살고 있지 않았다. 서울에 가 대학에 다니고 있는 내 아들 또한 자기 할아버지의 존재에 대해 그 어떤 관심도 없을 것이 분명했다.

내가 얘기하는 동안 어머니는 나를 한 번도 쳐다보지 않았다. 얘기를 하는 동안 아내가 내 겉옷을 벗겨 안방 옷장에 걸고 나올 때까지도 어머니는 머리를 숙인 그 자세를 흩트리지 않고 있었다.

"어머니, 나도 어머니처럼 아버지를 생각하며 살았어요. 진실이 그렇게 알고 싶었다 그겁니다. 자식인 내가 이렇게 답답한

데 어머닌 여북하겠는가, 그런 생각도 많이 했다는 애깁니다."
 어머니가 고개를 쳐들었다. 굳어졌던 자세와는 달리 얼굴 표정은 부드러웠다.
 "아범이 잘못 알고 있었어야. 나 느 아버지 생각한 적 없었다. 처자식 팽개치고 그렇게 죽은 인간을 내가 뭣 땜에 생각한다는 게냐."
 판이 너무 싱겁게 끝나고 있었다. 어머니는 다시 원래의 당신으로 천연스레 돌아가 있었던 것이다. 그러나 나는 이제 분명히 알 것 같았다. 어머니는 자신의 안에 아직도 살아 있는 아버지와 외삼촌을 그렇게 쉽게 포기하지 않으리란 것을. 물론 어머니의 가슴에 살아 있는 그 사람들이 더 이상 아버지나 외삼촌이 아닌, 이 땅의 어머니들이 가슴속에 한처럼 몰래 키우고 있는 한 가닥 희망이라는 것도 모르지 않았다.
 어머니를 향한 그런 화해의 더운 마음이 나를 부추겼다. 내친 김에 병하 어머니의 죽음까지 얘기하고 싶은 그런 충동이었다.
 "어머니, 병하 어머니가 돌아가신 건 저 때문입니다."
 "주환 아빠, 지금 무슨 얘길 하고 있는 거예요?"
 내가 풀어놓은 넥타이를 쥐고 섰던 아내가 놀란 눈으로 나를 쳐다봤다.
 "난 병하 어머니의 희망을 꺾을 수가 없었어요. 그래서 병하가 살아 있다고 거짓말을 했던 거예요."
 "살아 있다고 거짓말을 하다니, 도대체 그게 무슨 얘기예요?"
 이야기의 갈피를 잡기라도 하려는 듯 아내가 내 옆에 바싹 붙어 앉았다. 그러나 어머니는 아내가 감춰놓은 티브이 리모컨 찾기를 포기한 듯 다소 심드렁한 표정으로 나를 쳐다보고 있었을 뿐이다.

병하가 살아 있다고 그렇게 말했다. 그때는 정말 그렇게밖에 할 수가 없었다. 고향집 우리 마당에 산발한 맨발의 병하 어머니의 모습이 나타난 그 새벽녘 나는 결심했다. 병하의 생존 가능성을 그 어머니에게 말하기로 마음을 굳혔던 것이다. 병하가 그렇게 살아 있을 개연성은 예나제나 충분했기 때문이다.

영섭아, 제에발, 가르쳐줘어. 우리 병하가 어디 있는지 넌 알구 있지?

내가 병하의 생존 가능성을 그 어머니에게 얘기한 것은 제정신이 아닌 상태의 병하 어머니를 어머니가 방으로 부축해 들인 얼마 뒤였다. 두 사람이 한데 엉겨 그 절절한 울음을 쏟아낸 끝이라 병하 어머니의 마음이 어느 정도 진정된 상태였다. 어머니가 잠깐 자리를 비운 사이 나는 병하 어머니 귀에 속삭였던 것이다.

병하가 북쪽에 가 있는지도 몰라요.

북쪽이라니, 게가 어디야?

내 손을 잡은 병하 어머니의 몸이 덜덜 떨리는 것을 느낄 수 있었다.

북한 말입니다. 이건 누구한테 얘기해선 절대 안 돼요. 병하 아버님한테도 당분간 얘기하심 안 돼요.

병하가 이북에 갔다구, 그럼 병하가 빨갱이가 됐다는 게야?

내 손을 잡았던 병하 어머니의 손이 스르르 풀리고 있었다. 나를 쳐다보는 그 퀭한 눈길 속에서 나는 그것이 공포라고 할 수밖에 없는 어떤 떨림, 깊은 절망의 수렁을 본 느낌이었다.
 연락을 받고 달려온 가족들에 의해 집으로 업혀 간 병하 어머니는 그 새벽으로부터 정확히 열흘 뒤 우리와 운명을 달리했다.
 "당시 병하가 북한에 갔다는 얘긴 죽었다는 소식보다 더 충격적이었을 거란 걸 나중에야 깨달았다 그겁니다."
 "아범이 지금 무슨 얘길 하고 있는 게냐?"
 놀란 표정의 어머니 목소리가 다소 격앙돼 있었다.
 "병하, 야 어머이가 죽기라두 했다는 게냐?"
 "왜 또 이러세요, 어머니! 병하 어머니가 돌아가신 게 벌써 30년두 넘었는데."
 "죽다니, 자식이 집에 돌아오지두 않았는데 죽었다는 게 뭔 말이여."
 이것이 바로 아내가 걱정하는 어머니의 결정적 치매 증세다. 병하의 실종은 아직도 생생히 기억하면서 그 일로 죽은 병하 어머니의 일은 까마득 잊어버린 이 불가사의한 기억의 실종 앞에 나는 더 이상 낭패스럽지도 않았다.
 "밖에 안개가 대단하던데, 새벽에 어머니 물 뜨러 가시는 거 그만두시라고 해."
 나는 취기가 가실 즈음의 그 석연치 않은 허망감을 떨쳐버리기라도 하듯 자리에서 벌떡 일어섰다.

 열흘쯤 뒤 이 도시에 다시 안개주의보가 내렸다. 정말 그날 새벽 안개는 대단했던 모양이다. 나는 그 시간 산꼭대기에서 외계비행체와 접선하는 중이었다. 스필버그의 공상과학 영화 「ET」

의 마지막 장면처럼 외계 비행체가 내뿜는 빛으로 눈을 제대로 뜰 수 없었다. 내 등에 업혀 천신만고 산꼭대기까지 올라온 외계인이 손을 흔들며 그 빛 속으로 빨려 들어가고 있었다. 나는 허리가 자벌레처럼 굽은 그 외계인의 이름을 소리쳐 부르다 꿈에서 깨어났다. 오오마, 아니면 마오오— 그런 비슷한 이름이었다. 나는 잠을 깨어서도 한동안 그 외계인의 이름을 중얼거리고 있었다.

아무리 방학이라곤 하지만 너무 늦게 잤다. 그러나 아침 아홉 시 반, 그 시간까지도 아파트 밖 사위는 온통 안개였다.

"계단할머니 신발이 옥상 난간 밑에 있더래요."

안개의 나라, 그 세찬 대기의 흐름에 의해 비로소 아파트 밖으로 날아갈 수 있었던 1004호 할머니의 증발을 알리는 아내의 숨찬 목소리에 나는 비로소 몸을 일으켰다. 안개나라로 떠난 그 할머니의 우주 비행을 전송하는 사람들의 두런거림이 창밖 멀리에서 꿈결처럼 들려왔다.

○ 1999년 『문학과 의식』 봄호

해설

말이 꽃으로 피어날 때

권오룡(문학평론가)

『플라나리아』에 수록된 전상국의 작품들에서 사람들은 거듭 떠나거나 사라지거나 숨는다. 가령「너브내 아라리」에서 쏘가리 최씨는 반공포로라는 그의 이력이 불러오게 될 사회적 박해를 피해 장항리라는 오지 마을에서 철저히 고립된 삶을 살아가고, 제목부터가「실종」인 소설에서는 30년 이상의 시간적 격차를 둔 두 실종 사건이 겹쳐지면서 실종이라는 테마에 내장된 문제성의 집요함을 암시한다. 또「이미지로 간다」에서 미지라는 인물의 죽음으로 형상화된 실종의 테마는 상실의 고통과 이것에서 벗어나려는 의지 사이의 간극이 펼쳐내는 정신적·물리적 공간 속에서의 방황의 몸짓을 낳기도 한다. 이보다 단순하게「온 생애의 한순간」「플라나리아」「소양강 처녀」등의 작품들에서 실종의 테마는 사귀거나 같이 살던 여자의 떠남이라는 직설적 행위로 구체화되고,「물매화 사랑」에서 그것은「너브내 아라리」와 비슷한 은둔의 형태를 취한다. 이렇게『플라나리아』에 수록된 거의 대부분의 소설들은 그 서술과 형상화의 방식이나 의미화의 구조를 달리하면서도 하나같이 실종의 테마를 중심으로 한 동심원을 이루고 있다. 작품들의 발표 연도를 볼 때 1997년에서 2004년에 이르는 7년여의 짧지 않은 세월 동안 실종의 테마는 전상국의 글쓰기를 이끌어온 예인선이었던 셈이다. 그렇다면 이제는 우리가 물을 차례일 것이다. 그들은 왜 숨고 사라지는가?

실종이란 무엇인가? 이 물음에 일단 현존성의 사라짐이라고 잠정적으로 정의해본다. 그렇다면 실종의 의미에 대해 묻는 것은 현존의 방식, 그것의 의미를 묻는 작업과 나란히 간다. 사람들은 어떻게 현존하는가? 인간이 사회적 존재라는 절대명제에 의거한다면 그것은 같이 있음으로써이다. 같이 있다는 것, 그것은 너와 내가 서로 보고 말하고 듣고 더듬는 등의 감각적 접촉의 범위 안에 같이 머물러 있다는 것을 의미한다. 한 사람의 존재의 의미와 정체성이 나와 타자의 공존과 교환으로 수립되는 것임을 감안할 때 현존성이란 모든 사람에게 필수적인 실존의 범주임이 분명하다. 그러나 감각적 접촉의 장으로만 제한된 현존성이란 우연한 현존에 지나지 않는다. 이것이 필연이 되고, 또 이 필연을 바탕으로 너와 내가 유의미한 간주체적 실존을 이루기 위해서 그 현존의 장은 언어를 매개로 하는 의사소통의 장으로 옮겨져야 한다. 그 의사소통의 장이 이상적인 것이기는 거의 불가능하다 하더라도 불완전한 대로나마 그것이 각각의 실존의 의미를 최대한 발현시켜줄 수 있는 유일한 약속의 공간임을 부정할 수는 없을 것이다. 하이데거의 말처럼

"현존의 본질은 그것의 실존에 있다".

 그러나 의사소통의 장이 현존에 주어진 약속의 장이라 해도 현존에서 실존으로 나아가는 길이 언제나 넓고 시원하게 뚫려 있는 것은 아니다. 오히려 현존의 장의 또 다른 이름이라 할 수 있는 일상성의 공간에서 그 길은 다름 아닌 일상성 자체에 의해 언제나 닫혀 있고 가려져 있다. 일상성의 공간으로 축소된 현존의 장에서 언어는 존재를 가리키는 개시(開示)의 도구이기를 그치고 존재 망각을 부추기는 은폐의 도구로 전락한다는 것, 이와 더불어 사람들이 일상적으로 하는 말 또한 요설과 잡담으로 타락해버림으로써 현존에서 존재로 나아가는 길은 더욱 진한 어둠에 잠겨버리고 만다는 것은 우리가 하이데거의 철학을 통해 이미 익히 알고 있는 사실이다. 여기서 우리는 하이데거의 존재론을 거울로 삼아 우리의 삶의 모습, 그리고 이에 겹쳐 있는 일상성의 모습을 비추어보아야 한다는 실존적, 윤리적 명제를 마주하게 된다. 우리의 일상성의 공간은 어떠한가? 과연 그것은 우리의 실존적 도약을 약속하는 성취의 장인가, 아니면 그것을 좌절시키는 감옥인가? 만약 후자라면 거기서 벗어나 존재의 전환을 이룰 수 있는 해방의 통로는 있는가? 과연 어떤 방식의 삶이 그 탈출구에 접근할 수 있게 해주는 것인가? 『플라나리아』에 수록된 전상국의 소설들이 긴밀한 내적 연관을 통해 집요하게 추궁하는 물음들은 대략 이렇게 정리될 수 있을 것으로 보인다. 그렇다면 이제 우리에게 필요한 것은 관념적인 논의가 아니라 전상국의 소설들에 입각하여 이러한 문제의식이 어떻게 구체화되어 있는가를 살펴보고, 문제 제기

수준을 뛰어넘는 문학적 실천의 지향점에 대해 성찰해보는 일일 것이다.

한 무리의 사람들이 있다.「한주당, 유권자 성향 분석 사례」에서 카페 페미니즘에 모여드는 그들은 조각가·의사·성악가·시인을 겸한 교수·사업가 등, 사회적으로 인정받을 수 있는 위치에 있는 인물들이다. 그러나 이들의 직업은 그들의 성격이나 행위와 아무런 관련을 맺지 않는다. 이들이 매일 모여드는 카페 페미니즘은 그들의 일상세계의 축도이거니와, 이들 인물들의 성격을 규정할 수 있게 해주는 단서는 그들이 이 카페의 단골손님들이라는 사실뿐이다. 소비와 향락, 일상적 친교 이외의 별다른 목적을 지닐 수 없는 그곳의 손님이라는 것은 그들이 소비 사회 속에서 주체성을 상실하고 객체의 지위에 매몰되어 있는 존재들임을 말해준다. 이곳에서 주체의 지위를 차지할 수 있는 유일한 인물은 한정채라는 인물뿐이다. 이렇다는 것은 한정채가 이 카페의 주인이기 때문이 아니라 오직 그만이 말을 할 수 있는 존재이기 때문이다. 한정채는 이들에 관한 것만이 아니라 모든 사람들에 대한 험담과 소문을 퍼뜨린다. 한정채의 말하기란 험담 꾸며내기와 소문 퍼뜨리기, 때에 따라서는 아첨기 섞인 교언(嬌言)이 전부다. 이들 인물들은 한정채가 퍼뜨리는 험담과 소문의 제물이면서 동시에 하수인이다. 이들에 대해, 그리고 이들을 통해 한정채가 퍼뜨리는 험담과 소문은 근거가 있기도 하고 없기도 하지만, 과연 그것이 사실이냐 아니냐 하는 것은 아무런 중요성도 지니지 않는다. 소문이라는 것, 그것은 진실이어도 좋고 아니어도 무방한, 진실과 허위의 경계지대 밖에서 곰팡이처럼 번식하는 말에 지나지 않기 때문이다. 한정채는 이렇게 사실 여부를 판단하는 언어의 일차적 기능까지도 뭉개진 타락의 언어로 이들과 주변의 인물들을 지배하고 이들 위에 군림한다. 물론 이들이 한정채의 올가미에서 벗어나려 하지 않는 것은 아니지만, 그러나 그 탈출의 시도가 고작 모이는 장소를 다른 술집으로 옮기는 정도의 희극적 작태에 불과하다는 사실에는 현대인을 포위하고 있는 소비 사회의 벽이 얼마나 난공불락인가에 대한 직관이 담겨 있는 것이라고 말할 수 있다. 그러므로 이들의 희극성의 심층에는 현대인의 비극적 존재 조건에 대한 통찰이 잠재해 있는 것이지만, 이 희극성이 표층으로 직접 밀어내 드러나게 하는 것은 이들의 속물성이다. 그러나 이들이 속물이라면, 제아무리 많은 직함을 지니고 있다고 해봐야 술집 주인에 불과한 한정채는 속물의 수준에도 미흡한 하찮은 존재에 불과할 것이지만, 오히려 이 속물들을 발기인으로 삼아 도의원에까지 출마하는 '인생 역전'을 통해 한정채는 현대사회의 속물 신화를 완성한다. 「한주당, 유권자 성향 분석 사례」는 속물적인 인물들이 타락한 언어를 통해 만들어내는 나와 타자 관계의 천박성을 폭로한다. 이 천박성은 현대인들의 일상세계, 타락한 언어를 통해 매개되는 공간적 현존의 장의 근본 속성으로 전상국이 제시하고 있는 것이다. 그렇다면 다시, 실종이란 무엇인가? 이러한 천박함에서의 벗어남이 아니겠는가. 실존적 도약을 통한 존재로의 전환의 계기, 이것이 일상성을 배경으로 하여 도드라지는 실종의 일차적 의미일 것이다.

　이렇게 전상국의 소설들에서 죽음을 포함한 실종은 일상성이라는 삶의 질서를 반성하게 만들고 그것에 길들여져 굳어지거나 이완된 의식에 금이 가게 만드는 돌발적 사건이다. 실종이라는 비어버림의 사태로 인해 일상성의 벽에 뚫리게 되는 구멍은 일상성 너머의 세계를 엿볼 수 있게 해주는 프리즘이다. 그것은 익숙한 일상의 세계를 전혀 다른 낯선 모습의 것으로 굴절시킨다. 예컨대 「소양강 처녀」에서 한 여인의 사라짐은 일상적 질서 아래 감춰져 있던 욕망의 층위가 드러나도록 만드는 계기가 된다. 작가는 실종의 테마를 다양하게 변주시켜가며 이렇게 굴절되고 분화되는 삶의 여러 층위들을 포착해낸다. 이런 의미에서 『플라나리아』에 수록된 소설들은 실종의 존재론적 의미에 대한 탐색임과 더불어 그것의 사회·심리적 보고서이기도 하다.

　그러나 이렇게 개괄적인 의미의 탐색만으로 실종의 의미에 대한 추적이 끝나는 것은 아니다. 아직도 우리는 그들이 왜 떠나고 실종되는가를 물어야 한다. 우선 존재론 차원의 이유를 「온 생애의 한순간」에 등장하는 여인의 진술을 통해 간단히 답하면 '자유 실현'을 위해서라고 말할 수 있다. 이들을 떠나게 하고 숨게 만드는 근본 동기로 제시되는 것은 "어디에도 갇히지 않"(「플라나리아」)는 자유에 대한 열망이다. 이들이 갈구하는 자유가 존재의 본질이라는 추상적 의미의 차원에서가 아니라 좀 더 구체적인 차원에서 어떤 자유인가를 굳이 따져 물을 필요는 없을 것이다. 그 자유는 그 자체의 형태로 양각되는 것이 아니라 자유의 염원을 불러일으키는 배경에 음각되는 것이니 말이다. 마찬가지로 이들의 떠남과 실종 또한 그 자체로서가 아니라 떠나고 사라짐으로써 비어버린 그 자리에 다시 불려나옴으로써 사건화된다. 실종이란 말 그대로 사라짐이고 없어짐이다. 무(無)로의 환원, 이것이 실종 아니겠는가. 전상국의 소설에서 실종이라는 사회적 사건이 죽음이라는 존재론적 사건과 의미의 자장을 공유하는 것도 이 때문이다. 그러나 실존의 지향은 무가 아니다. 죽음은 삶의 결과이기는 해도 목적은 아니다. 존재와 소멸의 관계에 있어서도 이것은 마찬가지다. 그러므로 실종이라는 사건이 사라짐, 없어짐 이후에도 사건이기 위해서는 완전한 무로 환원되기 이전의 상태에서 현존의 장과 결속되어 있어야 한다. 사라진 것을 있게 만드는 방식은 다름 아닌 기억이다. 그리고 기억은 삶의 존재론적 의미에 대한 물음의 한 방식이기도 하다. 그렇다면 전상국의 소설에서 기억에 의해 이루어지는 존재의 전회(轉回)는 어떤 것인가? 그것은 믿을 만한가? 또 하나의 속물의 삶의 방식을 살펴보자.

「너브내 아라리」의 '나'는 마치 낚싯바늘에 꿰인 물고기처럼 이 시대의 부패 고리에 포획되어 있는 인물이다. 비리 사건의 책임을 혼자 뒤집어쓰고 실형을 선고받아 파직되었던 그는 너브내에서 낚시질하는 것으로 실의의 세월을 보내다 다시 직장을 갖게 된다. 그러나 그 직장이 그를 필요로 한 이유가 그의 공직 생활 경험이 맺어주는 부패의 연결 고리를 확보하기 위해서였다는 씁쓸한 역설은 촘촘한 부패의 그물망으로 얽혀 있는 사회의 단면을 통해 우리의 일상적 삶의 세계의 타락의 정도를 일깨워준다. 이렇게 다시 타락한 세계에 "길들여"져 가던 그에게 느닷없이 전회의 계기가 찾아온다. 그 계기란 식사 도중 이빨이 부러지는 사소한 사건에 지나지 않지만, 이것이 그에게는 '자성의 채찍'이 되어 가슴을 휘감는다. 이 사건과 겹쳐져 그에게 찾아오는 쏘가리 최씨의 죽음 소식. 이리하여 그는 3년간 발을 끊었던 너브내를 다시 찾게 되거니와, 그의 발걸음을 이끄는 동기는 "어느 때 어떻게 죽어야 다른 사람 속에 되도록 오래 머무를 수 있는가"라는 화두다. 그것은 기억에 의지한 현존 가능성, 그리고 이를 통한 실존적 도약의 가능성을 묻고 있다. 쏘가리 최씨는 어떤 인물인가? 반공포로의 멍에를 지고 장항리라는 오지 마을로 찾아들었던 인물, 거기서 우연히 이루게 된 가정마저도 아내와 아들의 사고로 인한 죽음, 그리고 이에 이어진 의붓딸의 죽음으로 깨어져버린 후로는 철저히 자폐된 삶을 살았던 인물이다. 이렇게 역사와 사회라는 공적 담론의 장은 물론, 가정이라는 좁은 공간도 박탈된 이후 그에게 남은 유일한 현존의 장은 기억의 공간이었을 뿐이다. 아내와 자식들에 대한 애틋한 기억을 그는 너브내와 쏘가리라는 자연물에 투사시키며 살았던 것이다. 주인공인 '나'가 이러한 최씨의 기억을 불러내는 것은 무엇보다도 사회에 대한 철저한 거부의 자세 때문이었을 것이다. 비록 최씨의 경우 그 거부가 자발적인 것이었다기보다는 강요된 것이었을 가능성이 크지만, 그렇다 하더라도 현존의 장으로서의 사회를 거부하고 철저히 고립된 삶을 살았던 최씨의 모습이 사회의 타락에 길들여져가고 있었던

'나'에게는 부패의 고리를 끊고 양심적 인간으로의 전회를 이룰 수 있도록 이끌어주는 '타자'일 수 있었으리라.

그럼에도 「너브내 아라리」에서의 '나'의 이러한 회심이 얼마나 믿을 만한 것인가라는 물음은 여전히 남는다. 어쩌면 이런 질문은 소설이 답할 수 있는 범위 바깥의 것이겠지만, 굳이 이런 물음을 던져보는 것은 기억에 의한 현존의 가능성과 그 진정성에 대해 생각해보기 위해서이다. 언어가 공간적 현존의 장의 매개물이라면 기억은 시간적 현존의 결속 수단이다. 전자가 공시적이라면 후자는 통시적이다. 기억이란 시제의 질서를 요구하는 또 하나의 언어인 것이다. 그렇다면 기억이라는 이름의 언어에 대해서도 그것이 실존의 도약을 이루도록 해주는 충분하고도 믿을 만한 도구인가를 물어야 할 것이다. 「실종」이라는 작품을 보자. 이 소설에는 34년 전의 이병하라는 인물의 실종과 최근에 발생한 공만수 교장의 실종이라는 두 개의 실종 사건이 겹쳐 있다. 이 두 인물은 주인공인 '나'가 참석한 고등학교 동창회장에 기억의 형식으로 불려 나온다. 그러나 우선 공만수 교장의 실종 사건은 그것이 자발적인 것인지 사고나 강제에 의한 것인지조차도 규명되지 않은 상태에서 다만 동창회장에 참석한 사람들이 벌이는 술자리의 안줏감 정도의 화제에 지나지 않는 것이 되어버린다. 공만수 교장의 실종을 이야기하는 이들의 언어는 앞서 「한주당, 유권자 성향 분석 사례」에서 보았던 것과 같은 잡담과 요설의 언어와 조금도 다르지 않다. 이들의 기억이라는 언어에는 진실성도 진정성도 존재하지 않는다. 그렇다면 이병하에 대한 기억은 어떠한가. 이병하에 대한 기억은 누구보다도 주인공의 어머니에 의해 끊임없이 환기되는 것이지만, 이 또한 자발적인 것인지 강제적인 것인지가 밝혀지지 않은 이병하의 실종 사건은 "어머니에겐 34년 전의 일이 아닌, 바로 엊그제 일어난 일로 생각"(303쪽)되는 사건으로 고착되어 있다. 앞서도 말했듯 기억이란 시제의 표지를 요구하는 통시적 언어 구조이다. 그러나 어머니의 기억에는 이미 그 정확성을 보장해주는 시제 의식이 존재하지 않는다. 이러한 시제 의식의 결핍은 필경 언어 구조의 혼란으로 이어지고 종국에는 언어 자체의 상실로 이어진다. 주인공과 같은 아파트에 사는, 하루 종일 아파트 계단만 오르내리는 할머니의 치매증은 기억의 상실이라는 것이 결국 기억을 재생시켜줄 언어의 상실에 다름 아니라는 것을 명확히 입증한다. 기억은 사진처럼 대상을 고정시켜두지 않는다. 그것은 끊임없이 흔들리면서 흐려지다가 종내 사라져버린다. 그러므로 기억을 지탱해주는 언어 또한 소멸의 언어에 지나지 않는다. 「플라나리아」에서도 자폐된 기억은 무성생식을 통해 증식하는 플라나리아처럼 스스로 분열하다 대상을 찾지 못하고 사라져버린다. 이 소설의 끝부분에서 묘사되고 있는 여인의 세 가지 모습은 그 가운데 어느 하나도 '나'의 기억과도, 그녀의 실제 모습과도 부합하지 않는다. 결국 일상의 언어가 요설과 잡담의 언어라면 기억의 언어는 상실과 소멸의 언어에 지나지 않는다. 어느 것에 의하건 이러한 언어를 도구로 삼아 표상되는 세계는 범속함과 무의미함의 일상세계를 벗어나지 못한다. 그렇다면 전상국의 작중 인물들의 떠남과 실종이란 일상으로부터의 벗어남이면서 동시에 타락하고 불완전한 언어로부터의 탈출이 아니겠는가. 그것들은 삶을 범속함과 무의미함에서 구해내려는 실존적 도약의 시도에 대한 메타포이다. 그러므로 그 도약의 마지막 단계는 진실한 창조와 생성의 언어를 회복하려는 의지와 동행하게 된다. 이 마지막 단계를 여주인공의 내성적 방식으로 형상화하고 있는 작품이 「물매화 사랑」이다. 이 소설의 여주인공이 가지울이라는 산촌 마을에 칩거하고 있는 이유는 고부간의 갈등, 부부간의 불화 때문이지만, 이러한 표면적 이유의 심층에 자리 잡고 있는 근본적 문제는 의사소통의 단절이다. 그 고부 관계와 부부 관계에 개입되어 있는 언어적 상황이란 오직 "상대의 굴복을 요구하는 말"(33쪽)에 의해서만 유지되기를 명령받고 있는 상황이다. 명령의 언어, 지배와 억압의 언어는 우리의 일상 언어를 구성하는 또 하나의 세목이다. 그러나 그녀는 이 명령의 언어에 '침묵'으로 맞서며 그녀만의 '절대적 말하기'를 힘겹게 지켜나간다. 이러한 그녀에게 돌아오는 것은 '반사회적 실어증'이라는 싸늘한 진단이다. 그러나 이런 이유로 은둔의 삶을 선택한 그녀에게도 말하고 싶은 충동이 찾아올 때가 있다. "사람들이 혼자 산골에 살고 있는 나에 대해서 관심을 보일 때마다 나는 모든 것을 털어놓고 싶은 충동이 든다. 이것은 의사소통으로서의 전략이 아니고 내 생존의 확인과 같은 것이다."(19쪽) 그녀에게 말하기의 충동은 생존, 보다 심오하게는 실존의 확인 요구와 같이 온다. 거꾸로 말하면 은둔의 삶을 통해 존재의 열망을 실현하고자 하는 그녀에게 필요해지는 것은 '반사회적 실어증' 속에 상실된 언어를 되찾는 일이다. 언어의 회복을 통해 그녀는 인간관계와 사회도 되찾게 되리라. 가지울로 거처를 옮기면서 그녀가 비로소 되찾게 되는 '잃어버린 말'은 어떤 말인가?

　나는 본다. 내가 보는 것은 내가 창조하는 것이다. 애기똥풀을 보았다면 그것은 분명히 내가 본 애기똥풀로 거기 존재했다. 그것은 사람들이 만들어내는 환영이나 관념이 아니라 본질로서 선택된 뒤 내 안에 들어와 어떤 의미로 자리했다. 내 앞에 존재하는 사물과 나 사이에 말이 오가는 현상이다. 나뭇잎들이 내 안에 어떤 의미를 만들기 위해 술렁거렸고 꽃들은 상징과 상징 사이의 이미지를 밝히기 위해 환하게 움직였다.(22쪽)

　그것은 존재의 본질을 정확히 지시하며 의미와 상징으로 활짝 피어나는 언어다. 이것에 그치지 않고 그것은 존재하지 않는 것까지를 꿈을 통해 볼 수 있게 해주는 창조의 언어다. "말은 내 앞에 없고 앞으로도 없을 그 어떤 것에 대한 꿈꾸기라고 할 수 있다."(28쪽) 「물매화 사랑」에서 물매화는 이러한 창조와 신생의 언어의 은유적 대응물로 피어난다. 그것을 보면 어머니를 내 마음속에 되살아나게 만들고 "물매화를 구겨 쓰레기통에 넣던 아버지의 화난"(25쪽) 얼굴도 보이게 만드는 물매화는 일상의 차원에 왜곡된 기억을 되살려놓는 소멸과 상실의 언어를 대신하여 존재의 본질의 차원에 기억을 새겨 넣는다. 이런 언어로 이루어지는 세계가 있다면 그것은 어떤 세계일까? 바로 루카치가 고대 그리스 세계로 상상했던 그 합일성,

전체성의 세계가 아니겠는가? 이와 함께 중요한 의미를 지니는 것은 물매화로 은유된 이 창조와 신생의 언어가 침묵의 언어이기도 하다는 사실이다. 실종이 일상세계로부터의 탈출이라면 실어증은 일상 언어로부터의 일탈, 즉 언어적 실종이다. 따라서 침묵은 언어의 차원에서 삶과 존재의 진정성을 회복하려는 시도의 실천적 첫걸음이라는 의미를 지닌다.

　말은 어떤 실체를 밝히려는 노력일 뿐 그것을 완벽하게 보여주지는 못한다. 말을 많이 하게 되는 이유일 것이다. 사람들이 원하는 것은 말을 많이 하지 않고도 그 실체가 속속들이 보여지는 그런 관계의 만남이다. 나는 그를 만날 때 어떤 떨림을 느낀다. 그가 물매화 얘기를 하고 있을 때 나는 그의 안에 고여 있는 다른 의미의 말과도 소통한다.(27~28쪽)

어떤 소리에도 실리지 못하고 안에 고여 있기만 해도 소통될 수 있는 말. 물매화라는 이름의 그 언어는 이렇게 일상의 언어를 성립시키는 데 필요한 소리라는 청각기호도, 글자라는 문자기호도 지니고 있지 않다. 그것은 기호화되어 기표/기의의 분열을 겪기 전의 사물-언어이며 언어-사물이다. 그러나 말하지 않아도 소통할 수 있게 해주는 이 침묵의 언어를 통해 '나'와 '그', 나와 타자 사이의 관계는 마치 꽃처럼 활짝 열린다. 그리고 이 꽃-말에 의해 기적처럼 찾아오는 존재의 충일감!

　백여 송이 물매화 꽃망울이 앞다투어 한꺼번에 꽃으로 벌어지고 있었다. 꽃망울이 모두 꽃으로 피기까지 걸린 시간은 그리 길지 않았다. 물이 충충하게 고인 도랑가 산기슭에 해맑은 우유빛 유방운 한 자락이 내려와 깔렸다. 그가 애타게 기다리던 물매화가 핀 것이다. 새벽비가 내렸을 뿐이다.

  등 뒤에서 내 어깨에 올린 그의 손을 느낄 수 있다. 그와 함께 물매화를 보고 있다. 그가 물매화와 나눈 말들이 은밀하고 따스하게 내 안으로 들어온다. 눈앞의 이적, 나는 이 비현실감이 너무 벅차 그를 향해 돌아선다.(40쪽)

  이렇게 존재를 확인시켜주고 그것을 충만하게 만드는 창조와 신생의 언어에 대한 전상국의 추구에 대해 우리는 언어의 심미화와 윤리화의 의지라는 이름을 붙여줄 수 있지 않을까? 그것은 언어로부터 일상의 때를 지우고 의미의 얼룩을 닦아내 존재의 본질이 드러나 보이도록 만드는 투명한 언어, 굳이 다른 말로 하자면 에크리튀르(écriture)에 대응하는 언어라고 말할 수 있을 것이다. 언어를 단순히 의사소통의 도구로만 생각하는 순간부터, 그리고 그것이 지배의 도구로 타락하기 시작한 순간부터 억압되고 은폐되어온 이 잃어버린 언어를 회복하는 것이 일상성의 어두운 벽에 갇힌 우리의 존재의 본질을 되찾을 수 있는 길이라는 것을 전상국은 일깨우고 있는 것이리라.

  나날이 비속해지는 일상과 천박해지는 언어 현실, 그리고 그 속에서 흐려져가는 존재의 의미라는 우울한 현대의 풍경을 배경으로 삼아 전상국은 '실종'의 테마를 통해 그것으로부터의 탈출과 존재 회복의 가능성을 꾸준히, 단계적으로 성찰하고 있다. 이 실종의 테마를 인물들의 행위에 뒷받침된 의지의 실천적 관점에서 해석할 때 그것은 주변화의 의지라고 말할 수도 있을 것이다.「물매화 사랑」에서 여자는 도시와 가정이라는 중심을 버리고 산골 마을로 찾아온 것이고, 남자 또한 생의 끝자락이라는 변두리에 처해 있는 인물이다. 다시 실종의 테마와의 연관에서 볼 때 이 변두리의 의미는 실종이 이루어지는 바로 그 장소로서, 현존도 아니고 부재도 아닌, 현존과 부재가 서로 겹치며 어른거리는 흔들림의 지점으로서의 의미일 것이다. 그것은 어떠한 안정성도, 확실성도 지니지 못한다. 그 지점을 매개하는 사물-언어 또한 마찬가지다. 그것은 나에게만 들리는 내면의 음성을 통해 전달되는 언어가 아니라 나와 타자 사이에 걸쳐 있으면서 그 사이를 모호하게, 그러나 그럼으로써 더욱 충만하게 열어젖혀주는 언어다. 이렇게 하여 열리는 그 변두리는 그것에 대한 기억도 없고, 그것을 묘사해 보여줄 언어도 없음으로 해서 순수한 미지 상태에 잠겨 있는, 이런 의미에서 '없는 곳(utopia)'이다. 실종이란 바로 이 미지로의 여행이 아닐까? 길이 열리자 끝나는 여행이 아니라 길이 열리면서 다시 시작되는 여행. 그 여행이 우리를 어디까지 데려다줄지는 알 수 없지만, 그럼에도 미지로의 모험이라는 무모함을 무릅써야 한다는 것, 무릅쓰지 않을 수 없는 것이 인간의 사명이라는 사실은 근대 이후의 소설 문학의 한결같은 전언이었다. 다만 전상국이 우리에게 서정적으로 제시하고 있는 여행의 끝닿은 곳은 말이 꽃으로 피어날 때까지, 피어나는 그곳까지라는 것이 아닐까?

작가의 말

다섯 편의 단편과 세 편의 중편을 한데 묶어 『전상국 중단편 소설 전집 9』를 낸다.

꽤 오랫동안 작가 김유정 기리는 일에 미쳐 살았다. 공사 끝나 버려진 비계 같은 그런 허망, 어쩌면 그것은 이제까지의 내 글쓰기 그 신명의 리고리즘에서 자유롭지 못한 과작 체질 작가로서의 자아성찰, 이제 이쯤에서 새 이정표 하나 세워야 하지 않겠느냔 마음 다짐 같은 것일 수도 있었다.

그것은 현재진행형인 분단 비극의 그 악령 또는 부권상실 시대의 광기 등 잘못 쓰이는 힘에 대한 불편한 심기를 소설이란 미적 구조로 새로이 형상화하기 위한 이 시대 작가로서의 책무 혹은 그 멍에로부터 자유로워지고 싶은 욕구였는지도 모른다.

한결 가뿐 발랄한 서사 디테일 찾기로 이제까지의 찌든 관념의 '나'가 아닌 낮은 목소리의 여성 화자를 선택한다든가 그동안 가벼이 눙치거나 애써 감춰둔 보랏빛 감성으로 맘껏 끼 부리고 싶은, 노화된 감각을 떨치기 위한 작가로서의 새로운 길 찾기였을 것이다.

「물매화 사랑」「소양강 처녀」「플라나리아」「온 생애의 한 순간」「이미지로 간다」 등 다섯 편의 단편이 바로 이제까지의 두터운 외투를 벗고 가벼운 걸음으로 창의의 신바람을 찾고자 했던 작품들이다.

중편 「한주당, 유권자 성향 분석 사례」도 세태를 빙 둘러 찔러 얘기하고 싶은 그 능청에서 앞의 작품들과 결을 같이할 것이다.

때맞춰 「플라나리아」로 현대불교문학상과 이상문학상 특별상 등 한 해에 두 개의 문학상 수상이란 그 우연찮은 일이 글쓰기의 즐거움을 크게 보탰다.

떠나거나 사라지기, 그리하여 그 생사를 알 수 없는 잠적 혹은 실종은 연고자는 물론 제삼자들을 고문하고 각성케 한다. 사라진 것에 대한 그리움 혹은 절실한 애탐에서 그 일의 개연적 진실 찾기, 그 긴장으로 내 소설 미학의 때깔을 얻고자 했다.

실종, 미제의 미스터리에 맞는 낮고 어두운 서사 톤을 찾아 이것이 내 마지막 작품이 될 수 있다는 회심으로 쓴 「너브내 아라리」「실종」 등 두 편의 중편이 바로 그것이다. 우리네 지난한 현대사의 그렇고 그런 역사성 그늘 뒤지기라는 면에서 링반데룽, 그러나 그 걸음이 어느 때보다 가벼웠다는 나름의 자위만은 유효하다.

많이 남지 않은 시간, 이야기 만드는 장인으로서의 항심 그 동어반복의 신명을 잃고 싶지 않다.

새삼스레, 중단편소설 전집 발간, 이 작업이 바로 내 문학의 푯대 하나 세우기와 다르지 않다는 생각. 강출판사에 거듭 고마움을 전하고 싶다.

2025년 5월 춘천 금병산 자락 문학의 뜰에서
전상국

작가 연보

1940년 3월 12일(음) 강원도 홍천군 내촌면 물걸리 1102번지
       에서 부 전석주, 모 박춘봉의 장남으로 출생(정선전씨
       석릉군파 47세손).
1946년 홍천읍으로 이사.
1950~1953년 홍천국민학교 4학년 때 6·25 전쟁이 일어나 고
       향 마을 동창국민학교 졸업(10회).
1954년 홍천중학교 입학. 읍내에서 처음으로 서점 발견, 생애
       최초로 교과서가 아닌, 탐정소설 따위의 책을 서점에
       서 읽기 시작.
1957년 홍천중학교 졸업(6회). 춘천고등학교 입학. 1학년 때
       담임이 시인 이희철 선생으로 2학년 때 문예반에 들어
       간 결정적 계기.
1958년 춘천 지역 문예반 학생 중심의 '예맥문학회'를 만들어
       문학적 방종에 탐닉.
1959년 최초로 쓴 소설「산에 오른 아이」가 제6회 학원문학상

에 3위 입상. 「황혼기」가 강원일보 신춘학생문예에 당선 없는 가작 1석 입상, 작품이 신문에 연재됨.

1960년　경희대학교 문리과대학 국어국문학과에 문예장학생으로 입학. 처음 사 신은 구두를 신고 4·19 시위에 참가, 발뒤축에 상처를 입다.

1962년　경희대학교 제6회 문화상 수상, 장학 혜택.

1963년　조선일보 신춘문예에 단편소설 「동행(同行)」 당선. 12월 31일자 대학 졸업. 경희대학교 제7회 문화상 수상.

1964년　원주 육민관고등학교 국어교사로 부임. 단편 「광망」(『현대문학』 2월호) 발표.

1966년　춘천중학교 국어교사로 부임. 단편 「해바라기 시계」(『문학춘추』 1월호) 발표.

1967년　10월 9일. 김옥자와 결혼.

1968년　10월 24일. 큰딸 소영 출생.

1970년　7월 22일. 아들 경구 출생.

1972년　3월. 은사 조병화 선생의 부름으로 서울 경희고등학교 국어교사로 부임.

1973년　3월 1일. 작은딸 소옥 출생.

1974년　서울 상봉동 105-37 자택에서 작가 조선작을 만나 새로이 글쓰기를 시도. 그 첫 작품 「전야」를 『창작과비평』 가을호에 발표하면서 재등단.
　　　　춘천의 소설 동인 모임 '예맥동인'에 참가. 작가 유재용과 면목동 그의 문방구에서 처음 만남.

1975년　단편 「할아버지 묻힌 날」(『현대문학』 2월호), 「소인의 나들이」(『세대』 2월호), 「돼지새끼들의 울음」(『현대문학』 9월호), 「육아일기」(『예맥문학』 1집) 발표.

1976년　단편 「악동시절」(『현대문학』 3월호), 「껍데기 벗기」(『월간문학』 9월호), 「사형」(『현대문학』 12월호) 발표.

1977년　단편 「맥」(『현대문학』 3월호), 「바람난 마을」(『뿌리깊은나무』 3월호), 「바다 재우기」(『월간문학』 7월호), 「여름 손님」(『현대문학』 10월호) 발표.
　　　　단편 「사형」과 「껍데기 벗기」로 제22회 현대문학상 수상.
　　　　첫 작품집 『바람난 마을』(창작문화사) 출간.

1978년　단편 「침묵의 눈」(『한국문학』 2월호), 「산울림」(『뿌리깊은나무』 5월호), 「고려장」(『현대문학』 6월호), 「안개의 눈」(『문예중앙』 여름호), 「망각의 집」(『주간조선』 7월 10일), 중편 「물걸리 패사」(『소설문예』 2월호), 「하늘 아래 그 자리」(『문학과지성』 겨울호) 발표.
　　　　'작단' 동인 활동을 시작함.

1979년　단편 「초혼」(『월간문학』 1월호), 「수렁 속의 꽃불」(『한국문학』 3월호), 「잊고 사는 세월」(『현대문학』 4월호), 「그 먼길 어디쯤」(『작단』 1집), 「우리들의 날개」(『작단』 2집), 「진화설」(『문학사상』 6월호), 「암코양이의 식성」(『월간중앙』 4월호), 「겨울의 출구」(『창작과비평』 가을호), 「실반지」(『현대문학』 12월호), 중편 「아베의 가족」(『한국문학』 10월호), 「외등」(『문예중앙』 겨울호), 「공터 사람들」(『신동아』 9월호) 등 한 해에 단편 9편과 중편 3편 발표.

「아베의 가족」으로 제6회 한국문학작가상 수상.
작품집 『하늘 아래 그 자리』(문학과지성사) 출간.
1980년 단편 「우상의 눈물」(『세계의문학』 봄호), 「이것은 기분 문제가 아니다」(『작단』 3집), 「어떤 이별」(『소설문학』 8월호), 「달평씨의 두번째 죽음」(『한국문학』 9월호), 중편 「여름의 껍질」(『문예중앙』 여름호), 「추억의 눈」(『문학사상』 12월호) 발표.
「아베의 가족」으로 대한민국문학상 자유문학부문 수상, 「우리들의 날개」로 제14회 동인문학상 수상.
작품집 『아베의 가족』(은애), 『우상의 눈물』(민음사 오늘의작가총서) 출간.
1981년 중편 「외딴길」(『문학사상』 5월호) 발표.
콩트집 『식인의 나라』(소설문학사), 작품집 『우리들의 날개』(동서문화사) 출간.
1982년 장편 『길』의 연작 중편 「출향」(『문예중앙』 봄호), 단편 「술래 눈뜨다」(『현대문학』 3월호), 「이산」(『세계의문학』 봄호), 「좁은 길」(『문학사상』 9월호) 발표. 장편소설 『불타는 산』 연재(『경향신문』 1982. 3. 15~1983. 3. 30).
경희대학교 대학원 국어국문학과에 입학.
1983년 단편 「이류 속에서」(『한국문학』 8월호) 발표.
장편소설 『불타는 산』(고려원) 출간.
전업작가를 꿈꾸면서 중화동 28-11에서 중화동 286-7로 집을 옮김.
1984년 중편 「허허벌판」(『문학사상』 3월호), 「산 넘어 강」(『현대문학』9월호), 단편「관심」(『한국문학』12월호) 발표.
경희호텔경영전문대학에 출강.

1985년 단편「악의 사슬」(『말과 삶과 자유』, 문학과지성사), 「그늘무늬」(『문학사상』9월호), 「왜」(『현대문학』10월호), 「술법의 손」(『동서문학』11월호) 발표.
장편소설『길』(정음사) 출간.
국립 강원대학교 인문대학 국문학과 교수로 발령이 나면서 서울 탈출.

1986년 중편「음지의 눈」(『소설문학』4월호), 「형벌의 집」(『문학정신』10월호), 단편「먹이그늘」(『현대문학』8월호), 「송충이의 칩거」(『강대신문』3월 14일) 발표.

1987년 중편「썩지 아니할 씨」(『문학사상』2월호), 「지빠귀 둥지 속의 뻐꾸기」(『문학사상』12월호), 단편「퇴장」(『한국문학』4월호), 「밀정」(『문예중앙』봄호) 발표.
작품집『형벌의 집』(한겨레) 출간.

1988년 단편「잃어버린 잠」(『현대문학』3월호), 중편「투석」(『현대문학』11월호) 발표.
「투석」으로 제4회 윤동주문학상 수상.

1989년 중편「사이코 시대」(『동서문학』11월호) 발표.
작품집『지빠귀 둥지 속의 뻐꾸기』(세계사) 출간.

1990년 중편「시인의 겨울」을 연재.
「사이코 시대」로 제1회 김유정문학상 수상. 강원도 문화상 수상.

1991년 『문학사상』(1989년 10월호~1991년 4월호)에 연재한 소설

창작교실『당신도 소설을 쓸 수 있다』(문학사상사) 출간.
1992년　중편「거울의 알리바이」(『문학사상』 9월호) 발표.
　　　　　콩트집『장난 전화 거는 남자를 골려준 남자』(판) 출간.
1993년　장편소설『裕貞의 사랑』(고려원) 출간.
1994년　콩트집『우리 시대의 온달』(작가정신), 작가연구『김유정』(단국대출판부) 출간.
1995년　한국대표작가선집『투석』(신원문화사) 출간.
1996년　중편「개미거미들의 화음」(『문예중앙』 봄호), 중편「시인의 겨울」(『작가세계』 봄호) 발표.
　　　　　작품집『사이코』(세계사), 테마소설집『애비』(열림원) 출간.
　　　　　『사이코』로 제33회 한국문학상 수상.
1997년　중편「너브내 아라리」(『21세기문학』 가을호) 발표.
1999년　중편「실종」(『문학과의식』 봄호) 발표.
2000년　「실종」으로 제8회 후광문학상 수상.
　　　　　첫 수필집『우리가 보는 마지막 풍경』(북스힐), 회갑기념문집『세미나와 재미나』(북스힐) 출간.
2001년　중편「한주당, 유권자성향분석사례」(『문예중앙』 봄호), 단편「이미지로 간다」(웹진『인스위즈』 5월호) 발표.
　　　　　『아베의 가족』 스페인어로 번역, 페루 리마 PUCP 출판사에서 출간.
2002년　단편「플라나리아」(『동서문학』 봄호),「온 생애의 한순간」(『현대시』 6월호) 발표.
　　　　　김유정문학촌 개관과 함께 초대 촌장을 맡음.

2003년　단편「소양강 처녀」(『문학수첩』여름호) 발표.
　　　　「플라나리아」로 제27회 이상문학상 특별상 수상.
2004년　단편「물·매화 사랑」(『문학사상』10월호) 발표.
　　　　「플라나리아」로 제8회 현대불교문학상 수상.
　　　　'아베의 가족'이란 이름의 개인 서재를 춘천 석사동에 마련.
　　　　경희문인회 회장.
2005년　강원대학교 정년 퇴임. 황조근정훈장 수훈. 남북작가대회 참가(평양).
　　　　작품집『온 생애의 한순간』(문학과지성사), 문학 이야기『물은 스스로 길을 낸다』(이룸), 산문집『길 위에서 만난 사람들』(이치) 출간.
2006년　단편「꾀꼬리 편지」(『세계의문학』겨울호) 발표.
　　　　강원대학교 명예교수.
2007년　김유정탄생100주년기념사업회 추진위원장.
2008년　중편「지뢰밭」(『창작과비평』봄호) 발표.
　　　　『아베의 가족』독일어로 번역, 독일 페퍼코른 출판사에서 출간.
　　　　경희대학교 객원교수.
2009년　중편「남이섬」(『문학과사회』봄호) 발표.
　　　　단편「춘심이 발동하야」(『계간문예』겨울호) 발표.
　　　　황순원기념사업회 초대 회장. 김유정기념사업회 이사장.
2010년　단편「드라마게임」(『세계의 문학』여름호) 발표.
2011년　작품집『남이섬』(민음사) 출간.

2013년　춘천시 신동면 풍류1길 84-7(증리 562-6) 문학의 집 '동행'에 입주.
2014년　제8회 동곡문화상 수상. 제27회 경희문학상 수상.
　　　　바이링귈 에디션 『Ahbe's Family』(아시아), 『전상국의 춘천 산 이야기』(조선뉴스프레스) 출간.
2015년　단편 「집을 떠나 집에 가다」(『문예중앙』 여름호), 「가을하다」(『대산문화』 여름호) 발표.
　　　　이병주국제문학상 수상.
2016년　단편 「어디에도 없고 어딘가에 있는」(『현대문학』 1월호) 발표.
　　　　단편 「봄봄하다」(『대산문화』 봄호) 발표.
2017년　단편 「오래된 나무는 나무가 아니다」(『월간태백』 3월호), 「춘천아리랑」(김유정학술발표지 2017) 발표.
　　　　산문집 『춘천 사는 이야기』(연인M&B) 출간.
2018년　중편 「굿」(『문학의오늘』 여름호) 발표.
　　　　대한민국예술원 회원. 보관문화훈장 수훈.
2019년　전상국 중단편소설 전집 1 『동행』(강) 출간.
2020년　에세이 『작가의 뜰』(샘터) 출간.
　　　　전상국 중단편소설 전집 2 『하늘 아래 그 자리』(강) 출간.
2021년　단편 「저녁노을」(『문학사상』 6월호) 발표.
　　　　춘천 신동면 금병산예술촌에 '전상국 문학의 뜰' 개관.
　　　　전상국 중단편소설 전집 3 『아베의 가족』(강) 출간.
2022년　전상국 중단편소설 전집 4 『우상의 눈물』(강) 출간.

　　　　　단편「조롱골 우리집 여인들」(『한국소설』 9월호) 발표.
　　　　　전상국 중단편소설 전집 5 『우리들의 날개』(강) 출간.
2023년　작품집 『굿』(문학과지성사) 출간.
　　　　　전상국 중단편소설 전집 6 『길·외등』(강) 출간.
2024년　서울문화투데이 문화대상 대상 수상.
　　　　　전상국 중단편소설 전집 7 『지빠귀 둥지 속의 뻐꾸기』
　　　　　(강) 출간.
　　　　　전상국 중단편소설 전집 8 『사이코 시대』(강) 출간.
2025년　전상국 중단편소설 전집 9 『플라나리아』(강) 출간.
　　　　　『우상의 눈물』 일본어 번역판 출간.

전상국 중단편소설 전집 9

플라나리아
ⓒ 전상국

1판 1쇄 발행 | 2025년 6월 10일

지은이	|	전상국
펴낸이	|	정홍수
편집	|	김현숙 이명주
펴낸곳	|	(주)도서출판 강
출판등록	|	2000년 8월 9일(제2000-185호)
주소	|	서울시 마포구 동교로17안길 21(우 04002)
전화	|	02-325-9566
팩시밀리	|	02-325-8486
전자우편	|	gangpub@hanmail.net

값 22,000원
ISBN 978-89-8218-367-6   04810
      978-89-8218-245-7(세트)

* 이 책의 판권은 지은이와 도서출판 강에 있습니다.
  이 책 내용의 전부 또는 일부를 재사용하려면 반드시 양측의 서면 동의를 받아야 합니다.
* 잘못 만들어진 책은 구입처에서 교환해드립니다.